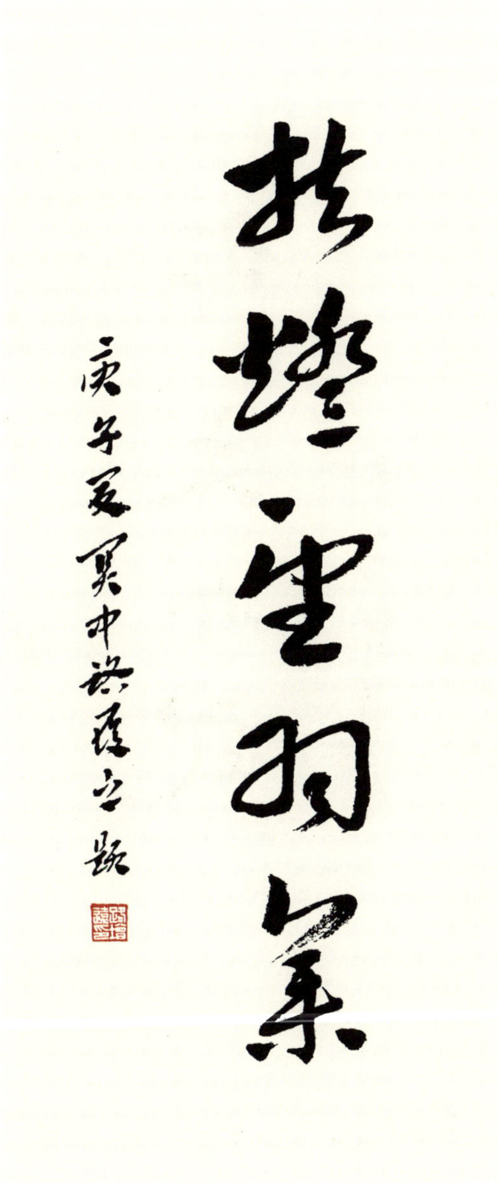

包胡同学会

亦文亦武

庚子年夏月

谭元寿

色玥存念

擇善而從

陳志清

親聆躬聞

陶麟

扶灯望羽集

戏里戏外京剧人

包玥 著

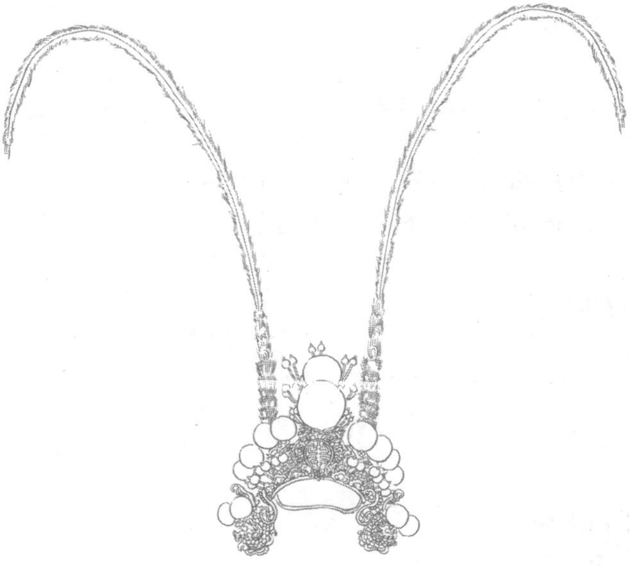

中国文史出版社

图书在版编目（CIP）数据

扶灯望羽集：戏里戏外京剧人／包玥著. -- 北京：中国文史出版社，2020.9

ISBN 978－7－5205－2211－3

Ⅰ.①扶… Ⅱ.①包… Ⅲ.①随笔－作品集－中国－当代 Ⅳ.①I267.1

中国版本图书馆 CIP 数据核字（2020）第 162219 号

责任编辑：程　凤

封面插图：王　珏

出版发行：**中国文史出版社**

社　　址：北京市海淀区西八里庄路 69 号院　　邮编：100142

电　　话：010－81136606　81136602　81136603（发行部）

传　　真：010－81136655

印　　装：北京温林源印刷有限公司

经　　销：全国新华书店

开　　本：1/16

印　　张：26.75

字　　数：345 千字

版　　次：2021 年 1 月北京第 1 版

印　　次：2021 年 1 月第 1 次印刷

定　　价：78.00 元

代序 | PREFACE

京门浪荡客　菊苑至诚人

——我认识的包玥（代序）

面前的这本《扶灯望羽集》是好友包玥很具心血撰写的，为记述他多年来盘桓京剧圈内圈外所遇各位师友的一本人物印象合集。蒙他信任，嘱我写序，我是胆怯而推托的。但他意志坚定，我无处遁逃，就诚惶诚恐地接下了这个活儿。

读过他的书稿，我觉得接受信任是值得的。因为这是一本极有阅读吸引力的好书！书中汇集81篇人物记述，人人有趣，个个有神，记录了包玥20多年的迷戏、看戏、学戏、票戏、宣传戏的人生经历之外，也是一幅20多年京城内外京剧世界演戏圈、爱戏人的风景画、人物图，有着“传神阿堵”的神韵与真实的艺术史价值。掩卷之余，我就想，古有唐代吴道子《八十七神仙卷》流传后世，今有《八十一散仙集》记述当今，岂不都是艺坛盛事？虽然这个比喻是玩笑，但两者异曲同工，它们都是追求记人物之神，能够传性格之妙，表达或师徒或兄弟的无间友情。当然，最重要的更是包玥这位极具性情之人，对师友们的情感寄托。

这本《扶灯望羽集》最大特色是具有一种清新脱俗的征服力，一点不像时下许多读来索味、记述俗套、情感很虚的专业性回忆录；或者仅凭道听途说而成的某些读物那般空洞、虚假、离奇。这本书一是均为作者个人亲历，二是记述包玥的个人所感，三是真实表达师友之情，四是所收之人范围广阔，五是朴实直书但又颇具意趣。这些都贯注起书的精神，激活了被记述者的生命，当然就能很真实真挚地表达出作者的情感世界。

书中在人物记录归类上，又细分为“前贤慕影录”“仰止菊馨录”“梨园溯往录”“怡薰同沐录”“粉墨陶情录”，但所书写的无论是剧界耆宿、梨园名家、菊苑新秀，还是票界奇人，无论神人凡人无不有可表之资本，可感之性情，可触之血肉。因此，整个书我捧读下来是一气呵成的。甚至，掩卷后许多熟悉的师友立于眼前，即使不熟悉的书中之客，也似乎觉得有趣而并不陌生。可见，这本书真的不同于一般的京剧人物回忆录，更非那些专门讲述京剧理论、知识的读物。因为它包含着作者极为深挚的京剧情缘，极为感性的情怀意趣，以及颇为鲜活生动的与京剧和京剧人接触的独特感受。这些都看得出作者包玥的性格气质，艺术挚爱，性情禀赋。

说来，包玥是我多年相识的旧友。我们结识在20世纪90年代，20多年来几乎就没断过来往，但是现在回想似乎也并不密集。您说怪不怪，就是这样若即若离的友谊，似乎并未将我们疏远，反而每次相见合作都是充满了默契和开心。因为每次聚首都是与京剧有关，都是我们共同爱好和乐意的事儿，怎么会累心和勉强呢？所以，我俩也就永远没有客套和疏远。

相信，接触过包玥的人都会觉得他是很散淡，甚至散漫，但谁也不会否认他是极性情真诚的人，属于可交的朋友一类。永远晃晃悠悠踱步而行似乎是包玥的标配。尽管他在台上票老生需要精精神神的骨力劲儿，但生活中的包玥却是有些站没站相儿。他很热情，甚至有些精力旺盛是我对他又一个极深的印象。特别是干和戏有关的事，他充满情感，尤其是没有京剧界和票界都有的那种世故圆滑的行业习气。多少年多少次，无论是大赛现场还是录节目，也无论是他当指挥员还是当工作人员，他都是跑来跑去，甚至有些什么都管的意味。包玥还有个最鲜明的特点，他和专业演员没有距离感，那种亲近和尊重透着戏迷的本色与粉丝的神迷。同样，他对票界和业余爱好者更是朴素地支持，并不觉得自己有什么特殊之处。他有着一般票友都具备的习惯，爱在后台溜达。谁哪儿扮得不好，谁扮上后怎么候场，他都主动指点，尽管人家并不知道他是哪路神仙。最夸张的一次是我竟然看见节目录制时，他一手拿着对讲机应付着导演，一手为即将上场的票友小朋友提拉着蟒的后襟，半哈着腰，都快走矮子了，从后台“傍角儿”到上场门。这些都足以见证包玥的性格。按理说他是导演，本可以吆五喝六，但他一见到京剧人，一干上京剧事，他就是个服务员、是个戏迷与义工，这些都好像变得天经地义，对于他也自然而然了。

但包玥也有着优点和缺点混同的性格，那就是有时不够世故。他说话特直，很率性，包括对有些朋友当面的评价，尽管是实事求是的，但你得知道人家的心理弱点啊！他不，多是直说。当然说好别人会受用，说缺点尽管说得对，也绝非是都能那么心悦诚服感激你的真诚，那岂不要遭恨？好在，以我了解，物以类聚，和包玥来往密切的人也都有对他的认识，大多产生了理解“抗体”。比如书中记录的包子（庄京武）兄，也是我很熟的朋友，对他性格有了解，属于自尊心很重的人，面对包玥的“语言暴力”竟然不伤哥们儿友情，足见大家对包玥性格人心的认同。

其实包玥并非学戏出身。也许前世有缘吧，他自大学就钻入票界，游走各大学票房，继而混迹京都票界，历今也已 20 多年了。工作使他有着“一脚门里一脚门外”的特殊身份与优势。为什么这么说呢？因为我感到，他接触的专业人士比一般票友广泛、高端、深入，他接触的戏迷世界又比专业人员宽泛、复杂、贴近，这都是他的资本与个性。因此他的书中，才能记录了梅葆玖、谭元寿、王金璐、云燕铭、何玉蓉等巨擘大家，留下了上述名家给他的深刻记忆，表达他对他们人格与艺术的深刻评价。而更多的是和现在已是老年的京剧名家和票界名流的盘桓学习经历。我觉得这些人物摹写记述得似乎更加感性与动人，因为他们中的许多人也是我熟识、敬佩，并给予我许多帮助提携的。包玥对他们的笔录似乎更加有细节、有情感、有敬重，读来也格外亲切、生动。一些事，一些情节我甚至是亲历者，包玥和那些师友的往来，某些场景我就是当事人，甚至还有着比他自己知道更多的细节掌握。如他深情记述李浩天先生的那篇，把浩天先生的音容笑貌说得极为真实。而关于包玥参加票友大赛的事，我和浩天先生都是初评、复评的评委。熟人参赛自然情感不同，但他从走台到比赛，评委们私下给予的评价，其实是包含着许多自己朋友间的亲切感。比赛就是比赛，最后包兄没有走进决赛，但谁都知道他的高乐心情，不会在乎胜败，于是才有了浩天先生场下给他的“兜头冷水”般的数叨，因为大家没拿他当外人。还有个细节，他下午走台出场就来个“趔斜”，惹得评委一片笑声。怪了，晚上正式比赛，还是下午那个位置他又差点马失前蹄，各位评委那个笑啊，能感觉到场上的包玥也很尴尬与紧张，自然发挥不会正常。下来我玩笑着问贯振山先生：“你这个徒弟怎么搞的?”一贯伶牙俐齿什么都能对付的贯爷也是一脸无奈。这段“麦城”，包玥书中没写，我替他传扬传扬吧。

一篇本应该重在“歌功颂德”的序，怎么让我写成包玥行状般的文字了？罪过罪过！但真诚地讲，这本《扶灯望羽集》确是有着不同一般的特点、温度、魅力，相信大家读后都会津津有味，有思有得。联想到这些文章都出自包玥兄的那个名为“京门浪荡客”的微信公众号，我对他这个名称一直是很称道的，有他性格与理想的特色，但也容易让不深交的人误认为他玩世不恭。因此我特意像对对联儿一样给这篇序起了个名：“菊苑至诚人”，缀于“京门浪荡客”之后，也算我对包玥兄的“完整客观”评价。至于横批怎么写？大家看着办吧。

是为序。

崔　伟

庚子初夏

序 | PREFACE

我和包玥先生可称得上忘年交。我们初次见面是在工作中，那是我带着天津京剧院的团队去录制《名段欣赏》节目的时候，当时他忙前忙后，很热情，也很直率。我们爷儿俩一见如故，主要也是因为性格相似。后来他采访过我几次，主要内容都是梨园界的一些人和事。当时我就觉得这小伙儿思维敏捷，问的头头是道。觉得他应该是梨园子弟，不然何以对这行的事情如此专心致志，又敏而好学？私下我也向同行中和他熟悉的人了解了一下，原来他不是门里出身，只是从小就酷爱戏曲，还是一位老生票友，唱得很好，从上大学的时候就在票界小有名气。按他自己的说法，就是“因为喜欢戏，才找到了这份工作”。

我们爷儿俩挺投缘，每次见面都得畅谈一下。二道幕边上，化妆间里，不拘地点。内容主要都是戏班的往事。他听得很仔细，也经常跟我交流一些想法。因为走得比较近，所以说的都比较直接。他有很多观点，仅仅从一个爱好者的角度和水平是提不出来的。我看得出来他是真喜欢京剧，也动员他多实践。2015 年年底，王珮瑜在北京大观园戏楼唱《朱砂痣》，他去了。我问他喜欢这个戏吗？他笑着说“太难了”。虽然跟我说得很谦虚，其实他唱过不少戏，还净是别人不怎么演的。

包玥对老艺术家很尊敬。他在工作中采访过很多老艺术家，每一次他都严肃认真地对待，因此他获得了很多第一手资料，不是道听途说而来的。有一次在长安大戏院，他跟我聊了几句就要告辞，我问他：“你忙的什么？咱们爷儿俩还没聊够呢。”他说：“我明早要去南方采访，得回去准备一下。”我说：“现在南方天气太热，等凉快了再去多好？”他说要采访几位老艺术家，越早去越好。如果耽误了，早晚得后悔。我当时很感动，他能抓紧一切时间把老艺术家的从艺经历、酸甜苦辣全记录下来，对后来人来说是一批很有价值的资料。

2018 年，他做“文艺名家讲故事”这个节目的时候给我打了个电话，要采访我，让我谈谈对史依弘的艺术探索的看法。当时我恰好略感不适，不能到北京去。他当即表示：“那您别劳动了，我去天津采访您。”那天天气不好，下着雨夹雪，他带着工作人员和设备专程赶来，工作结束后来不及寒暄又马上返程。从我这个经历就能感受到，他对老艺术家表现出的不仅是尊重，还有一片赤诚和爱护。

包玥把这些年来他经历的事写成了这本书，内容很丰富，不光有专业的人，还有很多票界的人。他写的鲜活生动，有血有肉，真实可信。全是发自内心的真实感受，没有一味地吹捧。这是与他一贯实事求是，率直的性格是一样的。能够在这本书中占有一席之地，作为我和包玥忘年交的佐证，我非常高兴。

孙元喜

2020 年 8 月 25 日

目 录 CONTENTS

前贤慕影录

京剧票友是一个很神奇的群体，可以说山精水怪、花妖木魅、麟凤龟龙，各有千秋，不相上下。而“票友”这个称谓的出现似乎比京剧还要早。作为一个京剧爱好者，从我接触到这一群体的那一天开始，就深为其中的人情世味所折服。万幸的是，如果我现在也能忝列“票友”之中的话，在最开始的成长期，许多老前辈的风范给我留下了难以磨灭的印象。对我如何看待、热爱这一门艺术，甚至如何面对人生都产生了重要的影响。这个篇目中的老人们，就是其中的代表。

指引我方向的南奇先生

细想起我走上着迷于京剧这条“不归路”的起始点，似乎应该是上小学四年级的时候在电视里看的一次晚会。其中有京剧名家于魁智先生演唱的一段《三家店》，彼时于先生正在风华正茂之年，一段唱腔行云流水，迅速地迷住了我。从那一晚开始，我就逐渐对京剧产生了兴趣。

南奇先生清唱（摄影：孙觉非）

自此以后的十多年里，我始终处在一个人单打独斗，自我陶醉的状态。对京剧艺术的喜爱也仅仅停留在模仿各种唱段的阶段。直到我遇到了南奇先生。

2000 年 11 月 30 日，是我与南奇先生第一次见面的日子。说起来这一天发生的事很有戏剧性。在几天之前，学生会通知我要出一张海报，内容是在图书馆要举行一次京剧讲座，主讲人就是南奇先生。我制作完以后，心里有些纠结。因为这一天是我高中铁哥们儿的生日，我们本来约好是要聚一聚的。对于当时的一些京剧讲座我有些不以为然，主要是因为当时已经有一些所谓的“专家”开始到处蒙事，因此对我的吸引力并不很大。可是不去吧，又觉得有些不甘心。在去跟哥们儿聚会的路上几经思想斗争以后，我又回到了学校。

南奇先生身材并不伟岸，待人十分和蔼，温文尔雅。通过《霸王别姬》这一出戏向大家深入浅出地普及了一些京剧知识。在当时年少轻狂的我看来，在南先生的身上体现出一种与“专家”截然不同的学者风度，令人心向往之。讲座结束后，我主动找到南先生，说我是一个刚入门的爱好者，很喜欢京剧。南先生热情地邀请我参加大学生票界的活动。于是我就算找到队伍了。

三天后，周日。我在北师大科文厅第一次见到了师大京剧社的朋友们。南先生把我介绍给大家，并当场给我派了个活——陪两位老师演《二进宫》的四公子。幸福来得这么快，我一时都没有反应过来。那一段时间，我参加师大京剧社活动比上必修课的出勤率都高，就像有个鼓点一样——“顿顿不落”。也就是在那个阶段，我追随于南先生的身边，逐渐跟他熟了起来。

南奇先生祖籍湖北，父亲是有“汉口梅兰芳”之称的前辈大家南铁生。南先生自幼酷爱京剧，精修梅派，是久享盛名的票友。据说早年间曾经在南昌工作多年，从事与航空有关的工作，后来调到北京任教。年高以后，南先生致力于大学生和青年票友的培养与组织工作，几年间卓有成效。那个时代的大学生票界颇为活跃，由于刚刚步入网络时代，各个学校之间的联系很紧密。真是“忆昔午桥桥上饮，座间多是豪英”。大家经常凑在一起练习、排练、玩耍，结下了深厚的情谊。许多朋友至今仍然没断了联系。能把这么多人凑在一起，南先生居功至伟。他不仅利用自己的影响力为学生们排练学习创造条件，还经常自掏经费为我们购置把子等必需品。我就曾经和几位朋友被南先生叫到家里，指导我们自己收拾水纱网子。南先生的案头放着一张南铁生先生的《廉锦枫》剧照，颇有超凡脱俗之气。看得几位女同学缝小带儿的时候都扎手了。

南铁生先生剧照

南奇先生身体并不好，或者说很不好。有时活动完了，南先生还请我们吃饭，但每次都是盘盏频铺之后，他坐在一边看着我们吃，基本连水都不喝。每每看到南先生略带疲惫的身影渐行渐远的时候，心中总是有一些苦涩。幸而听说南夫人精通护理，才使南先生能跟我们着这么大急。

别以为南先生没有脾气，有一次是央视的某个栏目找到南先生，希望能做一期与喜欢京剧的大学生有关的节目。南先生把这件事托付给我。没想到导演的要求太多，弄得我无所适从了，只好去向南先生汇报。南先生听完以后就给导演打电话，但是沟通得似乎并不好。南先生的怒火突然就爆发了："是你找我们帮你做节目，不是我求着你们要来拍我们！你拿我们大学生票友当什么呢？我告诉你，如果你要求这么多，我们肯定做不到，你另请高明吧！"

说实话，南先生一发火吓了我一大跳，一个慈祥得像老太太一样，说话都很少大声的老人，原来也会咆哮。据南先生说有一次他演《霸王别姬》，龙套和服装用的都是专业院团的。南先生见鱼鳞甲成色不太好，便向箱官提出能不能换件好一点的。没想到箱官说："您一票友就别讲究了，差不多就得了。"南先生大怒，让南夫人回家取来一套鱼鳞甲，据说是他父亲私房的。那箱官当时眼就直了。南先生对他说："你们看看，可着你们京剧院有我这样一身鱼鳞甲么？你还让我凑合？"

南先生从年轻时就玩票，数十年的经历令人艳羡。我们经常向他请教一些逸闻掌故，南先生也总会耐心地给我们解释。上海名票朱永康先生参加央视票友大赛时，一段黄派名剧《蝴蝶媒》技惊四座，我在现场听得如沐春风，但对这位老先生并不熟悉。后来我问南先生："您知道朱永康么?"南先生笑着说："当然，我们关系很好，我们曾经同台演出过。"我又问："他说他看过孟小冬'杜寿义演'的《搜孤救孤》?"南先生继续说："那有什么新鲜的呢? 人家先人是当时京汉铁路局的头头。"然后就开始给我讲起了朱永康先生的师承和艺术，滔滔不绝。后来南先生还出版了两本书，一本是南铁生先生的传记，一本是王吟秋、陈永玲二位先生的怀念文集。南先生都送了我一本，令我耳目大开。

南奇先生可以说是我票友生涯的启蒙者，在追随南先生两三年的时间里，他多次教导我们要玩得"高级"，玩得"精致"。为了我们能团结在一起共同进步，南先生还策划成立了"海内外票友联谊会"，成员大多是我们这样的在校大学生。遗憾的是，成立后不久，我们就面临毕业升学，又经历了"非典"的风波，所以很快我们就按照各自的兴趣爱好分别发展了，联谊会也就不了了之。后来南先生因为身体原因也逐渐深居简出以疗养为主。但烈士暮年壮心不已，他还多次给我打电话，希望我继续把大家招拢到一起，继续像以前一样团结。怎奈我的工作时间太不规律，无法胜任长期的组织工作。因此辜负了南先生的一片苦心。

虽然我的工作驻地离南先生家不太远，但是考虑到先生的身体状况，我也很少上门叨扰。大多也就是年节时打个电话问候一下先生。2013 年 9 月，我出差去包头，临行前手机上出现了几个南先生的未接电话，当时公务烦琐，也未及回复。心想等我出差回来再联系南先生。两日后从微博上得知，南先生已于几日前仙逝，顿时令我五味杂陈。也许那个未接电话就是先生要与我诀别的时候打来的，不想被我一时大意错过了。我与众家哥弟互通消息之后，无不扼腕长叹。南先生很低调地走了，以致身后很长时间，还有老前辈向我打听他的情况。也许南先生自己也没有料到他对我们的影响有多大。如果不是机缘巧合认识了他，我可能到现在还是一个单干户，根本摸不到票界的门在哪里。如果不是南先生给我们开坯子开得好，我们也不会正确地认识票界。至少是要走一些弯路的。

如今，我也逐渐成了“前辈”，新的朋友们还在茁壮成长，年轻票友的群体越来越壮大。南奇先生仙颜不远，应该会很欣慰吧？

票友生涯的带路人王宗伟先生

如果说南奇先生是我票友生涯的指引者，那么王宗伟先生就是我票友生涯的带路人了。说起来很惭愧，到写这篇文章的时候才发现，我居然一直没有和王老师合过影，实在是当学生的不是了。

认识王宗伟先生是我第一次去北师大京剧社捣乱的那天。当时台上在排李单师姐的《洪羊洞》“病房”一折，而王老师正在给李媛师姐和赵乾师兄说《虹霓关》。我满脸羡慕地站在一边看看这个，看看那个，憧憬着自己是不是也能有朝一日像他们一样有模有样地唱一出。这时候，王老师从我身边走过，看了一眼台上的李单等人，说了一句：“这不是越剧班么？台上一个男的都没有。”

1986 年王宗伟先生演《白水滩》饰十一郎，中间老者是徐世宸先生，青面虎是徐先生的公子（照片提供者：徐福来先生）

半个月以后，我陪蒋秀娟、刘峰二位老师唱《二进宫》。是王老师给我化的妆，我就像生活不能自理一样坐在那里任由王老师摆布。王老师突然从兜里掏出两个口香糖，递给我一个：“吃吧。”我还以为上台之前都得吃，没想到王老师说：“我刚才吃了点有味的东西，自个儿吃口香糖也没意思，咱俩一块儿吃。”

从那儿以后，基本上每周都要和王老师见面，并追随王老师数年之久，学到了很多东西。王老师当时作为北师大京剧社的辅导老师，确实为师大的娘子军打下了良好的把子基础。我在旁边连偷带蹭也学了一些。后来还曾经陪周研师姐唱过《盗仙草》的鹤童，这都是在王老师删繁就简的指导之下才得以实现的。当然现在全都还给他老人家了，一点都没记住。

王老师对我的影响更多的是在对玩票这件事的态度和方法上，使我从一开始就确立了比较正确的主导思想。说“比较正确”并不是王老师的教导有偏差，而是我后来自我发展的有点儿走迹。认识王老师不久我就上大三了，课程相对轻松，在学校也没什么正事。所以曾经有一段时间我几乎天天和王老师在一起，跟着他去票房，去演出，去出箱。我现在这点“不可告人”的能耐都是在那个时候拜他老人家所赐练出来的。王老师偶尔还给我开份儿，我当然是不好意思要了。王老师就教导我说：“跟着师父出去干活，师父给钱就拿着，不给钱也别要。”我当时没转明白这是个什么规矩，反正就按他说的办。后来我带实习生的时候也这么对待他们，看他们很不适应的表情我经常会想，当时我在王老师眼里是不是也是这样。各位小朋友们，如果你在看这篇文章，那么你们就算找到祖师爷了。

与南奇先生温文尔雅的学者风度不同，王老师是平易近人风趣幽默。追随王老师游历票界那几年，我见识了他们那一代票友的交往方式，还是有很多老北京礼数的影子。王老师每次到后台，见到比自己年龄大的朋友都是主动打招呼，寒暄过后便不再打扰人家干活。我也是通过王老师认识了很多“老么大的英雄”。而王老师的冷面幽默也经常会有妙语出世。例如我跟他说某某老师去给我一个朋友教戏了。他说：“唉，像我这样的教戏就已经是‘惨不可言’了，他要是去岂不成‘惨不忍睹’了?”我说：“还有 × × × 也都开始教戏了，那得怎么算啊?”王老师哈哈一笑说：“那就已经‘惨无人道’了。”

还有一次，王老师跟我谈起他家曾经被盗，丢了几样家用电器，他十分生气。我说："这您就别生气了，丢了再买新的呗。"王老师余恨未消地说："我生气的是，满墙我的字画一样也没丢。我的水平就这么低么！"

王宗伟先生饰演《回荆州》的周瑜，李润声先生饰赵云
（照片提供者：朱铁芳先生）

有一阵子我总去王老师家，满墙字画是没看见，叠床架屋的全是行头，王老师每天就在行头堆里睡觉，有时候我要用行头都得自己进去淘。我曾经自告奋勇帮他收拾过一次，过了一礼拜又下不去脚了。王老师最常说的一句话就是："你找吧，找得着你就使。"好在我每次运气都不错，闭着眼都能找到想用的东西。后来我跟他说："我想从您这儿拿两样东西。李春林李八爷用过那面牌您送我吧？还有就是那条豆沙灰的彩裤。"王老师还是那句话："面牌好找，那彩裤我找了半个月都没找到，你要找得着就归你了。"我到屋里伸手一掏就拿出来了，于是就得了老爷子这两样体己。

在当时的票界，王老师可算是有一号的人物。有一次我们几个朋友坐公共汽车上聊天，谈到王老师的时候对王老师究竟是唱什么行当的发生了争执，有人说王老师是唱老生的，有人说是唱武生的。有一哥们儿信誓旦旦地说王老师是唱武旦的。突然坐在旁边的一大哥搭茬儿了："你们说的是王宗伟王老师么？”我们都一愣：“是啊，您认识？”那大哥说：“认识，你们都猜错了，他是唱小生的。”就算在公共汽车上遇见票友这件事不算新鲜，可是能通过听话儿找到共同认识的人应该不常见吧？

我问过王老师，他说他确实是唱小生的，而且还有很多年粉墨生涯，足迹遍及大半个中国。后来迫于形势无奈改行，他曾经满怀怅惘地跟我说：“我现在一听到说谁谁是‘潜力很大的年轻演员’我心里就特别恨，那就是四十年前的我啊！”在做演员的时候，他曾经有幸见过俞振飞、叶盛兰、姜妙香等小生大家，但是他还是最崇拜叶盛兰。我见他的行头上都有个“兰记”的标志，我就问他是什么意思。王老师说：“我曾经给自己起了个艺名叫‘宗兰’，就是像苍蝇一样宗着叶盛兰的意思。”

王老师原来住在前观音寺街，家门正对着大外廊营一号的二层小楼。有一年春夏之交，我陪他去珠市口买东西，完事以后就往大栅栏一带闲逛，走着走着就到了他的旧居地。王老师饶有兴致地跟我说哪条道路是他小时候上学每天都走的，哪个院原来住的是谁。看到他旧居门上“忠厚传家久，诗书继世长”的门对儿还依稀可见。王老师轻轻地叹了口气，说：“要不是你今天拉着我来，我根本没想过自己再回来看看。”二十世纪六十年代，王老师和母亲被赶出了那个院子。后来落实政策时这个院子已经变成了大杂院，住户也迁不出去。就给王老师在别处安排了房子，把这个院子七百块钱卖给了国家，之后王老师就再也没到这边来过。我看老爷子有点伤感，我就安慰他：“您别着急，等您有钱了再把这院子买回来。”王老师瞅了我一眼：“还拿七百块钱买啊？”

自幼生长在梨园行的根据地，所以耳濡目染了很多逸闻掌故。与王老师聊天基本不用特意设置题目，只要开个头就行了。例如他曾经讲过有一年下大雪，他外祖母早上起来开大街门，门口趴着一个冻僵了的姑娘。老太太给搭到屋里来，救醒了一问，姑娘说是从八大胡同逃出来的，跳楼的时候把腿摔折了，爬到她家门口晕了过去。老太太就把姑娘留下养伤。没多长时间老鸨子来要人，老太太提出给姑娘赎身，可是囊中羞涩凑不够钱。正这时候接壁儿裁缝铺的伙计来辞行，说回家自己开买卖去了。老太太一看小伙儿不错，就跟小伙儿拆兑点钱把姑娘赎出来，并做主让俩人做了亲，小伙子虽然花了钱，落一大花姑娘，带着她就回老家了。没两年小两口儿发达了，带着进口的缝纫机杀回北平创业。第一件事先到老太太家里磕头，对老太太千恩万谢。从此以后家里皮棉单夹的衣服从来没操过心，全让人家包了。后来这家的孩子也唱了戏，成了一代名家。

可以这么说，我最初对梨园行的奇闻轶事、坑坎麻杂的知识储备都是来源于和王老师的闲谈。后来我动了心思把这些事都写下来，王老师还饶有兴致地逐条批阅过一次。

随着工作越来越忙，我逐渐跟王老师的接触少了。但是偶尔也能接到王老师的电话，在微信公众号里写“招人恨的票友”系列时，我才得知王老师也有了微信。别看他岁数大了，一点也不落后，令人佩服。回想起当初有一次在师大演出。负责组织的同学想去买麦当劳，怕王老师不爱吃。问他：“给您买点麦当劳可以么?”王老师说：“没事，麦当劳，肯德基，艾德熊，派派思我都爱吃。”那女生当时就傻了：“这老头吃的比我还全，派派思是什么玩意儿?”有这样的底子，玩个微信什么的也就不算事儿了。

2014 年夏天，我去大红门买东西，想起许久未曾去看王老师了，就顺路去看看。没想到王老师病了，我拎着俩空爪子上门实在是说不过去，陪老爷子聊了一个多钟头，放下点钱略尽绵薄。虽然不敢高攀说师徒多年，但是受老爷子教诲这么多年感情自然是没的说。先生年事渐高，我等也没能尽尽孝心，实在有愧。

2016 年 11 月 28 日，王宗伟先生悄无声息地走了，带走了他七十多年的见闻和阅历。再想樽前月下，把臂而谈就难了……

我和崔胤魁先生的过往

每个人的学生时代都会遇到很多老师，有的可能朝夕相处最终却毫无印象，有的则仅仅是匆匆一瞥却留下深刻印象。对于我来说，崔胤魁先生可是对我影响很大的一位。

我的高中时代是在北京师范大学第二附属中学度过的，时至今日，我仍然觉得那是我人生中最快乐、最幸福的三年。崔胤魁先生是二附中的美术教师，他老人家在二附中的历史上堪称元老。从1953年师大二附中建校他就是教师之一，直到1999年我们毕业，他还返聘在教育岗位上。估计敢说所有二附中毕业的学生都教过的只有崔老师吧——因为当年二附中只有

路遇崔胤魁先生的合影

他一位美术教师。

因为课程设置的原因，崔老师只在高二的时候教了我们一年。而我与他的交往则大部分都是在课余时间，并且从他还没有教我们的时候我就认识他了。

说起认识崔老师的缘起不能不提许大爷。许大爷是二附中的夜班门卫，要是没记错的话，他的官讳应该是许明玺，住家在小西天，离学校不远。他的工作就是晚上给二附中看门，每天下午五点多钟来，早上七点多回家。当时在北京有好多老人这样工作，一方面是退而不休，还能有点儿收入，另一方面是缓解一下家里住房紧张的窘境。当时许大爷就七十多岁了，是个老戏迷，特别爱听花脸。那时候我住校，跟许大爷接触不少。他发现我也爱唱两句京剧，就经常聊聊。我特爱听他讲他小时候北京的那些事儿。到五六月份，暑热渐起。校门口晚上凉风习习，乘凉的人就多了。有一天许大爷跟我说："你喜欢戏，跟崔老师聊过么？"我说："崔老师是谁？""咱们学校的美术老师，他可懂。"我说："咱们学校还上美术课呢？那我们还没轮上。""甭着急，过两天你就见着他了。"

第三天晚上，我路过传达室。许大爷指着我跟台阶上坐着的一位老师说："就是他。"吓我一跳，以为我又犯什么事儿了呢。许大爷跟我说："这就是崔老师。"说实话，第一眼见到崔先生，我心里的感受是："奇人倒是一定得有个奇长相。"崔先生别的还好说，就是不管穿什么，总戴一顶赵本山小品里的那种帽子。再加上说话语速快，调门高，穿透力强。乍一接触有点应接不暇。崔老师问我："你喜欢听什么行当啊？"我回答："老生。"他又问："'大雪飘'你会么？""……什么？""'大雪飘'！""不知道……""《野猪林》的'大雪飘'你不知道？"

自那以后，我就算在崔老师那里挂了号了。我那个时候基本处于对京剧什么都不懂的阶段，连西皮二黄都分不清楚，因此最开始给我科普的就是崔老师。他老人家祖籍是天津，据他自己说还是清河崔氏后代。接触之后我才知道，崔先生堪称杂家，对京剧的喜爱只是他众多爱好中的一部分。他的主业美术就不说了，书法国画那是跻身名家的水平。会拉京胡，爱打篮球，能拉小提琴，据他自己说还擅长厨艺，当然这些都是我所不会的。除了京剧以外，老北京的风土人情，民间掌故也是我们的共同话题之一。崔老师每年有一个特定的任务，就是带领文科班的同学去游一次故宫。对着红墙黄瓦指点当年的时候，我都能感觉到他陶醉在自己讲述之中的那种快乐。

当时师大二附中的校园一进门是一条笔直的甬路，北侧是自行车棚，车棚的北侧贴着院墙是一排教室，主要是给艺术类课程准备的。其中有一间是崔老师使用的美术教室。屋里都是画架子，还有各种我叫不上名字来的外国人头像，都是石膏的。崔老师在屋里有一张办公桌，但是进门第一眼你绝找不着办公桌在哪儿——全让画纸堆满了。每天放了学到吃晚饭之前这段时间，崔老师大多都在这里，有时候画画，有时候练字。他办公室的墙上贴着一张纸条：“闲谈不得超过三分钟。”但是只要他开口了，每次都得半个小时起步。比如我去找他的时候，基本上都是我坐在一边听着他一边挥毫一边口若悬河，给我讲他年轻的时候看戏的经历。我听得津津有味，如果有其他人在场则大多不知所云。例如曾经有两位高我一年级的女同学在他那儿练习素描，可能是为了高考的艺术加试。我跟她们不熟，仅仅知道一位叫白宁，一位叫施超。她们在那边练习，我们爷儿俩在这边聊。崔老师毫不在乎，弄得我倒有点不好意思，怕打扰了她们的构思。她们却说：“没事，你们聊的我们一点儿都没听进去，因为根本没听懂。”后来听说施超考上了天津大学建筑系，白宁现在在德国。看来还真没给她们造成影响，而我和她们唯一的一次交流就是那句“根本没听懂”。

崔老师年轻的时候赶上了好多名角儿，我从他的口中第一次知道了薛亚萍老师和宋丹菊老师的大名，原因是崔老师刚来北京的时候跟他们住的不远，广义来说算街坊。崔老师特别喜欢张派可能也有这个原因在内。他对张派的唱腔烂熟于心，哼唱起来连个装饰音都不带错的。但是崔老师并不像别的前辈那样热衷于粉墨登场，他的兴趣更多地在于自娱自乐。有点“躲进小楼成一统，管他冬夏与春秋”的意思。当时我虽然还没有系统地接触戏迷票友这个圈子，但是总觉得既然喜欢京剧，不是应该以能上台票戏为终极目标和乐趣么？时过境迁，现在我终于理解崔老师的心态了。激情过了是平淡，而到了平淡的阶段，大多就成了私下无意识的一种生活状态，融入到了个人的精神里。那个时候，是不是上台，能不能过瘾已经不是必然因素了。

崔老师很少向其他人劝一贯道一样普及京剧，许多同学只知道他能聊，并不知道他会唱。只有一次他在给我们上课的时候，不知道怎么聊到《野猪林》了，在同学们不断起哄之下，才唱了一句“莫非你也怕权奸有口难言”。除此以外，仅仅是等同学们放学以后，校园里不再热闹的时候，他才很偶尔地操琴拉上一两段过过瘾。

高二下学期快结束的时候，天气已经热了，甬路两侧的钻天杨叶子十分茂盛。阳光从叶子的缝隙里洒到他的教室窗子上，一片斑驳陆离，现在想起来还挺有意境。我听到崔老师在拉胡琴，就跑过去玩。一进门，崔老师冲我扬了扬手里的胡琴：“刚蒙的皮子，还有点不贴服。”我看着他专心致志地拉胡琴，一脸陶醉，心里很是羡慕。过了一会儿，他跟我说：“来一段儿吧？”于是我就在夕阳西下的教室里，和着崔老师的琴声唱了起来。

第二天，同年级的一个美女问我：“昨天跟美术教室唱戏那是你吧？”没想到让人抓现行了，我很尴尬：“你怎么知道？”“我昨天走得晚，取自行车的时候听见那屋里有人唱戏，听声音我猜可能是你。”“瞎唱着玩儿的。”“挺好的，虽然听不懂，感觉挺苍凉的。”这姑娘还真内行，我唱的是《碰碑》。

我习惯往崔老师那里跑，跟他聊聊我的各种想法。崔老师曾经语重心长地跟我说："你跟我年轻的时候很像，所以你有很多地方得改，不然你就跟我一样得吃大亏。"崔老师的经历很坎坷，知识分子的历次磨难他一样也没躲过去，全赶上了。虽然之后说起来全是笑谈，却让崔老师不厌其烦地跟我说让我千万别步他的后尘。2003 年，师大二附中五十年校庆。林福智校长布置给我一个写一篇纪念文章的任务。我想肯定大伙儿都得写母校如何如何好之类的，千篇一律没什么意思。我就剑走偏锋，写了一篇《恩师印象》，例举了崔胤魁老师、柯珊老师、何光中老师、韩纪山老师、林福智校长和我之间的几个片段。没想到文集出版以后，崔老师给我打了一个长篇的电话，中心思想就是："你这叫纪念文章么？你怎么写我都没关系，别人那个你这么写多不合适？你为什么就不能跟大伙儿一样呢？我跟你说的你都忘了？"我心说："您现在说也晚了，书都出了……"

高三的生活很繁忙，渐渐地我也没功夫再去跟崔老师闲聊。许大爷也在高三刚开学的时候不干门卫的工作，回家养老了。临走的时候，他老人家跟我说："十年以后，只要我不死，我等你的好消息。"等我工作以后，有一次坐车路过小西天，看到许大爷背着手在路边散步。除了脸上寿斑多了一些，精神头儿还那么好。无奈公共汽车不听我的，没法下车去跟他寒暄，只能注目他的步伐，我越走越远。如今二十多年过去了，他老人家还健在的话得一百多岁了。

崔老师倒是闲不住，又教了几年初中以后，还给美国交换生上课，现在在老年大学教国画。后来听学弟学妹们说，崔老师给他们上课的时候老拿我举例子。有一次还丢了个小人：他上课的时候说："我这人特别谦虚，谁给我指出问题我都虚心接受。上回他就给我指出来我念了一个错别字，这就是'一字之师'啊。我到什么时候都得记着。"同学们问他："哪个错别字啊？"崔老师嗫嚅良久："忘了……"

2019 年的冬天，我路过二附中门口，当时冒出一个想法："崔老师现在也不知道怎么样了？"刚刚冒出这个念头，崔老师就推着自行车出现了。

老爷子快九十了，还骑自行车给闺女送东西呢。一见面仿佛我们并不是多年没见，还是那样亲切，还不忘叮嘱我："你得好好的，不能学我。"我跟他说了说我这么多年的情况，崔老师很高兴。聊了快一个钟头，他才蹬车绝尘而去。

我觉得崔老师可能没想到，他对我的谆谆教诲远不如他给我普及的京剧知识对我影响大。每每到了夏天，我都会怀念那个浓阴洒地的傍晚，他拉胡琴的时候。

梁二大爷其人

2018 年 1 月，我在微博上发了一条有关梁建华先生的消息，在著名网络大贤“东东枪”先生的帮助下被转发了 150 多次，阅读量好几十万。没想到借着他老人家我又红了一下。

二大爷的蜗居

说起梁建华这个名字估计知道的人不太多，但是说起“梁二”，在北京的票界可是响当当的字号。岁数大的叫他“梁二”，平辈儿的叫他“二哥”，到我们这儿就得叫“二大爷”了。从我混进这个圈子开始，我就认识他老人家。印象最深的是我第一次“站中间儿”，大概是 2001 年的 6 月吧，在定阜街辅仁大学礼堂唱《二进宫》，我的杨波。那天是他出的箱，我到后台的时候他已经在归置东西了，那身量跟撂过跤似的。嗓门大，底气也足，聊天也不耽误忙活，浑身上下透露出浓厚的老炮儿气息。不一会儿，王宗伟老师也来了。一进门，王老师把书包放下，走到他面前，略欠了欠身："二哥，我来了。"接着就一把把我拽过去："叫二大爷，以后多跟他学着点。"二大爷大手一挥："别来这套，跟我能学什么啊？"

从那儿以后，受到王老师的言传身教，每次到后台看到老前辈，我总是主动地过去先打招呼。而每次遇到梁二大爷的时候，他总是一脸的不合时宜："你又起什么哄来了？"直到2015年我唱《打严嵩》的时候，他还是这句。旁边朱铁芳先生说："人家今天是本家正差儿。"二大爷一翻他那"一目了然"的眼皮："我哪儿知道啊？你告诉我了吗？"

可能票箱官儿都妨眼睛，原先那好几位精于此道的老先生到最后都是眼睛不太方便。2018年1月我去看他的时候，他指着自己的眼睛说："这边全看不见了，不过也好，我还落个残疾人。一个月多领一千多块钱呢。"看过那条微博的应该都知道，二大爷的生活水平现在来说就属于未脱贫。大杂院里一个逼仄的小屋子，百分之九十的地方都被行头把子占满了。老爷子现在耳朵也有点背，我站院里喊了两声他都没听见。进屋不到二尺宽的过道儿，老爷子躺在最里边。大腊月的天儿，屋里也没阳光，安了暖气白天不开，嫌费电。跟他聊了一下午，出来腿都不听使唤了。二大爷倒浑然不觉："我这儿就这样，进来俩人就转不开了。那天清华来了七八个人要拍我，好么，一路纵队，从床边直接站到院里去了。"我就差说："您先喝口水，我去院里暖和暖和。"

新近听说二大爷搬到韩村河住去了，可见二大爷也不是没有后辙。我估计他窝在这个小塌塌儿（北京土语，应该是来源于满文。大概就是小屋子的意思，应该略有轻视）的主要原因是闲不住。什刹海边上，交通便利。没事出去还能应个活儿，勒个头检个场什么的。出箱估计干不动了，快八十的人好多箱子搬来搬去，演之前得择，演完了得回，多大的劳动量啊。二大爷倒也乐在其中："我坐车又不用花钱，出去干个活儿多少还能挣点儿，起码有个饭钱。"他就这脾气，你要是给他掏点钱让他改善改善，他铁定跟你翻脸。可是你要是有活儿叫他去开份儿，也不挑多少。

二大爷这一辈子挺传奇的，地安门商场公私合营之前据说是他们家的，梅派名旦梁小鸾是他亲姑姑。他父亲就喜欢票花脸，跟裘盛戎交情匪浅。二大爷现在来了兴致偶尔还唱两句，虽然牙口有点漏风，却也是吞吐山河颇多气势，可见年轻的时候没少下功夫。后来二大爷到吉林投奔他姑姑，下了海。就是吉林离北京太远，家里不太方便。机缘巧合，二大爷调到沧州京剧团。这下近了，也能借公差的时间回家探母。老太太身体不好，家里又没人照顾。二大爷后来就办了个病退，专门回家伺候老娘。没想到，到岁数该正经退休的时候，再回去办手续没办下来，于是就成了失业人员。我问二大爷为什么不去申诉，二大爷却说："人家团里对我不错，再说当初给我办手续的人都不在了，我给人添那麻烦干什么？"

梁二大爷《铫期》剧照，
这白蟒是他最好的一件行头

二大爷是个孝子，为了照顾老太太不要工作可见一斑。有一回王宗伟先生跟二大爷商量一起去河北进点儿行头，二大爷说了半天自己要这个要那个，让王先生帮他买。王先生说："去趟河北两三天就能回来，你跟我一块儿去不就得了？还费这事干吗？"二大爷急了："那是你，说走抬屁股就走了。我行吗？我们老太太在床上躺好多年了，吃饭得喂，解小手得把，解大手得抠。我跟你出去？那我们老太太怎么办？"说这话时候二大爷也是奔七十的人了，还这么尽心伺候老娘，说实话，当时听得我就挺心疼。

梁二大爷在干活

那天去看二大爷，非要请我吃饭。我说我请吧，意思是找个好点儿的地方好好请他撮一顿，爷儿俩这么多年，还真没怎么坐一块儿吃饭。没想到二大爷不答应，说我来看他就得他请，从没有让别人请的习惯。我们俩坐在街边的小店里，很随意地点了几个菜。他从饭馆的橱子里拿出半瓶“红星”——看来这是他的老据点。果不其然，二大爷坐下就跟我说：“你瞧我家里那点地方，要是有人来找我聊个天谈个事儿，我就只能把他们拉这儿来。”几杯下肚之后，二大爷就开始讲这么多年的经历，他倒有个特点，连过五关斩六将到走麦城，什么都不掖着，有什么说什么。不像有的人只说露脸的，最后，他淡淡地总结了一句：“这辈子什么都见了，也什么都经过了，知足了。”

送他回家的时候，曾经健壮挺拔的身影现在也形销骨立，略显佝偻了。在我身边的老人里，二大爷绝对是个特例。有老北京的傲骨和不逊，也有繁华落尽之后的淡然和随性。也许对他来说，每天能喝点儿，聊点戏，没事在什刹海边儿上跟着胡琴哼两句，找老街坊拌拌嘴逗逗闷子，这就满足了。到家门口的时候，二大爷跟我说："有路子帮我搭葛搭葛，我想把我这点儿存货卖了，快八十了干不动了。留着老有个念想，都卖了我就死心了。"紧接着又补了一句："把那件白蟒给我留下就行，等我走的时候好有个装裹。"

容妆师郭淑杰先生

票友演出的规模和层次相差很多，有些实力雄厚的票友大可以斥巨资约请专业院团配合，那么除了自己可以沉浸在登台的快乐之中，别的就什么都不用操心了。而大部分没有这个条件的票友则凡事都需要亲力亲为，从定场地约配演到排戏订盒饭，一场演出下来可以说身心俱疲。我就是在这种条件下，多年来消磨了经常上台的兴趣。而回想起那些年五味杂陈的经历中，给我提供最大支持的除了先师王宗伟先生以外，就是郭淑杰老师了。

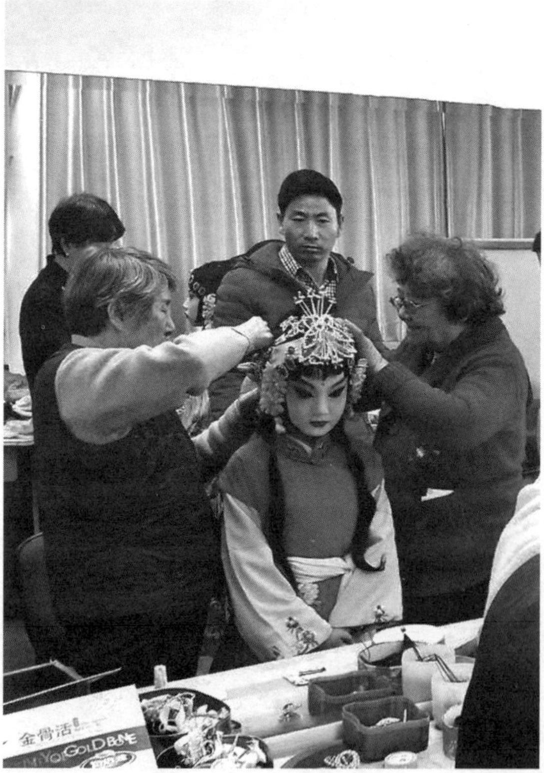

郭老师（右）在给孩子梳头

郭老师是化妆师，这一行当在过去的“五行七科”里属于“容装科”。主要的工作就是给旦角演员化妆和梳头。在专业院团里，大部分旦角演员都是自己化妆。梳头这个事儿，只能由容妆老师来帮忙，本人充其量就是打个下手，递个头面，按着网子什么的。这活儿看起来没什么，可是工序特别烦琐，不像生行演员勒头那么省事，真赶上人手不够忙不过来自己怎么也能对付上。在票友演出的时候还得加个“更”字，因为许多票友不会自己化妆，就更不用说梳头怎么打下手了。所以给票友化妆就特别累，尤其赶妆的时候，或者赶上唱个《贵妃醉酒》什么的，一上八个宫女，一个容妆师根本忙不过来，一着急就难免态度上不那么随和。我不止一次地听朋友说，给她化妆的老师脾气挺大，不好相处。而从我认识郭老师那天，她就总是笑眯眯的，说话声音也不大，好像从来不会着急似的。

那阵子郭老师总是跟王宗伟先生一起出箱，所以很快我就跟郭老师混熟了。那时候我还不会化妆——其实到现在我也不太会，尤其是画眼睛和眉毛。所以大部分情况下都是郭老师给我画，后来王宗伟先生说：“你别总跟郭老师那儿捣乱，自己不会就学去，老让别人画你怎么长进?”师命难违，我只好自己琢磨，一开始给自己弄得跟彩蛋似的，深一块浅一块。郭老师也不好意思笑话我，拿刷子给我找补两下，顿时就好了。就是这画眼睛的方法我一直没把握好，所以还得麻烦她老人家。

贴片子是旦角化妆的必备工序，这“片子”其实是用头发扎在一起的，贴的时候先把榆树皮用开水沏一下再揉搓，泡出黏液来。把片子浸泡之后，在一个光滑的板子上用篦子刮开，再做成需要贴的形状，然后粘在演员脸上。这样的效果就是既贴合脸部又不易变形。很多外行都挺好奇这玩意儿是怎么琢磨出来的，其实老年间的普通妇女，尤其是农村的妇女都是用它来固定头型的，其作用类似现在的啫喱水。我小的时候在我姥姥家还见过有的老太太用篦子篦自己的头发，我还挺好奇那头发怎么不乱呢。这活儿说起来不难，但是很麻烦，总得拿个水盆吧？有的剧场还不一定有热水，就算都凑齐了，抓挠半天，两手黏了吧唧的还得洗。要不怎么一有演出化妆师都老早就去做准备呢？而郭老师很神奇，她每次都是在家里把片子刮好，一份一份的在一块木板上摆好，拿保鲜膜一裹，直接去剧场就能贴。而且每次都正合适，不多不少正好用完。按说时间长了黏液干了会变硬，不如刚刮出来那么顺手，而郭老师刮的片子却不存在这种问题，不知道她有什么独门秘籍。

我认识郭老师的时候她就得六十多岁了，可是看精神头一点儿也不像那么大岁数。不管去哪儿演出，她都坐公共汽车去。背着一个特别大的黑书包，片子、油彩、头面、网子、线尾（读以）子一样儿都不能少，还不止一份，全都得塞进去。到地方铺开摊儿经常满满两桌子。我总怀疑她那书包是不是跟机器猫借的。虽然郭老师总是一团和气，看着慢条斯理的，但是手底下真麻利，真可以说气定神闲。票友演出经常是前后演员的行头会共用，尤其是旦角，一堂头面好几十件，显示器那么大一箱子，任谁拿着也不方便。所以如果梳大头的旦角不多，而且上台间隔时间比较长的话，郭老师就只带一副头面拆兑着用。可是票友演出哪儿那么严丝合缝地卡时间啊，经常是下边一出要开了，前面那位还没卸呢。郭老师这时候就要大显身手了，拿一个铁盘子往要上场的旦角手里一揣，把下场的旦角拽过来，左右开弓从她头上往下拽头面放在铁盘子里，然后再飞快地插在另一个旦角的头上，行云流水一气呵成。有一回时间更紧迫，直接从一个人头上摘下来就插在另一个人头上了。

那时候郭老师很忙，尤其到了周末。二十一世纪的最初几年里，票友的演出很多，基本每个周末都会有一两场。郭老师有时候还得赶包，在这个剧场忙活完，直接就去下一个剧场。时间都掐算好了，两边不耽误。我猜是因为郭老师人缘好，大伙儿都爱找她帮忙。可总有撞纲的时候啊，那就真分身乏术了，于是郭老师就开始带助手。一开始是她干活，助手帮忙，逐渐地她就撤开，让助手上手，自己在一边指导。等助手能独当一面了，再有碰到一块儿的演出，不太麻烦的事儿她就让助手去盯着，俗称就是“分包”了。真有很多位老师跟着郭老师逐渐走进了这个行当。后来有一阵子，郭老师胳膊骨折了。原因也很简单，就是坐公共汽车的时候被一小伙子从车上挤下来摔了一跤。那么大岁数的人，伤筋动骨不容易好，可是活儿还是那么多。郭老师只能多带几个人帮忙，她坐在一边指导。有时候能看出来郭老师眼睛里闪出一丝急迫，可是自己上不了手只能动嘴，干着急。干完了活儿估计那点儿本来就不多的劳务就都分给助手了，自己还落个白忙活。说实话，我真觉得要是那时候的哪位下岗女职工有这个机会跟着郭老师学这么一门技能，虽然不能说发家致富，但起码是解决经济问题的一个稳赚不赔的出路。

认识这么多年，我却对郭老师知之甚少，连她家的地址也是仅仅知道哪个楼。而且一般票房活动的时候郭老师很少出现，接触机会更少。有一回忘了在哪儿有个演出我去掺乱，有个学妹刚学的“小五套”，非要练练。我就从后台抄了两根把子棍跟她比划比划。郭老师从旁边走过，跟那姑娘说：“你这范儿不对，得这样。”说着拿过把子棍跟我打了一套，吓我一跳。我真不知道她老人家还有这身手。后来听王宗伟先生说，郭老师没事儿的时候还总去天坛跟人一块儿打把子。年轻的时候老太太唱过武旦。这还在其次，更令人惊讶的是她老公也是票友，而且工武丑，票友能唱《时迁偷鸡》的全中国也不多吧？这么热爱戏曲，老二位结婚可能都是在后台办的吧？

一晃这么多年过去了，跟郭老师也没见着几次，估计现在不会像原来那么忙了吧？后来老太太在学生的帮助下有了微信，我总想跟郭老师好好聊聊，又怕打扰她。偶尔有活动，遇到她当年的助手们，现在都是经验丰富的老化妆师了。打听郭老师，都说她现在很好。《锁麟囊》里怎么唱来着？“善果心花可自豪”。不知道现在她老人家还有没有兴趣打把子了。

我陪蒋秀娟先生演小生

蒋秀娟老师于我有恩，这恩大到什么程度呢？可以说改变了我的人生轨迹。

1999 年，我进入北方工业大学，成了扩招后的第一批大学生。每个人眼中的大学生活都是不一样的，对于我来说，大部分时间属于百无聊赖。大一的第二学期，学校的艺术馆（我是那个时候才知道我们学校有个艺术馆的）举办了一次笔会，我和几个同学被拉做志愿者前去掺乱。有十好几位丹青妙手在信手挥毫，我们除了铺纸，挂画，大部分时间是在听他们闲聊。也搭着我耳朵馋，听到一男一女两位老师在讨论过几天唱什么戏。对于我来说这仿佛大旱之望云霓一般，便不嫌讨厌地跑过去搭讪。后来我才知道那就是蒋秀娟老师，当时是艺术馆的馆长，另一位是刘峰老师。

那个年月网络也不普及，交往还是需要身临其境的。所以像我这样单打独斗的爱好者想找到一帮志同道合的人很难。自那儿以后，我偶尔就去艺术馆找蒋老师请教，其实就是瞎聊。蒋老师这个工作比较清闲，艺术馆既不是行政部门也不是教学部门，上下班相对自由，所以大部分时间碰不上她。有时候遇到她正好在办公室，就会聊上半天儿。她给我讲的最多的就是她票戏和学戏的经验，对于当时毫无体验的我来说，那是十分渴望的一种生活。只是不知道什么时候才能轮到自己。

转眼大半年就过去了，有一天遇到蒋老师，她跟我说：“下周四晚上有个京剧讲座，你帮我出个海报吧？宣传一下。”这对我来说是手到擒来的事，拿着蒋老师给我的资料我也划拉了一张海报。到讲座那天，我推掉了高中好友的生日聚会去听讲座，见到了南奇先生。那天讲座的听众还不少，我还以为是蒋老师让我做的宣传起了作用，后来我才知道，艺术选修课的老师作用更大，听了讲座就白得一学分。南奇先生娓娓动听地讲了两个小时，座间大部分同学都听得昏昏欲睡，只有我兴奋异常。结束以后，有几位同学围着南先生还在讨论，我站在一边有点不知所措。蒋老师走过来跟我说：“你愣着干吗？来，我给你引见引见。”她把我拽到南先生的面前，跟南先生说了说我的情况。南先生很高兴，就让我周日去北师大参加活动。我当时很激动，也很惊愕。没想到这就“今日如愿遂心肠”了？

从那儿以后，我在南奇先生的带领下，正式开始了玩票生涯。第一次登台就是陪蒋老师唱《二进宫》的四公子，这是在我找到大部队的当天在北师大科文厅的观众席里南先生给我安排的。幸福生活来得太突然，弄得我很不适应。虽然这个活儿没什么，可以说分量仅比那一句话不说的杨小姐重一点，还不如徐小姐，人家还有两句唱。可是对我来说，不啻于迈了登天似的一大步。为了不露怯，在各位老师面前争取个好印象，我之后那几天没少往蒋老师的办公室跑，让她给我指导一下，蒋老师倒是不嫌我烦，可能是看我态度比较认真。于是我人生中第一次粉墨登场就以反串定格了。事后我问蒋老师我这“一句词儿的角儿”来得怎么样，她给我的评价是：“挺好，上了台能撒欢，不怯场。”反正一共连五分钟都没有，也看不出什么前途来。

从那儿以后，我经常跟同龄的爱好者们一块儿玩，反而不怎么在学校里活动了，于是也没能再陪蒋老师唱。倒是经常在各种场合看蒋老师的演出。其实蒋老师在学校里比较低调，可在票界还是很有活动能量的。当时的京华票社是北京数一数二的票社，我认识好多前辈都是从这个票社的演出和活动中起步的。蒋老师是其中的中坚力量。不仅要演出，还要组织，估计比上班的事儿多。而且蒋老师真下功夫，跟李毓芳老师学了好多年，在梅派票友中毫无疑问是前辈级的人物。而且蒋老师当时演的剧目都不太常见，那几年一般票房里演个《武家坡》《大登殿》都得赶年节什么的，蒋老师就唱过《游龙戏凤》《三娘教子》等别人不太爱演的戏。还和刘峰老师唱过《太真外传》，《西施》的“泛舟”，更少见的是他们二位还唱了好几次《南天门》，挺让我羡慕的。几年之后，在京华票社的演出中，我又陪蒋老师唱了一回。

我演配角的机会不多，倒不是我人缘次，主要是我这工作性质给耽误了，不能保证按时参加票房活动。如果是日常大家欢聚少去几次倒也没什么问题，可要是演出答应了，到时候出差什么的再给搁了，对人家对自己都不好。因此时间一长，我也就不愿意去票房给别人找麻烦。要是想演出，我就自己攒。其实我还是很喜欢大伙儿一块儿玩儿其乐融融的感觉的，自己攒演出每次都身心俱疲，质量嘛就再不要提起。所以我不止一次跟朋友说：“你们什么时候演出缺配角叫上我。”可惜，人家从来不缺配角。久而久之，我也就只能“武松擒方腊——单抡”了。

那次也是机缘凑巧，有一天接到蒋老师的电话，她约我去票社玩。我就如约去了。到了票房，发现好多老师都在，比如杜平先生。他们正在商量年底演一场。蒋老师就问我有没有时间，我说应该没问题。她很高兴：“那好，你陪我来个《宇宙锋》吧。”我没明白：“宇宙锋也没老生啊，您看我像哑奴么？”蒋老师白了我一眼：“就你还哑奴呢？给我来二世。”好么，又是小生。这回可不比那四公子了，愣“钻锅”估计糊弄不过去。我想推，可是蒋老师不容分说就定了。我正琢磨这锅怎么钻呢，杜奶奶给我拉到边上说：“你来了我就放心了，你再替我应个活儿吧。《贺后骂殿》的王子。”这活儿虽然是老生，可我一样是不会啊。这回可好，俩锅一块儿钻，给我折磨的啊……这么说吧，我一般不怎么生病，结果演出之前发烧了。为了不耽误事儿，只好人生中第一次去输液了。幸亏在票社排练的时候包立先生不厌其烦地给我指导了几次，这二世算是没出什么毛病。赵光义基本是跟着琴师哼下来的。说到包立先生，他是北京京剧院包岩兄的父亲，知名的小生票友。当时有很多不熟的人都认为我们是一家子。其实只是沾了同姓的光，他们是前辈老先生包丹庭的后人，我哪儿高攀得起？

蒋秀娟先生与刘峰先生演出《长生殿》

2018 年蒋老师又找我唱《宇宙锋》，开始时间不凑巧，我正好要出差，于是我就把夏一凡贤弟豁出去了。后来演出时间改了，但是已经跟一凡贤弟说好了就没再变。那天在石景山文化馆演出，我临时赶过去探班。蒋老师一见我，又不由分说地给我派了一个活儿："上去垫一段儿。"我就衣冠不整地上台了，这还不是主要的，本来安排有陈志清先生清唱，他有事要先走，结果把我排他老人家后边了。这也就是蒋老师，换别人说什么我也不能答应啊。陈先生是什么身份，把我放他老人家后面？那多尴尬啊！

蒋老师现在应该已经退休多年了，还坚持每周两次活动，也辅导一些学生什么的。我估计她的晚年生活一定特别充实，在我看来，很少能跟她同台不能不说是件很遗憾的事。2017 年大学校庆，蒋老师本来说攒一场祝贺演出，拉上徐迟兄（他现在是我们学校的教师），我们仨人为主，也算尽份儿心，结果被校方劝退了……因为认识了她，我才找到了票友的大群体，因为这个大群体，我才找到了现在的工作。所以在我看来，蒋老师不光对我有恩，可以说是改变了我一生的人。

下次如果蒋老师再找我，我还去，就是有一个要求，能别反串小生了么？

“箱官儿”朱铁芳先生

我和朱铁芳先生属于最熟悉的陌生人，说熟悉是因为只要我到后台，尤其是票友演出的时候，十次有九次朱先生都在忙活。不熟悉是因为除了这个环境，我从未在其他地方和朱先生有过交集，以至于认识十多年了，我连他的名字究竟是“朱铁芳”还是“朱铁方”都分不清楚，直到有了微信，这一悬案才算解决。总不能自己把自己名字写错了吧。

铁芳先生大显身手的舞台都在幕后，所以一般的观众和爱好者应该对他并不熟悉。而像朱铁芳先生这样在不大点儿范围内大名鼎鼎的人物，老实说记叙他和我的交往就是“存资料”的意义更大。但是我必须得说说

朱铁芳先生（右一）等人与检场前辈存永绵先生

他，因为铁芳先生太有特点了。

我正式认识铁芳先生的时间很好记，2005 年 5 月 15 日。那天我在广德楼全出《四郎探母》，我一个人四郎到底。等我从王宗伟先生家把衣箱和他老人家拉到剧场出了摊儿，铁芳先生就到了。先师王宗伟先生很正式地给我介绍：“这是朱铁芳老师，以后你得多跟他学。”我恭恭敬敬地喊了一声老师，朱先生瞟了我一眼：“爷们儿，咱别这么客气。”然后问王老师：“这又是你学生？你怎么这么多学生……”我没敢多聊，就扮戏去了。

那回演出也没什么可炫耀的，无非就是全须全尾儿（尾读“以”）地唱完了而已。我这四郎哪还顾得上有什么光彩，纯粹疲于应付。唯一有一点儿吹牛的资本，就是“巡营”的时候，之前彩排我被擒就是往地下一跪就过去了。在台上我也不知道哪根筋不对，还翻了个吊毛。多年后我还听别人闲聊说：“之前没见过票友一个人四郎到底，也没见过几个翻吊毛的。”

也许是这个吊毛给铁芳先生吓着了，散了戏以后，我们一边叠行头一边闲聊，对话如下：

“行啊，爷们儿，这手儿也会？”

“这不是让人欺负怕了吗？所以才跟王老师多学点。”

“哎，你是戏校毕业的吗？你那吊毛翻得够低的。”

“您抬举我了，我一天正经戏都没学过，今天这是犯凉药了。”

“啊？爷们儿，以后可别这样了，万一你伤着了，这后边大半出戏谁唱啊？”

……

从那儿以后，我又演过几次，每次铁芳先生都在后台帮忙。基于这个我们爷儿俩就熟了。铁芳先生自幼就在各大戏园耳濡目染，亲历了很多名家的演出，每次闲聊的时候，铁芳先生都爱说：“那年我看 × × × 在……”当然，估计也没少遇到车祸现场，只不过他口下留德很少说而已。而且和许多老前辈不太一样，铁芳先生对后台的事儿更上心。铁芳先生比梁二大爷、王宗伟先生年龄要小一些，如今那些老先生们要么身体不适，不愿意出来玩儿了，要么身归那世去了。我刚开始在这圈儿里起哄的时候，全北京光私人出租的戏箱就不下十几份。如今且不论还有多少老前辈在支应这个事，光说能出来应活儿的都少，大多数情况就只剩下铁芳先生还在兢兢业业。他这工儿在行里俗称“箱官儿”，就是服装师。这行可不简单，按现在的演出配置来说，一个大衣箱等于半个舞台监督。因为所有演员的服装都得从他手里穿，一出戏扮了几个人，谁应该先穿服装，谁不着急，全凭他一句话。我不止一次看见铁芳先生在后台：“你别着急，过半个小时都误不了。”“头出还差俩兵，你找找跑哪儿去了。”“你一会儿下来别光顾照相，赶紧过来脱，下边那出的还等着用呢。”……

爱好者演出和专业演员不一样，正经坐过科的别看他满处儿胡溜达，逮谁跟谁聊，到点儿肯定错不了地方。爱好者可就不一样了，大部分经验有限，不知道自己什么时候该上合适，要么头俩钟头就画完妆了，要么快上场了还找不着人。还有那从来没扮过戏，满世界拉人照相的，恨不得冲大街上当幌子去。每回在后台那个乱啊……可我倒从来没见铁芳先生着过急，干活儿还不耽误聊天，这也是本事。

铁芳先生不止一次跟我说：“爷们儿，下回你再找个大衣箱来行不?我就有闲工夫了，其实我最大兴趣是检场。”检场这活儿听着没什么，在过去按“五行七科”划分，单是一个，算“剧通科”，这名字就禁琢磨。你得前后台坑坎麻杂全琢磨透了，才能干检场。既不能误了事，还得知道什么时候上去不影响角儿要好儿。对，忘了说个现实制约，早年间的剧场没有大幕，全得明检场。现在影视剧里那些演戏的情节中的检场，说句不客气话，连蒸馏水都不对。如今新中国成立都七十多年了，赶上那时候干活儿的已经凤毛麟角，这就是年龄的优势，铁芳先生小时候赶上了啊。我们这样儿的天天跟人家吹牛，其实都是听来的，前面还得带个帽儿“我听

×××先生说……"，这能比么？像土豆大仙周凯检场，那样的……嗯，再过四十年也能跟别人吹"我检场有个好儿"了（参见写他的文章）。好像后来在网上看到，有人专门为后台这些事采访铁芳先生，这一定是明白人。

后来吧，我基本上过了这个"上台才算过瘾"的阶段，所以有几年没怎么掺和演出的事，因此跟铁芳先生的接触就不那么多了。主要原因一个是我这人比较各色，再加上工作性质机动性很大，很难保质保量地参加各种票房活动，所以就逐渐成了姜骏兄口中的"传说中的人物"。另一个主要原因是——现在票一出戏太贵了！

2014 年，邵振坤贤弟在人民大学唱《宇宙锋》，他约我去看戏。我更习惯在后台起哄，一进门就碰上了铁芳先生。数年未见，铁芳先生一边给别人穿服装一边揪着我聊天。赶上那太监穿的时候，他拿一根绦子跟我说："练练？"我很惭愧："您问短了我了，这个我不会。"他不无得意地一边系绦子一边教我，可惜，看得我眼花缭乱，还是没学会。散了戏我帮他叠行头，铁芳先生还夸了我一句："行，还没还给师父。"我还真有些不好意思："王老师教的印象太深。"

那天"箱头"是冯长城先生，之前我们并不认识。也许是看我捣乱还有点儿意思，冯先生跟我说："你给我留个电话吧？"铁芳先生在旁边接话儿了："干吗？你要找他跟你出箱啊？你知道他有空没空啊？"虽然我对这件事很有兴趣，但确实是人在江湖身不由己，再说了，我这两下子哪儿够使啊？上坟烧报纸——这不糊弄鬼么？

这几年我演出，一般都请铁芳先生帮忙，当然，他现在事儿也多，动不动就跟着什么剧组巡演个四十天一个月的。2018 年 6 月，我唱《辕门斩子》，因为要"三换衣"，我特烦他单傍我。结果到了后台，他就闲不住，还给别人帮忙。当然，人家这能耐，我的事儿一点儿都没耽误。还给我拍了好几张剧照。其实我最想说的是，台上真有能耐肯定大伙儿佩服，可是后台有能耐的人，又有多少人注意过呢？

多栖奇人翟鸿起先生

翟鸿起先生在猜谜

我认识的老前辈很多，有的见识高远，有的身怀绝技。而其中翟鸿起先生无疑是一位奇人。

初识翟先生大概是2002年，当时我还在上学，有一次电视台录节目我们去起哄，正好看到几位熟悉的曲艺爱好者，围着一位老者在闲谈，这就是翟鸿起先生。当时他应该刚过古稀之年，一头花白的头发一丝不苟，戴着个金边眼镜，个头不高，但是很精神。我记得他当时正跟应宁兄讨论京韵大鼓的身段，随手拿起鼓楗子摆了几个造型，一看就是熟谙此道，斫轮老手。可是那次并没有过多攀谈，但是通过应宁兄我记住了翟先生的名字。

此后多年，并没有跟翟先生有什么联系，工作之后有一次在做节目的时候遇到了崔伟先生，闲谈中，崔先生说："改天我带你认识一老先生，他可是全才，是老北京的事儿他全在行。他叫翟鸿起。"没想到居然无意识地碰到了这么巧的一个机会，我就连忙向崔老师讨要了翟先生的联系方式。还有了数次登门求教的机会。

翟先生是老北京，崔伟先生说他是全才真的是名不虚传。他的经历也挺奇特的，小的时候家境不好，1946年初中毕业，家里就再也无力支持他上高中了。于是在前门外大蒋家胡同（现在的大江胡同）里的"中华百货售品所"做了六年半的实习生和售货员。后来又走上了教师的岗位，最后在师大附中退休。这老先生什么都懂，能说相声，唱鼓曲，还票花旦，宗筱派，在他的著作里写到自己还有个艺名叫"翟韵萍"。有一次他跟我说起花旦戏，这一门类我自然是不太在行的，但是老先生说的很有趣。他跟我说："筱翠花说，《翠屏山》的潘巧云在背后指杨雄被发觉的时候，得前面那个手指不动，一直指着，拿另一只手找过去抠指甲缝，就跟就着高处有光亮一样，慢慢地收回来到胸前。就是给自己找个台阶下。"说完了还不忘找补一句："这是筱翠花亲口跟我说的。"

至于其他的趣闻轶事就更多了。比如他说在人民剧场看李和曾的《逍遥津》，李先生正好唱到"欺寡人好一似猫鼠相随"，偏偏从上场门就出来一只猫，溜溜达达地在台口走了一圈，又从下场门下去了，全场哄堂大笑，连李先生都绷不住笑场了。

还有一回我跟他聊起蹭戏。翟鸿起先生颇不以为然："堂会戏怎么样？照样有人蹭。王大爷（王瑶卿）过五十整寿，就有人装了一点心匣子槽子糕，直接进去拜寿。把礼送到账房后，也不吃饭，直接入座听戏，从傍晚开戏一直看到凌晨四点。那可都是梅兰芳、余叔岩、荀慧生这样的大角儿啊。为什么拿一盒槽子糕呢？分量轻还出数儿，又便宜。看一晚上好戏，你说人家多会算计?”可不，王大爷五十整寿是民国十九年，那会儿北京城物价还便宜呢。刘曾复先生曾说过，到富连成退出广和楼的时候，两毛钱还能买一套烧饼麻花，那已经是“七七事变”前夕了。估计当时一盒子槽子糕也就几毛钱，而这些名角儿的票价哪个不得好几块?这账太清楚了。

除了京剧，翟先生更著名的身份是民俗专家。不管是风俗节令，还是饮食起居，翟先生可以说无一不在行。而且翟先生还笔耕不辍，出了好多本民俗著作。他就送给我好几本，比如《老票说戏》，其中都是他学戏和看戏的见闻轶事，还有《老饕说吃》，其中涉及的都是老北京的饮食文化。说实话我不是一个爱吃的人，对我来说，吃不过是延续生命的手段，只要能吃饱就行。像为了吃某种心心念念的东西不惜排好几个小时的队这种事从来未在我身上主动发生过。但是这本书确是给我打开了一扇别有洞天的大门，翟先生用风趣的文风和京味儿的口语，不厌其烦地讲述了很多吃食的源流和制作方法。还有很多老年间的饮食风俗。可以说是一本活色生香的宝典，其实用程度不亚于菜谱。当然，更有意思的是听他老人家娓娓道来，那声情并茂，东拉西扯，对坐要是吃货绝对情不能自已。

还有就是翟先生以自身经历写就的《老耄说贾》，讲述的就是他 1946 年至 1952 年在“中华百货售品所”的经商经历。渗透了当时的市井民风和行业规范。翟先生对此书十分得意，在还没有出版的时候就跟我说：“我这经历一般人没有，写出来一定好看。”例如他记载的当时商铺约定俗成，本家字号雇员一概不用“三爷”，就是本家少爷、姑爷、舅爷。而晋商更甚，方圆五百里之内的乡亲都不录用。就是为了杜绝裙带关系，保持公正。

翟先生在民俗方面的建树也是有口皆碑。我从崔伟先生那里取得他的联系方式以后，就请他老人家来做了两期“端午节特别节目”。一同邀请的还有戏曲评论家刘连群先生，刘先生主聊戏曲，翟先生主聊民俗。没想到二位一见如故，在访谈过程中仿佛多年故旧一样。翟先生还特意亲手做了一个五彩线缠的小香囊在节目里展示。后来翟先生跟我说：“其实我最喜欢的还是灯谜，这玩意儿有意思啊。”于是直接促成了那年《名段欣赏》春节特别节目“谜中有戏”。

为了录这个节目我找翟先生面谈了好几次，从翟先生那里我被普及了好多有关灯谜的知识。翟先生说，灯谜不是你攥出一个谜面自己想个谜底就行，它是有一定规律的，只有按着规律制谜，才能放之四海而皆准，脑筋急转弯那种根本就不是谜语。而其中最主要的一点就是“别解”。就是说这个字或词在谜面和谜底里是表示不同意思的，这才能成为谜语。他给我举了个例子。“双休日不营业。——打一京剧剧目。”谜底是“《过五关》”。“五”和“关”就都存在别解，“五”在谜面是周五，在谜底是数目。“关”在谜面是“关门”，在谜底是“关口”。后来我突发奇想，编了个谜语：“未觉妻红杏出墙。——打《桃花源记》一句。”发给翟先生以后，翟先生很快就回复：“不错，‘乃不知有汉’。”

下面是翟先生编纂的《趣味京剧灯谜》里刊载的几条谜语，大伙儿不妨看看是不是挺有意思？

打渔杀家。——打一成语。【谜底：恩将仇报】

单筒望远镜。——打一京剧剧目（丹顶格）。【谜底：独木关】

根治黄赌毒。——打一京剧剧目。【谜底：除三害】

日出冉冉。——打一已故老生演员名。【谜底：徐东明】

天子上早朝。——打一老旦演员名。【谜底：王晓临】

暗地里发火。——打一演唱术语。【谜底：偷气】

从那儿以后，偶尔登门去看望翟先生，接触却是越来越少。大多是在微信上和老先生聊几句。后来有一次翟先生给我打电话，听着言语有些含混，我猜他可能身体不适了。2016 年 4 月 23 日，翟先生的公子用翟先生的微信给我发了一张照片，我才知道老先生已经去世了……

余派名票刘大夫

我最早认识的钻研余派的票友就是刘峰先生，早到我还没有找到“大部队”的时候。

刘峰先生是医生，医生当中喜欢京剧的很多，但是刘先生有一个与众不同的身份，他是北京京剧院的医生，在京剧院工作了二十多年。所以一提起刘先生，大家基本都以“刘大夫”代之。作为一个票友，在剧团工作，想想都是一件幸福的事情。有这种近水楼台的便利，刘先生肯定跟很多名家都过从甚密，比如陈志清先生就不止一次地提起过他。在跟他们二位都还不熟的时候，每当见到其中一位的时候我总有点“晃范儿”（戏班儿的术语，就是犹豫，拿不准的意思），尤其是扮上戏的时候，也许是因为他们二

陈志清先生给刘峰先生说戏

位相貌比较相近吧。

刘峰先生在票界真可以说“有一号”，很多颇具规模的票社都能见到他的身影。例如“京华票社”，这是在北京很有名气的一家票社，当年很多名票都在其中。我看过很多次京华票社的演出，刘先生演过好多剧目。比如《红鬃烈马》、和蒋秀娟老师合演的《长生殿》和《南天门》《捉放曹》等，好像还有一回《游龙戏凤》，但是不是在京华票社演出的我记不起来了。此外在北外看过一回他演的《三娘教子》，还有一回慰问武警官兵，他和蒋老师唱的《西施》里“泛舟”一折。我第一次登台陪蒋老师演《二进宫》的四公子那回，就是刘先生的杨波，饰演徐彦昭的是清华大学京剧队的元老李龙兄。而我认识他则比这还要早一年。

大一第二学期，学校艺术馆举行了一次笔会，我作为志愿者去服务。其间听到蒋秀娟老师和刘峰先生在讨论过两天唱什么戏。我按捺不住兴趣凑过去起哄，从那儿以后就逐渐开始了我的票友生涯。刘先生善绘丹青，我记得那天他一只手拿着一把折扇，另一只手握着笔在扇面上刷刷点点，不一会儿一幅山水画就信手而得，令我十分佩服。聊起戏来的时候，刘先生问我：“你会唱么？”我老老实实地说：“不算会，也就是能哼哼两句。”之前素未谋面，我居然就跟刘先生讨教起怎么咬字来了。刘先生也不嫌我没礼貌，一个字一个字地给我说了一遍《沙桥饯别》，连画画都耽误了。

后来开始混迹于票界之后，时常能和刘先生碰面。看来我给刘先生留下的印象还不错，每次他都得向其他人褒扬我一番，弄得我很不好意思。我还有幸参加过一次京华票社的演出，陪蒋秀娟老师演《宇宙锋》，排练的时候刘先生还请我吃了一顿饭——喝豆汁。刘先生钻研余派很有心得，听他的演唱很让人觉得别致。虽然余派在人们的概念中没有什么“特色”，以咬字发音中正平和为主。但不管是专业演员还是票友，演唱的时候给人的感觉都是在余派基本的准则之上有自己个人的理解。在认识刘先生之前，我基本处于“胡唱”的水平，不管什么段子，哪个流派。觉得好听就模仿一下，至于像不像，拿不拿得出手就无所谓了。后来对余派发生兴趣，并且真正想模仿一下余派的艺术，应该说很大程度上是受了刘峰先生的影响。

还有一点我可能也是受了刘先生和蒋老师的影响，那就是唱一些有特色的戏。当然，我跟他们二位不能比，他们是经过名家指点，有所本有所出。而我则纯粹是出于好玩，不愿意跟别人一样。就说《游龙戏凤》吧，在看他们二位演出之前，我只是听过马连良和杨宝森二位大师的录音，还有老师教导我说这戏思想有问题，不是什么好剧目，弄得我也无所适从，有点茫然。而看现场演出，则是从他们二位开始的。刘先生演的正德帝改变了我对这出戏的看法。感觉虽然调笑也要有格调，不管正德皇帝是个什么样的人，历史的盖棺定论与艺术呈现并不完全是一回事，风流天子与耍流氓还是有本质区别的。也因此我对这个戏很是喜欢，后来先师王宗伟先生给我说过这出戏的要领。我也斗胆唱过几次，李凤姐换了好几个。如今也可以说对这出戏有所心得了。

还有就是《南天门》，这个戏虽然历史悠久，但可以说绝响舞台多年了。早年间有四大“义仆戏”的说法。指的是《双官诰》（就是《三娘教子》）《南天门》《一捧雪》《九更天》。由于特定历史时期认为宣扬“忠孝节义”是束缚人民思想的，所以这几出戏的传承不同程度上来说都受到了影响。除了《三娘教子》以外，等我会看戏的时候其他的都很少见到演出了。《三娘教子》刘先生也唱过，余派风格的。扮相好像跟现行的也有点儿区别，不是系小腰包，是系大腰包和大带，好像戴的白三吧。不是刘先生演得不好，当时就觉得这戏蔫大，俩人唱散板没完没了。一看表一小时都过去了。而我看《南天门》的时候就没有这种感觉，二位老师为了这戏可是下了心血了。刘峰先生专门找刘曾复先生给下挂（戏班术语，重新整理，编排指导的意思），蒋秀娟老师则是请李毓芳先生给指导，花了不少时间。反正从我听他们商量要唱这个戏，到真正他们排出来上台，至少得有一年时间吧。这戏其实从唱来说并不是多丰富，主要是表演。风雪交加，饥寒交迫，这种意境全靠演员的写意化表演来呈现，当年的好演员真能演得让观众身上发冷。看刘先生演剧中的曹福，确有老成持重，一心为主的热忱。尤其是最后体力不支冻饿而死的时候，刘先生还摔了个僵尸。就说是个软的吧，毕竟也是花甲已过的老人，实属难得了。

由于我个人的原因，现在和票界有点渐行渐远。故而和刘峰先生这样的前辈晤面就越来越少。2018 年春节前，我跟蒋老师联系了一下，趁他们日常活动的时候去看了看他们。刘先生也是七旬开外的年纪了，可是一如我们刚刚认识的时候那样边式，还连连夸我有心，说得我实在惭愧。经年总为稻粱谋，当年的老师们也没条件好好地报答一下，总归是学生的不是。之后想起来，我有点后悔——忘了跟他讨一幅扇面了。

“西城老军”郭富爽先生

当初混迹票界的时候，各种票房可是没少去。上到京华票社这样正规高级的票房，下到街道活动站，公园里河边儿自娱自乐的扎堆起哄。那时候我岁数小，票房里则大多是中老年人，因此像我这样的在人堆里比较醒目。以致后来我玩票的时候，许多老前辈还清楚地记着我，让我很是惭愧。

郭富爽先生就是其中之一。那时候总在各个剧场里遇到他，每次都是他主动跟我打招呼。我这个人还有个毛病，不爱问人家姓名。我总觉得问人家：“您贵姓？您怎么称呼？”是一件特别傻的事。所以很长时间我跟郭先生只是点头之交，而我也想不起是什么时候被郭先生记住的了。

二十一世纪初的一年，那时候西城文化馆还在西斜街，宏庙小学的隔壁。我去看演出，在剧场里又遇到郭先生，他跟我打招呼：“你不知道我是谁吧？‘西城老军’。”我恍然大悟。当时在网上有个“中国京剧论坛”，我算是其中的活跃分子之一。与一位网名叫“西城老军”的时常互动，他不仅给我传授知识，偶尔还开个玩笑什么的。原来就是这位，一下子亲近了不少。又过了一段时间，我才从杜平先生口中知道他的大名。

郭先生二十世纪六十年代毕业于北京第二外国语学院，退休前在国家电网物资公司工作，一直对京剧情有独钟。后来我与他的夫人李洪玲老师也熟了，原来李洪玲老师是李少春先生的长女，我才醒悟过来——这是一对“神仙眷属”啊！

郭富爽先生穿着李少春先生的服装照的剧装照

跟郭先生熟了以后，我发现他挺低调的。票房活动的时候，他总是坐在一边静静地欣赏，偶尔来的人少时才消遣一段。当然，唱的大多是他岳父的经典曲目，《野猪林》《将相和》什么的。之前我跟郭先生接触不算多，说起来倒更像网友。从论坛到 QQ，再到微信，经常向郭先生请教，但见面的机会不多。郭先生倒是身体力行，经常参加各种活动，粉墨登场，乐在其中。我曾经在十里河的“四九城”小剧场看郭先生演过一回《失空斩》，那天李浩天先生也去了。说实话，这戏对于票友来说，难的还不是怎么唱，怎么演，最麻烦的是排戏和攒人。想必郭先生为了演这出戏付出了不少心血，虽然剧场条件一般，但是参演的老师们都很认真，郭先生作为角儿，那天的发挥真是可圈可点。

我跟郭先生还没有在舞台上合作过，确切地说是错过了几次合作的机会。2015 年，郭先生找到我，跟我商量能不能一块儿攒一场演出。票戏对于我这种懒人来说虽然想起来就头疼，但若真的操持起来，也不是什么难事。没想到快到日子的时候，我突然忙了起来，实在是有负郭先生的托付。到 2016 年，郭先生想唱《文昭关》，约我给他来东皋公。预计四五月份，天气不热的时候来一场。前言未践，况且能和老票友同台也是我的荣幸，我自然义不容辞。按郭先生的计划，大轴是李洪玲老师的《上天台》，他前边开场。算计了一下人数，还少俩太监，郭先生问我能不能帮忙请两个人。我估摸了一下时间，跟郭先生说："再找一个人就行，我能赶一个。"郭先生还觉得挺不合适的，约我演出还饶一个活儿，我倒无所谓。其实在票友演出的时候前后赶是很正常的事，尤其又是我主动提出来的。郭先生对这个演出很重视，拉着我排了好几次，还专门带着我去陶麟先生家，让陶先生给说说。当然，主要是给我说。陶先生年高德劭，见多识广，使我受益匪浅。可惜临近演出了，郭老师有些不舒服，只好不了了之。2017 年，我去横店待了半年，就是有这个想法也放下了。

我与李宝春先生和郭富爽先生在录像现场

2019 年春天，郭先生再次跟我提出演出的计划。他和李洪玲老师准备搞一场纪念李少春先生的演出。开场是李洪玲老师表演《野猪林》的"大雪飘"片段，中间是郭先生的全出《将相和》，大轴是李洪玲老师的《上天台》。中间穿插他们的爱女郭扬表演的印度舞蹈。我正在想他会给我派个什么活儿，郭先生一如既往地那么客气："你能帮我当个舞台监督么？"这活儿吧，能上台的一般都不愿意干，随便找个人还不一定能胜任。难得郭先生这么看得起我，我当时就表态："感谢您给了我一次票舞台监督的机会。"

等排戏那天一看，好么，连前台带后台多是熟人，大部分都是看着我成长起来的老师。多年睽违，没想到拜郭先生之赐一下子全见着了。仿佛又回到了当年在票房看着老师们活动心里羡慕不已的时候。大伙儿应该都是被郭先生的人格魅力所感染而加入的，排戏一气呵成很顺畅。演出是在2019 年 4 月 20 日上午，那天是周六。平时基本不早起，很久都没有见过日出的我，为了不迟到上了仨闹铃，六点半就出发了。虽然不上台，但是我还是按平时的习惯，把所有可能用到的家伙事儿都收拾好了。要说还是经验不足，一个人顾了上场门就顾不了下场门。有几个地方没傍严实。事后我跟郭先生道歉，他老人家倒是很满意。我知道，他是鼓励我。

那次演出反响很热烈，一家三口齐上阵，也可以说是一段佳话。但是从我来说，还是觉得欠郭先生一次演出，等我发财了，一定把这个愿还了。

其实郭先生和李老师爱好很多，尤其是旅游，总看他们全球各地去观光。郭先生是二外毕业的，料想跟外国人交流根本不是问题。女儿常驻香港，他们也经常去探望，在北京的时候就约请三五好友每周一次在家消遣。我就有幸受邀参加过一次，中午还蹭了一顿面条儿。虽然他老人家比我父亲岁数还大，见面却总跟我兄弟相称。可能在他看来是把我当作忘年交，令我很是惶恐。有时候我就想，能伴随每个人一生的除了家人只有爱好。有的爱好偏静，比如书法国画什么的，虽然修身养性，总是感觉不太接地气。而像京剧这样的爱好，一个人玩儿不起来，非得一群人凑一块儿才有意思，还能接触不同年龄段的人，难怪很多票友都长寿呢。

不同凡响的“杜奶奶”

杜平先生是北师大历史系的退休教授，今年已经望九之高龄。她是众多老前辈中很有口碑的女老生，主工余派，曾经将很多心得传授给我。当时我们几个比较喜欢老生的朋友都不同程度地受到先生的教诲。当时北师大京剧社的朋友们私下都称她“杜奶奶”。

“杜奶奶”这个称呼滥觞于李单师姐，她虽然不是师大的学生，却是师大的子弟，自幼就与先生认识。因此每每提及的时候，总是以“杜奶奶”代指。时间一长，我们也就跟着叫起来了。

杜平先生在《大保国》中饰杨波
（照片提供者：刘峰先生）

最早知道杜奶奶在票界的名望还是在师大二附中上学的时候听崔胤魁先生说的。崔先生曾经跟我说：“你条件还可以，有机会应该跟杜平学学。她的老生还是很有名气的。”从崔先生口中我得知杜奶奶曾经在二附中工作多年，教过“文革”前的文科实验班。后来又调到北师大工作。按时间算来，我上高中的时候，杜奶奶已经退休了。更巧的是，她住在我的数学老师柯珊先生楼上，和教我历史的崔玉琴先生关系也非常好。所以，在没见到杜奶奶的庐山真面目之前，我已经十分向往能追随杜奶奶好好学习一下。而我真正跟杜奶奶有所接触已经是快工作的时候了。

第一次听杜奶奶演唱是在一次电视台的“戏迷俱乐部”录像的时候，当时杜奶奶已经年过古稀，华发满头。但是精神爽利，不像同龄人那样老态。一句“头戴着紫金盔齐眉盖顶”喷薄而出，当时我们全都傻了，从未听过在票友中有如此沁人心脾的演唱。老实说，十几年前在票房能唱《战太平》的并不多，唱“头戴着紫金盔”的更少，出口惊人的就更不用说能有几人了。从那一刻，杜奶奶就“倚仗金镖压服绿林”，以实力镇服了我们。后来在北师大活动的时候，杜奶奶有时候也来转转，等她准备消遣一段的时候，我们就马上偃旗息鼓：“别说了别说了！杜奶奶要唱了！好好听着！”

也许是毕生从事教育工作的原因，杜奶奶对我们绝对是有教无类。不管请教什么问题，都耐心地给我们解答。她曾经仔细地给我说过一遍《沙桥饯别》的“提龙笔写牒文大唐国号”，遗憾的是当时囊中羞涩，连个能录音的随身听都没有，要不然绝对是宝贵的财富。我印象最深的是“各国内众蛮王休要阻道”的“阻道”二字，杜奶奶说这两个字都是下滑的擞音，中间还有一个衬字是上滑的擞音，演唱的时候很需要技巧。说句不害臊的话，我不觉得我是个笨人，但是这三个字我足足琢磨了一个多月，才找到点感觉。这一段杜奶奶断断续续地给我说了好几次，也怪我天赋太次，仅仅掌握了点蒸馏水。

在我刚开始工作的那几年，时常在票房遇到杜奶奶，因此就更熟了。杜奶奶出身名门，祖上曾是新疆提学使（我在网上搜了一下，光绪年间的新疆提学使名叫杜彤，应该就是杜奶奶的先人）。杜奶奶幼年在天津度过，后来考上辅仁大学来到北京。杜奶奶曾说："当时清华、辅仁等大学在天津就可以考试，而北师大则要到北京来考。我的两个同学都想上北师大，专程到北京考试结果都没考上，我就在天津考的辅仁，没等我毕业就并到北师大了。"杜奶奶一家子都对京剧十分痴迷，她说小时候家里的唱片特别多，吴小如先生还曾经登门欣赏，互通有无。她姐姐唱青衣，都唱过什么已经无法统计了。杜奶奶自谦地说："我是最不成器的，学的晚，也不精。"当时听到这个自我评价的时候，我们心里都在想："这就是一个神存在的票友家庭啊。"

杜平先生在吊嗓

2002 年，北京师范大学百年校庆的时候，我曾经有幸看到杜老师彩唱《珠帘寨》"解宝"一折。同场还有吴光辉教授和陶麟先生的《镇潭州》。杜老师登场的时候，我们几个毫无顾忌地来了个碰头好，连男带女四五个调门的叫好声招惹得旁边的大爷大妈们一个劲儿地瞪我们。而我们倒不在乎，沉浸在杜奶奶的演唱当中。一段流水唱得我们一身鸡皮疙瘩——醒脾啊！

后来我还有一次和杜奶奶同台演出的机会。当时蒋秀娟老师在京华票社组织活动，她要唱《宇宙锋》，让我来个秦二世。蒋老师对我有恩啊，因为她邀请南奇先生做讲座，我才有机会在南先生的带领下融入了这个“奇妙”的群体，所以我一口答应下来。去排戏的时候发现杜奶奶也在，我当然十分兴奋。杜奶奶看到我也很高兴，私下跟我说：“你来了我就放心了，你替我应个活儿吧。《贺后骂殿》的王子（子读轻音，这是戏班里对皇帝的一种俗称）。”原来这次演出杜奶奶有一折《海瑞罢官》，还要陪另一位老师唱《贺后骂殿》，毕竟当时已经是快八十的人了，有点力不从心。我出于心疼杜奶奶的考虑，便也答应了。于是一个小生、一个老生，两个锅在一场演出我一块儿钻。

可是排练的时候我就开始挠头了。原因很简单，《骂殿》我不会啊。而且目前都是言派的风格，倒不是说人家这路子不好，实在是我能力有限，加上时间紧张，真是学不会。杜奶奶说有个贯大元先生的路子，让我试试。我就从网上找了录音恶补了好几天，总算钻锅的时候还没太露怯。本来旦角唱二黄调门就低，贺后又是程派，再加上老生紧跟着旦角就唱，也没换胡琴，等于我哼了一出。

杜奶奶年龄越来越大，许多活动就不怎么去了。因郭富爽先生的约请，之后还和杜奶奶聚过几次。别看耄耋之年的老太太，她老人家可一点儿不服老。八十多岁了还自己坐高铁去天津串亲戚呢。有一回聚会结束，我陪着她从积水潭走回北师大。杜奶奶轻裘缓带，衣履凭风，一点没觉得累。也就是那会儿还不兴记步数，目测怎么也得五千多吧。我不由得感叹，这身子骨，“看样子能活二百多——还是少说”啊……

杜奶奶曾经语重心长地教导我：“你别贪多，先学好余派，西皮二黄各弄两出瓷实的戏，踏踏实实地学学，摊得太多不好。”对于他们这一代票友，我一向是怀着高山仰止的心情不停地仰望的。尤其是他们对京剧这一爱好的认真和执着是我们这等生于浮躁时代的人起根上就不具备的优良传统，还有他们对后生之辈光风霁月一般的关怀。

浅忆吴光辉先生

吴光辉教授演出《芦花荡》，饰张飞（照片提供者：陶麟先生）

我与吴光辉先生并不能算是师生关系，因为我与吴教授并没有能成为师生的机缘。但曾经目睹吴先生的道德风骨，令晚辈心生景仰。在我心目中，早已把吴教授当作楷模了。

吴教授生前在首都师范大学化学系工作。而我认识他，得知他的大名则是在著名的“集贤承韵”子弟八角鼓票房。印象中我第一次对他产生尊敬之心是一个孟夏之夜，吴教授演唱岔曲。当时吴先生应该已经年过古稀，衣着朴素但气宇非凡，虽然身材并不高大，略有些驼背。却是一番

“老只老头上发项下须”的精神。待开口一唱，嗓音犹如彩云遮月，音韵古调独弹。对于我一个入门级的曲艺爱好者来说，坐在院中，花草淡香，薰风渐来之时能闻此曲，心中颇有忘机之叹。

参加“集贤承韵”的人士大致可以分为两类，一类是白眉皓首的老辈顾曲者，一类是我等后生之辈。怯于老前辈的盛名和气度，我们不太敢主动跟老先生等交流。当然贤如应宁、王玥波诸兄一是技艺在身，二是交往多年，自然和老先生们谈笑风生，我等只有艳羡之叹。印象中只有一次简短的跟吴教授的交流：

那天，玥波兄跟我开玩笑说让我帮忙买台电脑，他好整理一下自己的收藏。我也不太精于此道，只能告诉他大概的价格和我的攒机经验。彼时吴教授恰在座间，似乎对我们的话题很感兴趣，转过头来问我：

“你会上网么?”

“……会。”

“那我想问网上的文章怎么才能知道是谁发的?”

“这个不难，要是在论坛里发的都有用户名，您可以直接找他。”

“哦……我看到有人把我岳父的文章改了个名就发了。不过这篇文章我只有名录，我想找他要到原文。”

“这个……”

彼时我也并不算个合格的网民，所以说了半天，吴教授还是一头雾水。不过老人家非常客气地向我道谢，让我有些手足无措。

当时我还没敢请问吴教授的大名，所以他岳父是谁就更无从知道了。后来从朋友口中得知，吴教授的岳父就是大名鼎鼎的溥叔明。要放在前清那会儿，吴教授就是额驸了。吴教授的八角鼓艺术得自岳父的真传，还曾经跟随名师学过武生、武净，在京城票界可以说是响当当的一路诸侯。都说见贤而思齐，囿于与先生交浅，也只能把油然而生的尊敬转化为叹服，默默地咀嚼着先生演唱时的韵味和意境。

很遗憾，我并没能在“集贤承韵”与吴教授有过多交流。况且后来由于票房主人钱亚东先生年事已高，票房就停办了。此后一两年时间，我没有见过吴教授。

后来跟杜平先生谈起吴教授，没想到他们是老相识，同是辅仁大学的校友，吴教授和杜奶奶可以算同学，二人似乎只差一岁。当年虽然不是一个班，可是体育课是两个班的男生和女生分别一起上的。杜奶奶还说：“吴光辉那个时候还来我们班教过大伙儿唱岔曲，那时候‘抗美援朝’，我们经常演出，我也跟他们一块儿演，跟着他们我可没少唱岔曲。”

通过杜奶奶的介绍，我对吴教授有了更多了解。我本来不喜欢昆曲，但是在书店看到朱家溍先生的录像还是毫不犹豫地买了下来，并意外地发现朱先生演出《别母乱箭》时是吴光辉教授配演的一只虎。虽然并不知道具体是哪年的录像，但是看起来吴教授年事已高，有些心到神知的意思。尽管如此，他的身手足以令我汗颜，似乎那一台的演员多是票友。在他们那一代当中，能打把子能演武戏的票友并不少见，而我们虽然也冒着“票友”名义在延续着这一群体的生命力，但是能有几人敢站出来说我能演武戏呢？起码我是自惭形秽的。

吴光辉先生在《别母乱箭》中饰演一只虎（视频截图）

2002年北京师范大学百年校庆，吴光辉教授与陶麟先生合演《镇潭州》。这出戏在当时来说已经很多年不见于北京舞台了。一看到这个剧目，我就按捺不住激动要去看看。演出是在人民剧场进行的，前面是杜平先生的《珠帘寨》。我们到后台的时候，各位老票友已经结束整齐准备登场了。吴教授已经扎好了大靠，正在戴盔头。他居然还记得我，至少是看我面熟吧，冲我打了个招呼。我站在一边压抑着心里的激动，默默地看着吴教授一丝不苟地做准备，心里十分感慨："我真是晚生了几十年啊，老爷子年轻的时候该是什么样的风采啊？"

说到这里，不得不说一个插曲：舞台总监是特烦朱家溍先生担任的，舞台监督是一位专业演员，也是朱先生刚收没多久的徒弟。吴教授准备候场了，他走过来说："您这靠旗不行，都秃噜了，我给您整整。"吴教授便扎开马步让他整理，一弄就是将近十分钟。老先生一直扎着马步，动都没有动。弄了半天，也没见有多好。他可能也回天乏术了，便不再折腾吴教授。

吴教授和陶先生的把子打得十分默契，后来与陶先生谈起此事，陶先生不无自豪地说："我们俩总一块儿打把子，他总是下把。"可见老二位用功之深。彼时吴教授应该已近七十有五了，上台以后充分地令我们感受到了什么叫大将风度。客观地说，票友的武戏确实不能和专业演员等同而语，但是在吴教授的表演中，我们可以领会到在专业演员表演中越来越少的"份"。

此后，在一些票房中偶尔会见到吴光辉教授的身影，每次也都是寒暄而已。老先生熟人很多，每次都是忙着跟大家交流，因此我很少能跟吴教授深入地交流。但是吴教授身上洋溢着的学者素养和亲和则无时不在感染着我。

后来听说吴教授的夫人去世了，吴教授身体也逐渐倦怠。令我很是惋惜。我最后一次见到吴教授是在大观园戏楼一次演出，我在后台看到吴教授慢慢地走了进来，他背驼得很厉害，穿着一件半旧的黑棉袄，戴着一顶

吴光辉教授演出《镇潭州》，背影是陶麟先生（照片提供者：陶麟先生）

毛线帽子，夹着小锣，面容消瘦，眉毛似乎比以前更长了，变化大到我第一眼都没认出来。我赶紧站起来跟他打招呼，吴教授看到我，略有些不好意思地笑了笑，扬了扬小锣，说："我今天来应活儿。"我连忙找个座位让吴教授休息一下，吴教授孤独地坐在那里，身边的人来来往往，但是都没有注意到他，也许他们都不知道这位曾经是闻名京城的票友。开戏以后，吴教授一边打小锣，一边看着台上，眼神略有些落寞，也不知道是不是在回忆自己演出的情景。散戏的时候，大家都在照相，寒暄。老人家在一旁穿好衣服，孤独地走出了后台。我追上去说："要不我送您回去?"他依然是笑了笑："没事，我溜达溜达挺好。"一转身，裹了裹外衣，在初冬的薄暮中冒着零星的雪花慢慢地走了。看着他的背影，我心里一阵酸楚，这就是英雄末路啊……

没过多长时间，2009 年 2 月 21 日，吴光辉教授去世了，享年八十岁。

一转眼这么多年已经过去，虽然不是很久远，但我已经根本想不起那天演出的内容了。每当我跟别人提起吴光辉教授的时候，我眼前总会浮现出他《镇潭州》时的风采，还有那个在下雪的黄昏，渐行渐远的身影……

虚怀若谷的程树礼先生

与程树礼先生比较熟，得利于在北师大京剧队蹭戏唱那几年。

程先生与杜平先生一样，也是北师大的退休教授。不过程教授在本专业内的名望似乎比杜奶奶要高很多。我上学的时候曾经用过一本《经济与政治基础知识》，两位主编其中就有程教授的大名。只是当时并没有把这位主编和在京剧队天天给我们操琴的和蔼老头联系在一起。直到有一天，一位同学在闲谈的时候谈到一位经济学者，程教授在一旁很平淡地说："哦，他啊。现在也不错了，当院长了吧？他是我的学生，还有×××和×××他们都是我学生。"我们猛然意识到在北师大这种渊深有龙的地方，说不准什么时候就碰上一个某领域的泰斗。从那以后我们逐渐了解到，程教授在国内政治经济学界是很有名望的，还曾经做过北师大经管学院的院长。真可以说是"门人弟子遍及四海"了。可惜当时北师大京剧队的同学属于经管学院的似乎不多，要不然把祖师爷搬出来走后门得多能唬人？何况程教授又那么好说话。

当时在我们这群大学生票友当中琴师很少，似乎只有北大朱晓鹏兄，北理工的李京，现在还跟我一起玩的胡越强，还有清华的李向达几个人。朱晓鹏兄那时已经工作，神龙见首不见尾，李向达很少到外校活动，胡越强当时基本属于看不上我们这拨人（此公的事另文有述），李京倒是总在北师大操琴，可是大三以后就忙于考研的大事了。于是活动的时候没有琴师就成了一个很现实的问题。也就是在这个时候，程树礼教授很低调地出现了。每到活动的时候，总能看到程教授提着一个很有年代感的琴盒或者琴袋出现。大家也就把害臊扔在一边，你一段我一段，也不管对不对工，搭不搭调，走马灯似的让程教授给吊一段。而程教授则总是笑眯眯地答应，也不管问什么行当，什么段子。在我的印象中，从没听到程教授说过一次："这个我不会。"

我在乐器方面是一个很没有天赋的人，所以从开始喜欢京剧的时候，我就特别羡慕会拉胡琴会打鼓的票友。有时候看着程教授生旦净丑一脚踢，我特别想问问他怎么能记住这么多段子。琴师跟演唱者的最大区别就在于，演唱者唱的都是心里有，琴师拉的可不一定都是心里有的。因此我觉得博闻强记是每个琴师都应该具备的天赋，所以这也应该是我做不了琴师的原因——很多我不喜欢的段子我根本记不住。

程树礼先生（中）与陈志清先生、蒋秀娟先生

程教授在操琴的时候，每等我们唱完一段之后，总会略加点评几句。无论你什么行当，程教授总会提出一些中肯的意见。当时我唱《打侄上坟》的"张公道三十五六子有靠"，到"怕将来老天爷无有果报"这一句我总是找不着板，程教授教了我十几遍，总算把“老天爷”安对地方了。

有一次我们几个闲聊说起侯宝林先生的《卖包子》。便一人一句学着唱了起来。程教授听见了，说：“你们唱的有几个地方不对。”说着就开始给我们示范，什么地方要有擞儿，什么地方要滑音，哪个字得有南方方言的特色，讲了得有二十多分钟。王宗伟老师走过来问：“您这儿给他们说什么呢？”程教授哈哈一笑说：“他们非要唱侯宝林那《卖包子》，学麒派还不找段儿正经的学，我就顺便给他们说说。”好么，倒成了我们非要学了。

在我工作以后，去北师大京剧队起哄的时间少了，所以跟程教授也不常见面。倒是有很多朋友总跟我提起程教授的往事。冯颖梅大姐曾经提起她在北师大上学的时候加入京剧队就是程教授面试的，她还曾经在微博发过那会儿报名时的签名单。在京华票社还曾经听老师们谈论，程教授经常参与他们的活动，有的时候是艺术总监，有的时候是琴师，有的时候是主持人，堪称无所不能。看网上的资料，程教授还曾经在“胜友会”票房彩唱过一次《天霸拜山》，不过那已是二十一年前的事情了。那个时候我才刚刚开始喜欢京剧，连余叔岩是谁还不知道。

大约是在2006年夏天，北师大的周研师姐约我跟她唱《悦来店》。周研师姐虽然长得小巧玲珑，却是我们这一批朋友中年龄最大，也最有灵性的。我目前演过的唯一一次武戏就是陪她来《盗草》。而且当时王宗伟老师教完把子以后，也都是周研师姐陪着我们练。说起来确是有半师之份，因此我就很不要脸地答应下来。可是《悦来店》这个戏资料很少，我只好拿杜近芳、叶盛兰二位的“音配像”作为蓝本来照猫画虎。可是在我十几岁的时候，曾经听过一回《悦来店》，是谁演的，从哪儿演到哪儿统统已经记不清了。只是那一段“未开言不由人珠泪滚滚”却记得十分瓷实，那位演员唱的比叶盛兰先生的版本多几句，所以两下这么一掺和，我就时不时地在两个版本之间来回串了。对唱的时候是程教授操琴。我东一句西一句地一边想一边唱完了，程教授照例放下胡琴开始给我点评：“你这段是按谁的来？这个词儿挺老的，前一阵子有人演这个都不这么唱了。不过你这样唱也挺好，这个戏我看过金仲仁演，怎么唱的我记不太清了。你这词有两个地儿不太合适。一个是‘我的父安学海淮阳县令’，儿子不能直接说父亲的名字，你得唱‘我的父印学海’，就是‘官印学海’。还有一个地方就是‘我安骥独一人怎救严亲’这句前三个字不太好唱，你不如改成唱‘安龙媒独一人怎救严亲’。这样就顺了。”程先生还说金仲仁演这个戏就像一个书呆子一样，得注意有点憨傻就好了。

惭愧地说，那场《悦来店》我没演好，辜负了周研师姐对我的信任和程教授对我的期望。而提起这件事的初衷是要说明程教授实事求是的风度很令我钦佩。有些人说起自己小的时候看过某某名家的演出时如数家珍，连小动作和小腔儿都能说出来，这种有违生理规律的现象还不在少数。程教授直言不讳自己“记不太清了”，这种诚实的态度为我们做出了榜样。

听说程教授时常出国与孩子们团聚，每年都有很长时间不在国内，因此很少再能请教。只是在杨洁先生召集的雅聚时见过他几次，程教授又改打铙钹了。与当年相比，程教授愈发童颜鹤发，但脸上洋溢的慈祥微笑还是没有变化，依然令人亲近。

市之大隐陶麟先生

说句心里话，我跟陶麟先生不能算很熟，更多地是耳闻目睹先生的风采。

还得说2002 年那次师大校庆的演出，陶麟先生和吴光辉教授合演《镇潭州》，那应该是我第一次见到陶先生。当时陶先生的大名还是听同去的朋友说的，那哥们还说：“陶先生都八十一了，还能扎靠，这身子骨不服行么？”

近百岁的陶麟先生操琴

等二位年龄相加将近一百六十岁的老先生台上见面以后，我们看戏的扑哧一下全乐了。倒不是二位老先生哪儿出错了，主要是扮演龙套那几位老师估计年龄也与他们不相上下。尤其是陶先生带的那四个兵丁是由四位阿姨扮演的，一圈圆场走了快十分钟，还差点走错了。陶先生在场上拉开架势耐心地等着她们。要说这份深沉可不是一般人能有的，我演出的时候只要一不动，就浑身不自在，总觉得应该有点动作。那种抓心挠肝的别扭就别说了。我看陶先生气定神闲，等老几位摆下了场，跟吴光辉教授一个“过河儿”就开打了。老二位精神矍铄，配合也很默契。而且似乎还有一个细节，记不太清了，也不知道有没有录像可以印证。二位老前辈对枪之后分别有个亮相，陶先生虽然比吴光辉教授还年长几岁，但是身上明显比吴教授快了一些，等陶先生已经准备好亮相时，吴教授还差一锣，陶先生一只手掏着翎子等了吴教授一锣。虽然我没有能力唱这个戏，但是从观者的角度来说，陶先生扮的杨再兴比吴教授扮的岳飞还多了一副翎尾。虽然没多大分量，打起来累赘可不小。可见到陶先生举重若轻，看得我们后生之辈一个劲儿地赞叹：“你看看人家，咱们这也就合二分钱一斤了。”

这是我第一次在明场看到《镇潭州》这出戏，也是我第一次看票友演文武兼备的戏，真是令我大开眼界。从此我也记住了陶麟先生的盛名。

后来一次见陶先生演戏是几年以后，杜平先生在群艺馆唱《珠帘寨》，陶麟先生配演程敬思。那是我第一次跟陶先生交流，寒暄几句我就退到一旁了。到“太保推杯换大斗”的时候，我就听见台上“咚”的一声。吓了我一跳，回头一看二位老先生跪得好好的，不像出了什么问题也就放心了。演完以后，杜奶奶说：“这陶老师真行，我忘了告诉他敬酒的时候不用跪了。他一下就跪下了。我看我一个人站着也不好看，只能跪下，这一下可好，弄那么大动静。”杜奶奶当时也是七十好几的人了，腿总不舒服。没想到陶先生这么麻利，倒给杜奶奶来个措手不及。

陶先生常年在西城区老教师京剧团活动，偶尔也在别处看到他老人家，可我总不敢贸然与他攀谈，主要原因是我个人的心理问题——看到真有能耐，我发自内心佩服的人就心里底气不足。当初小学毕业以后去看我的班主任，站在人家门口半个小时都没敢敲门。大约看到陶先生的时候也是这种心态吧。后来由于我工作太忙，就很少串票房了，因此有几年没有见到老先生，但是我心中一直念念不忘陶先生的技艺。曾经多次和朋友们提起陶先生。后来从旁人处得知，陶麟先生是蒙古族，祖上是官宦之家。陶先生自幼喜爱京剧，尤其喜爱武戏。听说他的兄长就是《京剧剧目初探》的作者，大名鼎鼎的陶君起先生。之前一直没能跟陶先生印证此事，在我看来，当面询问别人，尤其是老前辈的家世是一件不太礼貌的事情。没想到陶先生看到此文以后，特意当面回答了我的问题："你说的对，那就是我哥哥。"

后来有一年青京赛的时候，我在大赛组工作。一天接到郭富爽先生的电话，说他和陶麟先生要去现场看比赛，问我能不能弄到票。我当时也利用了一点工作便利，找到一位经常组织观众来现场的老师帮忙。当天，陶先生和郭先生如约来到现场。几年不见，陶先生越发清癯，但是精神一如以前矍铄。我连忙跟他们二位打了个招呼，就去忙正事了。直播时间很长，没想到二位先生一直坚持到最后，我一直把他们送出直播大厅，目送二位离去。工作在身，又没能跟老先生讨教。

2014 年我正做一部跟京剧有关的纪录片时，特别想找到几位领略过当年京剧辉煌时代盛况的老人做采访。于是我就在网上发了一个帖子，列举了几位我知道的老前辈，特别提到了陶麟先生。没过几天，又是郭富爽先生给我回帖，说陶麟先生现在还在票房活动，指导他们学戏。年过九旬还宝刀不老。得知这一消息我十分高兴。遗憾的是，后来拍摄的事不了了之。

过了不久，郭富爽先生约我演出，特意提出要我跟他去陶先生家"学学”。终于能和陶先生近距离接触，我心里有了一丝久违的激动。到陶宅之后，陶先生说的第一句话就是：“我记得你，那次在群艺馆演出咱们见过，你还给了我一张名片。”您看看人家九十多岁人这记性，我这正当年的连北师大百年校庆是哪年都记不清，找了好几个人问才确定。真该淘淘脑仁儿了。陶先生十分健谈，跟我说了好多年轻的时候看戏的逸闻。比如筱翠花的表演如何精彩，侯喜瑞的功夫如何叫绝。他不无得意地说：“当初我可是在现场看过他们《战宛城》的。”

陶麟先生（右）演出《过巴州》，吴光辉教授饰张飞（照片提供者：陶麟先生）

陶先生给郭先生和我说了说戏，又闲聊了几句，陶先生比较淡泊，他笑谈：“除了看戏，我这一辈子基本就没离开过我家旁边这一块儿。”还谈到了吴光辉教授：“当初我们老是一块儿打把子，他是我下手儿。”也谈到当年他看过毛世来演时装戏。陶先生还从墙上摘下一把胡琴，跟我说：“吊一段吧？”我诚惶诚恐地唱了一段《搜孤救孤》。陶先生操琴一丝不苟，旋律高古，颇有些古调独弹之意。深邃的目光中也许在回忆着当年过往，令人心生景仰。

唱完以后，陶先生看了看我，对郭先生说：“你看他这身量儿，唱武生合适。”又对我说：“我其实不太爱唱，我对打把子更有兴趣。”唉，可惜我这水平实在有限，而且工作原因也很难有时间学，跟上学的时候比真是“挑水的回头——过了景了”。

从陶先生家出来，我觉得很感慨。像陶先生这样年高德劭的老人家，为什么我没有早十年接近呢？耽误了多少学习的好机会？

叹为天人的朱家溍先生

朱家溍先生人称朱四爷，他的艺术和风范早有论述，况且朱先生自己就是著作等身，故而无须多论。我只想说说我对朱家溍先生的景仰。

曾经有人问过我最佩服的票友是谁，我总是毫不犹豫地说是朱先生。再追问原因的话，那么我会说："我觉得朱先生是个真正的票友。"

说起这个"真正"的票友，不能不说我是有我主观看法在内的。有很多自称研究家、名票的人，不能说人家没上过台，但一说起来都是"当年"如何如何。而当年的风范，我们无可得知，这不能不说是白璧微瑕。而朱先生的舞台风范至少有录像可以观摩。尽管因为年龄等原因有些删繁就简，况且我一直觉得票友和专业演员肯定是有很大差异的。但是朱先生在舞台上的那种气度以及偶尔灵光乍现的神来之笔确实令人赞叹。朱先生的演出我似乎只在明场看过一次《天官赐福》，彼时我还没有找到票友的大部队，因此我记得十分清楚是误打误撞看的。那天我去陶然亭附近的一家卖戏曲光盘的店（早已拆除）闲逛，听店中顾客说"朱家溍今天在附中演出"。久闻大名自然不能交臂失之。所以我怀着近似朝圣的心情去了附中排演场。昆曲我是一窍不通，直到今天也是门外汉。但是看到了朱先生的天官，气度雍容，不同凡响。虽然一句没听懂，但是朱先生的气场给我留下了深刻的印象。

后来我才知道，在陪朱先生演《天官赐福》的人当中，有好几位后来的票界朋友。只是他们也许不知道，当时在台下还有一位羡慕他们能够粉墨登场的我。

在我开始玩儿票以后，朱先生已是八旬开外的年龄了。所以我跟朱先生的交集基本上都是在某个纪念活动上我单向的神交，做个不恰当的比方，回想起我隔着人群注目朱先生的心情，很像一个害着单相思的人在看着自己心仪的对象。真不想错过他每一个动作和表情。如果能站在他身边，对我来说就像得到佳人回眸一笑一样甜蜜。可能这就是朱先生的气场令我折服的结果。

虽然接触不多，其实可以说根本就没有接触。但是我对朱先生高山仰止一般的心情却是通过我的观察由衷而生的敬佩。朱先生家学渊源，出身名门。与生俱来的就有一派名士风度。朱先生给人远距离的感觉是不怒自威的，这也许是跟他票武生有关，而且坐在那里经常是子午式的，颇有些天神附体的气概。我们曾经私下说："你看看朱先生，天生就带着仙气。"

朱家溍先生在演出

朱先生雅量高致，似乎从没听到他褒贬某人演出如何。而且遇到和他想法不一样的论点，他是宁愿不说，也不会违心地说，以沉默表明自己的态度。当然，这仅是以我为数不多的从旁观察得到的结论。我记得曾经见到有人问他某演员的水平比某某前辈如何，朱先生就是以沉默回答了他。但是从神态是可以看出朱先生并不是很赞赏这种对比方法的。

没想到在看过朱先生的《天官赐福》之后仅仅一年，我也跻身大学生京剧爱好者的群体里。当时我们这个组织还在正乙祠举行了一个成立大会，其中有我和马春然贤弟彩唱了一点《铡美案》。那天许多梨园耆宿都到场祝贺。我印象中有刘曾复、王金璐、王世续、李金声、孙岳、李韵秋等前辈，可我居然没有记住朱先生是否也出席了。当时这个组织是隶属于北京京剧昆曲振兴协会的，朱先生作为顾问之一，应该在受邀之列吧。如果那天朱先生去了，想必会和其他老先生一样，被我们一点儿不摸门的表演折磨得无可奈何。

又要说起2002年那次北师大校庆演出了。那次可以说是我和朱先生交流最多的一次。当时到后台一进门，正好朱先生从化妆间出来。就这么毫无准备地和自己的偶像迎面撞见，我嗫嚅了半天，才说了一句："朱先生您好。"朱先生穿着一身黑色的西装，打着领带，花白的头发梳得很整齐，虽然不似他平时穿的那么别有风味，却能看出他对此事的认真态度。他和蔼地对我笑了笑，用他那特殊的磁性嗓音说："你好。"又简单跟我聊了两句，问我是不是来跑龙套的，学过没有等等。我则是见有能耐人就怯场的毛病又犯了，半天也没说出一句整话。

后台的人很多，也有很多来后台打招呼的观众，谁见到朱先生都要打招呼，其中还不乏朱先生的熟人故旧。所以朱先生虽然是舞台监督，更像在后台会客的贵人。因此这珍贵的交流没有几句就结束了。

朱先生的一位学生在场，倒是也时不常地关照一下朱先生。在他给吴光辉教授整靠旗的时候，看到了在吴先生身边的我，便跟我打招呼。我不太爱理他，也不好不回应。便顺口说："您也来帮忙啊？"他放弃整理吴教授的靠旗后，一边挓挲着手一边跟我说："我能不来么？这一后台都是票友，没有一个是这里事，太乱了。”此时，在他身后，朱先生正在和一位老太太寒暄。听到他的话，回头看了他一眼，淡淡一笑，便转过头去继续谈话，跟没听见似的。

我看他还要跟我攀谈，便回了一句：“您忙，我看戏去了。”就走出了后台，一边走我还跟同去的朋友说：“你看看，刚才还口口声声叫朱先生老师呢，转脸就说票友不行，你还是票友的学生呢你怎么不说啊?”

这次演出之后，我听说朱先生病了，后来在湖广会馆的一次活动中我又见到过一次被人群簇拥的他。那时他病了已经不是秘密了。老人家瘦了很多，但是依旧衣履光鲜，气度不凡。坐在那里还是一如既往的子午相，只是略有些佝偻。但喧哗的剧场里依然显得遗世独立，卓然不群。

此后不到一年，2003 年 9 月 29 日，朱先生去世了。

在我心中，朱家溍先生是票友的终极版本。我辈只可无限向往，根本无法复制。也许那一辈的票友身世境遇不同，但是在我遇到的老前辈中，无一不是当之无愧的精神贵族。他们把京剧当作爱好，却是用治学般严谨的态度来践行的。在他们的心目中，京剧应该是生活的一部分，是慰藉自己与渐行渐远的昨日风情之间的纽带，而不是蜗角蝇头，争名夺利的是非场。

这也许就是那个时代的票友风骨。

仰止菊馨录

对艺术的喜爱与对艺术家的崇拜是不分伯仲的。因缘凑巧，由于工作关系，近二十年的时间里我有幸结识了许多京剧界的名家，这一人生经历让身边许多同好不无艳羡。承蒙各位先生的青睐，在与他们的交往中我不仅折服于他们对艺术的执着和技艺的精湛，更结下了深厚的情谊。尤其是亲身感受他们在舞台下的风采，我觉得更能体现出艺术家们植根于传统的风骨。与他们的过往就像一面镜子，从中可以折射出京剧二百年迤逦行来的精神流胤。

我的偶像陈志清先生

在艺术这个问题上，谁都会有偶像。陈志清先生就是我的偶像之一，我的偶像还有几位，例如谭富英、高盛麟等前辈，但是陈先生是我唯一有过接触的偶像，所以他在我心目中的地位就可想而知了。

陈志清先生《搜孤救孤》剧照

知道陈先生的大名已经很有些年了。基本上可以和我喜欢京剧的时间相等同，得有二十多年的时间。我刚刚开始对京剧感兴趣的时候，看过一次电视转播的京剧演唱会，当时参加演出的有很多京剧名家，其中就有陈先生，他演唱的是《大登殿》。虽然那个时候的我根本谈不上对京剧有什么了解，基本上还处于“娶媳妇打幡——跟着哄”的阶段，并不能领会到陈先生独特的艺术魅力究竟在哪里，但也能感觉出他的演唱虽然不十分火爆，却有一种很特殊的韵味，从那时起，他的名字就已经被我记下了。

真正意义上的认识陈先生已经是工作以后的事了。有一次在清华大学举办了一场艺术家和学生票友的联合演出，声势很大。作为和两方面都很有渊源的我，自然少不了到现场捣一捣乱。说来也巧，当天陈先生演的还是《大登殿》的薛平贵。我进后台的时候，陈先生已经化完妆，穿好了服装，还没有勒头，正在化妆间里喊嗓子。我见到是陈先生在里面，一时不知道该怎么样了。既不好意思贸然上前去攀谈打扰了他喊嗓子，又觉得见高人交臂失之实在是一件很可惜的事情，只好站在旁边静静地听。没想到陈先生喊完之后，一回头见我站在他身边正在看着他，便很自然地冲我友好地笑了笑。当时我就觉得浑身暖洋洋的，手脚都不知道放在哪儿好，想说些什么却连嘴都张不开。直到陈先生已经上了台，我才回过味来，至少问一声“陈老师好”也是好的啊。大概追星族遇到自己偶像的时候就是这样的感受吧，我终于又有机会体验了一次。

为什么总说陈先生是我的偶像呢？因为我最喜欢的行当是老生，老生里最喜欢的流派是余派，陈先生宗的就是余派。而且窃以为，余派的中正平和之美在陈先生的艺术上得到了最佳体现。在陈先生的艺术里很少能感觉出烟火气，初时觉得平淡，越琢磨越觉得深奥，有点“真水无香”的感觉。这是随着我痴迷京剧的时间越来越长，并且有了一点点自己的经验总结以后得出的一家之见。说句考虑不周全的话，余派是最没有“特点”的流派，而所谓“特点”则是流派之间相区别的标志之一。所以在老生流派里，余派毫无疑问是最难学的，因为并没有特别突出的，能让人模仿的“特点”。学余派本已不易，能成余派名家就更是不容易了。所以陈先生能够得余派的精髓为已所有，并且在老生行里争得一席之地，毫无疑问是很难得的。

后来跟陈先生熟了，发现陈先生总是很谦虚，大概虚怀若谷的人都会在不自觉间流露出一种朴素的平和与谦益。我跟陈先生说，将来我要是学戏就找您这种身份的人学，即使到最后为天赋太笨什么都没学会，我还能落一个辈分极高呢。陈先生只是笑了笑，说那都是自己哄自己玩的，没什么意义。

说陈先生辈分高一点也不假。他的祖父是有“老夫子”之称的旦行巨擘陈德霖，教过王瑶卿、梅兰芳、姜妙香、姚玉芙；被后人高山仰止的一代须生泰斗余叔岩是他姑父；父亲陈少霖虽然跟余叔岩学的戏，毕竟是郎舅的缘分；由此而推论，陈先生足可以当一大批演员的师爷了。可是不管是和演员还是和爱好者在一起，他都很随和，丝毫没有架子。无论是谁有问题要请教，他都毫无保留地给予指导。曾经有很长时间陈先生每天晚上都要等一个越洋电话，是一位在美国的票友打来的，在电话里学戏。陈先生对着电话一教就是俩钟头。一天两天也就算了，能坚持一礼拜不嫌烦已经很少见，偏偏陈先生教了好长一段时间，甚至于如果晚上有安排不在家还要提前告诉人家，免得失望。第二次见面的时候他就送给我一张他自己的演唱专辑，还说让我多提意见，实在是愧煞人也。尽管如此，我嗫嚅很久，仍然没敢和陈先生透露我想和他学戏的这个愿望，生怕书生腿短，天子门高，让陈先生为难。只是偶尔和其他人聊天的时候提起过。

后来还是朱锦华先生偶然跟陈先生提起了这件事，没想到陈先生倒先给我打了个电话，真是让我受宠若惊。陈先生说：“你既然喜欢戏，咱们就共同探讨。你想学什么就尽管来找我——可得拣我会的啊。”这句话说得我汗都下来了，我一个晚生后辈有何德能敢劳前辈如此高看？不由得对陈先生的敬仰又多了几分。2006 年唱《游龙戏凤》的时候，厚颜无耻的我正式邀请陈先生去看我们的演出。陈先生居然提前到场，还到后台看我们化妆，帮我找了找扮相。刚上场的时候，我心里真的是打鼓，因为自己水平实在有限，这回真的是要现眼了。又一想，反正早晚也得让先生知道自己就是一个嘴把式，早一天是一天的，于是就鼓足勇气演完了全剧。事后听说陈先生夸我在台上不紧张，很松弛。我知道，这就等于是说我没有一点出色的地方，因为我最致命的毛病就是在台上“懈”，只不过他老人家换了个说法而已。

2010年我和朋友们一起唱了一回《四郎探母》，由于怕再次丢人，没敢告诉陈先生以及其他老前辈。可是架不住别的朋友也发了很多邀请，信息传播很快，所以那天有很多名家光临指导。后来朋友们都说我真有面子，其实人家原本并不是冲我来的，我就是“电灯泡上抹糨子——沾沾光”而已。陈先生同样还是到后台辅导了我半天，又是化妆，又是勒头的，让我心里很是感动。那天的《四郎探母》唱得实在不怎么样，以至于南奇先生后来给我打电话说：“你以后就搞点研究工作挺好。”可见水平之低劣。不过让我觉得无上光荣的是，陈志清先生给我勒的头，李崇善先生给我补的妆，贯振山先生给我赶的场。我也窃喜了很长时间——这牛皮够我吹好几十年的了。

陈志清先生在为学生把场（照片提供者：牛冬玲师姐）

身为名家之后裔，又在梨园界驰骋多年，堪称德高望重。按说已经近耄耋之年的陈先生早就应该是弟子成群了。可是虽然学戏的学生不少，他却只收了几个徒弟，尽管很多人都知道他是京剧名家，他却仍然过着十分普通乃至于有些清贫的生活。家里的客厅也仅仅是很简单地摆了一套沙发和茶几，本来客厅就很大，放的东西少就更显得空旷了，我对他说：“您怎么不预备一些装饰品，也显得气派。”陈先生却说：“这样不是挺好吗，你看这么大的地方正好排戏，摆上椅子就是大小边。”老先生就是老先生，心无旁骛，所思所想全和戏有关。

陈先生不太健谈，但是偶尔也会露出一两句冷面的幽默。有一次我问他：“您总去×××的票房，他那胡琴拉得怎么样?”陈先生说：“还成吧，就是原板拉的跟慢板似的。”

曾经和陈先生做过几年邻居，那个时候还经常没事去串个门，有时候出差回来带点土特产也送给老人家一些，搬家之后就很少登门了。前年在工作过程中偶遇，见先生已经华发满头，面容消瘦，心里很不是滋味。他老人家身体一直不是很好，曾经都六月初的天气了，还穿着厚外套，说怕风吹。出去参加活动也这不敢吃那不敢喝的，怕影响嗓子唱不了。我有点心疼地跟他说：“您要是肠胃不好，熬点粥喝也能补补。”老爷子接口就说：“老毛病了。——也不能老喝粥啊!”冷幽默又来了。

有一句古话“唯大英雄能本色，是真名士自风流”。真名士不是自己说出来的，要靠自身的气场让别人感悟到。虽然一直没能追随陈先生好好学习一下，但是他的气度和为人一直感染着我，令我十分敬佩。

好脾气的贯爷

总有朋友问我：“你票了这么多年戏了，有师父没有？”本着不给老师们丢脸的原则，我一般都回答：“剽学儿（读‘瞟淆’，就是没经过系统训练和学习的意思）。”如果实在挤对得我没辙了，我就说：“我跟贯振山先生学过。”

这倒不是说提贯先生有什么不好，请大家不要犯脏心。主要是因为我怕给贯先生丢人。

贯振山先生《四郎探母》剧照

我习惯称呼贯振山先生“贯爷”，其实他老人家的名字应该是“镇山”，但是身份证给写成“振山”了。他老人家是名门之后，大伯父贯大元、二伯父贯盛吉、父亲贯盛习都是好角儿。贯爷在北京京剧院退休，当年也是有一号的人物。我与他是在工作中认识的，经常坐一块儿闲聊。贯爷这家世、这岁数，好多名角都亲眼见过、好多故事都亲身经历。每回都能捋不少叶子。当然，也有我抖机灵漏兜的时候。有一回我跟他说："我想跟陈志清先生学戏。"贯爷说："好啊，他是真有本事，你跟他学没错。用不用我给你说说去?"我心想："都说同行是冤家，谁知道您跟他关系好不好?"当然嘴上不能这么说："您跟陈先生熟啊?""多新鲜！我们是表兄弟。他妈跟我妈是亲姐们儿。"好么，这人情真是托到姥姥家了。

说起来还是先知道贯爷的大名，后认识的本人。上学的时候买过一个《法场换子》的光盘是贯爷主演的，看过不少遍。等遇到真佛的时候发现贯爷挺随和，跟谁都乐呵呵的。于是没多久我们爷儿俩就混熟了。

跟贯爷在一起工作了好几年，还经常驻组，所以有机会跟他老人家讨教。贯爷指导我也有什么说什么，他曾经评价我："你唱上没什么太大毛病，归置归置就行了。就是这身上……老跟蹚水似的这不行。当初我爸爸教我，先轱辘椅子，然后练云手起霸什么的。让我脱个板儿脊梁练，说这样才能看出毛病来。后来我跟于世文于先生学戏，一个《战太平》出场，学了俩礼拜了还没出台口呢。你得好好练。"本来我就没什么信心，这回更完蛋了。

贯爷主要工谭余一脉，他说当年老贯先生教他的时候只许听余叔岩的唱片，别的都靠后站。贯爷的《大保国》走李适可的路子，很别致。《桑园会》也有独到之处。估计也有家传之秘的心得。

说跟他老人家学过不是假的，贯爷确实给我说过点儿。2010 年唱《探母》，我从"见娘"开始接，日子定的正好是录完戏曲春晚的第二天，哪儿有时间还准备准备？幸好贯爷也在剧组，我磨着他给我说说，老爷子忙活一天没歇腿儿，大夜里十二点多了给我说戏，现在想想我也挺不人道的。老爷子这戏没少唱，也有很多独到的地方。比如"见妻"的时候，现在一般都按马连良先生那么唱："我的妻休把夫来怪，丈夫言来听开怀。夫妻的恩情如山海……"贯爷教我的词是："耐等丈夫三五载，大破天门转回来”，听起来更像给人解心宽的词。到我唱的时候自作主张把这俩版本接一块儿了。演出的时候贯爷还亲自到后台督着我，这是真拿我当学生看啊。

后来贯爷录制《名段欣赏》专辑，挑了一出《磐河战》。贯爷演公孙瓒，贾士铭先生演袁绍，演赵云的是贯爷的妹夫马顺德老师。这出戏得有半个多世纪没人唱了，公孙瓒归工是武老生。贯爷又特意请李金声先生给说了一遍，李先生还提过一句，这出戏当初在富连成的时候苏富恩和沈富贵二位经常演。到录像的时候就看出来，贯爷年轻的时候轱辘椅子没白耽误工夫，快七十的人扎上靠一点不含糊。感兴趣的各位可以上网搜搜看。

说到武老生得扯两句。武老生戏曾经很多，很早就有“五块白”或者“七块白”一说，就是老生扎白靠的戏。例如《南阳关》《凤鸣关》等，这还不算扎绿靠的《潞安州》，还有这出《磐河战》以及《战太平》《定军山》之类的。武老生吧，首先你还得是老生，不能太冲太溜，那跟武生就没什么区别了。不仅要唱，还要打。不能不打，不打不叫武老生，也不能多打，打多了就不是老生，这劲儿反正挺难拿的。难就难在恰到好处，忘了哪位老师说的了，关键是得“涩着来”。可惜武老生没有专工的，现在有嗓子的都奔唱工，身上好的都奔武生，然后演武老生戏要么身上不行，要么太溜不对路。看来这路戏快被改良了。

有一个地方让贯爷吃了亏了。剧中公孙瓒被颜良、文丑打败的时候有一个拔靠旗的身段，公孙瓒低头，颜良、文丑一人攥住一杆靠旗给拔出来。贯爷事先已经跟箱官托付完了，把中间的两根靠旗弄松，到时候一拽就下来。没想到这颜良、文丑二位误会了。攥着两边的靠旗就往外拽，一下没动静，俩大老爷们一较劲，贯爷就大头儿冲地给拽趴下了。只好暂停，贯爷站起来，盔头也歪了，靠绸也乱了，倒真像打了败仗。跟那哥儿俩一通嚷嚷：“别拽边上啊！拽中间的！把边上的拽下去剩中间这俩支着不成草鸡大王了吗?”

我与贯振山先生

贯爷这幽默经常是下意识的，有一次在录音棚录音，贯爷看我们挺累的，到中午饭点的时候主动要请我们吃饭。时间不充裕，我们也不忍心往死了宰老爷子，就找了一个拉面馆凑合一顿。面很快就端上来了，门口车水马龙，贯爷一边搅和面，一边看着店里进进出出的人，突然来一句：“这地方真火，估计卖炸屎都赚钱。”我还尚可，录音师一口面汤差点喷出来。

贯爷不怎么讲究穿，有一天穿了一件对襟儿的外褂，还是蓝布的。我问他：“您这褂子够年头了吧?”他老人家一扽前襟：“不错吧，这是我们老太太给我做的，好几十年了。”我赶紧说：“您别扽了，留神扯了。”

到冬天他老人家最常见的扮相就是戴个耐克的棒球帽，然后裹一件军大衣。要是串个门也就算了，跟春晚也这扮相是不是有点太隔路了？有一天跟我说：“我那天到台门口，武警不让我进。”我笑着说：“就您那军大衣，套上跟上访的似的，能不拦您么?”我劝了他老人家半天，这衣帽年势利眼的，又不是没钱，换件好点的怎么不行了？说完没一个月，贯爷真买了一件羽绒大衣，改扮相之后，登时觉得份大了。从里到外都比较符合京剧名家的身份。脱了大衣一看，还是那件文物级的对襟儿褂子。

贯爷还有个爱好——爱盘核桃，基本上核桃不离手。不过有时候也麻烦，剧组一大哥花了好几千买了一对核桃，放在办公室电视上就忙去了。贯爷一进门就问："这是谁的核桃？赶紧拿走收起来。这要是一会儿丢了，我就是第一嫌疑人，我才不担这个呢。"在家还养宠物，别人养个猫养个狗，再玩特别点儿养个蛐蛐儿，也就这样了。贯爷好，养了只鹅，还爱不释手。每天遛弯儿带着鹅上护城河游泳去，估计一老头跟一只鹅的搭配在北京也算拔了尊了。我问他养这玩意儿干吗，他说："这玩意儿有意思，你看我这鹅，自己能上下楼，多好，还能看家。"我无语了："您就这样走大街上不怕人看么?"

总想能真的跟贯爷学点戏，让他给我归置归置身上。可惜老爷子太忙，我只能耐心等，等老爷子颐养天年的时候，我再没羞没臊地折腾他。

“大圣爷爷”之神通

孙元喜先生有个外号，是天津京剧院的朋友们给起的，叫“大圣爷爷”。说起这个外号，倒不仅仅是因为他老人家姓孙，我在专业界的朋友提起孙先生，基本上可以达成一个共识——能耐太大了。

孙先生自幼学戏，工小生，曾经搭过很多名角的班儿，称得上见多识广。在堪称京剧艺术典范的电影《群英会》里，他老人家扮演蔡和。虽然是只有一句话的次要角色，可是这部片子里的大师级人物两只手都快数不过来了，能跻身其中已经是不同凡响。数十年过去，大师们都已星散云分。目前硕果仅存的可能只有孙先生和扮演他哥哥蔡瑁的刘元汉先生。

认识大圣爷爷很多年，但是我居然不记得怎么跟他老人家熟识起来的。应该第一次见到他是在工作中，但是当时并没有跟孙先生过多接触。然后到第二次见面的时候，孙先生就已经叫出我的名字，拉着我像老熟人一样谈天说地了。也许大圣爷爷天目已开，看出我足下生六趾，脑后有反骨，跟别人不太一样吧。

曾经我自己印了一个叫《萍踪影语》的小册子，里面都是多年来我随手记下的各种有意思的事情，其中不乏一些在朋友之间口口相传的轶事，难免诮谑之辞多一些。我把它做成了“非法出版物”，送给一些朋友以便给自己刷点色（读 shaǐ）。后来有一天，我去长安大戏院看戏。在路上突然接到了大圣爷爷的电话，上来就问我：“有一本叫《萍踪影语》的书你知道么？”一句话就给我问愣了，突然想起里面有几则涉及到孙先生，都是朋友间开玩笑的话，好像对孙先生有点不太尊敬。我当时汗就下来了，这是兴师问罪来了？还给我挖一坑，我是说知道还是不知道呢？说知道，下面可能就是一顿数落，说不知道，老爷子既然问我肯定就是看见了啊，还是争取个好态度吧。我便如实相告：“先生，那书是我弄的。都是闹着玩的话，有几条写到您了，不过对您有点……”“没事没事，我看了，写得不错。”没等我说完，大圣爷爷就接过了话头：“你说我那些我都知道，他们这帮孩子就爱跟我闹着玩，我都习惯了。”我长出了一口气，这老头心缝儿真宽啊。等我到了长安，大圣爷爷正好从后台出来，我们爷儿俩站在下场门聊了大半天。一顿给我表扬啊，还说我记的哪几条不太准确，哪几条还有别的说法，等等。要不是有人过来找他，我估计开戏了我们都聊不完。临走了大圣爷爷还得补一句：“有空再聊啊。你要想多知道这些事，我能给你说三天。”

我算服了。

从此以后，跟大圣爷爷的关系就更熟了。每次不管在哪儿遇到，总要寒暄多时，再聊两句古往今来。跟大圣爷爷聊天很省事，你只需要开个头，例如问他：“×××当年是什么样？”然后你只要有足够的时间和足够的脑容量，就可以一直听下去。

《群英会》里的大圣爷爷

2010年，我做《名段欣赏》的特别节目“海纳百川”，起这个名字主要因为节目内容是以南派京剧为主的，因此这个特别节目有一句宣传词是“请你欣赏不一样的京剧”。

可惜的是，当时能够对南派京剧有所了解的老前辈健在的不多了，即便健在也大多深居简出，不怎么愿意出头露面。有几位就正在我拍摄和制作的过程中去世了，例如“出手大王”郭玉琨先生，武生名家筱高雪樵先生等等，令我十分遗憾，徒生缘悭一面之叹。如何才能找到一位合适的采访对象呢？我袖占一课，想到了大圣爷爷。

跟大圣爷爷通了电话，他很痛快地答应了。七月底八月初的炎热天气，老爷子一个人坐着火车从天津来北京接受采访，到现场只比我晚了二十分钟。一身绸子裤褂，戴着细黑边的眼镜，那意思给个大学教授都不换似的。我一边手忙脚乱地指挥同事布置场地，一边还得腾出半个脑子跟老爷子聊天，脑细胞有点捉襟见肘。只好跟老爷子说：“您先歇会儿，喝点水，一会儿录像的时候您再说吧。”

等到孙先生坐在摄像机前，那话匣子就开了，从南北融合到北京舞台上演出过的南派剧目，听得我做笔记都跟不上。他谈到荀慧生先生在上海待了三年半，排了一百多出戏。其中有很多南派风格很浓郁的戏。例如《赛金花》，剧中荀慧生先生还穿着装了玻璃管灯的裙子跳过舞，但是并没有影响荀先生京朝派艺术风格的形成。

孙先生还说了一点，南派也好，海派也好，其实并不是一个地域概念，而是一种艺术风格概念，在北京也经常演出《铁公鸡》《塔子沟》等，不能因为他们在北京演就是京朝派。同理，很多京剧大师到上海演出，也参加过南派剧目的演出，但他们也不能算是南派演员。

说了很多理论之后，我问孙先生：“您看过机关布景么？”孙先生说：“那玩意儿太神奇了。”便讲起了看《封神榜》的见闻，例如纣王在女娲娘娘庙题淫诗，刚下场，庙堂就变成一个大坟圈子，满台跑狐狸还吐练，特别瘆人。到梅伯抱柱的时候，梅伯被捆在柱子上，柱子上腾腾的火苗，梅伯还一边躲一边唱，就是烧不着人。大圣爷爷尤其提到斩殷洪殷郊的时候，俩人捆在法标上唱哭头，唱完了后台一“搭架子（戏班术语，就是

‘画外音’的意思)”，喊一声“徒儿不要害怕，为师来也!”全场灯光就灭了，一个四击头的功夫，灯再亮了场上什么都没有，上边悬着俩大莲花，广成子和赤精子一人拉着一个徒弟站在上边。数十年后，孙先生还历历在目，连连称赞：“这玩意儿，神了!”

在说到满台狐狸的时候，孙先生口若悬河滔滔不绝。我却不得不打断他，因为这一段在节目播出的时候是不能用的。现在想想有点可惜。应该录下来，那些狐狸后来怎么样了呢?

孙先生很时尚，多年前他的手机就有一个文件夹叫“美好回忆”，里面全是自己年轻时候的剧照。时不常地拿出来给大伙儿看看。现在还没事捣鼓个微信，在朋友圈里跟我们一帮孩子互动一下。当然，他现在很忙，总在给各个院团排戏，生旦净丑，各个流派各道蔓儿都能信手拈来。2014年12月，珮瑜老板在大观园唱《朱砂痣》，我也去凑热闹，一进门就遇到大圣爷爷。老爷子还跟我闹着玩：“看看这个戏，我给排的，你看看行不行?”还语重心长地说：“你也得好好学学这个戏，又不难，将来唱一回多有意思，别总是那几出翻来覆去。”我心说：“您还真看得起我，我一业余爱好者，唱也唱不好啊。”在后台碰到一个朋友，在剧中饰演一个角色，看到我跟大圣爷爷聊天，偷偷给我拽到一边问我：“这位老先生是谁啊?他怎么什么都会?”

孙元喜先生接受采访

后来他还给史依弘大姐排了几出戏，见到我又开玩笑说："是你跟她们说的管我叫'大圣爷爷'吧？都传上海去了。"这我可真是一脸无辜，谁不知道您这外号啊？还用我特意传么？

虽然年过八旬，大圣爷爷却还在为京剧奔走。我觉得他最应该收几个徒弟，好好培养他们一下当"座钟"的本事，现在京剧这一行似乎不缺头路角儿，缺的是能抓总，会排戏，能镇住后台的大管事。另外，等不那么忙了，应该写本书，把自己的所见所闻都写下来，一定畅销。

希望孙先生看到我的文章不要生气，我先赔个礼了。

一句之师苏德贵先生

苏德贵先生是厉慧良先生的高足，武生名家。近年来致力于扶持培养青年演员，为了弘扬厉派付出了不少心血。

跟苏先生有交往主要是近几年的事，因为王玺龙跟苏先生学戏，我与玺龙贤弟交情甚笃，所以间接地接受了很多苏先生的教诲。而与苏先生神交的历史则有十几年了。

苏德贵先生在教戏（摄影：张静）

2004 年 9 月 18 日，我在天津中国大戏院看了一场《战宛城》。这是我第一次进中国大戏院，所以日期记得很清楚。当天的演出是为了纪念张世麟先生举办的，苏先生扮演张绣，张幼麟先生扮演典韦，刘永贵先生的曹操，赵月霞老师的邹氏。早就在网上看到了预告，当时《战宛城》很少演出，而且如此阵容实在难得，我便决定要去观摩一下。在评剧名家王有才先生的帮助下，我居然有了一张贵宾席的票，与武生名家董文华先生比邻而坐，这也是我历次观剧生涯中待遇最好的一次。

“马踏青苗”之后，苏先生就要登场了。一声“回操”几可乱真于厉慧良先生，令人惊讶，迅速地抓住了我的注意力。苏先生的做工念白看似朴质，却别有一番韵味。到开打的时候，与张幼麟先生配合得十分默契，虽然张绣是败军之将，让苏先生演来仍是英武非凡，令人叫绝。无论是校场中见典韦许褚时的退让与无奈，还是见曹操的时候表现出来的错愕与羞愤，都是传神之笔。尤其是最后打败曹操的几场戏，真是疾风暴雨，铁骑生尘。到最后“刺婶”的时候，苏先生和赵月霞老师的配合快而不乱，引得观众阵阵喝彩。唯一可惜的是最后“乌龙搅柱”的时候，赵月霞老师的头掭了，使整场演出有点白璧微瑕。

那天演出完毕之后，我还遇到了王则昭先生。老人家默默地坐在观众席里，可能在等待家人。旁边熙熙攘攘退场的人群似乎都没有注意到这个小老太太是位大角儿。后来我才知道，苏先生是王则昭先生的女婿。

正式跟苏先生见面是通过杨义通先生介绍的。杨先生是《名段欣赏》的老制片主任，与苏先生交往多年。二位见面聚会时我有幸随侍在侧。一开始觉得苏先生不苟言笑，尤其是武生名家，眉宇间总有一丝豪横，似乎不太好接触。后来发现，苏先生还是很健谈的，而且总是在闲谈中能给人以启发。

苏先生的《名段欣赏》专辑终于录制了，我记得有《长坂坡》《夜奔》《英雄义》等几个片段。尤其是《英雄义》给我留下了很深刻的印象，苏先生扮演的史文恭不仅开打精彩，在与卢俊义和林冲舌辩时也是武皮文骨，层次分明，几段牌子唱得气势如虹，堪称佳作。

之后有几年未与苏先生谋面，主要是苏先生比较低调，一些纪念活动或者重大演出即便参加也很少会让人注意。尤其是在活动结束后，各位名家寒暄合影之时，苏先生就“一盖腰封”——撤了（戏曲武打术语，一般指开打时其中一方下场之前的动作）。

与玺龙贤弟熟了以后，有几次他在上海演出，我也恰好在南方出差，便赶过去捧场，其间遇到过几次苏先生。数年未曾请教，苏先生已渐生华发，可看上去还那么有份。虽然在我等同辈的朋友谈笑中，他老人家经常看着我们颔首微笑。不过等他开口说话的时候，我们就不自然地被他老人家的谈吐所吸引，剩下的就是聆听了。

通过玺龙贤弟得知苏先生的一些事情，令我很是敬佩。据说苏先生幼年间得过很多名家指点，也被一些前辈称赞为可塑之才。在追随厉先生的时间里，他掌握了厉派艺术的精髓，而且不光是主演的表演，基本上一说就是全堂。玺龙贤弟在上海唱《钟馗嫁妹》，苏先生不仅手把手地教他，连那五个鬼都一块儿给说了。演出的时候有个鬼的脸谱不太好勾，苏先生指点那位演员把中间一长条勾成白色，两边都勾黑。在台下看来又别致又醒目。

苏德贵先生在指导王玺龙（摄影：何雨南）

苏先生不仅武生行技艺独到，其他的行当也是举重若轻，也有一些别的行当的演员受过他的教益，而且他阅历丰富，也见过很多高人。我曾经在书上看到富连成弟子杜富隆坐科时很红，后来因为发胖，逐渐没落，以教学为生。后来听说苏先生曾经向杜先生问艺，我便向苏先生讨教杜先生是什么样的人。苏先生说：“他不是胖子，是个很瘦小的干巴老头，但是能耐是真好。”说完便跟我讲述起杜先生的轶事。在苏先生这里我印证了很多类似资料的正误，真是如入宝山，每不空回。

有一年元旦，我去天津盘桓几日，正好玺龙贤弟也在，便相约去看望苏先生。还没进门就听见苏先生在打电话的声音，原来他在与奚中路先生通话。旁边茶几上放着一副残局，一位大爷枯坐一旁，看来已经打了不短的时间了。玺龙估计与此位认识，便聊起天来。苏先生的电话又打了四十多分钟，那老先生兴致已无，等他打完之后便告辞了。苏先生便问我：“你会下象棋么?”我如实回答：“仅仅是知道怎么下。”于是苏先生便命我对阵，我和玺龙俩人算计他一个人，未到中盘就回天无望了。玺龙有些不甘地问：“您会下围棋么?”苏先生缓缓地说：“全文化局比赛我拿过第二。”玺龙看了我一眼，说：“高手都是很寂寞的。”此时电话又响了，是一位外地的武生行朋友请苏先生去教戏，一聊又是半个多钟头。不一会儿又有客人接踵而来，我们便告辞了。

我在与苏先生的接触中受益良多，不光是戏曲的事，还有一些为人处世等层面的交流。苏先生有些见解我很以为然，例如他问我：“你觉得是让大伙儿都怕你好？还是让大伙儿都喜欢你好?”当时听了没觉得有什么深奥之处，后来慢慢品味，才发现确实很有道理。因为怕会让别人远离你，而喜欢则会让别人接近你。日后每每想起苏先生这句教导，都令我颇为感慨。从这个角度来说，苏先生也算我的一句之师了。

我是刘连群先生的好朋友

与刘连群先生的交往也是在青京赛的剧组开始的。在此之前大多是在电视上看到刘先生的点评，当时就觉得刘先生的发言总是与众不同，独辟蹊径，令我十分敬佩。2005 年我被抽调到青京赛剧组，刘连群先生也在，当时刘先生还负担评委的工作，平时另有专人安排他们的日程，因此接触机会不多，那次短短的十天时间，仅仅有过两次短暂的接触。

当时我负责校对字幕，组里的领导开会的时候特意嘱咐，校对完了之后，让刘先生和另外一位老师过目一下。那位老师十分认真，每次都逐一看完，偶尔还跟我们争论一下究竟哪个字正确，刘先生则大多在一旁默然不语。大概是花旦组比赛完的那天晚上，我拿着校对好的字幕在圆楼门口追上了准备回去休息的刘连群先生。当我说明意思以后，刘先生扶了扶眼镜，跟我说："你们不是校对好了吗？我就不看了，我相信你们。"我还直打鼓："那行么？"刘先生笑了一下："谁不是这么过来的，要是不行我早就说了，没事。"只剩下我略有诧异地站在原地，目送他一个人在晚秋的夜风中飘然而去。

这是和刘先生的第一次接触，第二次是大赛结束，聚餐的时候，我向刘先生敬酒，说了一些感谢指教的话，刘先生略一颔首，慢悠悠地说："干得不错，辛苦了。"从那儿以后，他身上自然流露的那种文人气息从此折服了我。

刘连群先生在发言

后来的几次活动，刘先生大多在剧组。再加上我经常恬不知耻地追着他聊天，所以很快就熟了。刘先生在镜头前大多不苟言笑，正襟危坐。私下则谈笑风生，偶尔还冷着脸抖个包袱什么的。2007 年，刘先生的女公子刘佳姐参加票友大赛，一曲《穆柯寨》技惊四座，赛后的现场采访也是字字珠玑。直播结束以后，我陪刘先生走回剧组。这是他的习惯，剧组距离现场有一公里左右，正好活动一下放松一下脑筋，大多是和卢子明先生同行，而我则尽量陪他一起走，顺便捋点叶子。那天我问刘先生："您觉得刘佳姐表现如何?"刘先生笑了一下："我跟她说了，她这才是真正的'说的比唱的还好听'。"说得我和卢先生都会心一笑。

刘先生很随和，丝毫没有专家的架子。但是刘先生的气质太特殊，即便在剧场里那么多人，也能一眼就看见，这大概就是“份”吧。有一次和朋友去天津滨湖剧院看戏，散戏的时候正好遇到刘先生，我跟他寒暄几句，刘先生还特意跟我的朋友说：“我跟他是好朋友。”给我弄一大红脸。事后朋友很好奇：“你那么大面子？人家专家跟你是好朋友？”我连忙解释：“那是刘先生跟我客气，我哪儿有那福气。”

刘先生很少跟我谈起他的经历，偶尔涉及也是轻描淡写，一笔带过。在《绝版赏析》栏目中曾经听过刘先生清唱的《青石山》吕祖的“赴蟠桃辞王母离了仙境”，颇有些意境高古。他的人生轨迹可能也很曲折吧，估计按自己的经历为原型足够写个电视剧了。我曾经向他请教夏山楼主的一些事，刘先生简单地给我讲了点，并说自己早年间深受这些老先生们的教益和熏陶，也没少看老先生的戏。主要是因为家里跟他们都认识，有的还非常熟。我没好意思问他祖上是什么来由，按当年的情况来说，大约非富即贵。可能也就是因为这个原因，他才有了曲折而丰富的经历。

刘先生肯定属于吃过见过的，2008 年端午节的《名段欣赏》特别节目录访谈。恰有民俗专家翟鸿起先生同座。二位应该不是很熟，没想到十几分钟以后就相谈甚欢。原来翟先生正在给刘先生大讲特讲老北京菜怎么做，说得刘先生十分向往。刘先生当时很喜欢小酌一下，在剧组时工作之余，与同有此好的卢子明先生把盏而谈，想必是刘先生最放松的时候。我则经常叨陪末座，一方面是为二位服务，另一方面则是绝好的学习机会。二位先生一般来点儿啤酒、花生米等小食，就可以高谈阔论很久，到凌晨两三点也不是没有过。如果赶在饭点儿，则一般每人一个“小二”，一瓶啤酒，恰到好处。有一回刚开始建组，晚上没事，我说请他吃饭，刘先生特意嘱咐，一定要约上卢子明先生同往。我们就来到后海边的“爆肚张”，当时后海的道路还没有改造，这家店就在银锭桥东侧数十米，窗口离水面也就不到两米。那真是牖残檐破，户败枢斜。如果不是从窗户里看到有顾客正在狼吞虎咽，跟刚腾退完待拆迁的房子没什么区别。屋里也是窄不容身，也就三两张折叠桌，一大堆塑料椅子，就餐环境已经不是简陋的问题了。一开始二位先生都不相信这里是一家饭店。我们临窗而坐，望着熙熙攘攘的游人，碧波垂柳，寻常巷陌。再加上很简单的爆肚、烧饼、麻豆腐。刘先生连连称赞，跟我说这种夕阳西下，街边小馆，二三同伴小酌怡情的氛围他特别喜欢。后来他还跟我提过一次，还想去。可惜那个地方改造了，虽然店还在，但已经意境全无。

我做节目的时候总想请刘先生做嘉宾，可是刘先生事务繁多，并不是经常能如愿。有一回我做“武生系列”的汇编，特烦刘先生讲解。刘先生当时正在青京赛组做初选审评工作，专门协调了半天时间来录制。一进门刘先生就跟我说：“你真行，让我一说说这么多，这对我来说也是挑战啊。”我赶紧捧着说：“您来吧，我觉得您一定能让我们耳目一新。”果不其然，刘先生旁征博引，典故趣闻层出不穷。还给我提供了好多观点，例如“一般都说‘丑中见美’，恐怕《艳阳楼》这出戏应该是‘恶中见美’”，“要想演好黄天霸，一定得有一些旧社会警察的影子才好”等等。我一边录制一边想：“找对人了。”

刘先生的金句很多，例如我经常在文中引用的“‘云遮月’固然是一种意境，但‘皓月当空’也是一种意境美”就是刘先生告诉我的。而且我特别佩服刘先生的学识广博。有一回我要采访他，他依旧很忙，正在参加一个专门会议，给了我中午饭后两个小时的时间。我拟了三十多个问题，准备一一询问。布灯的时候，刘先生说：“你都想问什么？——把你那纸给我，我看看。”他看了不到一刻钟，我们也准备完了。采访开始以后刘先生滔滔不绝说了一个小时。然后笑眯眯地看着我：“还有什么想问的？”我一脸懵逼：“您把我这些问题全都说完了！一点儿都没落下！服了！”

刘先生有一阵子总去同仁医院看眼睛，受这个影响，小酌的机会也少了。他还曾经跟我说：“本来我觉得退休了以后，空闲时间多了，我还把胡琴找出来，准备恢复一下唱唱，这下也不行了。”言罢颇有些伤感。由于工作变动的关系，后来跟刘先生接触比较少了。他也慢慢地淡出了大量的具体工作。偶尔见面，问起他的身体，刘先生倒是每次都很乐观地说："还在维持阶段。"可惜现在不能经常追随左右，失去了很多面聆教诲的机会。每每想起那一个个夜阑人静，听刘先生讲古论今的时刻，我觉得我还是很幸运的。

脸黑心热的“张大叔儿”

张德才先生曾是北京京剧院的院长助理，后来在空中剧院做舞台总监。他老人家有一个官称儿——大叔儿。

张大叔儿不像很多京剧名家那样在舞台上光彩夺目，他的精力大部分都是在组织和行政工作上。因此并没有其他先生们那样声名卓著。但是在圈儿内，张大叔儿可是响当当的一号人物。自九十年代初期以后，凡是北京京剧院参与的历次重大演出和纪念活动，都有张大叔儿的心血在内。

不过张大叔儿也是演员出身，他自己跟我说过，他是中国戏曲学院毕业的，当时还叫中国戏曲学校。入校时学的是梆子，后来改的京剧花脸。毕业以后参过军，从文工团转业到京剧院，唱了几年戏就转行做行政了。后来我在“孔夫子”网上买了一张节目单，是赵燕侠先生的《碧波仙子》，其中有张大叔儿的名字。我后来跟他说：“我看到有张节目单上有您的名字。”他老人家直摇头：“不可能！我都三十多年没上过台了。”我掏出来给他一看，张大叔儿突然有点不好意思：“哦，这个啊，那是唱过。这出戏的揭谛神我还没少唱，得有几十场吧，后来就收了。”

按旧社会说，张大叔儿这行儿应该算“经励科”。这行儿吧有能耐的人不愿意干，没能耐的人还真干不了。首先，您得在圈里有人缘，不管老角儿小角儿，起码您这面子得能卖出去。其次，您约得来角儿还得让人家台上合适，谁跟谁风格不协调，谁跟谁搭戏更好，谁在前边谁在后边能皆大欢喜，沟沟坎坎事儿都不少。还有，真遇上该顶的雷得能顶得住，还得能抹（读“墨”）得过去。这么多年，张大叔儿一定没少费心思。

最开始认识张大叔儿的时候是在录制现场，张大叔儿一进门儿把皮包往沙发上一扔，掏根儿烟点上就跟同事们开始闲聊。嗓门儿也冲，话也敞，有点老炮儿的意思。我印象最深的就是他冲某业务工作人员说：“你们排角儿的时候研究着点，别唱一回我就得做一身儿衣服，京剧院哪儿有那么多钱啊！”当时我就想，这老头儿怎么这么奘啊？

2008年我被抽调到青京赛剧组，跟着李浩天先生和张大叔儿转战京津沪，在一块儿待了有四十多天，使我对张大叔儿的看法转变了。说实话，他老人家虎背熊腰，还老黑着个脸，看着确实有点让人发怵。渐渐地我发现张大叔儿虽然气势挺唬人，真熟了以后还挺随和的。

张大叔善饮，酒量也很好，反正我是喝不过。据他自己说，似乎除了在北京军区败在话务班的女兵手里一次以外，基本喝遍大江南北没有漏过兜。因此在闲暇时呼朋引伴，小酌怡情也是常事。我也是利用这个机会跟老人家越套越近乎的。有一次已经约好出门，没想到准备同行的黄景顺先生在房间半天都没出来。张大叔儿有点沉不住气了，抄起电话来就拨过去问：“伙计，又裹脚哪？快点吧！”听得我乐了半天。

张德才先生《龙潭鲍骆》剧照

几杯小酒下肚以后，张先生

的话匣子就打开了。那真是前五百年后五百载，不管是老先生的奇闻，还是品评当今演员的优劣，真可以说是妙语连珠，不让盖口。有一次，张大叔儿跟我们吐槽现在组织一场演出有多难："你就说这演员吧，也不怎么那么多不合适。来早了抱怨，化妆不好也抱怨。你还惹不起他，随便找点辙就能把戏回了。干咱们这行儿的找辙还不容易？一句'我今儿嗓子不舒服'就完了。你说你怎么办，要么你就得拍唬，'你不上责任自负'，要不你就得求他'要不是特别严重就坚持坚持'。有时候你得当爷爷，有时候真得装孙子。你说这行好干么？"我在一边起哄："那您说究竟什么时候当爷爷什么时候当孙子呢？"张大叔儿白了我一眼，呷了一口啤酒："那……就具体问题具体分析了……"

跟张大叔儿灯前月下没少约局，也听了不少旧闻趣事。张大叔儿有一次不无自豪地说："你知道那些老先生为什么跟我那么好么？'文革'的时候我保护过他们。"类似的故事张大叔儿讲过很多，什么样板团刷下来的演员当时被称为"板儿刷"了，什么哪个演员做报告一句话就救了一位老

张德才先生与谭元寿先生

先生了，等等。听小道消息说，戏曲学院的校史上，张大叔儿在那个年代还算校领导之一呢，也不知道真的假的。我估计以后要是有机会拍个有关新中国成立以后京剧发展的纪录片，张大叔儿绝对是采访的必选对象。

张大叔儿工作的时候很认真，唯一障碍就是烟瘾犯了的时候比较难受，有时候我跟他搭班儿，一到犯瘾了就喊我："替我盯会儿，我去冒一根。"不过老爷子那点儿掐得特好，每次都是在台上有足够时间能走动的时候，等这番儿过去了，他老人家也消遣回来了。这一点我真是学不到精髓。

张大叔儿还有点儿护犊子。遇到演员有什么问题的时候他真着急给解决。有一次录像，某京剧院的朋友跟警卫打起来了，其实原因很简单，这哥们儿有急事要进现场，警卫拦了他一下，俩人言语不和就吵起来了。京剧院的哥们儿一看就围过来了，偏赶上警卫们换岗，两下子人就越来越多，都是二十多岁大小伙子，看着都瘆得慌。我远远看见有点不对，就要过去说和一下。正这个时候，张大叔儿从现场出来了。我一看老先生出来了肯定比我有说服力，我就没必要过去了。没想到几分钟之后，争吵声越来越大。我过去一看，好家伙，张大叔儿领头跟警卫吵起来了，这回看出老头儿是唱花脸的了，那嗓门离近了都震得慌。京剧院的哥们儿估计也没见过这阵仗，也不管因为什么吵的了，开始劝老头。连推带搀，连劝带哄，总算张大叔儿这口恶气算平复了。

后来我跟张大叔儿说："您这脾气也够瞧老半天的了，我还以为您过去劝架，怎么改带头干仗了？"老头儿一晃脑袋："那帮人太可气了，老跟演员过不去，我就看不惯这个。"

张大叔儿直脾气，有什么说什么。2015 年，纪念高盛麟先生百年诞辰演出那天晚上在梅兰芳大剧院后台遇到他，对着一个小监视器正运气呢，跟我说："我跟他们说了，给我弄个大点儿的。这么点监视器哪儿看得清啊，你们不如给我来个手机得了。”

后来有好长一段时间没跟张大叔儿共事，等再遇到的时候吓我一跳，头发也不染了，眉毛都有白的了，老远一看跟南极仙翁似的。我问：“您怎么不染头发了？”张大叔儿满不在乎地说：“好不容易白了，染它干什么？”

老爷子马上也要耄耋之年了，可得多保重身体，少喝点酒。我们好多听点新鲜事。

如见“宝山”的萧润德先生

我与小生名家萧润德先生的交往历史在所有我认识的老艺术家中可以说是最长的。起始于我的大学时期。那个时候我还经常混迹在著名的“集贤承韵”。萧先生也偶尔到场，因为萧夫人胡全琛老师是京韵大鼓名票，每每在票房过排，萧先生便相携而来。款坐一旁，偶尔与相熟的朋友交谈两句，而我则是默默地坐在一边捋叶子。萧先生待人平易，故而时间长了就记住了我这张脸。

我与萧润德先生和他夫人胡全琛老师在天蟾后台

大概2002年春节前，刚放寒假，我们这些大学生京剧爱好者攒了一场《四郎探母》，基本上集合了当时大学生爱好者中还算拿得出手的这些块料。饰演宗保的是于磊兄，当时我们跟他不是很熟。演出是下午，我们约定有的十点半到，先准备准备。正在大伙儿乱七八糟忐儿哄的时候，我看到一位略有些消瘦的老者走进来，原来是萧润德先生。他很低调地坐在一边。我连忙走过去问好，萧先生略一欠身。我问："您怎么来了？"萧先生："于磊让我来看看。""那您也来得太早了。""这不是预备着早点来，给他再把把关么？"后来我发现，不管是专业的还是业余的学生，只要有演出，萧先生都是早早到后台，为学生忙前忙后的。

大约2009年以后，曹明宇兄约我到票房玩，没想到萧先生也经常在那里活动活动，于是就能经常听萧先生讲古论今了。萧先生平素总是一派饱学鸿儒的风范，言谈之间旁征博引，趣闻轶事信手拈来，更别有一番文人雅谑的趣味。有一次恰逢电视大赛结束，我跟萧先生闲聊："您那嘉宾点评真是深入浅出，讲得又明白又简练。"萧先生依旧是颔首而笑："也不知道说的在不在点儿上，主要就是不能说得让人讨厌。拿着话筒没完没了，我哪儿那么大冤没地方喊非得这时候过瘾啊？"

萧先生经的多见的广，出身梨园名门，祖父萧长华，外祖父叶春善，父亲名丑萧盛萱，兄长萧润增，弟弟萧润年都是响当当的名角儿。再说那姑表亲就更多了。尤其是像萧长华先生这样"门生故吏遍布天下"的巨擘，萧先生上承家绪，堪称活字典级的人物。因此每每有些疑难，我总爱向萧先生讨教，而萧先生娓娓道来之时，多少疑问就迎刃而解了。跟他交流可称如入"宝山"，每不空归。三国戏是富连成科班的招牌之一，除了八本"赤壁鏖兵"以外，还有四本"取南郡"。如今的《群英会》等就是"赤壁鏖兵"的流传，而《取南郡》则很少有人提及。有一次跟萧先生聊到这个话题，萧先生不无自豪地说："这戏我小时候演过，我还记得定场诗是'眼底欺曹操，心中笑孔明。要知周瑜在，定取南郡城。'扮相跟

‘打盖’一样，穿蟒挎剑。后边还有周瑜假装中箭被射死，还得走个反虎跳。回营以后周瑜命全军挂孝，还得哭。鲁肃不答应，说不吉利。开始好好说，鲁肃就是不答应。周瑜就变脸拔剑：‘若不哭，我便杀了你！’鲁肃这才假装哭，唱大段西皮原板，越唱越伤心，最后就真哭上了……”听得我心驰神往啊。有时候萧先生还跟我闹着玩，故意给我出个题什么的，他曾经问我：“《出师表》你知道么？”我老老实实地说：“听过。”“会唱么？”“不敢唱。”“这戏这小王子我来过，词儿记不清了。你知道么？”幸亏我之前录过孙国良先生演的这个片段，凭记忆胡蒙了一下。萧先生还是那标志性的微笑：“嗯，跟我记的差不多。”吓得我出了一身汗。

别看萧先生这么大身份，真是挺随和的。在票房玩我唱《沙桥饯别》，萧先生说：“我也好长时间没唱了，我来这唐僧。”好嘛，可惜那天没人给我们爷儿俩录下来，要不然我这牛能吹到非洲去。唱完了萧先生还鼓励我：“谁给你说的？”我很不好意思：“没人说，就是按您和陈志清先生那录像描的。”“不错，再归置归置，什么时候想唱咱们……”“别别别，您快饶了我吧……”

萧氏三兄弟演完《盗书》后的合影

萧先生属大龙，算来已是八秩高寿。但是唱起来丝毫不含糊。还净是大部头，《叫关》《白门楼》《黄鹤楼》什么的，连唱带做，这就看出幼功来了。唱完了还要自嘲一下：“当初我要是有这嗓子多好啊。”有时候还顺手给我普及一下相关知识：“你看，‘拔宝剑’这个地方，这剑袍是从前到后，画一个立圆圈，我四舅（叶盛兰）就是这么来的。”其实萧先生可没少登台，年轻的时候就不说了，前几年还在天蟾舞台跟萧润年先生唱了一回《连升店》，后来昆仲三人又合演过一回《群英会》的“盗书”，我都有幸躬逢其盛。确实别有意境。尤其是《连升店》我印象十分深刻。之前，萧先生就跟我说：“年底我要去上海演《连升店》，这戏倒是没什么，我就怕唱凉了。”我当时也没过脑子，随口就说：“您太谦虚了，怎么会凉呢？他们听不懂‘冠者五六人，童子六七人’那是他们的事。”萧先生笑而不语。我心里又一翻个儿：“他老人家不是又考我呢吧？”等演出那天，润年先生把开讲那段都改成了戏文，剧场效果十分热烈。尤其是润年先生说：“您穿这身儿，简直的就是我爸爸……”全场大笑。演完我到后台道辛苦，萧先生说：“上回你那建议不错，我们就改成这个官中的词了，跟我祖父和姜先生那个录音的开讲不一样，今天看来还行。”说得我直纳闷：“我哪儿提建议了？”

萧先生对文玩很有研究，什么茶壶啊、扇子啊、手把件儿啊没有难得住他的。有一回，他拿着一个拇指大小的碧玉的老虎，我看着很新奇，萧先生说：“给你看看，这是杨小楼先生送给我祖父的。”我赶紧还给他：“您拿好了，我不敢碰。”他老人家有一把湘妃竹的扇子，一尺多，色泽深凝，都出了血珀的光泽了。据扇子专家吴祖杰兄推断，至少得一百多年，价值几十万元。我还跟萧先生开玩笑：“您这是天天拿着一辆好车出门儿啊。”可是这扇子也屡次历险。青京赛的时候，萧先生退场走了，我路过他的座位，这扇祖宗还在椅子上，我赶紧拿了起来给萧先生送去。萧先生十分高兴，我还不忘表功：“这幸亏是让我捡着了，要是别人恐怕就回不来了。”后来听萧先生自己说，带孙子去批发市场买玩具，玩具抱回来了，扇子丢了……

近年来萧先生总在家含饴弄孙，见面的机会就不多了。后来有一次遇到，萧先生自己说：“我前两天去医院检查，大夫说身体不太乐观。”吓了我一跳：“您怎么了?”萧先生一本正经地说：“有点儿小毛病，反正是不太好，据大夫说，也就能再活二十多年了。”我一脸的黑线：“就您这心态，您绝对说短了。”

光风霁月的叶蓬先生

估计全中国唱老生的没有人不知道叶蓬先生的大名和艺术造诣。他老人家艺兼余杨，有两位名震全球的师父，一个杨宝森，一个李少春。而且他从五岁开始学戏，深受名家的熏陶和指教，却把精力放在了讲坛上。自从 1978 年调回中国戏曲学院，四十多年来，从来没离开教学的第一线。这种奉献精神实在令人敬佩。

叶蓬先生（摄影：慢哥）

先生任教这么多年，许多我的好友都是他的门人或学生。不管是耳闻还是目睹，叶先生贤良方正、有教无类的风度很令我折服。当初做《名段欣赏》的时候，要是录制老生的节目，经常能看到叶先生的身影。后来我才知道，众家哥弟一有演出和录像的机会总希望叶先生能给指导一下，把把关。而叶先生则是有求必应，故而每每从南城不辞劳苦地赶到北三环，兢兢业业地指导一番。有一次，同时给李剑兄和贾劲松贤弟录节目，叶先生跟李剑兄早早地就来做准备，录了两段以后，贾劲松也来了。一进门就看见叶先生了：“您不是说今天有事儿么？怎么还赶过来了？”“是有事儿啊，这不李剑录像么？”“我也是这事儿啊……”原来李剑兄请叶先生来把场，贾劲松也有此意，但是说晚了。叶先生也不知道他们在一块儿录像，就把小贾给推了。没想到最后是一回事。结果叶先生从上午一直盯到晚上。他们二位皆大欢喜，叶先生可受了累了。

那个时候经常跟叶先生见面，大多是各种节目和活动的场合，叶先生估计也不知道我是哪儿轰来的，但总是和颜悦色地跟我打招呼。后来，还是曹明宇兄约我去票房玩，才跟叶先生熟了。曹兄是叶先生的弟子，说起来，他这拜师年头可长了。跟他一块儿拜师的还有名票赵大维先生和吴祖杰兄，后来他给我看过一张照片，拜师的规格很是隆重。那是1989年，很多京剧界的大蔓儿都参加了，比如张君秋先生，名丑萧盛萱先生、钮骠先生，名琴师杜奎三先生、吴炳璋先生，名鼓师白登云先生以及名票刘曾复先生、杨洁先生、程树礼先生，叶先生的弟弟叶少兰先生等，这阵容就算在那个年月也不多见。

大概是2008年的冬天，那天还下了当年的第一场雪。我跟叶先生一块儿到的，一起进的电梯。我跟叶先生打招呼，叶先生一开始没理我。我想起来他有点耳沉，得高声些。便又叫了一声“叶先生”，他回头看见我，礼貌性地点了点头。一会儿，票房的各路神仙差不多到齐就鸣锣开唱。曹兄让我也来一段，我见在座都是高人，怕露怯，一再推托。架不住曹兄的鼓励，我就唱了一段《搜孤救孤》。叶先生坐在我正对面，目不转睛地看着我唱，我心里有点儿打鼓。厚着脸皮唱完了以后，叶先生冲我招手。我走到叶先生身旁，叶先生对我说：“你这是按杨先生那音配像唱的吧？”我说是。叶先生说：“你这嗓子唱余派比较合适，有的地方这两道蔓儿你有点儿混了。还不错，还是以余派为主更适合你。”

听完叶先生的指导，我心里挺暖和。他老人家对于我这种“不归路”

唱法不仅耐心地听了，还给我指导性的意见并且大加鼓励。对于我来说是莫大的荣幸和鞭策。

之后的几年因为经常在票房见面，叶先生终于记住我是谁了。那阵子叶先生很忙，因为收了好多徒弟，又有流派班的任务，叶先生总要奔波在天南海北。而我也经常会接到朋友的消息，说叶先生去他们那儿教戏了，老爷子多么认真，多么严格，多么辛苦。我心说了，你们好好学着吧，别天天总研究那乱七八糟的。等你们教戏的时候能有叶先生三分之一就对得起祖师爷了。叶先生对学生特别上心。大约2012年，我在北京京剧院碰上叶先生。他领着一个女孩从楼里出来，应该是刚说完戏。跟我说："这孩子是河南京剧院的，叫杨双赫。岁数还小呢，你得多支持。"我连忙说："您放心，我一定尽力。"其实我自己还住庙呢，哪儿有那能耐支持别人啊。到比赛的时候，叶先生一直在帮杨双赫操持。那会儿是夏天，外边快40℃，现场不到20℃。我跟叶先生说："您歇会儿吧，一会儿弄一身汗再激着。"叶先生说："人家京剧院把这孩子托付给我了，我不能甩手不管啊。"还好，那届比赛杨双赫成绩还不错，没有辜负叶先生的付出。

叶先生不仅有教无类，还虚怀若谷。我曾经采访他，让他谈谈祖上办科班的事。叶先生第一句话就是："我祖父办科班的时候我还没出生，所以好多事我没赶上，都是听家里人和老先生说的，可能不准确。"于是放下众多的趣闻轶事，叶先生谈了很多办学思想和经验，我猜想他桃李满天下，兢兢业业地培养青年演员的初衷大概也是有家族遗传的。后来叶先生说："富连成到1948年解散了，他要是再坚持一年，新中国就成立了。我呢，也就适龄可以进科班了。我要是进了科班，大概应该排在'福'字了。"言语间不乏一丝怅惘。

按说他老人家这身世，叶家在梨园行的地位那还用说？放在哪儿不得供起来？可叶先生从来没有多大的架子。有一回在票房，一位朋友跟叶先生说："《击鼓骂曹》这鼓套子怎么打啊？您能给说说吗？"叶先生把大堂鼓挪到中间，从鼓的结构，鼓楗子怎么拿，打哪儿出什么动静，左右手怎么配合，讲了一个来小时。事后大伙儿都觉得怪不合适的，就这一句话，让老爷子劳神费力地上了一堂大课。

还有一回，票房散了大伙儿一块儿吃饭，我正好跟叶先生坐一块儿。就聊起他拜杨宝森先生为师的事。叶先生说："那时候杨先生正找房呢，跟我父亲他们交情好，后来就住我们家了。看我还不错，我父亲也想让我学老生，和杨先生一核计就收了。"这可是近水楼台先得月啊，杨宝森先生的艺术虽然现在广为流传，但门人弟子却为数不多。可是叶先生接下来的话让我很震撼："那时候我刚开始练功学戏，根本理解不了杨先生的艺术。后来等我真正开始研究杨派的时候，杨先生去天津了，没几年就去世了。所以我其实学得还很不够。"

以叶先生的身份和地位，完全可以换一种说法。现在业内有多少人攀龙附凤，跟好角儿学过一天就说得跟亲戚似的。而叶先生的话，足见他的襟怀和风度。从那儿以后我对叶先生的尊敬又涨了几分。每每跟旁人提起叶先生，我都会想起《群英会》"平日里待人宽厚"的鲁肃。叶蓬先生的气质十分感染人，希望他这种长者风度也能随着杨派艺术传承下去。

卢子明先生的长者之风

卢子明先生的大名并不像很多艺术名家那么卓著，但是在我看来，他绝对是一颗“隐宿”，数十年来一直默默地为戏曲做着贡献。

认识卢子明先生得有十余年了。跟他老人家第一次正式见面大概是2003年的秋冬之际，吴钰璋先生录制《名段欣赏》，有一段录音有点儿问题。吴先生就让我去一趟中央人民广播电台，找卢子明先生再要一份。等我到了电台，卢先生早早就等候在大门口，接过录音带也没有更多的交谈我就走了。

卢子明先生

虽然第一次见面很简短，可是我很早就听说过卢先生的大名。当然都是在收音机里。后来栏目组请几位专家开会，卢先生名列其中。我进会场张罗的时候，卢先生早早就到了。手里拿着一把黑色的折扇，正在看墙上的字画。我赶忙过去跟卢先生打招呼，卢先生转过身，“刷”地一下打开折扇，冲我友好地笑了笑。那身段，跟电影儿里的大侠似的。

之后数年，我经常在各种大型活动组盘桓，卢先生也在其中参与，于是跟他老人家就熟了。卢先生最大的特点就是慢性子，向他请教个问题，他通常都是注视我片刻，然后点点头，吧唧一下嘴，再思考几秒钟。然后才“对……嗯……是……这个……那时候吧”把这些话佐料都说完才进入正题，话题进行中也是抑扬顿挫，一唱三叹。说他“泰山崩于前而色不变”绝对不过分。即便是他最喜欢的业余活动——小酌，他也永远慢条斯理地最后一个出场。弄得张德才先生枯坐多时，总是不停地抱怨：“卢兄又裹脚去了。”

有一次陪王宗伟先生去民族文化宫看戏，开演前，王先生环顾了一下观众席，突然说：“嚯，卢子明也来了。”我顺着他的目光看过去，正是人群中正在和熟人寒暄的卢先生。我当时还挺好奇：“您跟他认识啊?”王先生说：“我们是同学。”后来我跟卢先生提起王宗伟先生。卢先生用他那招牌式的慢条斯理的语气给我从头讲了一遍，原来他们不光是同学——虽然不同班，还是邻居。卢先生幼年时也住在观音寺前街附近。从广义来说，也可以算“发小”。虽然久居京华，卢先生祖籍居然是南方。这和他的外在形象真是存在巨大的反差。卢先生从小生活在戏窝子中，当然没少受到熏陶。而且，卢先生是正经拜过师，有门户的。他的师父是花脸名宿苏连汉先生。苏先生不仅享名于台前，更执教于幕后，是一位全能型的艺术大家。据说现在流行的在扇面上画脸谱就是始自苏先生。有名师于前，从小生活在这样的氛围中，又在中央人民广播电台工作数十年，卢先生也是活字典级的人物。但是卢先生不像大多数老前辈一样善聊，大多是别的老先生高谈阔论，谈笑风生的时候，他颔首把盏，满面春风地倾听，偶尔补充一两句。在我印象中，卢先生主动谈起什么事的时候很少。多是在我一再追问之下，才言简意赅地发表一些看法。

他老人家不管什么时候，总是一副乐呵呵的样子，见到谁都能聊几句，一副翩翩然忠厚长者的风范。所以李浩天先生后来索性直接管他叫

"鲁大夫"。没几天就传开了。大伙儿一提起他就是："鲁大夫怎么还没来？"不过卢先生虽然性子慢，却有一招神的。只要是工作，从来不迟到。当然，份放得有点儿大。七点半直播，七点二十五就位也是出现过的。

卢先生从电台退休以后，大部分精力都是在文字上，在杂志上发表一些纪念文章，给大活动做撰稿等等。我曾经把我收集的逸闻给卢先生过目，卢先生看完以后，给我提了一个意见："你再收集这些东西的时候，最好注明是谁说的，或者从哪儿看到的，这样可信度就高了。要不然你这岁数，好多事儿你都没赶上，说出来谁信呢？"不能不说这是卢先生治学严谨的具体体现。从那儿以后，我每记一条都是"朱锦华先生说……""《京剧剧目初探》载……"等等。且不说这样增加了多少可信度，这么多年过来，有的事儿如果没有这个"帽儿"，我都想不起来是从哪儿踅来的了。

有一回我拿我翻录的音频给他听，我自认为音质还是很不错的，没想到他听完以后，慢慢地说："离播出标准还差不少呢。"我很好奇地问他，一直守着那么多音频资料工作，就没自己踅点儿私货？卢先生缓缓地瞟了我一眼："反正有点儿你没有的。"我连忙自告奋勇："您什么时候整理您的库存啊？我去给您打下手？"卢先生倒是很爽快："行，等我有功夫的。"这话啊，说了得有十几年了吧。到现在我连他家门冲哪边开还不知道呢，急得我啊……

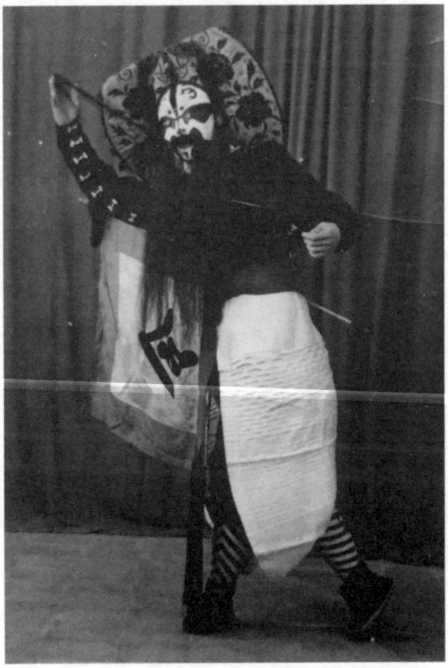

卢子明先生《芦花荡》剧照

我给吴钰璋先生录《拜山》的时候，吴先生特意请卢先生去指导。这对于卢先生来说无异于小菜一碟。我跟录音师在那儿忙活，他老人家站一边看着，还感叹："当初要是有这么先进的东西，得多留下多少好东西啊?"可是一开始工作，卢先生就不含糊了，哪儿不合适，哪儿应该修理成什么样子，一一指点，不厌其烦。与平时的轻松判若两人。

我总觉得卢先生有点世外高人豹隐风尘的意思。认识他这么多年，从来没听他唱过，向他请教，他说："原来玩玩还行，现在过了劲儿了。"他自己也不怎么提当年有多辉煌，二十世纪九十年代央视的京剧电视大赛他曾是评委之一，与众多前辈名伶比肩而坐。他却说："那跟我没什么关系，因为当时我是电台的工作人员，人家是冲着单位要的人。"卢先生著述颇多，除了文章，还编过很多书籍。他的总结是："闲着也是闲着。"尤其是为纪念苏连汉先生出的画册，我就提供了几张照片，还把我列在其中，附骥于高人令我十分汗颜。

与卢先生已是多年未见，自从他有了微信以后，偶尔还给我点个赞。但还是那个慢性子的特点——经常点的是昨天的朋友圈。我总能想起他瘦弱的身材挎个巨大的书包翩翩而来的身影。像我这种性格，真是应该多学学他老人家的冲虚恬淡。

我的领导阎德威先生

从我喜欢京剧的那天开始，就经常在电视上看到“导演阎德威”的字幕。当时觉得这个名字真是霸气。没想到后来居然能在他老人家的领导下工作。

我刚工作的时候，阎导是《名段欣赏》的制片人，我属于直接被他领导。第一次见到阎导的庐山真面目是我上班不久，栏目组开研讨会，阎导和其他几位领导一块儿来参加。整个会议过程中，阎导基本没说话。散会

我与阎导

以后，他们还要赶回去，我一同事问：“阎导，您今天怎么没做指示啊？”阎导瞅了他一眼，一边穿衣服一边说：“我今儿就是一车夫，哪儿有那么多说的？”当时我还想，这老先生可不好惹。

2005 年 9 月 24 日，我突然接了大赛组一个电话，说让我第二天去五棵松宾馆开会，我一个马前卒还从来没有过这种待遇。到了以后才知道，是青京赛建组，阎导是总导演。会上讨论要有观众评委，每场三个，三个人投一张票。当然最好是票友，至少也得是爱好者。这个群体我是再熟悉不过了，就举手发言。说了几句之后，阎导看了我一眼：“行了，这事儿就你负责了。”弄得我还挺激动。八场二十四个评委，除了翟惠生先生和友谊医院的高东辰院长以外，都是我找的。

我的主要工作是负责修订字幕，后来我才知道，由于在《名段欣赏》做责编，导致节目的错别字出现率直线下降，阎导才点名让我跟组的。可惜那时候还是年轻，寸不住劲，后来因为修改错别字的事我很不露脸地跟一老师争执起来了。第二天，阎导在现场突然问我：“昨天怎么回事儿啊？”我心里一激灵，赶紧争取好态度，一五一十地说了，然后承认错误。没想到阎导反而轻描淡写地说：“咳，多大点儿事儿啊，你们俩都至于么？”

工作结束以后，我们领导问阎导我的工作情况怎么样。阎导只说：“这么多年以来，他是很少有的几个每天干完活儿还在现场看戏的人之一。”我很纳闷儿，他每天那么忙，现场那么多人，他是怎么发现我的？

通过这一次的工作，估计我给领导们留的印象还可以。所以后来的大活动基本都没少了我，跟阎导也就逐渐熟了。不过阎导平时都很严肃，再加上事儿太忙，基本都行色匆匆，所以接触机会还是不多。2008 年 5 月 16 日晚上，我突然接到了阎导的电话：“你周末要是没事，来台里给我帮个忙。”我受宠若惊，不知道又有什么重要任务。阎导继续说：“台里接了一个给汶川地震募捐的活动，戏曲界这些角儿们都要参加，我想了半天，就

费世延、阎世善、迟世恭、黄元庆
（照片提供者：魏伟先生）

你能把这些人都认全了，其他人也忙，都不在，你来给我打下手吧。”于是我就参加了这个举国关注的“全国宣传系统抗震募捐活动”。从那儿以后，跟阎导也逐渐没大没小了。

阎导是梨园世家出身，他父亲就是大名鼎鼎的武旦耆宿阎世善。阎导也是中国戏曲学校坐科出身，好像是唱小生。后来在山东工作过一段时间，就调回中国戏曲学院，然后就进央视做戏曲节目了。我曾经在戏曲音乐部的办公桌上看到过一张照片，是四个人在办公室的合影，有谢桂昌导演、许玉琢导演、阎导，还有一个是谁我忘了。那时候阎导应该正在壮年，跟我后来见到他时华发盈头的形象截然不同。真不愧是唱过小生，堪称玉树临风。他做戏曲节目几十年，什么样的节目都做过了。可以说是戏曲电视节目的元老级人物，后来有机会跟他出差，外地院团的演员们私下都交头接耳：“这就是阎德威啊？”那意思跟朝神见圣差不多。

阎导也不是什么时候都严肃，是个挺有意思的人。有一回阎导搭我车，我问他：“前两天看有个文章，说您和宋丹菊老师唱过《青石山》，那是什么时候？”阎导很认真地说：“根本不可能。我从回北京就没登过台。”顿了一下，他有说：“再说了，要真有这么露脸的事，还不早就全世界都知道了，还用你特意问我？”我又问：“那您改行这么多年，有没有过还想粉墨登场的冲动？”阎导用一种很缓慢的语气说：“这三十多年里……有过那么一两次。仅仅就一两次。”

虽然在剧组时经常见面，但我跟阎导接触并不多。一方面因为他是负责人，很多事情都需要他处理，所以并没能像我跟其他老前辈那样经常在一起，以便我捋叶子。另一方面，我从心里对他有点怵。刚转岗做编导的时候，我特意请教阎导对我的作品有什么意见。本来我以为阎导会很简单地说“不错”，或者“你拍那是什么玩意儿”等等。没想到阎导从切换镜头讲到访谈话题，给我说了很多经验。这对刚开始创作的我来说，无疑是莫大的鼓舞。

阎导在工作

虽然平时阎导很随和，时常也流露一些真性情，干活儿的时候可是一点儿也不含糊。我有几次在转播车看阎导切台子。对我来说，那真是近距离观摩学习的绝好机会。阎导每次给摄像下口令都很简短明确，有时候摄像完成得不够理想还训他们两句。我当时心说：“人的名儿树的影儿，这也就是他，换成我们摄像早窜儿了。”从阎导的工作方式我自己琢磨出点儿沟通办法来，因为摄像哥们儿不一定都懂戏，对演员、剧中人和程式名称不熟悉是普遍的现象，所以在录制过程中给他们下口令的时候不能跟剧团排戏似的。我后来切台子的时候，就换了一种方式和摄像沟通——“1

号机给那个红的”，“3 号机等那个脑袋上有犄角的”。虽然经常逗得旁边的内行大笑，可确实达到了简单明了的目的。这也是阎导无形中给我做的铺垫。

2010 年第一届学京赛，直播前，阎导在现场突然说：“今天人事处给我打了个电话，说我从今天开始就算退休人员了。”算来阎导属虎，比新中国小一岁。可是阎导并没有休息，还是跟原来一样忙碌。之后与他的见面都是在各种各样的节目现场。2018 年，我去护国寺宾馆，停车的时候正好阎导从后面走过来。他有录像任务，只打了个招呼就走了。与十多年前我刚开始追随他的时候相比，除了白发更多了一点以外，几乎没有什么变化。在我看来，阎德威先生一定会在中国戏曲电视史上留下浓墨重彩的一笔。能追随他工作多年，是我一生的荣幸。

外冷内热的王平先生

王平先生是驰名南北的表演艺术家，也是我很钦佩的一位前辈。

说是前辈一点儿也不掺假，王先生与家严同庚，故而我很尊敬他。认识王先生年头儿不短了，头一次应该是 2003 年 12 月，王先生要录《名段欣赏》，我和黄琦导演去天津录音。那是我工作以后第一次出差，心情十分激动。到了天津电台，黄老师掏出记者证直接就进去了，我还得拿身份证登记，当时就想："我什么时候能有记者证啊？"

王平先生《秦琼观阵》剧照

王先生那天正在录《秦琼观阵》，给他配演王周的是郭秉新先生。二人在录音棚里唱念，我们则在控制室里听着。这出戏我很喜欢，至今二十多年来听过的版本不下十几个，从老一辈艺术家到杨少彭兄、再到李特小妹（王平先生的高足），可以说各有千秋。我还曾经妄想能不能唱一次。被王宗伟先生一句："你还想放卫星啊？"给无情地扼杀了。当时能近距离听到王先生的表演，实在令人手舞足蹈。到"密匝匝旌旗风飘荡"的时候，王先生突然问了一句："是'密 zāzā'，还是密'zhāzhā'？"我还没有从余音绕梁中回过味儿来，脱口而出："密 zāzā。"王先生大概没有注意到录音棚里还有个后生，回头看了我一眼，又面无表情地转回头继续录音了。

等休息的时候，黄琦导演跟王先生说需要唱词。王先生有点为难："我没准备啊。"我跟黄导说不用着急，我来解决。于是伴着王先生的歌喉婉转，我默写了一份《秦琼观阵》。等结束以后，我拿给王先生："老师，您看看有问题么？"王先生看了一遍，眼光一亮："这是你写的？没问题。"

这么一次短暂的接触之后，逐渐地跟王先生熟了。王先生是一个外冷内热的人。冷到什么程度呢？有一回王先生又来录像，我去摄影棚看他。那天他录《野猪林》。我到的时候王先生正在穿行头，我怕打扰他，就站在门口看着他穿。其实我距离他不到两米，我想着站这么个碍眼的地方，他老人家怎么也得看见我吧？看见了就能打招呼了。好嘛，从穿行头到勒头，再到录像，王先生就眼观鼻鼻问口口问心，直到回休息室脱服装都没瞟我一眼。还是坐在椅子上从镜子里看见我才说了一句："哎呀，你刚来啊？"我心说，我都来了快一个钟头了。

后来在杭州与李春立先生闲谈，李先生与王平先生是同学，他说："我觉得我就够各（读葛）的了，跟他没法比。我们上学的时候，在食堂吃饭。我就不爱跟人打招呼，可人家坐你对面你总得抬头儿看吧？他就能低着头儿一直吃完饭不看对面一眼。"这家伙，按佛教的说法，这得多大定力？

说王先生内热也不是空穴来风。2006 年，我刚转岗做编导，正好吴钰璋先生回国了，我们爷儿俩一商量，准备录点以前没有涉及过的选段，比如《拜山》。可问题就来了，武生找谁呢？吴先生当年的合作伙伴都因为各种客观原因不能参加。如果因为这个就放弃了我又实在不甘心。各种纠结之下，我就起了飞智，自作聪明地斗胆给王先生打了个电话。其实一边跟王先生通话我一边后悔，人家那么忙，怎么会有功夫管我这闲事呢？没想到王先生没有迟疑就答应了。条件只有一个——我最近比较忙，你得插我空儿。这么简单的条件无疑是从天上掉下一个汉堡王砸我嘴里了。于是和吴钰璋先生商量以后，录音录像简洁麻利快，一个月之内解决。二位老先生还看在晚生我的薄面又饶了一折《野猪林》的“结拜”。录像那天是周二，王先生一早从天津坐火车来——那会儿还没有城际特快呢，从天津到北京得一个半小时。为了保证时间也不知道他老人家几点起的，上午录《野猪林》，下午录《拜山》，折腾到晚上八点多。完了事王先生才跟我说：“我明天去武汉排戏，怕你今天干不完，我订的下午的飞机。”我满怀歉意地说：“真是难为您了，正好明天能多歇会儿。”你说人家那么大艺术家，因为我不知深浅的这么一句话就平添了一堆麻烦，这得算提携后辈啊。关键是——还没给多少钱。

我与王平先生、吴钰璋先生

不光外冷内热，时间长了以后，我发现其实王先生是一个挺有意思的人。我举几个例子：

有一回为了参加票友比赛，我臭不要脸地找到王先生，让他给我说说《野猪林》的“长亭”，王先生满口答应。我按照约定的时间到了天津。那时候滨湖剧院正在翻建，京剧院搬到了张园工作。王先生大热天地在滨湖剧院的工地旁边等着我，还请我吃了顿“百饺园”，弄得我怪不好意思的。在从体院北去张园的路上，我问王先生：“京剧院搬到滨湖这边也不少年了吧?”王先生停了一下，说：“可不，我们刚搬过来的时候，这边还满大街跑猪呢。”我顿时就接不上话了。过了一会儿，我又问：“您一直在天津，小时候您见过杨宝森么?”王先生还是停了一下，说：“见过，但是印象不深。一个是因为那时候我太小，也没见过几次，另一个是因为杨先生那会儿老是戴着大口罩，大帽子，围脖什么的，根本看不见脸……”

音配像竣工晚会那天，我在后台遇到王先生，他还是扮的《野猪林》的林冲，妆化得有点重。我又不知深浅地多嘴了：“您这底色太重了，多显老啊。”王先生慢悠悠地说：“有人说我长得小，就得往老了找补。那画得浅的，一般都长得老。”弄得我无言以对。

在上海天蟾后台遇到他闲谈，对话如下：

“您什么时候有空啊？能给我说说《拜山》么?”

“空儿倒是有，可我这水平不行啊。”

“您水平再不行，给我说也没问题啊。”

“哦！原来你觉得我就你这水平啊?”

“不是，我不是这意思……”

“行了，别说了，不就这意思么?”

“我是说……”

“你就这意思!”

这天儿就算彻底聊散了，连挽回的余地都没有。

这几年王先生的戏没少看，光《华子良》我就看了四遍，每回到华子良见华为的那场，一声“我是你爹啊……”都能让我潸然泪下。王先生的戏其实都挺累的，唱念做打哪个都不少。有一回演出完了我去给他道辛苦，他问我感想如何。我又犯二了：“我一直在想一个问题，这些戏将来您唱不动了，传给谁呢?”说完我就后悔了，人家正在艺术上炉火纯青的年龄，怎么就开始跟人家说这个了呢？这不找不爱听么？王先生则好像没听见一样，不理我了。

忘了是2006年秋天还是2007年春天了，王先生约我去天津中国大戏院看他主演的《野猪林》。那天正赶上雨夹雪，我从北京一路顶风冒雪开车过去，花了三个多小时才赶到。还有好几位老师被堵在高速上，最终只好打道回府。山神庙大开打之后，林冲一把抓住陆谦的脖领子，陆谦哀告：“贤弟，饶了我吧。”王先生刚要动刀，第一排突然站起一位老者，指着邵海龙兄（陆谦）大喊：“剐了他!”全场哄堂大笑。王先生强忍着没喷出来。结果——那天邵海龙兄身中十数刀，约等于被剐了。

后来在滨湖看过一回王先生的《群英会》，“盗书”那场桌子后边忘摆椅子了，王先生的鲁肃上了场，正要坐，发现没椅子，冲台下使了个身段，那意思是“椅子呢？我搬一个去”。然后就从下场门搬上来一把椅子，还要了个好儿下来。

王先生当了院长以后自然越来越忙，我也很少给他捣乱了。好在现在有了朋友圈。偶尔能从天南海北的兄弟们发的照片里看到他的身影。虽然花甲已过，就像王先生说的，他长得小。如今他已经退休，反而更忙了，希望先生不光注重传承，最好还多演出，让我们多饱眼福。

记“戏包袱”王展云先生

王展云先生的大名现在是如雷贯耳，名震江湖。我和他老人家相识的路程也略有些曲折。

最早听说他的大名还是在先师王宗伟先生口中。我记得是个冬天，我跟他在他家门口涮羊肉。他其实不爱吃涮肉，觉得好多筷子在一块儿和弄不太卫生。当然，那天宗伟先生也没少吃。席间聊起学戏，宗伟先生突然说：“你啊，我教不了你。”我说：“我没得罪您吧？”“不是，你喜欢唱老生，我大概齐给你说说还行（宗伟先生工小生），你要想提高，非得找个老生老师才行。”“找谁啊？”“我看看哪天有空，带你找展云大哥去。”“谁？”“王展云你不知道？”“不知道……”“金璐先生的儿子，那可是好老。”

王展云先生《太平桥》剧照

恕个罪说，我当时真不知道展云先生何许人也。后来吧……

宗伟先生把这事儿好像忘了。于是就失去了这个宝贵的机会。

这一耽误六七年就过去了，大约2009年，有一天遇到刘连伦先生，他问我：“你录《名段欣赏》自己能报选题么?”我说：“能啊。”刘先生就从他那百宝箱似的大书包里掏出一个档案袋递给我：“那我给你推荐个人，王展云。那可是个戏包袱，你肯定能录点冷的。”我当时特别意外，没想到能以这种方式跟展云先生认识。

后来给先生打了两次电话，敲定了录像内容。一共四个片段《马跃檀溪》《汤怀自刎》《斩华雄》《智赚朱仝》。饶是我天天跟人家吹牛见过不少隔路的东西，这四段我可是只听说过名字，从没见过演出。王先生工工整整地给我抄了一笔记本的册子（读chǎi子，戏班术语，就是剧本或提纲的意思)，看得我天天盼着选题早点儿通过，好看看究竟是怎么回事。没想到报选题前一天晚上，展云先生又给我来了个电话：“我觉得这四段的题材有点不统一，要不咱们归拢归拢，都改成三国戏好不好?我想把《汤怀自刎》换成《邓芝扑油鼎》，另一个我还没没想好换哪个，您觉得换哪个合适?”一句话就给我问傻了。我连忙说：“先生，都听您的，不换也成。”于是《汤怀自刎》就无缘得见了。

录音那天，我早早就赶到录音棚，看到宗伟先生已经在门口转悠。我还挺好奇：“您今天怎么有空啊?”宗伟先生还略有些不好意思：“这不展云大哥要录《马跃檀溪》，让我来个刘琦。”不多时，侯连英、满运启、沈双奇、洪世斌等老师悉数到齐，就热火朝天地干了起来。我在旁边看展云先生录音，这四段唱念做打无一不备，展云先生整个说全堂儿。连锣鼓尺寸都掐得特别合适。反倒让我无所事事，蹭了一天戏听。

到录像那天，展云先生真是忙前忙后，所有的地方都亲自过一遍才去化妆。旁边的老师们还跟他打趣：“今天您是角儿，盆着点儿多好?”展云先生一边收拾一边说：“咳，习惯了。”他从靴包里拿出一件水衣子，上面还写着“丹依京剧团”呢。跟大伙儿说：“别的不说，就这水衣子起码十年没穿了，幸亏头两年没扔。”换上水衣子洗了把脸就开始化妆，马上就画好了，突然说：“唉，还是着急，一脑门子汗，都花了。”转头跟我说：“再耽误您十分钟，我洗了重画。”我一把没拦住，他卸妆油已经抹上了。石淑珍师母当天也在，还在一边笑谈：“往常在家连脸都不洗，今天可好，没半个小时都洗两遍了。”

等站在镜头前的时候，就看出不服高人有罪了。《邓芝扑油鼎》的邓芝和《马跃檀溪》的刘备是老生，《智赚朱仝》是武生，《斩华雄》是红生，展云先生绝无雷同。尤其是《智赚朱仝》，跟老几位开打的时候，那身手，哪儿像个七十岁的人啊。我记得有一个亮相，他还跺了一下地，我在导播间都听见“噗”的一声——我们那可是水泥地啊。

工作结束以后，我去给他道辛苦。展云先生胖袄都湿了，跟我说：“你原来是不是也在戏校学过啊？”我很不好意思：“没有，一天都没学过。”“不能吧？我看你挺内行的啊？”“您别拿我开心了……”旁边王宗伟先生搭茬儿了：“您记得我跟您说想布给您个学生吗？就是他。”我心里这个埋怨啊：“合着这么多年您刚想起来啊？”展云先生恍然大悟：“哦，就是你啊？以后想学什么到家来，咱们一块儿探讨。”我这脸红得都快挠墙了：“您还不如想不起来呢，给我搁旱岸儿上（戏班术语，指处在一个尴尬的境地）了。”

幼年的王展云先生

自那儿以后，与展云先生心中多了一份亲近。无奈人在江湖身不由己，想必他老人家也是琐事缠身，再加上我这见高人就发怵的毛病，所以一直也没敢觍着脸去展云先生府上叨扰。倒是台前幕后没少遇到，见面寒暄之时展云先生还不忘向身边诸位夸耀我几句，弄得我很不好意思。

后来利用工作之便也采访过展云先生几次。展云先生可称出口成章，基本没有“话佐料”，娓娓道来，信息量十分丰富。他老人家这一辈子真是见多识广。人生“宽度”甩我辈好几十条街。自幼随王金璐先生学艺，后来去了上海戏校坐科。受到李君庭、陈秀华等前辈的真传。后来金璐先生去了西安，用王先生自己的话说，就是“毕竟年轻，不爱练功，天天就想着玩”。于是没等到毕业年限，就被戏校告状，去西安追随父亲了。后来金璐先生受伤回京，一家人生活陷入困境。展云先生放弃了马连良先生钦点入北京京剧团的机会，开始四海云游做“散仙”，足迹从东北到广西，十停天下走了五六停。终于回京了，又赶上天时不好，只好参军。等复员回来却进不了剧团，改行到自来水公司当工人，直到不惑之年才重操旧业。这一路艰辛，足够一部电视剧的体量了。

展云先生很低调，平日也是乱衣粗服，不尚冠履。跟街坊大爷差不多。但是一提到戏，二目就精光四射。前些日子我去拜访他，又夸了我一遍，说我票的那回《辕门斩子》不错，我十分惭愧：“我都成车祸现场了，您还说不错？”展云先生倒开慰我：“只要唱下来了就行，当初陈老师教我的时候总是两道蔓儿，一个是嗓子在家的时候唱的，一个是对付唱的。谁没有个窄住的时候啊？”

他老人家还有一些老年间的礼数，提到长辈的时候必要带称呼，我不止一次听他说“傅德威傅大爷”“言慧珠姑姑”。2018 年冬天，他请我赴宴，让我受宠若惊。席间还有李润声先生。他为我介绍：“这是我师叔。”我当时就想跟他说：“您别光教戏，这规矩平时也多教教小孩儿吧。”

实话说，我总觉得展云先生命不太好，大半生都生活在王金璐先生的光环之下。但是展云先生身上那丝淡泊，确是让我十分尊敬的。

我崇敬的李崇善先生

上初中的时候，赶上宣传优秀共产党员孔繁森同志。在电视里看了北京京剧院排的一出《圣洁的心灵》。当时觉得挺好听的，这么多年过去印象已经不深了。只记得赵葆秀老师的一句散板“白度母绿度母观音菩萨……”参加演出的好像还有王文祉先生、阎桂祥老师，主演就是李崇善先生。这是我第一次欣赏到李崇善先生的表演。

李崇善先生《磐石湾》剧照

当然，李崇善先生最广为人知的莫过于《磐石湾》的陆长海。但是很可惜，这出戏我到现在都没有看过全的。虽然有电影珠玉在前，却是无缘坐下好好看。小学的时候买过一盘盒带，有于魁智、耿其昌、关怀、李崇善、言兴朋、张学津等先生的唱段。崇善先生演唱的是《南阳关》和《摘缨会》，令我很长一段时间爱不释手。以至于时至今日，《南阳关》的二六经常能随口哼唱。在大赛组工作的时候，刘文云先生就曾经跟我开玩笑："你们家这仇算报不完了。"

工作以后很久都没能跟李崇善先生正式接触到，总是见面打招呼混个脸熟而已。心里总有一点点遗憾和期待。后来，在温如华先生的帮助下，栏目组联系了几位老艺术家录像，其中就有李崇善先生。我便自告奋勇接下了这一批工作。在录音的时候，我终于正式接触了崇善先生。那一次他准备了《探母》《武家坡》《大登殿》《乌盆记》，等等。录伴奏的时候，崇善先生突然跟我说："这录像你能做主吗？"问得我一头雾水："您就说什么事儿吧？""我不想唱《乌盆记》了。别的段子都是西皮的，就这一段二黄，后边'公堂'又是快板，要不我换一个行么？"我当然是不愿意让他换啊，好久没人唱这段了。我就说："没事儿，串换串换也挺好。您就录这个吧。""还有个事儿，我今天的打车票是找你报么？""……您给我吧。"这就是我和李崇善先生的头一番儿对话。

那天还有个趣事。约好九点钟录音，我那天冒场了，到录音棚还没开门儿呢。我转身儿就去窑台儿（陶然亭公园里的一个去处，常有爱好者活动）玩儿去了。窑台儿上好几拨儿消遣的，我就坐在边上听着。一会儿来一大叔，可能看我岁数小，拉着我一通聊啊……给我普及半天什么叫生旦净丑，哪个又叫四大须生。我有点坐立不安，毕竟我这岁数我不能站起来跟人说"您说这我都懂"吧？只好跟捧哏的似的跟他对付。那大叔跟我说："你知道么？我有老师，我跟李崇善学。要不我给你介绍介绍？"没想到啊，崇善先生从下边上来了。我赶紧站起来跟他打招呼，一回头儿，那大叔没影儿了……

为了这段《乌盆记》的原板和快板，录像的时候我还真动了点儿脑筋。把全景机器锁死，地下放一黑盆儿——没有张别古配戏。先拍一空镜，然后再让崇善先生上场站好位置，我跟他商量好，等过门最后两小节的时候往前迈两步。后期制作的时候来个叠画。刘世昌就慢悠悠地飘出来了。做完了以后，说实话，我自己看着都有点儿瘆得慌。快板的时候，我一片蓝色的天幕，先把崇善先生的唱录完。总觉得还缺点什么，有个摄像老师烟瘾特大。我就冒着被消防部门处理的风险。让他在镜头下面嘬了三根，青烟渺渺往上一飘，我这儿掐着表数够了时间。后期往一块儿一叠。还真有点现原形的意思。就是那位老师坐门外边缓了老半天，都抽晕了。当时崇善老师也表现出一些兴趣，跟我说："放一遍让我看看怎么个意思？"我说："您现在什么也看不出来，等播出的时候您就知道了。"可惜，这两段现在在网上怎么也搜不着。估计是因为太逼真了……

两天的录像，我跟崇善老师就混熟了。给我的感觉，崇善先生是一个很简单的人，想什么说什么，这让我很钦佩。录主持人访谈那天。他老人家提着一身衣服就进来了，上面豁大豁大一个国航的凤凰。我跟他逗："您给谁做广告呢？"崇善先生冲我一扬手："你说这个啊？我儿子的。我儿子飞行员。——我还能再录点儿么？"我差点没跟上这节奏："能啊，您想录什么？""我想录点儿对儿戏。"我终于得机会说出我的构想："《戏凤》怎么样？跟谁唱您自己定，咱们来个全出。""那倒是问题不大。""那我还有个要求，您能饶我一折《草船借箭》么？""那我还得找个诸葛亮。""别介啊，您再找一孔明啊。"……这第二回吧，就算是两全其美，皆大欢喜。

有时候也抓紧时间跟崇善先生聊聊。他曾跟我说，八十年代初的时候，正是他艺术上的黄金时期，可是嗓子却渐渐力不从心。虽然他是谭富英先生的弟子，却只能先唱一些做功比重比较大的戏。后来多方寻求治疗办法，还学了些美声的发音方法。练习的时候，为了打开口腔，老师让他把拳头塞嘴里去。快五十岁的年龄还得受这罪，有点儿无法想象。终于在他的努力下，嗓音又恢复了。

我还问过他："您平时在家里都干什么啊？"崇善先生不假思索地说："看电视剧，什么电视剧都看，从头到尾。"这么多年过去了，先生新收了几位弟子，又在戏曲学院授课。估计看电视剧的时间就很少了。

李崇善先生在清唱（摄影：慢哥）

有一回，我正在加班，突然有位老师给我打电话："你看看现在的《空中剧院》。李崇善的《法门寺》，你好好看看，老生的马鞭怎么拿。"后来我专门看的回放，是"空中剧院湖北行"，李崇善先生、朱世慧先生、尚长荣先生强强联合的演出。老师说的是"郿坞县在马上"那段，我翻来覆去看了好几遍——我放弃了。真让我领会其中的意思我得递根儿起慢慢学才行。

那回我"能吹好几十年"的《探母》，我事先并不知道崇善先生要去。因为我这水平实在难看，所以我哪位先生也没告诉。就没想到其他朋友人缘好，那天到得那么齐。我从"见娘"开始到底。陈志清先生给我勒的头，弄得我特别不好意思。"回令"我下来换蟒，贯振山先生在下场门等着我，要帮我赶场。正这时候，李崇善先生进来了。看了我一眼："等会儿。这一脸汗怎么上去?"伸手给我搌了搌汗，又拿粉扑给我拍了拍。当时我都晕了，谁承想我还有这势派呢？——就是那天没唱好，辜负了各位先生。

这几年基本都是去长安蹭戏的时候遇到他老人家，过去请个安什么的。纪念谭鑫培一百七十周年的演唱会上，先生演唱了一段《珠帘寨》，堪称宝刀不老。看先生如今也是皤髯皓首，年近耄耋。祝先生健康长寿，能好好教教后辈老生究竟应该怎么唱。

琴师教授杜凤元先生

我相信每个人都在天赋上是有专长的，同理，另一方面必然是短板。比如我天生就是与各种乐器绝缘。从小一样都不会，连锣都打不到点儿上。因此我特别羡慕吹拉弹唱伸手就来的人。也特别有欲望和琴师接触。倒不是为了蹭人家胡琴过瘾，因为作为伴奏者来说，对演唱者的风格和特点是十分熟悉的，从另一个方面吸取一些经验很有裨益。一般来说，像我这种拿不出手的水平，很少能跟专业的演员和乐队“说上话”。能跟顶级艺术家一块儿玩儿那就更是荣幸之至了。而经常能让我感到这种荣幸的就是杜凤元先生。

杜凤元先生

杜先生是中国戏曲学院的教授，从事京胡演奏数十年，正经的子承父业。其父是著名琴师杜奎三先生。杜老先生那真是梨园耆宿，一代名家，可惜余生也晚，没有见过老先生。说起来，我还是先认识他的哲嗣杜鹏贤弟。杜先生则更多的是久闻大名，没有能近距离接触的机会。后来去票房玩，才逐渐和杜先生熟了起来。

那应该是2009年的冬天，我在票房第一次与杜先生见面。当时觉得他老人家不太好接触，本来就是庄严宝相，还不苟言笑。等我唱的时候，就抬头瞟了我一眼，问："你唱什么啊？什么调门？"然后抿了一下嘴，点了点头，就低头定弦了。当时我心说：这老头儿，够各的。

十年间没有特殊情况基本上一个月总得见两面，再加上票房主人连绳武先生很热情好客，时常散了以后还要"太行山摆酒宴开怀畅饮"，所以就跟杜先生逐渐熟了。杜先生善饮，酒量很好，反正我是比不了。酒过三巡，话匣子就开了。同座大多是杜先生那个年龄的老师，他们的共同语言大部分都是老年间的趣闻轶事，同行之间略带调笑的业务探讨。像我这岁数的叨陪末座大多只有拿耳朵的份儿。杜先生说话的时候有个特点，不像别人那么眉飞色舞，基本上只看见嘴动，而且随着兴致的浓厚，语速越来越快。倘或这个时候再操琴，那大多是神来之笔，轻易听不到的。

跟杜先生熟了以后发现他也不总是那么严肃，时不时地也跟我开个哏什么的。有一回，都忘了唱什么了，反正挺熟的一个段子。也不知道那天哪根筋不对，中间唱错了好几个地方，有地儿词儿错，有地儿腔儿错。完事儿以后，杜先生没放下胡琴，冲我说："你这道蔓儿挺新鲜，来来来，你再唱一遍，我好记记。"弄我一大红脸。

还有一回，那是2014年的夏天，邱广勇兄约我去天津唱《朱砂痣》。这戏这么多年很少有人唱，我也是总跟着王则昭先生的录音哼唱，从来没跟过胡琴。那天正好去票房，就想觍着脸让杜先生给我"镟镟"。跟他老人家一说，杜先生略一沉吟，过门儿就响了。一段"认子"的原板连散板，十分钟左右，我就把脸扔一边不要，从头儿到尾唱了一遍。唱完了以后，杜先生把胡琴一放，笑着跟我说："照你这腔儿这么唱，你唱一下午，我都能给你对付下来。全是老路子，熟。"

杜奎三先生和师父徐兰沅先生

偶尔也听杜先生聊他自己的经历，当初在剧团，他早就跻身一流琴师的行列了，后来转行做教学，数十年间桃李满天下。琴师这个行业应该说是辅助演员完成表演的，虽然很重要，但是关注度和重要性一直不太明显。而且无论是从待遇和地位上来说，早年间对“二道幕以后”的人还是有些歧视的。很多当年的琴师都是舞台表演生涯困顿以后改行拉京胡的。而历经形势的不断变化以后，某种意义上来说又有点矫枉过正。杜先生有一次跟我说：“原来像我们这样的都叫‘傍角儿的’，那你就得摆正自己的位置，不能忘了你本工是干吗的。真正想站在头勾（戏班术语，指第一流的意思）的位置那是靠经验和伴奏的水平。你再能耐也得把演员放在前面，不管什么样的人唱都能严丝合缝，这才是显本事的时候，让演员跟着你走那叫什么啊？”

说归说，杜先生倒真是给了我不少指导。每回唱完以后，杜先生都私下跟我说几句，有多有少。例如，“这句按余叔岩的唱儿是落在眼上”，“你那个腔儿按谭富英的少了一点，应该是……”，“你别一唱就使那么大的劲儿，把字唱清楚了音量就够了……”等等。受人一字便为师，估计杜先生看我是个外行才愿意跟我多说两句，可对我来说那真是字字金石啊。杜先生也经常跟我聊起当年见过的好角儿，比如给马长礼先生调嗓儿，马先生事先不说唱什么段子，只说板式。有时候就把拇指和食指对圆了一比划，意思是唱“原板”。还有他为杨秋玲老师伴奏《杨门女将》，连演好多场。有时还不无寂寞地说：“可惜啊，咱们这票房没旦角儿，我这能耐用不上啊。”

还有一回，我跟杜先生说我唱《沙桥饯别》。杜先生突然说：“别忙，我给你换个胡琴。”从琴盒里拿出一把，色泽深凝，泛着琥珀色的光彩，上面的松香泥比钢镚儿还厚。冲我笑了笑：“让你试试这个吧。”一段唱完，杜先生跟我说：“这是我父亲留给我的，一共两把，‘大泥二泥’，当年这可是给余叔岩拉过的。”我当时差点跪下。后来我问杜先生：“您这一辈子，家里胡琴得论车拉了吧？”杜先生说：“不至于，不算太多，百十把总是有了。”按他老人家那眼界，估计无论哪一把都价值不菲。

杜先生比家严年长，按岁数说应该是颐养天年的时候了，实际上还是没有离开教学岗位。而且社会活动也越来越多。再加上我这工作也是没准时候，所以近来见面略有稀疏，有机会还是想跟他老人家喝点儿，听他讲那些年那些事。

可爱的孙导

若说起来，我成为戏曲爱好者之后，真正接触的第一位前辈应该就是孙桂元先生。那个时候我还在上大学，有时候电视台录节目需要观众，我们一干人等就呼朋引伴地去掺乱。那时候孙导总是现场导演，他的名字我还是听旁边两个老人聊天的时候知道的。

我和他的第一番对话是这样的：那个时候的手机还不像现在这么智能，想弄个个性铃声只能靠里边的编辑铃声功能自己编。身边也喜欢戏的朋友有的就自编过门当铃声，编二黄原板的多，我不愿意跟大伙儿一样，就编了个反二黄的过门，为了特殊就不管丧气了。在电视台录像中间休息的时候，我跟孙导坐一块儿。但是吧，他老人家老是板个脸，我也不敢跟他打招呼。不一会儿我的手机响了，我就出去接电话。等我回来的时候，孙导盯着我问："哎，那铃声是你编的吗？"我说："是啊。""你编那是什么你知道么？""《卧龙吊孝》啊。""嗯，头一回听见。"

工作了以后，尤其是在晚会剧组，总跟孙导见面。后来我问他还记得这事儿么？他摇摇头："你要是不说，我都不知道那时候见过你。"孙导从来都穿得十分正式，头发"一丝不苟"，不是皮夹克就是西装。提一个大书包，豁大豁大的。认识孙导快二十年，一直都是这个风格的扮相。好像就是在 2002 年前后有一阵子他剃了个光头，也就是那回我记住了他的名字。我身边有俩大爷说："那个就是孙桂元。""怎么剃个秃儿？""前两天于魁智唱《野猪林》，他来的高俅。”孙导工作时有个习惯性的动作是到了现场，放下书包之后，叉着腰环视一下四周，扶一下眼镜。我们这些打下手的就凑过去开始汇报工作了。

孙导在业界久负盛名，我很佩服他的能耐。首先就是他的一心多用。孙导很忙，很多晚会、活动他都负责戏曲方面的节目。尤其是到年底的时候，戏曲春晚他抓总，春节联欢晚会、大年初一的文化部晚会、团里的演出排练等，哪个事儿都是千头万绪，可到他这儿全是脚面水——平蹚。经常是眼睛盯着监视器，打电话跟别人说其他的节目，挂了电话上台接着排，两边儿谁也不耽误。我们有时候开玩笑，都说孙导有个八核的大脑，那真是比不了。我有幸见过几次孙导排戏，于武戏我是根本不懂，尤其是晚会的武戏节目，都是现编的。看他真是气定神闲，胸有成竹，大有一气呵成之势。

孙导在工作

再者，孙导有脾气。平时孙导虽然不太爱聊天，但也是挺随和的。但是在现场孙导很严厉，不管哪个工种，只要是影响了工作进度，要把他火儿勾上来，那就听着吧。孙导训人没脏字，可就那气势一般人谁也受不了。饶是我后来跟他比较熟了，赶他瞪眼的时候心里也突突。有一回，晚会上有个群体节目，生旦净丑都是各行当的新秀。旦角化妆本来就比男演员慢，再加上晚会录像，尤其精心，所以时间就长了。有几位早就扮好的生行演员见总不开始就把头掭了等着。孙导出来催场。旦角们都完事了，这几位开始勒。孙导火儿了：“就你们那脑袋值钱啊？勒会儿怎么了？你们掭了歇着，唱花脸的怎么办？还得等着你们！快点！”大伙儿谁也不说话，赶紧扮好了开始走台。孙导很无奈地嘟囔了一句：“唉，老角儿还没伺候完呢，还得伺候小角儿……”一转身走了。

还有一回，拍摄日程很紧，等进场录像了台毯还没铺好。工作人员人手不够，有人招呼在一边的武戏演员们帮个忙。大伙儿正要伸手的时候，孙导来了：“你们干吗？闲的啊？都一边歇着去！这会儿累着，一会儿翻跟头伤着谁管你啊？都出去，外边抽烟去！”把武戏哥们儿都轰出去了。他一回头儿冲我：“你来吧，反正一坐就一天，活动活动吧！”我连忙过去帮忙。铺完了台毯，我跟贯振山老师走到孙导旁边：“您看还有什么事？”孙导一瞪我们爷儿俩：“跟这儿能有事儿吗？你，盯化妆去！你，催场去！你们俩都跟这儿站着，有事儿不还得骂你们俩？都出去！”

可见孙导发脾气并不是无原则的，但有的时候也很有喜感。有一回春晚，有个《红色娘子军》的刀舞。田冰老师带着三十多个戏曲学院的女孩子来了。那真是环肥燕瘦一道风景，走哪儿都回头率飙升。我跟贯爷正在门口闲聊，田老师走过来，那时候她跟我还不太熟，就跟贯老师说：“您能给我们孩子找点水喝么？”贯爷转身就去办公室扛了一箱矿泉水来，还没走到田老师面前，孙导正好出来：“这是你该干的事儿么？你怎么什么事儿都揽？你……”我赶紧搭茬儿了：“孙导，你顺着我的手儿瞧。”往他身后一指。孙导一回头，田老师正笑靥如花地看着他们老二位。孙导白了我跟贯爷一眼，后边的话也没法接着说，就用手一抹头发，出去抽烟了。

还有一回，跟孙导出去干活儿。结束之后，我跟贯爷安排演员回驻地，车辆有限，只能一拨一拨走。我看贯爷那么大岁数了，就跟他说：“您先回去吧，我盯着。”等我敛齐了最后几个演员，一块儿回到酒店。孙导正在门口叉着腰训人呢：“你们就那么着急回来？演员没卸完妆你们不能等等？累了一晚上了没人支应他们怎么办？……”我赶紧从车上下来跑过去：“孙导，您别着急，这不是我蹲底呢么？”孙导回头瞅了我一眼，嘬了一口烟：“那你不跟我说一声！赶紧都回去歇着吧。”每每跟孙导在一起，我能感受到，他是真心疼武行的兄弟们。

《沉海记》孙桂元先生饰水判

因为孙导很忙，所以很难有时间跟他闲聊。只是有一回我们一起去银川，正好有一晚上空闲。吃完了晚饭孙导要出去散散步，我就陪着他一块儿去，一路上天南地北一顿扯。孙导在中国戏校学的花脸，他父亲孙焕如是经励科的著名人物，金少山的大管事，与金少山兄弟相称。这么论起来孙导的辈分很不低了。毕业进中国京剧院以后孙导演了不少戏，比如《宋江》里的张顺，《十三妹》里的纪多文，《汉宫惊魂》里的姚刚，《珍珠烈火旗》里的郎天印等，还参加了《红灯记》剧组。后来做导演，新近国家京剧院许多剧目都是孙导的手笔，比如于魁智和李胜素二位老师的《满江红》《丝路长城》《西安事变》《帝女花》，以及他们和山西京剧院合作的《走西口》《知音》，无一不是孙导的心血，很多都拿了国家级的大奖。我还问他：“李小春去香港那《闹天宫》的青龙是您啊？”孙导说：“唱了好几场呢，那时候还真在表演上下了不少功夫。”孙导就开始讲他当年的创作心得，我印象最深的就是他说团里排《无底洞》，派他演猪八戒。为了琢磨身段，孙导就天天观察身边的胖子怎么走路，把他们的步态学过来用在表演里，演出的时候大伙儿觉得都很合适。我心里说：“您可千万别让本家儿知道您这猪八戒是看他们琢磨出来的。”

孙导的经历不可谓不丰富，除了京剧演出以外，早年还拍过电视剧《济公》，因为那猪八戒演得很成功，孙导还被杨洁导演看重，准备借调他去演《西游记》，结果团里有出国演出，任务太重不放人，孙导就失之交臂了。如今他年过古稀，还战斗在戏曲导演的第一线。别的不说，就他这精神头儿我是真佩服。

老文艺青年马勇先生

与琴师相比，鼓师就属于更“寂寞”的高手了。鼓师在乐队中的地位不言而喻，但是作为爱好者来说，跟他们的接触肯定不如琴师多。如果纯为吊嗓子找一把胡琴就够了，没听说谁吊嗓子找鼓师的，那不成快板儿了么？而且琴师还有独奏的机会，鼓师独奏的话……跟剁馅儿差不多。

所以，很多身怀绝技的鼓师知名度和活动影响力都不尽如人意。不过倒是真有给鼓师露脸的。2012 年青京赛，我写节目单的时候顺序是“操琴……司鼓……”。魏以刚兄跟我说：“以后再写的时候，如果琴师和鼓师的分量不是差得太多，按惯例一般都要把鼓师写前边。”我问他原因，魏兄一副“怯勺了吧?”的表情看着我：“打鼓的是皇上啊!”我恍然大悟，相传光绪皇帝爱司鼓，据说水平还不错，还留下了“御制朱奴儿”的锣鼓经。论起来，他跟白登云先生能攀上师兄弟。据说白先生的师父鲍桂山就经常进宫陪光绪消遣。有一回徒弟到家看鲍先生，鲍先生没在家，徒弟问上哪儿去了，师娘来一句：“进宫陪你皇上师哥去了。”有这么强大的一个参与者，武场的朋友们肯定倍感荣幸。

马勇先生跟杜凤元先生一样，也是中国戏曲学院教授，主教打击乐。如果我没记错的话，他似乎不是门里出身，二十世纪七十年代考上了“中央五七艺大”，那时候这就是所有艺术类的最高学府。音乐、戏剧、戏曲、电影全在一块儿。后来又分成了现在的各个学院。马先生就成了中国戏曲

马勇老师在工作

学院的学生，毕业以后在中国戏曲学院实验剧团、北京京剧院等都工作过，然后又回戏曲学院任教。

最早知道马先生的名字都是从节目单上，二十一世纪的前十年，我经常去戏曲学院看学生实习彩排——不用花钱买票。节目单上总会有“指导教师：马勇”的字样，有时候也写“司鼓：马勇”。那时候根本不知道他是谁，连面都没见过。鼓师不像琴师，演出的时候在二道幕外边还能露半个身子，鼓师坐最里边，观众坐上场门靠厕所的位置都看不见，所以根本无缘一见他的“庐山真面”。

后来交了个朋友，邵业钦。当时他还在上本科，我问他：“你跟谁学啊?”“马勇。”“哦……”“你认识么?”“知道，没见过。”“我们马老师啊，太各……”有一次邵业钦演出，我去蹭戏。到后台找他时，他正夹着鼓楗子溜达。看我来了，冲着下场门一努嘴：“马老师打鼓呢，我得离远点。省得挨呲儿。”就那次我才见到他老人家的形象。

邵业钦毕业就离开北京了，到现在没见几次面。没想到，后来跟马先生倒经常见面。当然也是在票房中熟起来的。四五年前夏天的一个下午，

马勇老师在乐队里（右后）

我们正在活动，马先生晃晃悠悠地走了进来。座中基本都是他的熟人，纷纷寒暄。我当然对他不陌生，但是对马先生来说，只有我算生人。我跟他打招呼，他大概是习惯性地斜了我一眼，点了下头过去了。一会儿，有人提议唱《华容道》的曹操，让我陪着唱老爷，由马先生司鼓。一般的话，他“整顿人马再下江南”之后就收了。我想试试最后的快板，就接着念“回营交令”。没想到马老师几乎跟我同时开的点儿，尺寸还真不慢。唱完了我给他道辛苦：“您怎么知道我想试试后边的唱儿?”马先生不紧不慢地说：“我看你站那儿没动窝儿。”

那是跟马先生第一次正式接触，但我并没觉得马先生有那么不好接触。估计因为邵业钦是学生，我斗胆说算个朋友。但也不能说马先生没有特点，一般聊天，吃饭的时候他虽然不是口若悬河，但也算谈笑风生。经常跟我开玩笑：“你别老一张嘴就‘扎多大’，来点儿热闹的，要不我们多素得慌啊？——也别弄那太各的，我还得背。”玩笑归玩笑，一旦坐到位上，他就仿佛换了一个人。他带的下手一般都是学生，他应该是准备连镟学生带镟我。只要鼓楗子一抄，立刻变得特别严肃，有时候下手跟不上或者打错了，还小声地斥责一句。他曾经跟说我：“这是我们闫（宝泉）先生说的，平时怎么样是一回事，干活儿就得‘变人性’。到正事儿还嬉皮笑脸的，台上受得了吗?”尽管平时看他慢慢悠悠的，我一直觉得他应该是个急脾气。

马先生说他得背戏那是拿我开眼，从“五七艺大”到现在，他见过、傍过的好角儿比我知道的还多，艺龄比我年龄还长。就我这点儿上不了台面的能耐还能放在眼里？我虽然不懂司鼓，但是我听马先生的演奏，可以说一人千面。不论是火爆热闹的武戏，还是一波三折的程派戏。都天衣无缝，恰到好处。有几次看他伴奏的戏，总觉得这锣鼓点儿不像出自我经常见到的那位稀里马虎的“老炮儿”手中。

马先生好喝两口儿，还不喝啤酒，基本都是白的。他喝酒的节奏有点“撞金钟”的意思，“仓（喝一口）——七七七七七（不定多长时间以后了就）……”。这节奏我比较喜欢，也没少跟他把盏言欢。谈的也无外乎“过五关斩六将”之类当年盛事，比如他傍傅德威、王金璐、厉慧良、程玉菁等前辈演出的经历等，配着觥筹交错的叮当之声，颇有意趣。当然，也有耽误事的时候。有一回，广州尤海波贤弟来北京，我们约在醉香苑见面。我俩一进门，马先生和邵业钦正端着杯子掰扯呢。我没想到尤海波居然和马先生是旧识，然后吧……反正那天散了之后我到家都夜里两点了。

其实他并不是表面上那么冷的人，有一回，他找我帮个小忙，对我来说无非是举手之劳，跟写一篇公众号差不多。没想到他非要请我吃饭谢谢我，倒让我受宠若惊。席间他跟我说：“你帮我把牌子的‘大字儿’都写出来吧，我上课用。”我说：“那得写多少啊?”“不用太多，常用的写几个就行了。”后来他再也没提这事，我估计那天喝得不少，忘了。

在我看来，马先生是一个活得特别有宽度的人。他不太爱说自己如何如何，但是我知道他玩摇滚，还有个乐队。这也能解释为什么他有时候穿得跟老嬉皮士似的。一般来说，表面上大而化之的人，一定有一个丰富而精彩的内心，不然支撑不起来什么都无所谓似的那种淡然。

大武生奚中路先生

忝列戏迷行列的时间不敢说长，应该和李皇后蒙冤的时日也差不多了——“至今算来，也有二十余载……”儿时有幸赶上了群贤毕至的尾声，成年以后则目睹了众多目前的顶级艺术家走向辉煌的历程。人的认知是会随着时间和积累变化的，因此对一个演员的认知和看法也会不断变化，例如我和奚中路先生。

奚中路先生在勾脸

1993 年，在电视上看“梅兰芳金奖大赛”，好像是第五场中路先生出场。自我介绍的时候还有一句掭了一板，引得现场观众莞尔一笑。待粉墨登场时，一句“抬枪带马”先声夺人。已是一片彩声。当时我的欣赏水平还不能理解武戏的“美”和“好”，以致“能看懂武戏好在哪儿才算懂戏”已成为多年来我一直坚持的观点之一。彼时对中路先生的印象就是扮相英武，身手不凡，如此而已。

2002 年，有幸在现场看过一回他的《八大锤》。彼时他已年过不惑，演一个十几岁的少年王爷，虽然不似年轻演员天然地贴近角色，却能游刃有余地体现“嬉战”的神韵。现在回想起来，他的工架那时已很有“味道”。可惜，当时我并没有体会到个中三昧，觉得武生自然是快、脆、冲为上乘。还曾经在很长一段时间里，对他的表演颇觉得不以为然。

在那次以后，十余年来看过“大王”（别人送给奚中路先生的别称）很多次现场演出，专门坐高铁去天蟾看《九伐中原》的事也发生过。记得有一年，不知道为什么《战宛城》成了热门，我两个月当中看了三场《战宛城》，张绣、邹氏、曹操各有更换，而典韦一直都是中路先生。可是这十余年间，再也没在现场看过《八大锤》。

说起来《八大锤》这出戏并不是什么鲜见剧目。尤其是各种大赛兴起以后，众家英雄极尽删繁就简之能事。殊不知这出戏最早除了岳、狄、何、严四个南宋大将以外，番邦也要上四个使锤的将官。一番混战以后被南宋的四位锤将打死，才有的金兀术调陆文龙军前听用的举措。故老曾传，旧时京中若有戏园演《八大锤》，必有一位老者以独轮车推八副大锤招摇而过，人们一望而知，亦能起到广告作用。此老者即以出租大锤“砌末”赚些零花。故而“八大锤”之来源并非四个人手中的八只锤，而是八位用锤之人。时至今日，非但番邦四将毫无踪迹，在各种十几分钟的片段展示中，连岳家军都上不全，大多数能有岳云、严成方就塔大的人情了，《八大锤》基本已经变成“俩大锤”。诚然，这种展示腰腿等基本功且无须唱念的表演片段，确实对于很多“比赛型”的青年才俊来说是不可多得的上佳之选。只是原剧的风采渐渐被删改殆尽而已。

前辈武生名家和小生名家多以此剧拿手，更如梆子名伶老十三旦侯俊山也以此剧名重一时。余生也晚，前辈的身手无缘得见。只在纸尘堆中翻出一则轶事：杨小楼曾于天津演《八大锤》，乃孙菊仙之王佐。至说书时忽大讲音韵之学，阴阳上去，滔滔不绝。使杨宗师枯坐一旁，不知所措。以我看过的《八大锤》来说，小生演员多注重“稚气”和“嬉”，英武有之，气度略匮乏。有的偶尔还会流露出一些“媚气”。武生演员则注重“英气”和“战”，工架上乘，而稚气不足。有时刻意为之，略有“装嫩”之嫌。细想起来，即便当年对中路先生的表演不太满意，那还能有谁更令人满意呢？

奚中路先生《铁笼山》剧照

后来由于工作的关系与中路先生熟了，他还偶尔在微信里调侃几句我的扮相和表现。当然对于我这种“野狐禅”型的爱好者来说，很多看似白话的要领也基本没有基因去领悟。不过我们的交流一般在客套过两翻儿以后，百分之百地会围绕戏继续下去。一旦围绕到这个话题，他就一改平时沉默寡言的风格，有很旺盛的倾诉欲。有一次，我得到了一点老前辈的表演片段，不知道大王怎么得到了消息。直接给我打了个电话，一句客套都没有："那录像给我看看行么?"痴戏如此，让我有点措手不及。还有一次，我和王玺龙贤弟去看望苏德贵先生，进门时苏先生正在接大王打来的电话，足足聊了一个小时，从苏先生的答语来看，亦在此道之中。

偶尔去上海京剧院公干，都会看到他在练功场里，有时在耗腿，有时在跑圆场，有时在打把子。有一次，排练场很忙乱，大家都在排练。大王坐在角落里的厚垫子上，低着头，默默出神。我走到他身边想跟他打个招呼，站了几分钟他才回过神来看到我，略有些不好意思："明天有个京剧风采展示，今天排排。"我半开玩笑地说："这活儿还不让年轻的去？您还跟着折腾?"大王脸上的惆怅还没有散去，随口说道："就为活动活动。"

其实换位想想，我要是在他这个地步，我也会觉得很寂寞。在武戏这个领域里，不需要追摹前贤的纵向比较，因为那对每个人来说都是毕生努力的方向。换个角度，横向来比较一下。他即便不是众口一词的头把金交椅，若是评个"四大武生""武戏三鼎甲"之类的名头，想必也是不遑多让的。已经努力到这个位置，我相信每一个有职业操守的京剧人都不会裹足不前。但是再往上走路在何方，怎么能正确地突破自己。这层窗户纸成了许多人艺术上变法的桎梏。尤其是在目前这种"只能说好"的不健全艺术氛围中，即便有人可为一字之师，不用本主表态，就会被粉丝们"你有什么资格说他不好""你觉得他不行你来啊"之类的围攻弄得不堪其扰。这种非正常的循环下来，真正苦恼孤独的只剩下演员自己了。而靠演员自己顿悟，这种机缘可能会耗费掉宝贵的艺术生命，许多人就是在等顿悟的过程中先等来了退休。

我曾经和朋友笑谈："我们眼看着一批批自己喜欢的演员老去，用不了几年，奚中路就能上重阳节演唱会了。"言犹在耳，恍如昨日。没想到这一天来得这么快。大王是1958年生人。我也不知道我这身份能不能跟他算“忘年交”，这么多年接触下来，其实他是一个挺简单的人。活得简单并不容易，尤其是别人不理解这种简单的时候。2018年，大王已是花甲之年，在长安大戏院又贴了一回《八大锤》，我有幸躬逢其盛。在我看来，大王的表现已经是顿悟了，在舞台上的从容不迫令人回味无穷。希望这是他“新的艺术生涯”的开基之作。

京二胡演奏家顾玉杰老师

说句“boundary”（膀大力的，不明白这个词儿的可以听听马志明先生的相声《对春联》），我跟顾老师实在算不上是特别熟的熟人，与她的接触更多是在各种演出的组织现场擦肩而过。最早知道她还是去中国戏曲学院大剧场蹭戏的时候，学生中的朋友告诉我“那位是我们顾玉杰老师”。当时对顾老师的印象就是——真严肃。要说不怒自威有点夸张，但是在后台那么多老师学生当中那是相当有气场，大角儿一样。不光学生，我看老师们也都很尊敬她。

顾玉杰老师在教学

顾老师可是中国戏曲学院的老人儿，我还没出生的时候她就考进戏曲学院了。那时候还是“中央五七艺术大学”，等进校就变成了“中国戏曲学院”。因为顾老师的母亲是音乐老师，所以受家庭的熏陶，她之前就有民二胡的基础，因此主业就干了京二胡。那个年月，对于学京剧的人来说真是黄金年代。一批台前幕后的老艺术家都重新焕发了艺术青春，以饱满的热情投入教学当中。如今活跃在舞台和讲台上的很多卓有成就的艺术家，当年正是鲜衣怒马，风华正茂，每天跟着那些在我们看来都是“传说中的人物”的大家学习，想想都是一件幸福的事。说别人顶多都是见过“真佛”，他们这一批可都是被真佛修炼出来的人啊。

顾老师毫无疑问是其中之一，由于当时培养的方针是一专多能，所以顾老师同时还精通京胡、高胡、笛子、古筝，还辅修了一年的武场。别的不说，就从她师承杨秀明、邱大成二位大家学古筝来说，就足以让很多民乐界的精英都十分羡慕。顾老师跟着白宝珠老师学了好几年专业课，吴炳璋先生也是倾囊而授。因为成绩突出，又追随何顺信先生、张似云等先生潜心学习，当时他们几位尖子生每周都要两次到何先生家里面聆指导。张似云先生和她则是一对一的教学，有一次，顾老师拉完一段之后，张似云先生说：“来，我给你试试乐器。”随手拉几个音符就让顾老师赞叹不已。一段《贵妃醉酒》的“四平调”，虽然旋律中正朴直，没有太多花哨。但是悦耳动听，令人回味，给顾老师留下了深刻的印象，也成了她艺术上追求的方向。——后来呢，顾老师就以优异的成绩留校任教了。多年以后她的同学还在学院诸多老师的面前直言：“当年我们班专业最好的不是我，是顾玉杰。”

做戏曲行业的老师我感觉是很纠结的，不仅是理论上、技术上的高水平，还得有丰富的实践经验和舞台积累，才能达到很高的教学水平。顾老师虽然留校没进剧团，却一直没少了实践。二十世纪九十年代，顾老师在白宝珠老师的建议下，在老舍茶馆坚持参加了十几年演出。那个地方登台演唱的可是三山五岳水旱两路什么样的豪杰都有，能八风吹不动干那么长时间，我觉得真不是谁都能拿起来就说的。更何况又是教学任务繁重的老师呢？有了这样丰富的积淀，在以后的艺术生涯里，无论是传统戏、新编历史剧、现代戏，还是独奏，顾老师都是斫轮老手，驾轻就熟。

我不太懂音乐，再加上我偏爱老生，而大嗓的行当一般来说不太跟京二胡能“说得上话”，所以对京二胡的演奏认识很肤浅。仅以我的见识来说，我见过各个流派甚至各个名角的“私房”琴师，但是很少能见到“私房”京二胡琴师。自从梅兰芳和王少卿二位前辈创造性地在伴奏中加了京二胡以后，如今传统戏里凡是小嗓的行当无不亦步亦趋。尤其是在旦角行当来说，各个流派的风格特色差异还是很明显的。作为京胡的左辅右弼，京二胡在演奏上要和京胡达到水乳交融，交相辉映，需要积累的素养和经验更多。再赶上个新编历史剧，现代戏什么的，那就更麻烦了。某种意义上来说，一堂文场在琴师会换的前提下，那主心骨多一半就是京二胡了。在我的票戏经历中，京二胡给京胡说戏的情况也不鲜见，而且一般都是最后京胡没词儿。——当然，我找那琴师也柴点儿。

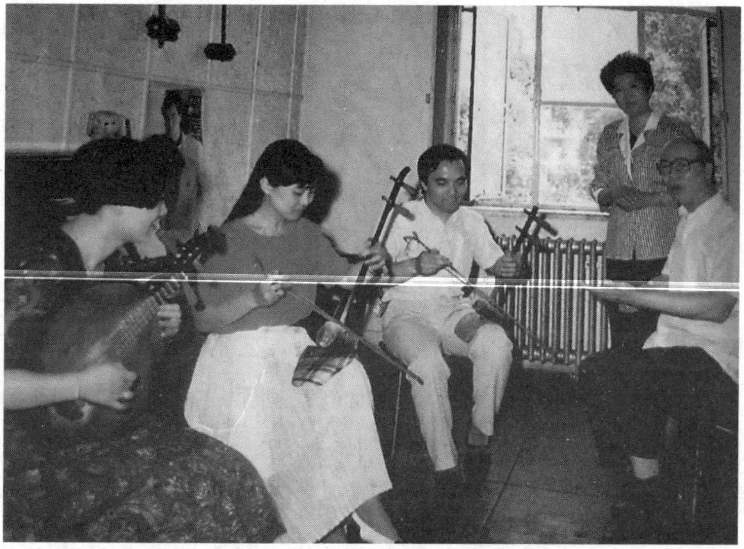

何顺信先生辅导顾玉杰老师

顾老师教了好几十年学，称得上桃李满天下，我也和她的几位学生有过一面之缘。在她们看来，平时顾老师很亲切，感觉像家里的长辈一样，尤其是现在学京二胡的女孩子偏多，有几位那真是拿顾老师当亲妈一样爱戴。到教学的时候就很严肃，一丝不苟，尤其是对他们音准、音色、音质要求十分严格。像一些大而化之的“差不多”现象，根本不允许出现，一定要完美。而且，顾老师很强调在演奏中的“存在感”。“存在感”不是“搅和”。要因为京二胡的存在使演奏旋律更美，更和谐，才能有感染力。顾老师参加演出的时候，音响师不止一次地问她“您的京二胡是不是特制的”，为什么她演奏出来的声音就和别人不一样。问得顾老师一头雾水，其实胡琴都一样，除了技术层面，更多的应该是艺术观的问题。我也有幸观摩过顾老师参与的演出，她那种感染力应该更多是来自于对音乐精神层面的理解，才形成了她独特的气场和与演员、观众的交流方式。

既然不懂我就不瞎说了，免得大伙儿笑话。

多年来的艺术积淀，使顾老师在业务上赢得了广泛的赞誉。上至李玉茹、李慧芳、杨秋玲、李维康等前辈，下至戏曲学院现在的青年教师，顾老师伴奏过的演员能凑够一个教学班了，许多知名艺术家点名要求顾老师参加演出。追随何顺信、张似云先生钻研张派多年，和李维康老师合作很长时间，如今又和张火丁教授一起弘扬程派艺术，举凡近几年张教授演出的《锁麟囊》《荒山泪》《祥林嫂》《春闺梦》《江姐》《白蛇传》《梁祝》《霸王别姬》等，无一不有顾老师的身影。既使演出增色不少，也让更多的人领略了顾老师的风采。这就是惺惺相惜，艺术上互相敬佩的结果。

艺术高水准，教学成果丰硕，再加上京剧系成立以后走上新的领导岗位，负责研究生教学，按说也够瞧老半天的了。可顾老师却很低调，低调到一定程度。有一年选北京市党代会代表，顾老师当选了。可她却觉得自己没那么大号召力，如果选个演员出身的代表对中国戏曲学院来说可能更合适，于是就去找领导阐述自己的想法。没想到领导的答复是：“这是走正式组织流程选出来的，全院的党员包括离退休的都投票了。这事儿不以您的意志为转移，我们得尊重大伙儿的意愿。”于是，一直很低调的顾老师被好人缘儿选出了一个新的身份。其实不管是做什么，人缘儿好是对每个人的最佳肯定，尤其顾老师还是领导。搞艺术的人性格千姿百态是很正常的，听她的同事说，有时候觉得跟某位同事有些事沟通可能不太顺畅的时候，都麻烦顾老师代劳。因为顾老师面子大，一说准成。

低调这个事对于艺术家来说大部分情况下是一厢情愿的。尽管不愿意过多地显山露水，但是口碑是不胫而走。顾老师去美国演出，有粉丝特意安排请她吃饭，她之前根本都不认识人家。去上海演出完了，学院领导主动帮她提琴盒，吓了她一跳。可是这么低调的一位老师，终于干了一件不低调的事。顾老师出版了一份京二胡演奏光盘，还没问世就受到了网上网下众多粉丝的热捧。这也是顾老师作为承上启下的一代艺术家回馈前辈的教导，总结自己艺术经验的结晶。最难得的是其中不光有曲牌，独奏，还有好几出戏的伴奏，纯是京二胡领衔，这就是艺高人胆大。

大家都说顾老师“专业好，人好”。我觉得这就是个人魅力。顾老师已经教了好多学生，一直是秉承“做好人，拉好琴”的原则，将来还会有很多学生追随她学习，希望所有的他们都能按照顾玉杰老师的要求，做一个能拉好琴的好人。

梨园名丑朱锦华先生

朱锦华先生是我十分敬仰的老前辈之一。最早认识朱先生是由于工作关系。先生风趣幽默的谈吐，虚怀若谷的心态以及对京剧艺术一丝不苟的认真给我留下了深刻的印象。

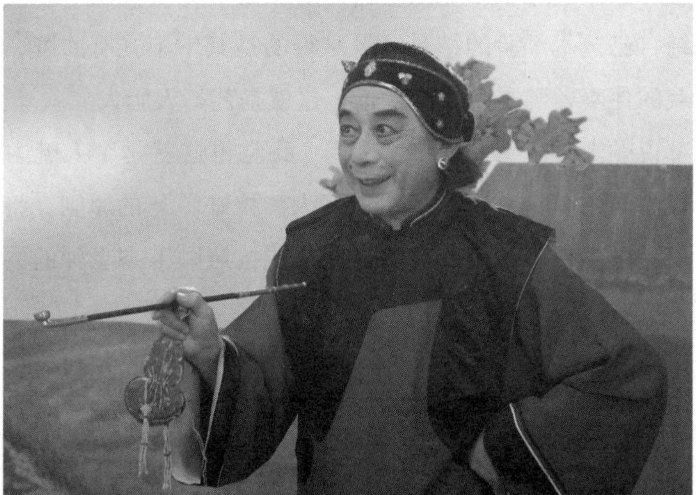

朱锦华先生《拾玉镯》剧照

记得那次是为了给京剧名家董文华先生（著名青衣董圆圆的父亲）录像。在录制《闹天宫》中“御马圈”一折时，董先生点名要求由朱锦华先生配合演出。在说戏之前，朱先生款款而来，戴着礼帽，手里盘着两个深红色的核桃，看气度更像是一位腹笥渊博的学者。排戏的时候，二位信手拈来，根本没用对词就流畅地顺了下来，令我十分折服。电视导演要求董先生提供唱词，可是董先生并没有准备，当时年少轻狂的我便依据排戏时的印象现场默写出了唱词。这一下给二位先生留下了深刻印象，也开始了我和朱锦华先生的交往。

后来曾经跟朱锦华先生做过几年邻居，所以相比起其他京剧名家来对朱先生的熟悉程度更深一些。偶尔在家就着凉菜饺子小酌几杯也是常有的事。所以从朱先生那里得到的知识和逸闻趣事非常多。朱先生出身名门，祖上是与“同光十三绝”齐名的名伶朱霞芬，父亲朱斌仙是著名丑角，曾有一种说法，老朱先生与萧长华、马富禄、茹富蕙齐名并称“四大名丑”。朱锦华先生的亲舅父就是京剧裘派花脸艺术的创始人裘盛戎先生。朱先生属猪，生于抗日战争之前，由于世代从事京剧艺术，朱先生很小的时候就被送入由“四大名旦”之一的尚小云创办的“荣春社”，不久，由于父亲朱斌仙先生赴上海演出并常驻多年，便脱离荣春社跟随老朱先生南下，加入了“夏声剧校”。毕业后便开始搭班演出，曾经跟随“四大名旦”之一的荀慧生、自己的舅父裘盛戎等巡演全国各地，积累了丰富的艺术经验。自幼宦游梨园，朱先生可以说是一个京剧历史的宝库。

在京剧历史上有一次著名的“廊坊撞车事件”，发生在二十世纪四十年代末。之所以著名是因为当时是京剧名净金少山从上海来京，乘坐的火车发生追尾事故。金少山安然无恙，却有许多无辜旅客罹难，其中就有著名老生扎金奎、武净杨春龙等梨园界人士。有一次谈及此事，朱先生缓缓地吐出了一句让我很吃惊的话：“当时我就在那车上。”便开始讲述起这一件事情来：

当时年近岁尾，许多在南方的北京演员都准备回京过年，也好一家团聚，过个团圆年。自然是几家欢乐几家愁。有的演出收入颇为丰厚，抱着衣锦还乡的心态登上列车。也有的因为收入不理想，想回北京准备来年重新搭班有个好发展。朱先生的父亲朱斌仙先生就属于后者，拖家带口地挤在最后三节车厢里。用行话说就是“轰着鸡”回来了。当时从上海到北京要走好几天，车厢里又挤满了各色平民。一路劳乏可想而知。到第二天深夜，火车停靠廊坊车站加水，同时也为了给另一次快车让路。车厢里的人横七竖八的都进入了梦乡。没想到由于扳道工的失误，导致另一次快车并没有从其他道路通过，反而直接撞上了最后一节车厢，把最后一节车厢撞得腾空而起砸在倒数第二节车厢上，一霎时原本安静的车厢里就变成了人间地狱。朱先生一家坐在第三节车厢里，侥幸逃过了一劫。朱先生的伯父在第二节车厢，横躺在车座上睡觉，由于车座倒扣下来把他罩在下面，竟然也毫发无损。一家人在旅客们呼天抢地的哭声里聚集到一起，只好另想办法回京。

说到此处，朱先生还讲了一件颇为灵异的事情：由于这次离京演出收入不好，此次的成班人（组织演员出外的负责人）佟瑞三事先没有把劳务发给大家，并且已经先期回到北京了。大伙儿在途中还感叹，恐怕此次又要“打厘”（不能支付事先商定的劳务要打折扣）了，回家以后还不知道佟瑞三什么时候才能发钱。不想途中发生事故。而当天夜里，佟瑞三在梦中突然看到有三个一尺多高的小人从门外走进来，对他说：“该开份（发工资）了，别忘了。”等睡醒以后，佟瑞三百思不得其解，旋即就听到新闻得知出事了。回想起那三个小人的形象，正是扎金奎、杨春龙等人的模样。连忙将劳务全数送到家中心中才踏实。

类似这样的故事在朱锦华先生口中可算是信手拈来，我有一次略带调侃地问：“您在上海那么多年，见过蒋介石吗？”朱先生颇有些正中下怀的说：“我还给他演过戏呢！那时候我正在‘夏声’剧校，还没学小花脸，正在唱老生。有一回学校集体去浙江奉化唱了好几天堂会，当时也不知道是给谁唱。有一天没戏，我跟我一个同学在路边草窠里逮蛐蛐儿。忽然来了几个便衣似的人要把我们俩轰走，他们这么一来把我们原来逮的蛐蛐儿全都弄跑了。我们不干啊，就跟他们闹。正这会儿，从一边儿来了一伙人，有个光头岁数不小了，看见我们这儿正折腾呢就过来问我们是干吗的，我说我们是唱戏的。他就问我：‘你唱什么的？’我说我唱老生，他又问：‘昨天那场戏有你么？’我说我唱的《辕门斩子》。他还表扬了我几句说唱得不错，转身就走了。后来我才知道那人是蒋介石。”估计给毛泽东和蒋介石两位风云人物都演过戏的除了厉慧良先生，也就是朱锦华先生了吧？

时间长了以后，我也习惯了有不明白的事情经常向朱先生请教。很多爱好者都知道京剧演员之间存在着各种复杂又说不清的亲戚关系，而且辈分十分混乱。例如梅兰芳先生的琴师徐兰沅先生是他的姨父，而徐兰沅先生的亲弟弟徐碧云则成了梅兰芳的妹夫。诸如此类不一而足。想弄清楚其间的关系，丝毫不比背英语单词轻松。我曾经向朱先生请教，裘盛戎和谭富英二位前辈之间有什么亲戚关系。又引出朱先生亲历的一段往事。他说：“那年裘先生给裘鸣（裘盛戎先生之子，著名花脸演员）办满月。就在丰泽园，北京梨园行的人差不多都去了。我那天去的晚了点，到门口看见裘先生正迎宾呢。我过去跟他打了个招呼，他就领着我去了一个雅间。一进门正看见我爸爸跟谭大爷（京剧界对谭富英先生的尊称，‘爷’字要重读）聊天呢。裘先生过去跟谭大爷打招呼，叫了一声舅舅。回头跟我说：‘叫爷爷。’我过去鞠了个躬，叫了声爷爷。谭大爷还夸了我一句；‘这孩子不错，谁家的啊？’我还没说话呢，我爸爸说：‘这是我们家老大。’谭大爷一听：‘哎，不对不对，重来，叫大爷（‘大’字要重读）。’裘先生是我舅舅啊，一听不干了：‘您别价啊，您这一说我怎么办？’谭大爷把手一挥：‘没你什么事。’一指我爸爸，‘我们是把兄弟，就叫大爷。’结果我又鞠了一个躬，重来了一遍。”说得我忍俊不禁。

新中国成立后，朱锦华先生先是和父亲朱斌仙先生一起在荀慧生剧团搭班演出，后来又进入北京京剧团。在当时的京剧界，北京京剧团无疑是

我与朱锦华、朱唯父子

最豪华的黄金阵容。“四大须生”马连良、谭富英、杨宝森、奚啸伯中有两位在这个剧团里。第一青衣是独创张派艺术的张君秋先生，花脸首座则是朱先生的舅父裘盛戎。朱先生在这里不仅得到了和诸多名家同台的机会，也得到了马富禄等名丑的指点。在彩色京剧电影《秦香莲》中，朱先生扮演了一个戏份儿并不多的太监。用他自己的话讲，“涮了一水”。在许多裘盛戎先生的现场录音中，都有朱锦华先生的声音。他还陪马连良先生演出过，马连良先生对艺术一丝不苟的要求令他印象十分深刻。朱先生说：“有一回演《法门寺》，原来演差役那俩人有事没来，换了两个人。事先还给他们排了好多次。一上台马先生就发现不对了，趁演出的空当儿问为什么换人了，舞台监督说那俩人临时有事，这俩人没问题。马先生当时没说什么，演完了以后特意跟团里说，下回还换那俩人回来，不是说这俩人不行，他们跟我不熟，演不出效果来。”

即便不了解京剧的人也知道京剧有生、旦、净、丑四大行当。丑行一般表演的都是性格滑稽、酸腐或狡猾的人以及社会下层人物，基本上在舞台上属于配演的从属地位，很少有以丑行为主的剧目。因此在很多人看来，丑行有些无足轻重，甚至有很多天赋并不出众的演员在学习其他行当无所建树的时候，经常被要求改学丑行。朱锦华先生对这种趋势十分担忧。他不止一次地跟我提起，虽然丑行基本属于配演地位，但是并不等于从事丑行的演员就可以将就。相反，丑角演员由于表演的要求，需要通晓其他三个行当的特色，才能恰如其分地完成自己的任务。况且丑行还有很多自己独特的表演手法是其他行当没有的，同样需要具有相应的天赋才能胜任。同时，京剧是一门综合艺术，光是主演优秀并不能达到整台剧目高水准的要求，配演是很重要的一环。可以说除了每一台整本大戏可能会缺少其他行当，但是都少不了丑行的参与，自古就有“无丑不成戏”之说。丑行的重要意义被忽略，造成很多“三小戏”（小生、小旦、小丑为主的剧目）失传，对于京剧的发展是不利的。

为了弥补这一损失，朱先生还曾经亲身参加了许多旨在挖掘传承丑行艺术的教学活动，不惜以古稀之年奔走于全国各地，现身说法，发现了一批丑行的好苗子，为丑行艺术的继承和发展做出了贡献。

提到丑行艺术，朱锦华先生颇有心得。虽然初学老生，但是很小就继承家学改学丑行。除了现代京剧《沙家浜》中被安排为 B 组刁德一以外，粉墨生涯一生当演过无数个丑行角色。虽然在舞台上朱先生都是以滑稽幽默的形象出现，但是在演出过程中却是十分认真一丝不苟。

一次朱先生演出京剧《凤还巢》中“丑配”一折，朱先生演程雪雁，配演朱千岁的是朱先生的儿子朱唯兄。这出戏朱先生是不掺假的家传，因为当年梅兰芳先生首演《凤还巢》的时候就是其父朱斌仙先生扮演的程雪雁，朱先生演来是十分得心应手的。演出前，我到后台去看望朱先生，朱唯兄也在一边化妆。朱先生的化妆并没有其他演员为了丑化程雪雁画上痦子等额外的点缀，而是原原本本地按照大青衣的扮相来扮的。我还一度很疑惑，这样能体现彩旦的特色吗？这时朱唯兄已经勾完了脸，过来问朱先生：“您看我的脸勾的行吗？”朱先生扭头一看，满脸不悦：“这叫什么啊？洗了重勾！”朱唯兄无奈，只好洗干净脸重新勾了一个。不想朱先生还是不满意，拿起笔来随手在朱唯兄脸上勾了几笔，一个纨绔子弟的形象就活灵活现了。朱先生还不忘补一句："凑合着吧。"

到梳头的时候，朱先生嘱咐容装师不要吊眼眉，这样一来原本应该斜挑入鬓的眉眼就耷拉下来了。这时我才明白，朱先生的化妆别有洞天。在往头上戴花的时候，容装师拿着一盒绒花问："您带什么颜色的?"朱先生看了一眼盒里，说了一句让大家哄堂大笑的话："都戴上。"容装师笑了半天以后，说："您脑袋上也没那么大的地方啊。"朱先生随口说："那就怎么怯怎么来吧。"又是一阵哄笑。

登台以后，朱先生的表演自然引得全场捧腹。他饰演的大小姐程雪雁并不是一味地出洋相，耍贫嘴。虽然也有故作滑稽的表演，但是大多数情况下，还是在故意模仿端庄秀丽的神态，只有一处模仿裘派的嗓音念了一句"你愿意不愿意"！令人回味无穷。

事后，我向朱先生请教程雪雁的表演特点。朱先生说："程雪雁不是个神经病。她也是千金小姐，大家闺秀。只不过是因为长得丑，所以从小没人待见。她自己认为自己跟程雪娥区别不大，所以不能丑化。还得有点自来美的意思。这样才能恰到好处。还有，抓哏是丑行的特色，但是不能没完没了，总是抓哏就贫了。抓哏要恰到好处，不能贫，不能滥。"

也许是因为朱先生的化妆太传神了，他扮演程雪雁的照片被网友贴到网上，被不太熟悉京剧的人吐槽，慨叹"国粹无人"。朱先生的剧照被各大网站纷纷转载，影响日益扩大。甚至一句"奴家生得标致"都快成为网络热词了。最后不得不由北京京剧院出面阐明此事。可惜的是，朱先生不知道自己已经在网络上火了一把，因为他不上网。

朱锦华先生给我留下深刻印象的另一出戏是《送亲演礼》。平心而论，在我看过的朱先生的演出中，我认为朱先生的婆子戏最为出彩。丑行表演的人物宏观上可以分为文丑、武丑、婆子和彩旦。文丑主要扮演酸腐文人一类的角色，如汤勤、蒋干、张文远等等。武丑则主要扮演身怀绝技的侠士，例如时迁、蒋平、杨香武之类的角色。彩旦就是前文提到的程雪雁以及一些丫鬟等角色。婆子则是扮演风趣幽默的一些中老年妇女。《送亲演

朱锦华先生《送亲演礼》剧照

礼》是一出荒诞剧目，讲的是陈氏的女儿已经许配他人。由于未过门的女婿身患重病，为了冲喜提前成亲。陈氏不懂送亲的礼节却被要求送亲，心里十分紧张。虽然有傧相在一边指导相关的程序，却仍然闹了不少笑话。这出戏历史悠久，在二十世纪前叶可以说是经常演出的一个剧目。因为剧中情节和人物对话都脱胎于当时的市井民风，可以说是现实生活的一个舞台版缩影，因此很能引起当时观众的共鸣。同时由于剧情并不是一成不变，可以根据演员的个人表演特点进行发挥。所以在当时每晚必须要演足四五个小时的京剧演出中，作为开场剧目和临时加演剧目是十分合适的。随着演出形式和观众口味的不断改变，这出戏也逐渐淡出了舞台。朱锦华先生的《送亲演礼》还是遵循着传统的规格，穿着清代样式的“纱褂子”，梳着婆子戏特有的“苏州撅”。活脱儿就是一个旧社会的老太太，看着就让人忍不住想笑。尤其是在表现一个不善交际又贪小便宜的妇女到了豪门之后不知所措的形象，真是令人拍案叫绝。

在多年的艺术实践中，朱锦华先生也跟很多成名演员一样，兼容并蓄诸多名家的艺术特色。他曾经说过："我在上海看过唐韵笙先生的演出。他可是高人，什么戏都能演。唱《拾玉镯·法门寺》，他前面唱刘媒婆，后面唱赵廉。他的刘媒婆要烟袋，最后还有一下就是耍完烟袋弄反了，烟袋锅冲着嘴，自己还没看见，想抽烟结果把嘴烫了。他气力很足，拖腔很长。我演《拾玉镯》的时候有一句'假意儿买雄鸡你在那里穿针引线'，我也拖了十几板，再加上动作。效果不错。"

也许是由于从事丑行表演的原因，朱先生一贯的冷面幽默总会让人忍俊不禁。一次夜谈之时，我说起目前有些演员自身水平有限，还总是刁难别人，总说别人不好，朱先生吸了一口烟，缓缓说道："上台崇祯自缢，下台纣王登基，吃饭闯王造反，拿钱雍正康熙。说的就是这种人。"我回味了半天，觉得特别贴切。

一次我开车带朱先生和花旦演员欧阳慧老师出行。途中欧阳慧老师对朱先生说："昨天'冰棍'给我打电话了。"我很好奇，问道："'冰棍'是谁?"朱先生接口说："是×××，他们家哥们儿姐们儿外号都叫'冰棍'。"我又问："为什么呢?"朱先生说："就说明他'凉'（京剧界术语，指一个人有点二）啊。"接着又说："他妈我也认识，外号叫'冰箱'。"乐得我都快把不住方向盘了。

也就是因为朱先生的幽默，在二十世纪八十年代初期，朱先生曾经跟许多相声演员合作演出过京剧。现在网上流传的侯宝林先生的《追韩信》和常宝华先生等人演出的《三不愿意》其中都有朱先生的身影。一度侯宝林先生还动员朱先生别再唱戏了，跟他们去说相声，既省事又名利双收，朱先生还真动了心。当时朱先生的母亲还健在，回到家中，朱先生把这件事跟母亲说了。老太太不无伤感地说："咱们家唱戏就已经是人下人了，你还要去说相声?"虽然老太太的说法有很浓厚的封建思想，由于朱先生是大孝子，不忍心让老太太操心，便谢绝了侯宝林先生的美意。也算保住了京剧界的一位名丑。

朱先生的夫人名叫宋莉芸，是山东富连成班主的大小姐。晚年因患风湿病不良于行，却十分好客。每次造访，总要茶酒相待，令我十分不好意思。还经常向我介绍屋中几件百余年的家具，仿佛上面也记载着他们曾经辉煌的历史。老二位还养了一只八哥，经常突然间蹦出一句“漂亮”，还会模仿朱夫人那爽朗的笑声。几可乱真，吓了我不少次。虽然相濡以沫了这么多年，还是经常地斗个嘴什么的，因为结婚的时候朱先生是二十一岁还是十九岁都能争竞半个多钟头。不过总归是说过了就过了，第二天再问都记不住。朱夫人还曾经颇为自豪地跟我说：“你知道我们俩的证婚人是谁么？是荀慧生！”

2009 年的一天，我上班刚出家门就看到范梅强（梅兰芳先生的外孙）和杨少铎二位老师在门口逡巡。上前打招呼，才知道朱夫人突然过世了。我和他们一起来到朱先生家，看到朱先生瞬间苍老了不少，心下很是感伤。由于工作有安排，我匆匆地行了个礼就走了。晚上回家以后，我连忙来到朱先生家。前来吊唁的人差不多都走了，朱唯兄正在整理东西。朱先生一个人颓然坐在沙发上，眼中噙泪。看着令人心酸。朱先生看到我来了，怅然地说：“我现在身体也不行了，本来我还想亲自写个挽联，可是……唉……”我一时也不知道说什么才能安慰朱先生，默坐了一会儿便告辞了。

朱夫人去世以后，朱锦华先生日渐衰老。后来终于住进了敬老院，我也不再与他为邻，算起来也有七八年时间未曾拜访。回想起那一个个灯火阑珊的夜晚，我和朱先生在茶香月影下，啜茗畅谈的经历。令我十分感慨，唯愿先生健康长寿，实为晚生等之大幸也。

（刊于 2015 年 8 月《传记文学》）

我眼中的谭元寿先生

谭元寿先生是当今京剧界的泰斗。由于工作关系与谭先生有过一些接触。耳闻目睹之间对谭先生便有了我自己的一番尊敬。

有关谭先生的身世自不必多介绍，相信很多京剧爱好者比我更要熟悉。谭氏家族是京剧界的奇迹，谭家的历史可以说跟京剧的历史是基本同步的。京剧的每一个历史时期都有谭氏家族的身影。对于肩负这样一个家族历史的元寿先生，我一直是心存敬仰的。

小时候是在电视里看谭先生的演出，到我开始听京剧的时候，舞台上的谭派演员其实已经很稀少了。因此每次谭先生的演唱都会让我觉得耳目一新，因为确实和其他老生流派的演唱有些区别。那时谭先生无论是演大戏还是参加晚会一直都是彩唱，而我又没看过《沙家浜》，所以当时我很好奇谭先生便装的时候是什么样子。直到上大学的时候，宿舍楼下的报刊栏里报纸上有一篇署名为谭先生的怀念马连良的文章，我才在压题照片里第一次看到了谭先生的庐山真面目。

谭先生的演出资料很多，我最喜欢的还是他的《打棍出箱》和《黑水国》，尤其是“走青山望白云家乡何在”一段，曾经在我的 MP3 里常驻多年。每每听起都觉得韵味无穷。还曾经看过谭先生和袁国林先生合演的《连环套》，出场一句“丹心灭寇除奸谗”满堂喝彩，到“拜山”时也是豪气干云，光彩四射。堪称“龙门十二为神品”。在他为谭富英先生配像的

谭元寿先生《桑园寄子》剧照

《战太平》中，与敌军见面时“一见贼子怒气发，不由老爷咬钢牙。我主洪福比天大，把尔当作井底蛙”四句，我原来一直以为是原来录音里就有的，直到后来有一次在机房做播出带时，借助专业设备我才分辨出来这四句好像是谭元寿先生补唱的。被老爷子这几可乱真的演唱“骗”了将近十年。

工作以后与谭先生有过几次短暂的接触。其实与谭先生的接触多数是单向的，也就是他老人家在参加活动，我站在一边默默地关注着他。所以不敢说跟他老人家有过交流，我只想说说我目睹的谭先生。

2004 年，谭元寿先生录了两集《名段欣赏》专辑。我也是在那个时候开始与谭先生有接触。当时谭先生录了几个片段，其中有一段《战太平》的“头戴着紫金盔齐眉盖顶”。他录像时扎的靠是谭富英先生的遗物，我是谭富英先生的忠实粉丝，在谭先生扎靠的时候我就站在一边也不管碍不碍事仔仔细细地看。等谭先生扎完靠，振了振靠旗，突然说：“下次政协开会的时候，我一定得交一个提案。抓着小偷以后，也不用打不用骂，就给他扎上靠让他去太阳底下站着去，一会儿就招了。”一句话说得满屋子人都哈哈大笑起来。

到录访谈的时候，谭先生谈了谈自己的家族历史，又谈了谈所录几个片段的艺术特色。马上就要结束的时候，谭先生突然说：“等等，我还有几句话要说：虽然我现在上年纪了，唱了几十年的戏，但是我觉得还有很多不足。这次录制了几个片段，希望观众们看了以后，多给我提提意见，我也好再改进。”

过了几个月，快秋高气爽的时候，王琴生先生也来录《名段欣赏》。王先生当时已经是九十三岁高龄，他是谭小培先生的高足，谭富英的师弟，在当时可以说是梨园界辈分最高的老前辈之一了。事先我就听说谭元寿先生要来看看，快中午的时候，王先生在女儿和儿子的陪同下来到现场。各工种都在忙碌，老先生枯坐无聊，同事们便把我推到前面，让我去陪陪他老人家，我也只好领命，去化妆室和王先生对坐聊天。正说在兴头上，忽听门口一阵喧哗，我猜是谭先生来了，便要站起身出去看看，没想到王先生用手按住我，说：“别着急，我还没说完呢。”不多时，谭元寿先生在子侄辈的簇拥下走了进来，孝曾先生昆仲悉数到齐，正岩兄也在其列。王先生背对着门口看不见，我可是正对着门呢。我本来想马上站起来让座，可是王先生的手还按在我的胳膊上，没有松开的意思，谭先生站在他身后还看不见这只手。屋子里除了王先生和我，谭元寿先生为首的一大片人都毕恭毕敬地站在门口。这种滋味其实真不好受，一位快八十岁了名满天下的老人站在你旁边，而你一个后生之辈大马金刀地坐着，我又不能推开王先生的手，这劲儿得有多难拿？终于两分钟以后我等到王先生一个气口，连忙以到现场看看准备工作为由抽身而退。我站起来以后，先给元寿先生鞠了个躬，先生点了点头，挥了挥手，我再依次跟诸位谭先生打招呼。这时元寿先生绕过座位，走到王先生的面前，毕恭毕敬地鞠了个躬：“师叔，我来了。”王先生指了指我刚才坐的座位：“好好，坐吧。”谭先生这才落座。而孝曾先生等诸位和老爷子打完招呼，仍然站在一旁，听二位老人谈话。

谭元寿先生《战太平》剧照

王先生的录像主要是在下午进行，而有耳闻谭先生每天下午都要午休。可是这一天谭先生一直在王先生身旁寸步不离地跟着。王先生录像，谭先生就站在二号机位（表演区对面正中）旁边默默地看着。我在闲暇时问谭先生："您今天这午觉算吹了吧?"谭先生很正式地跟我说："王先生是我的长辈，他来录像，我来照应是应该的，还睡什么午觉啊?"

王先生换装的时候，元寿先生坐在休息室里歇歇腿，我也坐在一边。突然我的手机响了，当时我的铃声是"愚下保镖路过马兰峪口，见此马身高八尺头尾丈二有余……"高盛麟先生的声音穿云裂石，有点震得慌。我连忙接了电话，挂了以后没两分钟又响了。我再挂了以后谭先生突然问我："刚才那是高先生吧？怎么不念了?"我有点不好意思，给他解释："这是我的手机铃声。"谭先生顿了顿，说："高先生的玩意儿太好了，学不了啊……"

谭元寿先生在勒头（摄影：慢哥）

都说谭先生不善言辞，但是在后来采访他的时候却发现老人家并不是敏于行而讷于言。一口气滔滔不绝地说了三个多小时，还很有些幽默感。就是一位娓娓道来循循善诱的老者。谈到他1949年前后在上海的事，老人不无感慨地说："当时是（哈）元章找我，让我跟他当兵（国民党军队）

去。管吃管穿，比唱戏强。我说不行，我得问问我爷爷让不让我去。后来给家里去信儿，家里说不行，兵荒马乱的，跟着部队天天到处跑，不放心。我就没去。幸亏我没去，我要是去了现在我也在台湾了……”

谭先生也不总是一脸严肃，有一年在政协礼堂举办晚会，谭先生和梅葆玖先生等大家都出席了。谭先生坐在化妆师门口抽烟，玖爷拿着一个苹果从化妆室出来，转一圈回来苹果已经剩了少半个了。谭先生指着苹果问：“都是你吃的？”玖爷把苹果往前递了递：“要不你来一口？保证还能再涨一调门。”谭先生的回答是：“调门长不了了，我给你省点吧。”说完二位相视而笑。这就是自幼结识，数十年来的深厚友谊碰撞出的少许童真吧？

谭先生年事已高，不怎么出席一般活动，所以见面就少了。2018 年，叶少兰先生在中国戏曲学院举行盛大的收徒仪式，谭先生出席了。结束以后，我正在剧场侧门等采访对象。元寿先生坐在轮椅上，由谭三爷立曾先生推着走过来。台阶很高，我和身边几位朋友帮着把元寿先生的轮椅抬了上去。元寿先生很慈祥地冲我笑了笑，说：“谢谢，辛苦你了。”本来举手之劳，倒让我有点不好意思了。

时常能从正岩兄的微博上看到老先生的身影，还是精神矍铄，宝刀不老。新近正岩兄弄璋之喜，谭元寿先生光荣地晋升到了“老祖儿”的身份。谭先生这一代老演员现在已是凤毛麟角，愿先生长寿，则是我辈之幸也。

附：本文最后修改于 2020 年 8 月。2020 年 10 月 9 日，谭元寿先生溘然长逝，享年 92 岁。

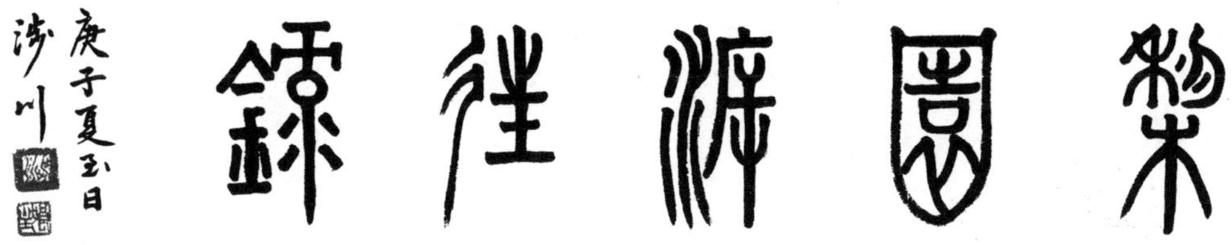

梨园溯往录

每一位老人都是一部书，每一位京剧老艺术家都是一部有声有色的书。在我接触过的大家中，许多都已经驾鹤西去，从此生活在人们的传说和回忆里。而他们经历了京剧的辉煌时代，也在厚重的京剧史上留下了自己或浓或淡的一笔。斯人已逝，每每回想起和他们交谈的时刻，仿佛几十年甚至一百年前的历史一下就在我眼前生动起来。那些只在书里见过的名字也变得有血有肉。也许京剧的另一种传承，就是在不同时代的人偶尔的交集里才生生不息的。

南昌访何玉蓉先生

何玉蓉先生是著名的汪派老生，以九十九岁高龄仙逝于南昌。此文记述我与何老的唯一一次见面。

在《名段欣赏》工作的时候，我个人的工作偏好是希望能为因为各种原因不太方便粉墨登场的老前辈们留下一些视频资料。一次在与浙江京剧团李春立先生交流的时候，李先生提起了何玉蓉先生身体还很康健，可以考虑沟通一下。当时我很兴奋，因为何玉蓉先生的大名自不必我多言，能有此机会岂不是两全其美的好事？于是我就烦请李先生代为联系一下，不久回音传来，何先生很乐于参与录制，于是我就起了南下拜访一下何玉蓉先生的心思。临走之前，我还做了点功课。何玉蓉先生是北京人，比王琴生先生小一岁。她的父亲是沪上名丑何颐馨，这位老先生是汪笑侬先生的入室弟子。故此何玉蓉先生的汪派艺术可以说是家学渊源，源清根正。

2006 年 6 月的一天，经过十六个小时的火车颠簸，我终于来到了南昌。南昌天气还算不错，不像传说中的那么酷热。使我有闲心留意了一下南昌的地理，南昌很有意思，道路名称大部分都是用江西籍名人的字号命名的，比如永叔路（欧阳修）、叠山路（谢枋得）、子固路（曾巩）等，令人觉得很是文气纵横。在出租车的带领下，大约二十分钟以后，我已经来到了子固路口的江西省京剧团。何玉蓉先生的公子已在门口等我多时了。

我一时不知道如何称呼他，还是他自己笑笑说："你就叫我老何吧。"（后来我得知他的官讳是何顺荣），老何领着我进了院。据李春立先生说，江西省京剧团的团址可是洞天福地，那是当初明朝的宁王府邸，而今从外面看全是高高矮矮的住宅楼。没想到进了院门，正当中竟然是一片瓦砾，仿佛过了火一般。我问顺荣先生因何这等模样，他苦笑着摇了摇头："原来是排练厅和剧场，都拆了。"

何玉蓉先生《刀劈三关》剧照

上了四层楼就到了顺荣先生的家，一进门，顺荣先生的夫人早已经将茶泡好了，一家人的热情倒让我这个仅仅通过几次电话的访客有些受宠若惊。刚刚寒暄几句，何玉蓉老先生从里屋慢慢地踱了出来。我便终于见到了使我高山仰止的这位老人。

何老当时九十三岁，却没有龙钟老态。虽然个子不是很高，却十分硬朗。据顺荣先生说，除了有点低血糖和耳背以外，没有其他毛病。只要天气好，何老每天都由儿子陪同到近在咫尺的滕王阁散步，和许多老朋友聊聊天，然后在儿子的陪同下再走回家来。只是到了最近，才刚刚开始觉得有些腿沉，路途有些吃力。

我与何老先生聊天，没说几句，老先生说："我耳背，听不清，你跟他（就是老何）说吧。我的事他都知道。"于是我便和顺荣先生聊起来了。

虽然耳音有些沉，但是何老还是很健谈的，想到什么就会直接跟我说。尤其是提起年轻时唱戏的事，真是滔滔不绝的。据说何老的父亲是后台管事，她从小就长在后台，耳濡目染的全都是戏。后来开始登台，年纪轻轻的时候就已经闯出了自己的名气。她当时唱《定军山》的黄靠都是杜月笙的丈母娘送的，后来还被杭州某著名余派老生借去不还，直到登门讨要才行。何老当初最痴迷的是马连良的艺术，只要马先生到南方演出，她就请假全程去看，生怕错过学习的机会。直到后来，会演汪派戏的人越来越少，她才在众人的建议下专门演汪派戏。八十年代她到北京演出《哭祖庙》《刀劈三关》等，轰动一时。自从1998年在春节戏曲晚会上演了《马前泼水》之后，她已经多年不曾吊嗓唱戏，连当初的乐队都已经做云雨散了。每天只是循规蹈矩，颐养天年。

闲谈间已经到了午饭时节，顺荣先生说要请我吃南昌特产，让我觉得很不好意思，刚到人家还没有两个多小时，就要叨扰人家，怪不合适的。顺荣先生却不由分说，拉上我就奔滕王阁去了。

滕王阁就在赣江边上，我们吃饭的地方就在滕王阁边上，推窗望去，堤外就是滚滚赣江，一列列的货船来来往往，颇有些百舸争流的意味。不多时酒宴摆下，突然想起何老好像是回民，仔细留神一看，验证了我的猜测。好在席间无人喝酒，免去了推杯换盏的客套。继续饭前的话题，就说起了当年进京演出的事。没想到，何老居然和马盛龙先生是亲戚。还谈到她到哈尔滨演出的时候，行李车和她坐的客车没有同时到站。何老的行头全在行李车上，可是晚上就要演出，无奈只好跟儿子到火车站眼巴巴地等着行李车到站。等取到行头的时候，离开演只有不到半个小时了，大家风风火火地又赶回剧场，跟头把式的才没误了演出。

短短的拜访很快就结束了，估计何老中午要休息，我便告辞出来，顺着南昌的胜利路向着火车站方向迤逦而去。一路上饱览了南昌的风景，花了两个小时，丈量了从滕王阁到南昌站的土地，我也汗流浃背，弱不胜衣了。

没想到，刚刚回到北京，顺荣先生就来了电话，何老摔了一跤致使手臂骨折。伤筋动骨百日之功，我只能在千里之外遥祝何老早日康复。录像的事就不了了之。

此后多年，由于诸事繁杂，也是懒字该打，一直没有和何老一家联系。2012 年 6 月 21 日上午，上班途中我突然接到一个电话，是顺荣先生打来的。他说由于我之前留给他的联系方式找不到了，万般无奈，直接打到了我的工作单位，由我的同事提供了联系方式才找到我。他跟我说何老当天清晨仙逝了。我惊愕半晌，久久没有回神。我曾与友人笑谈："何玉蓉先生绝对会是中国第一位活过一百岁的京剧演员。"没想到她的离世会这样的突然。2012 年是京剧界的灾年之一，吴荣喜、艾世菊、林雅雯、白玉艳、沈宝祯、周金莲、李甫春、汪正华、张学津、张学海、姜凤山、朱云鹏这些前辈都结伴而去了，何老先生能与这些艺术家同行，也算不寂寞。那一天我都很沉闷，没能从何老离世的影响中脱离出来。到晚上，孤灯枯坐，心绪百端。搦管行文，口占一律：

名宿梨园历百春，笑侬风骨海天存。
买臣狷介传神笔，雷氏孤忠写意真。
北地英魂赖高士，西川才气恰斯人。
遐龄劫满瑶池返，妙曲红尘不再闻。

翌日，我将此文寄与顺荣先生，聊表后辈景仰之忱。后来蒙顺荣先生先生青睐，将此诗刊印在何玉蓉老先生的纪念画册中，令后生之辈不胜惶恐。顺荣先生还送了我两本，我留了一本，另一本送与友人。可惜，我想不起来送谁了，好像是胡越强吧，毕竟来过我家的同好不多。

当年年底，萧润德先生事先曾与我谈到届时要去上海演《连升店》。于是我便欣欣然买舟南下，得以躬逢盛况，那天（2012 年 12 月 16 日）的开场是蔡筱滢同学的《春秋配》，大轴是奚中路先生的《走麦城》，可称目不暇接。翌日我便回京了，19 日，又接到顺荣先生的电话，说完成了何老先生的心愿，她已经魂归上海，安葬在龙华公墓了。我问是哪天下葬的，顺荣先生说是 16 日，我又是一声扼腕长叹。当时身在上海却没能送何玉蓉先生最后一程，晚生之罪也。

顺荣先生曾经给了我两盘何玉蓉先生的录音带，让我做成 CD 以便录像用。遗憾的是后来制作的录音棚改造，我去找了好几次都没有找到。愧对何老先生一家对我的信任，日月同照，我一定会弥补我的过失的。

光彩照人的云燕铭先生

云燕铭先生是著名的京剧旦角表演艺术家，曾经在中国京剧院任主演，后来到哈尔滨京剧团工作并一直生活在那里。云先生的代表剧目很多，如《打金枝》《蝴蝶杯》《蔡文姬》等，在中国京剧院期间还主演过《三打祝家庄》《猎虎记》等新编历史剧，并且随中国艺术代表团出访过东欧，与李宗义、张云溪、李洪春等前辈都有过密切合作。革命现代京剧《红灯记》的前身，哈尔滨京剧团编演的《自有后来人》就是由云燕铭、梁一鸣、赵鸣华等前辈合作搬上舞台的。

云燕铭先生

我第一次知道云燕铭先生大概是在 1987 年的青年京剧演员电视大赛上，云先生是评委之一。同为评委的好像还有刘吉典、刘曾复等先生。那时候年龄太小，都是片断记忆了。只记得当时云先生虽然也是年近花甲，却依旧光彩照人，气质雍容，令人肃然起敬。

可是从那以后，云先生淡出了爱好者的视野，多年没有再能看到云先生的风采。后来从哈尔滨的朋友们口中得知，云先生身体还很好，只是深居简出，不太露面了。2007 年 9 月，我出差来到哈尔滨。以前每次来此，都是行色匆匆，没有机会安排自己的行程。这次能盘桓一周左右，于是我便向朋友们提出要去拜访一下云燕铭先生。9 月 7 日，在一个略有些阴沉的下午，在哈尔滨京剧院的张崇义和张群利二位兄台的带领下，我们来到了云燕铭先生家，同行的还有刘青兄和李德明先生，两位京剧票友。

在道外区的一幢普通居民楼里，云燕铭先生家住在二层。叫开门后，云先生正坐在厅里等候我们。她比我想象的要矮一些，也不像印象中在电视镜头前的那样珠圆玉润，而是形容消瘦，白发苍苍。想想也对，这么多年都过去了，云先生当时已经 82 岁，虽然穿着很朴素，策杖徐行，但双目仍然炯炯有神，依稀透露出当年的气质不凡。她一见到我们就很热情地招呼我们到客厅落座。我刚迈了一步，从客厅蹿出一只灰花儿的大猫，吓了我一跳。落座之后，云先生就跟我拉起了家常，得知我是从北京来的以后，她笑着说："我们是老乡，我也是北京人。当初他们京剧院说借我过来演出，说好了借一年到两年就回去，没想到结巴磕子说话——没完没了，老是一年两年的，借了就不还，一直到现在。"

云先生多年来一直和女儿生活在一起，由于年事已高，思维略有些迟缓，行动也有些不便，隐隐地还有些帕金森症的征兆，所以很少出门。除了到楼下散步以外，就是终日在家与花猫为伴。也很少再和京剧界、票界有接触。但是每次和她一聊起戏，她仍然是滔滔不绝。云先生介绍说，她有好几位师父和老师。从"通天教主"王瑶卿先生，到吴富琴先生、雪艳琴先生。她说自己最开始拜的是程砚秋先生。在玉华台大摆筵席，一共有四十多桌。但是云先生自身的条件更适合唱花衫，与程派的艺术风格不太协调。她说："我是笑脸儿，扮上比较喜兴。程派的戏好多都比较悲，程先生演的时候是自来的，我这是装出来的，就不太合适。后来程先生觉得我比较活泼，演程派戏有些不合适，就把我推荐到王大爷那儿去学戏。我就又拜了王先生，所以我是先学的程派后归的王门。"当然，之后云先生也没少学、没少演程派戏，则大多都是来源于吴富琴先生。

后来云先生又拜了雪艳琴，在中国京剧院演《打金枝》的时候，云先生还很年轻，雪艳琴先生则为了提携后辈，主动为云先生配戏。云先生也深受雪艳琴等前辈的艺德感染，一直身体力行着。

云燕铭先生与李少春先生《打渔杀家》剧照

张群利兄在一旁补充说，云先生在哈尔滨京剧团工作时，虽然在别人看来她是京城来的大角儿，但是一点儿都没有大角儿的毛病。不但跟剧团原有的主演关系非常好，跟京剧院上上下下的关系都很融洽，每到出外演出，云先生都主动帮忙装车卸车。尽管大的砌末拿不动，拿点刀枪把子也要帮忙。虽然事情很小，但是身为主演，给全团的人做出了表率。云先生说："我就觉得现在有些风气不太好，大家都太计较就不好了。"

李德明先生是哈尔滨的一位资深票友，他热情地回忆起当年观看云先生演出的情景。谈到有一次云先生演出《蝴蝶杯》，那天云先生病了，发烧 38℃。云先生去医院打点滴，到剧场晚了十分钟，可是观众并没有闹意见，而是静静地等着云先生上场。云先生不无感慨地说："哈尔滨有很多真懂戏的观众，也喜欢看我的戏，对我特别欢迎，所以我也舍不得离开了。"

尽管云先生思维略有些迟缓，问了三次我的年龄。但是提及艺术和他的合作者时就神采奕奕，赞不绝口。还和刘青兄开玩笑说他唱梅派肯定错不了。

近半个小时的拜访很快就结束了，我搀扶云先生走到门前，和她挥手告别，云先生还热情地邀请我下次到哈尔滨再来她家，她的女儿代送到楼下。登车后，张群利兄说，云先生近年来生活很简朴，也很少到院里提各种要求。同住在这个小区的人基本都不知道这位老太太曾经是名噪一时的京剧红伶。但每次有重要活动，云先生只要参加，仍然依稀可见当年的名角风范，光彩不减。

后来虽然又去过几次哈尔滨，可并没有太多空余时间，再加上觉得云先生年纪大了，不好贸然去打扰，因此便没有再去过云燕铭先生家。2010 年 8 月，我在网上看到了云燕铭先生去世的讣告。据说云先生是因为心脏病突发而离世的，想来应该没有太大的痛苦。可惜的是云先生别有风味的艺术和丰富多彩的人生经历，从此都烟消云散了。

晚境凄凉的马玉英先生

马玉英的名字很多人并不是太熟悉，但是如果提起她的夫君那就大名鼎鼎如雷贯耳了，那就是武生名家茹元俊先生。

他们老二位按几十年前的说法应该是“在工作中产生了感情”。马先生是上海人，也是梨园中人，工老生，还有个艺名叫马云良。她生于1922年，比茹元俊先生大三岁。二位前辈的姻缘初始于1948年茹元俊先生在上海搭班的时候。到1952年茹先生返京参加中国戏曲研究院京剧实验工作团（就是中国京剧院的前身），马先生就相偕而行，一同北上。可惜的是，由于后来的政策原因，女老生很多都不能继续再从事本行当。马先生又不愿

我采访马玉英先生

意改变自己的艺术道路，因此便没能进入国家艺术团体。成了茹先生的全职贤内助。马先生不仅能演老生，还善于操琴。经常为茹先生吊嗓。茹先生晚年因为糖尿病等多种病症的困扰，身体每况愈下，也多亏马先生的悉心照料。夫妇二人相濡以沫数十年，直到 2005 年茹先生以八十岁高龄谢世。尤为可怜的是老二位膝下荒凉，乏嗣无后。马先生形单影只，年事日高，最后由自己的侄女接回上海照料。数年音信渺茫，连上海的朋友们大多都不知道老人的近况。

2014 年 10 月，我多方打听到马玉英先生的住址，登门想采访一下老先生。她的侄女接了电话，特意嘱咐我们下午再来。因为老人下午精神还比较好。我便按计划上午去拜访了王玉田先生，下午两点多以后，才驱车前往。

马先生与侄女住在闵行区的一幢大学宿舍内。她的侄女也已经年近花甲，可惜来去匆匆一直也没有问这位阿姨的姓名。房子不是很大，我的同事们开始做准备工作。我便在那位阿姨的指引下，先去看看马先生。

说起来曾经与马先生有过一面之缘，那还是茹元俊先生去世的时候，我去家里吊唁。印象中好像是王立军先生正在守灵。我行完礼之后准备退出房间时，看到旁边的卧室门开着就瞟了一眼。马先生当时躺在床上，盖着被子。有几位女士可能是亲戚，围着她正在低声交谈。马先生虽然满面悲戚，泪痕犹在，但是精神尚好。

九年过去了，再见到马先生不由得吓了我一跳。卧室的阳台有一把轮椅，老人半躺半坐在上面闭目养神。形容消瘦得很厉害，显得眼皮很沉重，手指的骨节很突出。阿姨叫了她一声，说我们来了。马先生半晌才睁开眼睛，冲我轻轻点了点头。说话声音很小，还有比较浓的南方口音。好在老人的语速很慢，我还有反应理解的时间。

之前跟阿姨沟通过采访的目的，因此简单的客套以后，马先生就拿出了一本历史很悠久的相册。掏出几张很早的照片。大多是茹元俊先生的，我看到一张《别窑》的薛平贵，可是看相貌并不是茹先生，便问这是谁。老人脸上掠过了一丝不太好意思的表情，继而淡淡地说："这是我。"我这才注意到左下角有注释。照片上的马先生很是年轻，年轻到似乎还有些婴儿肥。实在是不能把她与面前这位垂暮的老人联系在一起。

同事们布置好采访的环境，我便请老人入座，可是她虚弱得根本下不了轮椅。无奈只好先把一边的灯杆挪开，直接把轮椅推到光区。马先生重听，我只好蹲在一边大声的提问。阿姨又帮着我们把老人抱起来，能显得坐姿好一些。这么一来，马先生就只能弓着腰低着头了。

其实采访马玉英先生的主要意图有两个，一个是茹家的历史，茹家是梨园世家，从茹莱卿、茹锡九、茹富兰到茹元俊，四代武生。而且茹派的身段理论一直为梨园中人所称道。茹富兰先生出科以后，曾经被视为杨小楼以后最有前途的武生。遗憾的是，茹富兰先生天生近视，据说有将近一千度，这个无法避免的生理问题严重地制约了茹富兰先生的艺术生涯。因此茹富兰先生很早就转为以教学为主，不怎么登台献艺了。而茹元俊先生在上海搭班期间，茹富兰先生也在上海。元俊先生演出的时候不慎伤了腿，无法再登台。而合约在先，不能履约的话不但得不到包银还要赔偿剧场的损失。于是茹富兰先生便父代子约，替元俊先生演了半个月。这应该说是茹富兰先生中年以后很少见的登台记录。而马玉英先生则是全程的亲历者。所以需要让她谈谈对茹富兰先生演

马玉英先生剧照

出的印象。

另一个问题就是关于叶家的。叶家也是梨园世家，艺术沿革从京剧形成时期一直延续到了今天。茹富兰先生是叶春善先生的乘龙快婿，茹夫人是叶春善先生的长女。茹元俊先生则是叶春善先生孙一辈后代中年龄比较长的一位，由于叶春善先生 1935 年就去世了，所以茹元俊先生也是这一代人中少数几位见过叶春善先生的人之一。再加上元俊先生夫妇回京之后曾经在舅父叶盛章先生家借住，彼时叶春善先生的遗孀段氏夫人还健在。祖孙同院生活了数年。因此，想了解这二位为京剧教育做出过巨大贡献的老人，也得求助于马玉英先生。

遗憾的是，当我把问题提出来以后，马先生沉默了半晌，说的第一句话就是："你来晚了，我现在身体不行了，很多事都记不住了。"但是老人还是很努力地回忆了一些事情。例如茹富兰先生虽然近视很深，但是表演的时候根本看不出来。他演出之前都要在舞台上来回走几遍，对舞台的尺寸心里有了数，表演的时候就得心应手了。把子就像长在他身上一样，就算有出手也分毫不差。

谈到叶家的时候，马先生没有说得太多。只是说段老夫人对他们都很好，人很和蔼，很受人尊重。还不忘补了一句："是个美人，行里都知道，有名的美人。"

最后，老人流露出一丝犹豫的表情之后，又补了一句："他们家的人脾气都很大，不太好接触的。"

一边听着老人的述说，我一边替老人难过。马先生虚弱到接受采访的时候都能闭目养神睡过去，可见身体状况十分不好，真是应了那句戏词"风前烛瓦上霜"。采访结束以后，老人若断若续地说："今天要不是你们来，我半个月也说不了这么多话。"阿姨说平时马先生在阳台一坐就是一下午，睡一会儿醒一会儿，根本没有话说。阿姨还说："老太太没有工作，也没有退休金和社保什么的，她一个人在北京太可怜了，我就把她接过来养老。又无儿无女，也没有学生，所以没有什么人来看她——不对，中路总来，年节时候都没落下过。”

采访结束以后，我跟马先生合了个影，阿姨突然说：“我能不能也合张影？我没有手机，也没有相机。这么多年我们都没有合过影。”听得我心里一阵心酸。

告辞之后，我也十分感慨。马先生虽然没有其他名家那么大的名气，当年在上海粉墨生涯想必也是春风得意，没想到老境如此凄凉。萧条如是，真是令人扼腕。

过了半年，2015 年 6 月，马玉英先生仙逝了。阿姨和她的合影我还没来得及寄给她们。

钟秀门人朱云鹏先生

我认识朱云鹏先生是在《名段欣赏》的摄影棚里，大概是 2005 年。当时有人推荐朱先生录制《名段欣赏》，我对朱先生也不是很熟悉，不过听友人提起他老人家身体不是很好，电话沟通的时候，听朱先生的声音中气很足，不像欠佳的意思。等录像的时候才知道，彼时朱先生已经身患十多种疾病，不仅不良于行，目力也力有不逮，故而录像时我们很是担心他能不能坚持住。好在朱先生的段子都不太繁累，如《摘缨会》《法场换子》等，唯有《南天门》一出有个僵尸确实勉为其难，只好插了一个旦角的反应镜头，蒙混过去。

朱先生很健谈，在摄影棚里不论是跟同来的浙江京剧团的演员，还是跟我们这些工作人员，都是谈笑风生，妙语如珠。例如不知道怎么谈到《安天会》时朱先生说："各位大家的猴儿都很有特色，不过最让我印象深刻的是郝振基的猴儿，戴个蓝毡帽头，真跟贼似的。"后来我看到了郝振基的剧照时，登时就想到了朱先生的批语。

朱先生的经历很丰富，在天蟾搭过班，跟余叔岩的琴师朱家夔学习过余派。后来进京，曾经在荣春社坐过科，并追随宋继亭先生继续深造，同年拜杨宝森先生为师。虽然杨派现在蔚然成老生之显学，可是真正杨宝森先生的入室弟子并不多。朱先生是 1948 年拜杨先生为师的，彼时正是杨先生艺术的黄金年华，想必朱先生很得亲炙。录制节目的时候，朱先生特意

朱云鹏先生《摘缨会》剧照

选了一段《法场换子》的反二黄。他对我说："现在的《法场换子》都是余叔岩先生改过的，有三段。但是余先生生前没有露过。老的不是这样，是两段的，在'魄散转来'之后直接就是'千不该万不该'。杨先生原来唱就是这么唱的。所以我要把这个演法留下来。"

与朱云鹏先生同时来录像的是朱先生的夫人李妙春老师，那时李老师虽然已届七旬，表演仍然光彩照人，所饰之尤三姐天真烂漫，林慧娘则温良贤惠。举手投足，尽得荀门之精髓。尤其是她录制的《红楼二尤》片段，上场时信步而来，少女的娇羞油然而生。而因为朱先生的身体状况原因，李老师即便是扮好妆要上场的时候，还不忘照顾朱先生。实在令人佩服。

彼时还有李春立先生随行，我们很愉快地约定10月假期我去杭州，李春立先生还说要带我去拜访张二鹏先生，闻高人在彼自然心甚喜焉，我当时便欣然应允，令我很是期待假期的到来。遗憾的是不料刚刚8月，二鹏先生遽然而逝，缘悭一面。到了10月，我被抽调到青京赛剧组，整个国庆假期都在演播室里兢兢业业，没能兑现我的承诺。

翌年6月，经李春立先生介绍，我准备去南昌见何玉蓉先生，回程则要到南京拜会孙国良先生。彼时还没有高铁动车，坐普通车很慢，而且时间不凑巧。从南昌到南京时间很长。借道杭州虽然绕远却能省去很多时间，正好去看望一下朱云鹏先生。于是从何老家里出来以后，我就直接买了一张夜车的硬座，和几位农民工兄弟、一筐芦花母鸡、四五个行李卷挤在一起，“五味杂陈”，半梦半醒地坐了一夜到杭州。下火车的时候我已经四肢僵硬，在城站火车站门口站了快半个小时才缓过神来。颇有些风尘仆仆的意思。等仔细浏览才发现杭州与五年前大学时我单人独骑下江南的时候相比又美了很多。安顿好住处，先洗了个痛快澡，掸去征尘。首先去拜访了一下久未谋面的《百戏斋》主编高永华先生。

自高家出来，便直奔武林门新村。我还以为会是一个很偏僻的地方，没想到找了半天，居然就在浙江电视台边上，浙江京剧团的隔壁。当时堂堂的浙江京剧团排练厅已经是证券营业厅了——现在是一家衢州菜餐馆，味道还是很不错的。武林门新村不过就在一条很普通的杭州胡同里。刚刚进了院，迎面就遇到了行色匆匆的李妙春老师，第一眼我都没认出来。居家的李老师穿着很朴素，跟北京胡同里的大妈没什么区别。一问原来正在为别人家一点小事忙活。处理完了之后，便把我让进了她家。

朱云鹏先生腿脚不便所以住在一楼，一进门便看到了墙上的杨宝森和尚小云等大艺术家的剧照。老先生热情地请我落座，桌子上满满的一盘枇杷，香气扑鼻。李先生一边泡茶一边介绍，说这枇杷是自家院里的枇杷树长的，每年都要等被香气招来的鸟儿尝了鲜以后，才能等真正成熟了之后招待客人。朱先生笑着说是为杭州的绿化做了贡献。

无意中在书橱里看到了我为李妙春先生照的《香罗带》剧照，于是话题便自然地从枇杷转到了戏。朱先生的母亲是裘盛戎先生的义母，所以朱先生也是从小在戏曲的熏陶下成长起来的。后来投身梨园，辗转数地，山东、贵州、广州都留下了先生的足迹，最终驻足杭州。

朱云鹏先生和夫人李妙春老师

朱先生腹笥渊博，梨园掌故信手拈来，多是鲜为人知的奇事，听起来饶有兴味。李老师说他教戏也是旁征博引，循循善诱，故而在当地很有名望。正说话间，李春立先生和夫人刘国华老师也来到朱家，便顿时热闹了起来。一见到李春立老师我便想起了去年在北京的约定，今日重提此事，令人扼腕。

不知不觉地，已经是夜色阑珊，华灯初上了，时间有限，我只好告辞出来。临行前，李妙春先生坚持要我带上一篓天目笋干，说实在没什么可以聊表心意的，并且叮嘱我到秋天的时候一定还要来杭州。倒让我觉得一个晚辈到前辈家里连吃带拿实在不像样子。信步走在回去的路上，夜间的杭州多了一分静谧，微风夹带着西湖的气味迎面扑来，还真是有些心旷神怡。

此后的日子虽然去过几次杭州，却总是到了就干活儿，干完活儿就走。2012 年 12 月 23 日，当我正在为 21 日和 22 日去世的张学津和姜凤山二位前辈慨叹的时候，消息传来，朱云鹏先生也相随而去了。至今又是数年，也不知李妙春先生近况如何。

我和张金梁先生的一面之缘

张金梁先生是著名的丑角表演艺术家，在数十年的艺术生涯中，塑造了众多个性鲜明的艺术形象。后来定居济南，为弘扬京剧艺术做了很多贡献。

王金璐先生与张金梁先生曾经是同学，都是中华戏曲职业专科学校的高才生。虽然都以“金”字排名，但王先生入校的时候是“和”字科，由于“王和禄”不好听，才排在金字科的。在《京剧谈往录》中收录的王先生回忆中华戏校的文章里，王先生提到张金梁先生是昆仲二人一同进戏校的，另一位叫张金柱，可是谁是兄谁为弟王先生没有说得太明白。这也是我第一次知道张先生的大名。

晚年的张金梁先生（摄影：王军）

后来在音配像《刘兰芝》里我看到了张金梁先生扮演的焦仲卿他妈。仅仅是一出场的几步走，念定场诗的几个眼神，就令人赞叹不已。曾经听王宗伟先生谈起过这个角色的表演，这个婆子的形象跟《六月雪》的禁婆不一样，不是“狠”，也不是“恶”，而是“阴”。让人一看就后脖子发凉那种才对。虽然我不太爱看旦角戏，但是对张先生配像的这个婆婆印象十分深刻。

与张金梁先生只见过一次面，说起来还是很有纪念意义的。那是2003年12月，我刚刚工作四个月的时候（由于那年SARS的影响，我8月中旬才报到），《名段欣赏》开始录制2004年的春节特别节目了。之所以提前那么长时间录制，主要是因为春节特别节目要从除夕播到元宵节，一共十六集，而且2004年的春节在一月底。从制作流程上来说提前一个月是比较合适的。在节目内容上除了迎合猴年春节的特色特烦董文华先生录了《水帘洞》等猴戏以外，还有就是为了体现欢乐祥和的气氛安排有两集主要谈丑角戏。而嘉宾之一的人选经刘连伦先生推荐，就请了张金梁先生。

12月13日，嘉宾访谈开始录制，持续了整整一天。张先生上午就在女儿的陪伴下来到了现场，老人家穿了一件黑色的呢子大衣，戴了一顶礼帽，金丝眼镜，还围了一条红色的围巾，一派学者风度。当时休息室里人很多，不光是工作人员来来往往，还有几位嘉宾也在闲聊，那意思跟茶馆也差不多。可张先生刚一进来，一句话还没说，所有人的目光都被吸引了过去。这也许就是“份”了——说的通俗点就是气场。

张先生很随和，也很健谈。很快就跟几位嘉宾聊到一起了。而彼时我还没有如今这般脸皮厚，刚刚开始工作，一下子遇到这么多名家有点眼晕，只能怵怵忐忐地站在一边听他们聊天。当时在座有一位旦角演员，张先生在交谈中就提到自己跟几位旦角大师的合作。尤其是程砚秋先生，他说：“程先生是我们中华戏校的校董，也经常到戏校教戏。从我坐科的时候就很佩服他的艺术和为人。”后来我才知道，程砚秋先生首演《锁麟囊》的时候，就是张先生扮演的梅香。

程派戏我不太了解，但是我主观认为，程派剧目中的丑角不太好演。因为程派剧目的剧情普遍都比较悲惨，所以需要有丑角诙谐的表演来调节

张金梁先生和刘连伦先生剧照

气氛，但是又不能一味地攮腋抓哏破坏了整体的艺术效果。另一方面，丑行还扮演了很多反面角色，需要由他们入木三分的表演衬托主角的悲惨。因此程派剧目的丑角表演跟下围棋差不多，“看着容易，玩起来难”。由此可见，张金梁先生年轻时就已经技艺不凡了。

录制开始了，张先生穿着一件香色的唐装，童颜鹤发。与他一起参与访谈的是相声名家郝爱民先生。老二位与主持人一起侃侃而谈，进展很顺利。其间谈到川剧的一位丑行前辈演出的《迎贤店》的婆子。张先生说着说着就站起来了：“他的表演是这样的……”张先生略微弯了点腰，奓开两只胳膊，手腕略沉，食指和拇指虚捏着。抿着嘴，抬着眉毛，眼睛从下往上瞟，左一下右一下。脚往外撇一条线地走了两步。整个人的气质一下子就变了，一个老太太的形象顿时出现。虽然仅仅是信手拈来的随意表演，却是很见功力，以致多年过去了，还是这么历历在目。

访谈结束以后，很多人都要求与张先生合影，张先生来者不拒，坐在那里看着大伙儿轮流上前。我也鼓起勇气想跟张先生合张影。便准备绕过椅子站在张先生身后，没想到张先生抓住我的手说：“别别，站着太生分。”不由分说把我按在了旁边的椅子上，右手还搂着我肩膀。这让第一次与大家合影的我受宠若惊。

张金梁先生在《奇袭白虎团》中饰美国顾问

后来王宗伟先生看到了照片，端详片刻说：“这不是张金梁先生么？他什么时候来北京了？”我告诉他经过之后，王先生说：“张先生可不简单，我看过他画的百丑图，一个丑行能画出一百个各不相同的人物来，你说这得多大能耐？”确实，张先生的脸谱在业内是有口皆碑的，他还专门在中国戏曲学院教过脸谱的勾画。王先生还说了一件轶事。当年杨宝森先生出外演出，与张金梁先生合作了几出戏。张先生的艺术水准和表演功力与杨宝森先生相得益彰，很为演出增色。当时就有人跟杨先生提出把张先生约到他自己的班里增强实力，没想到杨先生叹了口气说：“你知道他是谁么？他是张金梁，这样的大丑我可用不起啊。”

张先生平生为很多艺术大师配演过，像他这样和“四大名旦”“四大须生”“四小名旦”等大角儿都同过台的演员可以说凤毛麟角。而且当年排《奇袭白虎团》的时候，张先生饰演的美国顾问虽然事儿不多，却很出彩。可惜在拍电影的时候张先生已经调到戏校任教，剧中的美国顾问是另一位演员扮演的。

还有一件趣事，节目录制结束的时候。制片找张先生签字领劳务。没想到老爷子说什么也不收，就是不签字。还说：“程先生教导过我们，弘扬京剧艺术这是分内之事，不能收钱。”制片一只手拿着单子，一只手拿着钱。愣在那儿没话说了。这时候领导看了我一眼，说：“这事儿你来解决吧。”我做梦也没想到这事儿会落在我的头上，只好硬着头皮跟张先生对付：“您还是收了吧，您看您这么大岁数专程为这事来趟北京，我们也不落忍。再说这么多嘉宾都看着您呢，您要是不收，他们怎么好意思收呢？我们这工作也不好办了。”又劝了半天，张先生才勉强答应。时至今日，我还没想明白我当时怎么起的飞智说出那么一句话来。

张金梁先生画的脸谱

从那以后，我没能再跟张先生见面。出差工作很少去济南，也没机会登门拜访。张先生年事渐高，也不怎么来北京了。后来在王军老师的博客上见到了张先生的一张照片，皤然皓首，寿眉低垂。而2011年元旦刚过，我却在网上看到了张先生的讣告。张先生和我都是属猴的，但他老人家比我年长一个甲子零半年，若张先生健在的话，已是百岁高龄了。

武生名宿赵云鹤先生

我与赵云鹤先生见面是2010年在南京，我拍摄《名段欣赏》南派京剧特别节目“海纳百川”的时候。

赵云鹤先生是武生名家，十七岁就在南京唱红了，后来在上海、苏州都曾经粉墨登场。1949年8月参加了解放军苏南军区文工团。五十年代文工团转入地方成了江苏省京剧团，与周云亮、周云霞、王正堃等名家同台演出。由于是在1949年10月1日前参加文工团的，所以赵先生享受离休的待遇。

赵云鹤先生的父亲是鼎鼎大名的京剧大师赵松樵，所以赵云鹤先生有一个艺名叫“小赵松樵”。赵松樵先生一生经历不凡，堪称传奇。他的父亲叫赵鹏飞，是梆子名丑。赵松樵先生生在镇江，却跟随父亲走南闯北，第一次登台已经是在东北了。而且从此以“九龄童”的艺名开始了自己的艺术生涯。而赵鹏飞先生后来结识了吉林富商牛子厚，并被牛子厚写信荐到北京喜连成科班任教师。赵松樵先生也随父亲一同入京，到喜连成科班搭班学艺，还有了个艺名叫“赵喜祥”，据说班主叶春善先生很喜欢他，还收他做了义子。他的姐姐明月英则是喜连成的外串坤伶。当时钟喜久、侯喜瑞等名家还在科班，看到刚来的赵松樵白白净净，像个女孩似的。一众子弟还以他究竟是不是男孩打赌，直到上厕所的时候才见分晓。赵鹏飞先生在喜连成传授了三出梆子剧目：《云罗山》《宦海潮》和《佛手橘》。

后来到1912年，牛子厚把喜连成倒给了外馆沈家，赵鹏飞先生觉得故主已经不在，再待下去不太方便，便也辞班带着子女继续闯荡江湖。赵松樵先生也从此走上了自己多彩的艺术道路。以上内容来自赵绪昕先生所著《赵松樵评传》。

赵云鹤先生就出生在这样一个艺术家庭，他的母亲也是京剧演员。赵云鹤先生出生在俄罗斯的符拉迪沃斯托克，当时的名字叫海参崴。赵先生自幼随父亲练功，很早就开始了自己的艺术生涯。

2010年6月，我录制“海纳百川”特别节目，结束了武汉的工作来到南京。本来这次采访是安排在4月底的，当时我大病一场，一切工作都推迟了。去武汉是为了采访出手大王郭玉琨先生，可郭先生5月份因病住院。我想到武汉碰碰运气，并且提前给郭先生写了封信。郭先生认真地给我回了封信，婉拒了采访的要求。没想到我与郭先生缘悭一面，从此铸成永久的遗憾。自武汉到南京那一次行程很值得记叙。临时有个变故，为了联系一批节目，我早上在武汉吃了早点，坐动车到南京吃了午饭，晚饭则是下飞机以后在银川吃的。一天身处三个城市，平生第一次。

在银川只待了不到二十四小时，我第三天凌晨又回到了南京。睡了不到三个小时就起来开始拍摄了。采访安排在下午，除了赵云鹤先生以外，还有张建强先生、续丽雯老师，周云霞、周云亮二位前辈。在周氏姐弟采访结束以后，赵先生来到了现场。赵先生时年已经九十一岁了，可是一头白发，红光满面，腰板笔直，声若洪钟。真是令人敬佩，可是赵先生自己说：“不行了，上午刚从医院出来，你看，这儿还有针眼呢。”

简单的寒暄之后，就开始采访了。我依次提问，赵先生缓缓道来。不到一个小时就完成了。赵先生讲了很多老年间的逸闻趣事。例如赵松樵先生与老生名家张少甫先生是总角之交，所以赵云鹤先生刚开始学戏的时候就被送到张少甫先生那里学戏。张老先生对云鹤先生非常好，可是没学多长时间张老先生就找到赵松樵先生说不教了。老赵先生很奇怪，以为儿子有什么做得不到的地方。原来是有同行传闲话，说张老先生虐待徒弟，吃不饱穿不暖的。张老先生受不了这个，不愿意担这恶名，就坚持要把云鹤先生送回来。云鹤先生就只能跟着父亲一边学习一边演出。

赵云鹤先生在《古城会》中饰关羽

赵先生还提起他曾经和瑞德宝先生学过戏，瑞德宝是武生名宿。他的靠把戏是私淑谭鑫培的，在红生戏方面也有很多建树。赵先生特别想跟他学靠把戏，可是瑞先生准备教他红生戏《白马坡》。最后师徒二人互相妥协，买一送一。瑞先生教赵先生《定军山》，但是要先学《白马坡》，不然《定军山》也不教了。于是赵先生就这样跟瑞先生学了两出戏。赵先生还说瑞德宝先生的《白马坡》的关羽不穿斗篷，而是袭蟒，上场没念白的时候拿水袖遮着脸，侧身坐着。

赵先生的红生戏还得自“红生大王”林树森。林树森官称“林三爷”，蝉联四届上海伶界联合会主席，是“老三麻子”王鸿寿的嫡传弟子。武生、老生并擅，尤以红生蜚声菊坛。赵先生得林三爷的亲传，有很多私房东西。例如《古城会》，一般的演法是关老爷训弟的时候张飞跪着。林三爷的演法是兄弟二人对坐，关二爷把弟兄失散之后的情由一一说明，张飞受到感动，愧而下跪。赵松樵先生也是这个演法，据说是林三爷和赵松樵先生这老二位一块儿琢磨的。

赵先生着重提的有两件事。一件是跟周信芳先生的渊源。赵松樵先生和周信芳先生是以兄弟相称的，二位相识于江湖，同台演出多年，契谊匪浅。有一天，赵先生父子二人去看望周信芳先生，临行时赵松樵先生提出让云鹤先生跟周先生学戏，周先生则因为云鹤先生先有张少甫、瑞德宝二位名师，且赵先生的条件学麒派不太对路，有些为难。还是赵松樵先生爱子心切，一心要让云鹤先生学麒派的艺术精髓，于是就拜周信芳先生为义父，从此原来兄弟相称的老二位就变成亲家了。

新中国成立以后，周信芳先生到扬州演出，赵云鹤先生也在。周先生特意点赵先生陪他唱了一出《战长沙》。周先生的黄忠，赵先生的关公。

赵先生更多的是提到了父亲赵松樵先生的艺术，自己的艺术生涯与父亲是密不可分的。赵先生说："我父亲沏的茶非常酽，沏好多回之后，剩的茶卤子我都喝不了。而且他的茶壶谁也不能动，连我也不行。有一回我父亲跟我说：'你要想喝我的茶卤子，得等你挂了头牌以后。'我就自己努力，最后终于在南京挂头牌了，我父亲说：'行，你现在可以喝我的茶卤子了。'"

赵云鹤先生还参加了很多南派连台本戏的演出，尤其是新中国成立前在苏州开明大戏院跟自己的亲叔叔赵磬声一起参加了《血滴子》的演出，是一位姓严的经励科约的他，赵先生扮演一名侠客。没想到这出戏一演就演了一年零三个月。

采访很愉快地结束了。赵先生兴致很浓，又跟我们聊了很长时间，主要是对目前武戏的种种不满。我在一边完全充当听客，很怕老先生太激动，影响身体。

赵先生离开以后，张建强先生忧心忡忡地跟我说："刚才听他们家里人说，赵先生虽然看着身体不错，其实已经有不好的征兆了。你来得很是时候。"

2012 年 5 月，赵先生仙逝了。

“活字典”刘雪涛先生

刘雪涛先生在京剧界可称为大名鼎鼎、泰山北斗一级的人物。早年曾在程砚秋先生的剧团登台，后来与张君秋先生合作数十年，并且一同加入了有“天下第一团”之美誉的北京京剧团。老人家本身就是一部京剧历史的活字典。

与刘先生的大部分接触都是在各种活动中，例如戏曲春晚、京剧大赛的颁奖晚会等老艺术家云集的时候。刘雪涛先生总是和夫人相携而来。刘先生的夫人好像不是演员，但是梨园世家出身，据说她的哥哥是京剧名家钱元通。老二位每次都是互相搀扶，缓缓而行。笑容可掬地跟路人打招呼，遇到经年老友则停步寒暄几句。一派年高德劭富家翁的风范。

刘雪涛先生剧照

有一次忘了是什么晚会了，剧组邀请刘雪涛先生出席。也许是疏忽了刘先生总是和夫人一同参加的惯例，在给老艺术家安排座位的时候只安排了刘先生的位置。老二位的身份自然是嘉宾待遇，等观众进得差不多了再入座。那天观众还特别多，基本上都坐满了。过道里都蹲了好几位。刘先生被领到座位之后，发现夫人没有地方坐，自己便一直站着。这时工作人员才发现疏忽了老太太的安排，我看见角落里有几把工作人员坐的椅子。便搬过来一把，嘉宾席肯定是塞不进去了，就放在第一排观众前面。把刘夫人搀过来安排好，刘先生这才落座。我走过去跟刘先生赔不是，刘先生却跟我开了句玩笑："没事，有地儿坐就行。我们老夫老妻这么多年了，分开一会儿没事儿。"

大概在 2004 年，《名段欣赏》录制"五一特别节目"。刘雪涛先生作为嘉宾参加采访。那天是清明节前后，当时清明节还没有假期，我们还在为了赶制每天一期的节目天天加班，所以这次采访是在晚上录制的。节目一共有八集，刘雪涛先生参加了多少我记不太清了。一同参加录制的还有张永和先生，二位都是晚饭后到的现场，在休息室里闲谈。我则叨陪末座，在一旁洗耳恭听。张永和先生和刘先生天南地北，逸兴思飞。说的都是老年间的事。张先生每每抛出话题，刘先生则慢条斯理地接着说："那时候我也在……"于是把当时的情况娓娓道来。那绝对是第一手资料。

当年马、谭、张、裘四位合组北京京剧团的时候阵容之豪华、影响力之巨大可以说是几代人的回忆。刘雪涛先生是和张君秋先生的剧团一起加入北京京剧团的。据穆守荫先生写的《菊坛盛事话当年》一文回忆，1958 年时赵燕侠先生的剧团还没有合并进来。团长是马连良，副团长是谭富英、张君秋、裘盛戎。全团有一百七十五人，完全脱产不登台唱戏的才十人左右。办公室主任是陈志清先生的父亲陈少霖先生，副主任是谭世秀、黄元庆、李慕良、郝友四位，一位演员，三位场面。办公室下面有演出科，有四位科长，张洪祥、刘雪涛、马崇仁、周和桐。刘雪涛先生专门负责张君秋先生的演出剧目协调。除此以外还有艺术委员会，主任是马连良先生，副主任是马富禄先生和刘雪涛先生。负责保证和提高日常演出质量。剧团中老生自马连良、谭富英、陈少霖以下有十五人，旦角自张君秋、李毓芳以下有十五人，小生就有刘雪涛、茹富华、闵兆华、徐韵昌等六人。其他行当的名家也是数不胜数。与这些大师朝夕相处，刘雪涛先生的典故基本都是信手拈来。听得我脑子都不够使了。

张永和先生突然提起：“昨天有一位京剧名家去世了。跟您也合作过。”刘先生听了就是一愣：“谁啊?”“高宝贤先生。”刘先生一声长叹，便谈起了与高宝贤先生的过往。他们二位虽然不是经常同台演出，却也有过很多共事的机会。自然不免一番感慨。

张永和先生起的这一个话头勾起刘雪涛先生谈了许多1963年北京京剧团赴港演出的轶事。当时刘雪涛先生除了担任很多角色演出以外，由于他喜欢摄影，还担负起了拍照的工作。在许多北京京剧团赴港的照片中，刘雪涛先生胸前都挎着一部照相机，也成了历史的记录者。

我印象最深的是刘雪涛先生说了两件事，一件事是他和他的师父姜妙香先生一同去拜访孟小冬。当时孟小冬自1949年离开上海以后一直寄居在香港。自杜月笙故后，深居简出，只以课徒消遣。此次的演出团中许多人都是故交，因为时事原因多年不见，自然要拜访一下。刘先生当时回忆说，孟小冬住的地方并不是很大，虽然不至于家无长物，布置也很简单。刘先生见多许多梨园行的泰山北斗，每个人都是气度非凡。但是见到孟小冬的时候，仍然为孟小冬的气场所折服。虽然孟小冬衣着朴素，年过五旬，但是仍然不掩风华。谈吐虽然简短，眉宇间依然是当年剑眉星目的“冬皇”气度。姜妙香先生与她会晤的时间虽然不长，但刘雪涛先生躬逢其盛，抓拍了许多照片，记录下这一很有历史性的时刻。

还有一件事就是当时赴港演出团准备的剧目基本是各位主演的代表剧目和《赵氏孤儿》一类新中国成立以后创编的剧目。由于谭富英先生患病没有同行。所以谭派本门剧目是由谭元寿先生演出，其他谭富英先生饰演的角色则由高宝贤和马长礼二位先生承担。虽然准备的剧目很丰富，但是香港的观众并不满足，要求加演一出《连环套》（是全出《连环套》还是

《坐寨盗马》我记不清了)。由于事先没有这出戏的计划，只好现向北京请示是否可以演出。几天之后，中央的回复来了，批示可以演出。才由裘盛戎先生演了一场。刘雪涛先生不无得意地说："窦尔敦那四个大头目，有我一个，元寿一个，长礼一个，宝贤一个。都是'钻'的。"当时听到此事觉得很新奇，后来一直也没机会在见到谭元寿先生的时候问问是不是这么回事。这大概就是坊间流传的裘盛戎先生在香港有一版"盗马"录像的缘起吧。

后来刘先生又拿出几张照片，指着其中一张说："这就是最开始《望江亭》的扮相，不是现在的古装头，是歪的。"后来我在单位翻胶片资料的时候，看到1958年在纪念关汉卿诞辰的演出中有几个《望江亭》的镜头，张君秋先生的扮相确实如刘先生所说，而且配演白士中的就是刘雪涛先生。

刘雪涛先生不仅在继承姜派小生艺术上卓有建树，还雅好丹青。我在朱锦华先生家看到过一张刘雪涛先生赠给他的画作，真是潇洒飘逸，斫轮老手。据刘先生自己说，他和张君秋先生合作数十年，没想到最后一次合作，竟然是在张先生的家里合作了一幅画。画完没几天张先生就去世了。

我与刘雪涛先生

我最后一次见到刘雪涛先生是 2011 年 7 月 21 日，那天是杨雪梅大姐拜梅葆玖先生为师的日子，地点就在梅兰芳大剧院的大厅。许多名家都出席了，刘雪涛先生也受邀参加，进门时看到我还冲我招了招手。我当时觉得跟刘先生见过这么多面，也没有合过影有点遗憾。在仪式结束以后，我便请孙觉非兄帮忙在梅兰芳大剧院门口与刘雪涛先生合了一张影。

没想到，两个半月以后，刘先生去世了。

每一位老先生去世的时候，总会有人慨叹“一个时代结束了”。在我看来，与他们的接触就仿佛在与历史直接对话。许多看似很遥远的人和事一下子就近在眼前，历史的不同亲历者的回忆相互印证，才会给后人得出最接近真实的历史。我真正觉得可惜的是，能相互印证的人越来越少了。

“世”字科最后一人班世超先生

在当今京剧界提起班世超先生，即便是初入梨园的年轻人也并不是很陌生，在很多有关京剧历史的资料中，都有班世超先生“武旦名家，技艺惊人”的记载。作为“富连成科班”目前（2015年）健在的年龄最长的弟子，班先生跻身梨园已经有八十多年了。不仅可以说他是数个时代沧桑的亲历者，自身的艺术道路也充满了传奇色彩。长期以来，班世超先生的种种事迹经常在同道人中口口相传。然而大多数人并没有见过班先生的庐山真面目。

班世超先生《泗州城》剧照
（照片提供者：石小元先生）

在“塞上江南”银川市的一座普通居民楼里，班世超先生过着近似隐居的生活。周边的居民也许不会意识到，他们的邻居曾是出身名班，红遍大江南北的一位京剧名伶。

之前从未与班先生谋面，总觉得他应该是一位排场很大、气度不凡的老前辈。当我怀着近似朝圣的心情登门拜访已经九十三岁高龄的班先生时，看到班先生身材略显矮小，腰已经有些弓了，慈眉善目，说话细声细语，一口京腔乡音未改，仿佛就是街坊老大爷一样，顿时觉得心生几丝亲切。

班先生是北京人，出身贫苦。兄弟四人，他行三。两位兄长一位是铁路工人，一位是厨师。母亲含辛茹苦养育四个孩子，无奈家中十分贫困。只好将六岁的班先生送进了著名的“富连成”科班学戏。谈起进富连成的缘由，班先生只是淡淡地说：“家里头没饭吃，才把孩子送出去的。”

科班是旧社会大多数戏曲艺人的启蒙地，也是培养戏曲艺人的重要机构。不管是如日中天的名伶，还是籍籍无名的龙套底包，大多都有坐科学艺的经历。然而，如果不是家中十分困难无法生活，除了梨园子弟以外，大多数普通平民家庭是不会送自己的孩子去科班学戏的。不仅是因为当时社会环境对艺人的歧视，更重要的是因为进了科班就要和科班签“关书”，性质类似于卖身契，从此孩子与家庭基本就没有关系了。吃住全在科班，不要说经常挨师傅的打，就是每天练功造成的身体上的疼痛也不是每个小孩都能忍受的，因此逃跑自杀的事件也时有发生。所以被很多人视为畏途。

“富连成”科班创建于清末，班主是叶春善。叶先生是最著名的京剧教育家，一手开创了京剧历史上“富连成”的奇迹。叶春善在二十九岁的时候，去吉林演出，结识了富商牛子厚。牛子厚家境殷实，富甲一方，更是个大戏迷。在和叶春善的接触过程中，觉得叶春善忠厚严谨，为人正直，便委托叶春善组建一个京剧科班以培养后备人才。叶春善几经权衡，本着“为祖师爷传道”的一片热忱，创建了“喜连成”科班。在激烈的竞争中，喜连成几度沉浮，终于成长为京城第一科班。辛亥革命后，由于牛子厚生意中落，喜连成社易主，由北京著名的“外馆沈家”接手，并易名“富连成”社。在社长叶春善和总教习名丑萧长华以及苏雨卿、唐宗成等人的携手努力下，富连成蒸蒸日上。沿用旧社会的行业惯例，科班子弟的名字都是按“字”排名的。到 1948 年解散时，累计已有“喜、连、富、盛、世、元、韵、庆”八科学生。班先生的一个街坊是棺材铺老板，与富连成的“场面头”唐宗成是朋友，就是主教京剧音乐的老师和负责人。班先生是由母亲托唐先生带着到富连成考试的。班先生回忆进科班的考试很简单，班先生被带到老师的面前，老师看了看他的相貌，打了他后脑勺两下，看看他的反应还比较灵敏就同意收下他了。从此班先生告别了贫苦的家庭走上了京剧道路。

此时的富连成科班正是如日中天的时候，“喜”“连”“富”几科的弟子和部分“盛”字科弟子已经艺满出师。师兄们有的已经功成名就，有的成为梨园界的青年才俊，有的则留在富连成继续任教。班先生进入科班就被排在了“世”字科。说起来富社学生的名字都是由总教习萧长华先生起的。由于旧社会艺人的文化水平比较低，所以起的名字也大多是一些喜庆吉祥的字眼。例如之前的子弟就有雷喜福、康喜寿、曹连孝等。如果兄弟同时入科，则多用有关联的词语，例如茹富兰与茹富蕙、孙盛文与孙盛武等。或者就来源于戏文中的人名或者词语，例如廉连颇、韩富信、赵盛璧等。也许是因为班先生与京剧《玉门关》的主角班超同姓，所以就给他起了“班世超”这个艺名。至于他的本名班寿泉已经近九十年没有用过了。

有人用“七年大狱”来形容科班的生活。学员们不仅每天从早到晚就是练功、学戏，还要日复一日地演出，靠演出的收入来维持科班的运转。刚入科班的班先生还不能参加演出，仅仅是下腰踢腿，练习基本功。由于班先生的形象比较俊秀，所以被分入旦行。就是在舞台上扮演女性角色的行当。在京剧形成的时期没有女性演员，所以舞台上的女性角色都由形象俊秀的男性来扮演。富连成科班成立于清末，所以因袭传统，科班不招收女学生，培养了许多优秀的男性旦角演员。班先生从事的是武旦，就是在舞台上扮演女侠、女将军等英姿飒爽的角色。在科班“有教无类”的教学宗旨下，班先生文武兼修，为日后的艺术生涯奠定了坚实的基础。

由于不是内行子弟，班先生之前对京剧并没有太多的接触。所以从一开始就受了不少苦。回忆起自己启蒙的阶段，班先生印象最深刻的就是挨打："因为我口齿不利索我挨过打，教《起解》有一句台词'大老爷容禀'，就这几个字吐字发音不及格，先生说：'你舌头吐出来我看看。'你一吐舌头就要张嘴，先生手里拿一块布单子，你一张嘴就进去了，在里头摇，就跟汽车摇似的，这个牙受不了，舌头也受不了，你满嘴都受不了。先生还说：'不清楚，再来。'"

身体的痛苦是无休止的，就拿耗顶来说吧。一排师兄弟在大师兄的一声令下之后，集体靠墙拿大顶。大师兄事先声明，数到一百就可以休息。可是经常数到八十又蹦到四十，一百永远是遥遥无期。有时候实在坚持不住就会有人倒下，倒了一个大伙儿就像骨牌对儿一样全都倒下了，大师兄也无可奈何。班先生耗顶的时候有一次实在受不了了，旁边一位好心的师兄趁看功的大师兄不在，拦腰把他抱了起来让他缓缓。偏偏大师兄回来了，厉声问道："你干吗呢！"师兄说："他不行了，让他缓缓。"在年幼的班先生心中，当时对他充满了感激。

科班的严格训练使班先生练就了一身过硬的基本功，壮年时班先生"拿旱水"（一种戏曲身段，用手支撑身体靠腰的力度保持平直）经常一练就是几个小时。至今还让人叹为观止。

富连成不仅注重对学员的技艺培养，更注重在学生品德方面的塑造。叶春善先生经常召集学生讲话，阐述"艺高不如德高""学艺先学做人"等朴素浅显的道理，使学员们从小就受到良好的道德熏陶。后来，在东家沈秀水的推动下，富连成刊印了《梨园条例》，详细记叙了梨园行的行规、禁忌、行为准则，等等。尤其是其中的《富连成科班训词》：

传与我辈门人，诸生须当敬听：
自古人生于世，须有一技之能。
我辈既务斯业，便当专心用功，
以后名扬四海，根据即在年轻。
何况尔诸小子，都非蠢笨愚蒙。
并且所授功课，又非勉强而行。
此刻不务正业，将来老大无成。
……

虽然词句通俗，讲述的却是人间真理。不仅蕴含了叶春善先生对弟子们的殷切期望和谆谆教诲，也影响了几代京剧人的人生。

对于在很多人看来不堪回首的科班生活，班先生却始终心怀感激。因为是富连成的生活使他“能吃饱饭了”。尤其是叶春善班主对学生的苦心培养，令他十分感慨。“他没准儿什么时候去科班，时间不定，但是经常去，他一去了，对孩子都是摸摸脑袋，拉个小手拍拍，都有这动作，说明是爱。人家为了子弟还不是光自己的子弟，而是贫苦老百姓，没有生活条件的，他就可以收，像我这挨饿没饭吃的去了不是这条件那条件，就看看，就收下，先说吃饱肚子再说学艺，学艺不光是为富连成，学艺还是为了京剧，为了后一代。”

提起科班清苦的生活，班先生还说了一件趣事：“剧场演出完了，排着队走回科班。太累，走着走着就睡着了，我抓着你的大褂，他抓着我的大褂，也摔不着。等到了陕西巷口有个卖牛肉杂面的，到那儿学生互相提醒，别睡了该闻了，闻什么，就闻那个牛肉杂面的热气和香味，当时就精神精神了，这一鼻子得闻出几米去，真是舍不得。”

在科班度过了八年的时光，十四岁的时候班先生“满师”出科了。怀着对科班和师父的感激和爱戴，班先生又留在科班“效力”三年。就是继续留在科班义务唱戏，以报答科班和师父对自己的培养。三年期满以后，班世超先生正式出科，搭叶春善先生的三公子、师兄叶盛章的班赴东北演出，开始了自己的江湖生涯。他以自己高难绝技的开山之作《泗州城》一炮打响，剧中班世超扮演的水母在架起的三张高台上完成了八个高难惊险动作，近二十分钟的表演，最后高台翻下，被誉为奇才。随后，班先生在天津拜方连元，在北京拜邱富棠，在上海拜赵桐珊（芙蓉草）、李洪春。并在上海度过了自己最辉煌的几年。

在上海的日子，班先生是作为天蟾舞台的坐班演员演出的。所谓坐班，就是指长期在天蟾舞台搭班演出，如果剧场约来名角，他就作为配演辅助名角演出。如果没有名角出演，那么他们就自己挑梁演主戏。这一段时间对于班先生来说不仅是一个很好的实践机会，也是向艺术家学习的重要阶段。他曾经和梅兰芳、程砚秋、荀慧生、马连良、盖叫天、谭富英等一代大家同台，使自己得益甚多，技艺精进。然而一场意想不到的变故使他不得不暂时离开上海。

班世超与马富禄演出《小放牛》

当时的上海娱乐界，多为黑社会所把持。京剧作为当时最流行的艺术，无论剧场还是票房，与帮会都存在着千丝万缕的联系。许多京剧艺人为了生存，都不得不与帮会人员虚与委蛇，苦苦周旋。传闻著名演员常春恒就是因为想要辞班他往，触怒了有帮会背景的剧场老板而遭到了毒手。班先生作为青年当红演员，自然也会受到流氓打手的骚扰。

一次与梅兰芳先生同台演出，班先生正在后台化妆，忽然管事的说有人找他。请进来一看，班先生并不认识，交谈几句以后得知，是帮会人员。要求与班先生分成，提20%的“份钱”（演出费）。班先生不置可否，两个人就走了。第二天又来了四个人，见班先生不冷不热地应付他们，就扬言要给班先生点颜色看看。到第三天演出结束，班先生准备去吃夜宵，刚刚走出后台，一顿棍棒就像雨点一样打来。班先生顿时明白是他们来报复了，急忙钻个空子跑到剧场里，没想到这帮人不依不饶，踹开剧场门追了进来，一场恶斗就此开始。

此时班先生早已拜著名武术家王子平为师，是王子平先生四大弟子中唯一的非亲族弟子。提起拜师的原因，班先生说：“因为我跟王老师不认识，是他主动来找我的。说现在艺人受气让人打的太多了，要教我练散打。”浸淫国术多年，学了一身散打功夫，对付这些流氓自然没有败于下风。班先生回忆起这件事的时候，还不无幽默地娓娓道来：“我也不能站那儿打，站那儿打顾头里（北京土话，前面的意思）管不了后头。我就跑着打，练武一般都懂这道理，跑着打活打。我得让他追上，我跑太快他追不上，人追上我了吧，顺手牵羊，一摸上你了，就跟吸铁石似的，手得有力量，我力量不够，制服这几个还成，其中一个我劲使猛了，打到了要害，一点没错位。这就等于这个宰猪，刀窝心扎似的，那心在这位置。结果他就倒下了。”

与帮会结了仇，班先生只好去求助自己的老师赵桐珊（芙蓉草）和王子平。在赵先生的斡旋下，上海的帮会大头目黄金荣出面，让班先生赔了一笔钱。经过王先生的周密安排，班先生跳上了一列火车离开上海，几经辗转回到了北京。

当时的惊心动魄，在六十年以后看来都成了传奇经历。班先生还不忘自己解嘲：“我是打架有名的三个省，一个天津一个上海一个东北，是两个为了钱，一个打抱不平，臭名远扬啊。”

随后，班先生开始了组班全国巡演。在行走江湖的日子里，经常会遇到星散于各地的师兄弟。一次在南京演出，为他配演《小放牛》的名丑艾世菊去上海办事，事先已经说好开戏前肯定返回。没想到时间越来越近，艾世菊却一直没有出现，班先生很是着急。当时在场的富社同门、名丑马富禄见状便问他有什么事这么着急。班先生把艾世菊未能如期返回演出的事告诉了马先生。没想到马先生十分痛快地说：“世菊来不了没关系，我替他唱。”班先生没想到马先生会这么爽快地提出替演，因为虽然同是富连成的弟子，但是马富禄先生比班先生高两科。班先生还没有出生的时候，马先生就已经出科开始了自己的舞台生涯并迅速走红，曾与一代宗师杨小楼、梅兰芳等同台演出，早已是驰名全国的著名丑角演员。况且《小放牛》是当晚演出的开场戏，这样一位重量级艺术家来陪自己演开场戏，无疑是不太合适的。没想到马先生却说：“咱们都是同门，世菊又是我学生，替就替了，救场如救火。”于是班先生就在南京与马富禄先生有了一次难得的合作。

数年后班先生重返上海，替同唱武旦的宋德珠先生唱了一场《泗州城》，受到观众欢迎。当年的一场风波也风平浪静，消弭于无形了。回到上海的班先生继续他的坐班生涯，并且在上海迎来了新中国的曙光。解放军围攻上海的时候，班先生还充满了好奇：“解放军攻打上海的时候，我们晚上照常演出，观众也照常来看。国民党跟共产党争夺苏州河，我跟一个同事一听枪炮一响，拿起自行车就走，跟着枪声炮声找，在那边打着呢，看打仗去了。不是躲枪炮，而是跟着枪炮声音找，在河东奔河东，在河西就骑车奔河西。他挨了一枪飞子，打在腿上不要命的地方了。别人都躲，我们还找去，在哪儿打，那时候还是年轻。”

新中国的成立为京剧艺人带来了全新的天地，也使班先生的人生发生了戏剧性的转变。剧作家田汉曾经与班先生长谈一次，鼓励他应该为国家为革命事业多做贡献。于是班先生萌发了参军的想法。恰巧此时，同在富连成学过艺的把兄弟大哥李盛斌来到了上海。此时李盛斌已是解放军第十兵团政治部京剧团的艺委会主任。时局动荡，烽火连天，把兄弟再次聚首，令二人心情十分激动。李盛斌盛情邀请班先生参加京剧团，随他一起南下福建，一边演出一边教学。一方面正合自己参加革命工作的心愿，另一方面又是把兄弟之间的多年厚谊，班先生答应了李盛斌先生的邀请。不料老母年高，觉得福建离故乡北京太远，不同意班先生前往，只好作罢。恰在此时，因缘巧合，班先生离开上海参加了解放军总政治部京剧团。“因为我去总政还有一段插曲，人家天蟾舞台二百来号人都不同意我走。我怎么说也不同意，怎么办呢？我反正答应人家了，就连夜逃跑了。第二次从上海逃跑，不过这次从上海跑是因为工作。跑了以后接触的言小朋，他给我介绍部队怎么怎么好，没有一条不好的。我说你别说这些，我都知道，我说不是为了到部队踏踏实实搞事业，我何必要走呢？”班先生回忆起此事还是十分激动。

到了总政京剧团，班先生受命充实队伍，利用自己的人脉和名望为京剧团约请了很多实力派的演员加盟。一时间总政京剧团人才济济，李鸣盛、王和霖、王吟秋、谭元寿、杨宝忠诸多名家跻身其中。班先生的同事中还有后来大名鼎鼎的八一电影制片厂厂长王晓棠少将。由于名家众多，又是军队的文工团，总政京剧团承担了很多出国演出任务。最让班先生难忘的是去越南演出。

班世超等人在红场观礼台上（照片提供者：石小元先生）

当时的越南还处

在战争时期，局面很不稳定，经常有敌特搞恐怖活动。“演出就在荒郊野外，当时挂幕拉出一个形状就是舞台。在我们后台就是麦田，在麦田里头就是定时炸弹，就是小偷小摸，我们都看得清清楚楚。他们扒麦田就出来了，出来跟人似的，一般看不出来不知道是特务，就跟你后台转悠，那怎么办呢？马上就得提高警惕，像我们都有岗位，谁在上场门，谁在下场门，谁在工作桌，都各把各口看着特务。”班先生还回忆起了师弟刘元彤的另一次经历：“刘元彤精明能干，他立了一大功。这个怎么引起的呢？从发电机发现的，他发现发电机原来在一边搁着，突然挪地方了。他就巡查，觉得不对，让大伙儿赶快搬，有定时炸弹可是没炸，给拆除了。我们还得照常演出，要是不演出就乱了，台上演出，后台弄炸弹的弄炸弹。”

在越南的日子里，这种危险环境似乎成了家常便饭。没想到在一次休闲游园的时候文工团却遭受了无妄之灾。班先生回忆说：“我们游湖去，那就是大海。我们坐的小艇，我弄了只船，很快就划得有个百米开外了。突然觉得不对，怎么头顶上有块乌云，一块划船的有个内行，赶快拿哨吹，天马上变，这就全都往回跑。跑了再快也跑不过这风，结果大风就起来了，我也看不见别人，别人也看不见我了。结果这船翻了，一共有 8 个人遇难，其中就我一个活下来了。后来风停了，救生船来救人，一看我在水里呢，说上来，我说：‘我先别上，你看好多人都落水了，赶快救他们去，别管我。’就这一句话别管我，他们当作中国人真有勇气，死在临头不上来，还救别人。”

一句“别管我”，体现了班先生临危不惧、舍己为人的精神，也使班先生获得了通报表扬的荣誉。

总政京剧团后来集体转业，成为中国京剧院四团。班先生进入了国家剧院，继续为广大观众奉献自己的艺术。程永年先生曾经记载了班先生演出的情况：

“1956、1957 两年，中国京剧院四团来济南职工剧院演出，阵容一流，……当时正值酷暑炎热，但观众的看戏热情仍达到了高潮。在《武松打店》中，班世超扮演孙二娘，王天柱演武松，二人在摸黑打斗中，班世超在武松作床用的桌子上，双臂撑桌慢慢起顶，全身徐徐下落的同时双腿向前伸高，脚尖朝上至头部，双腿落下从后向左旋转，双腿脚尖绷直，一臂独撑桌面，一臂离桌面展开，整个身体悬俯在单臂支撑的桌面上亮住，全身再向右旋转，作向左旋转的同样动作后一个台漫从桌上腾空而下。班世超这套精湛的‘左右旱水’，摇摆如同展翅，是那样舒展挺拔帅中见美，全场观众自始至终为班世超这套精彩漂亮的绝技热烈鼓掌喝彩。”

1958年，为了庆祝宁夏回族自治区的成立，四团经周恩来总理批准成为宁夏京剧团。班先生随着剧团来到银川，之后一直生活在这里。

初到银川，条件十分艰苦。当时四团坐火车到银川，连火车站都还没有建好，团员们只好将行李从火车上扔下来跳下火车。然而，怀着对新中国的无比热情，这些走遍大江南北的京剧名伶们，将自己炉火纯青的艺术和人生的黄金年华都奉献给了塞上江南的人民群众和山山水水。

班先生被任命为副团长，一边要应付繁忙的演出，一边还承担起了教学工作。时至今日，宁夏京剧团的许多演员提起班先生对他们的培养还是心存感激。虽然身为领导和主演，但是班先生并没有大演员的架子，经常和群众一起摸爬滚打，身体力行地践行着自己当初参加革命的初衷。

宁夏京剧团曾经去东北巡演，途经天津的时候也演了几场，一举轰动天津。班先生演出了他在科班时的拿手好戏《泗州城》。当时已届四十二岁的班先生一上场就赢得了满堂彩的碰头好，一把“旱水”更是赢得了炸了窝的掌声。不想下高的时候脚骨折断了，他只能横挪脚步一拐一拐地下场了，稍事休息后接着上场是对阵开打，出手踢枪，他的演出仍然那样火爆，准中有狠，利落潇洒。演出结束，台下掌声雷动，经久不息。而班先生已经昏倒在舞台上，醒来后大家问他哪里不舒服，他咬牙说了一句：“骨—头—断—了！”大家这才明白，他是在什么情况下把这一出武旦重头戏坚持演完的。

1963 年，为了丰富石嘴山煤矿工人的文化生活。宁夏京剧团兵分二路，班先生率领一个团到石嘴山长期演出。当时石嘴山的条件比银川更加艰苦，京剧团只能在一个四合院里栖身，连排练场都没有。班先生带领全团演员自力更生，在院里挖了个沙坑用来练毯子功，以提高学员的基本功素质，同时毫无保留地为广大工人群众演出，度过了一段艰苦而难忘的岁月。

改革开放以后，班先生退休了。他没有像许多艺术家一样落叶归根，回到故乡北京，与昔日的同窗故友聚首，而是继续在银川过着朴素恬淡的生活。二十世纪九十年代，随着老艺术家纷纷离世，观众大量流失，京剧艺术逐渐进入了低迷期。班先生也不再登台，离开了观众的视野。“班世超”这三个字似乎也游离开去，逐渐变成出现在京剧书籍和资料中的文字符号。在我启程来拜访班先生的时候，甚至还有同好问我：“班先生还健在?”一位叱咤菊坛的名伶，曾经耀眼的光环逐渐褪去了颜色。

京剧《战长沙》中有一句戏词：“老虽老，头上发，项下须，胸中韬略却还不老。”暮年的班先生仍然每天练功不辍，身强体健，堪称鹤发童颜。宁夏京剧团的老师们曾经介绍，当年班先生在公园练功，来了几个学武术的年轻人，见老人家正在练功，提出来要切磋一下。班先生欣然同意，交上手以后几个人逐渐支持不住。年轻人一时急躁，下手未免有些偏颇。班先生察觉以后，没费吹灰之力将几个年轻人一一制服。几个人还不服气，找到自己的老师说明情况。没想到老师却说：“你们不知道他是谁吗?招惹他干什么?”在八十五岁高龄的时候，班先生还带着一壶水，一个马扎，一个人从银川骑自行车去贺兰山。听得我目瞪口呆。

2011 年底，班先生回到了自己魂牵梦萦的故乡北京，参加纪念富连成一百零七周年大会。与在家属簇拥下纷纷前来的师弟们相比，坐在轮椅上，少言寡语的班先生似乎并没有引起太多人的注意。而当富连成继任社长叶龙章先生的夫人，九十五岁高龄的马禄德老人与班先生见面以后，人们才恍然大悟，这位就是早已生活在人们传说中的一代武旦天才。一时引起轰动。

当年的夏天，班先生在学生的陪伴下，游历了半个中国，回到承载自己众多传奇经历的上海。六十余年的风雨之后故地重游，班先生重新站在天蟾舞台的门前时，想必一定心潮澎湃，浮想联翩吧。

作为目前富连成科班“世”字科的最后一位见证者，班先生在我等戏曲爱好者和研究者的心目中，已经成为京剧历史的佐证。一张“弘扬京昆艺术特殊贡献奖”的证书完全不足以涵盖班先生传奇的一生。无论是风光无限，还是蛮烟瘴雨，也许这八十年的粉墨生涯，对班先生来说不过是过眼云烟，对我来说则是一座历史的宝山，令人高山仰止。

2016 年 9 月 29 日，班世超先生仙逝，享年九十六岁。

（刊于 2015 年 8 月《传记文学》）

王金璐——大武生的气势与尊严何人接续

2016年6月1日早上，我在翻看微信朋友圈的时候，突然看到好友杜鹏贤弟发了一条消息，王金璐先生仙逝了。

王金璐先生《挑华车》剧照

余生也晚，金璐先生长我整整六十岁，我与他的交往都是在各种活动场合的躬身颔首之间。由于和他的哲嗣王展云老师有过交流，再加上我作为一个京剧爱好者比较偏爱生行艺术，所以在心目中总觉得和金璐先生距离比较近。充其量也就算他老人家的众多仰慕者之一吧。

第一次跟王先生有直接接触是在上大学的时候，当时各高校的学生京剧爱好者在南奇先生的倡议下成立了一个联谊会，成立大会是在正乙祠举行的。我忝列其中，跟着忙活了一些具体的事务性工作。当天，我们正在折腾的时候，众多老前辈陆续到场祝贺了。我正好在门口，看到王先生从车上下来，便很礼貌地跟他打招呼。王先生很和蔼地冲我点点头，并和我握了手。握手的时候还很用力地捏了一下，当时我还挺奇怪，这老人家是故意试试我的膂力么？后来才知道，这是王先生的一个习惯，如果和他握手的人疼痛不已，王先生则会油然而生一丝微笑。

当天我们还演出了一些片段助兴，一位同学演唱《扫松下书》的时候，与金璐先生同坐的刘曾复先生回头对王先生说："这不是你当初经常唱的戏么？"王先生则微微一笑，不置可否。良久说了一句："挺好。"

时隔数年，李玉声先生收徒的时候，我有幸受邀参加。金璐先生和李金声先生、景荣庆先生等前辈亦莅临观礼，不想未及十年，几位先生都魂归道山，令我等后辈不胜唏嘘。仪式结束后的宴会上，我与几位同龄的武生演员同席，正在逸兴思飞之时，金璐先生到席前，大家纷纷起立，王先生说："我不喝酒，跟你们小哥儿几个意思一下。你们都得好好学，把咱们这好玩意儿得传下去！"虽然并不是梨园中人，我也被王先生对后生之辈的殷切期望所感染。相信同坐的兄弟感触比我还要深刻。

王先生的艺术有口皆碑，当年尚在稚龄的我虽然还没有摸到京剧的门道，也觉得他的《挑华车》不同凡响。随着年龄的增长，从各种书籍中看到王先生当年的辉煌，实在是令人羡慕。身处不同的年代，也许很多人不能理解王先生的成长经历，但是他的执着和风骨却深深地打动了我。幼年成名，还在中华戏曲专科学校的时候就荣膺"童伶选举"的生部冠军。毕业以后与众多前辈名家同台献艺，在当时竞争激烈的梨园界赢得了自己的粉丝群，其中就有号称"狼主"，当时还未下海的一代梅派名家言慧珠。新中国成立以后，在上海、陕西等地继续演出，因为演《七侠五义》摔伤了腰只能回家休养，当时很多人都说他再也上不了台了，没想到在花甲之年，王先生焕发了第二次艺术青春。《战宛城》《八蜡庙》等剧目轮番上演，八十高龄还能大唱《长坂坡》。尤其是《白马坡》一剧中的“赤兔马追风快如电，青龙偃月血饱餐”给少年时代的我留下了深刻的印象。说到风骨，在马连良先生身故之时，能恪尽弟子之道的唯有王金璐先生和张学津先生二人，在当时的环境下能有这样的勇气是十分难得的。

梨园轶事总是能吸引很多人的注意力，与王先生有关的轶事在京剧爱好者当中也是广为流传。例如用暖气管子练功把额头磕个大口子，例如包饺子时一边剁馅一边耗腿，例如散步的时候为了试试自己还行不行突然翻个抢背等等。王先生在彼时，“一定要吃香的喝辣的”这个幼年的奋斗目标早已经实现了，而支持他孜孜不倦的动力大概就是对京剧艺术的热爱。

王金璐先生的艺术生涯发轫于二十世纪三十年代，在当时的环境下成长起来的老艺术家无论在气场和艺术上总给人以说不出的舒服。我无意论证这是不是京剧教育模式和生存环境使然，但是从王金璐先生及其他前辈的身上，我们能深刻地感觉到——他们真的是拿京剧当回事了。在他们心目中，京剧应该不仅仅是安身立命的手段，更是融入他们生命和灵魂的诉求。虽然幼年学艺艰苦备尝，粉墨沉浮荣辱参半，但是支持他们毕生以此为追求和归宿的应该是他们对京剧艺术的热爱和珍重。王先生在耄耋之年曾经感叹武生艺术的传承面临严重危机。这是社会大环境下京剧艺术发展的窘境，属于“大厦将倾非一木所支”的趋势。虽然是“唱戏的”，但是武生行当的舞台呈现更多的是造型和念白，在王先生驰骋舞台的青壮年岁月，武生戏是一台演出中的扛鼎之作。练好功，“想挣钱找台毯要”是一条成名成家的必经之路。一旦技艺惊人、气度如虹，登堂入室成为一流名角就志在必得。王先生的艺术经历就充分说明了这一点，在马连良、丁永利、李洪春诸位名师的悉心教导下，在坚实的基本功基础上兼容并蓄，最终成为众口相传的“武生泰斗”。而在如今“京剧歌曲化”现象普遍存在的状况下，武生的境遇无疑是十分尴尬的。与文戏演员能在晚会和综艺节目一展歌喉，进而扬名立万儿不同，武生行几乎没有这种成名的捷径，而且经年累月地练功换来的仅仅是一年少得可怜的几场演出和相伴始终的伤痛。许多条件非常好的演员耐不住寂寞和偏低的收入转投其他行业。真正还在坚持的都是不忘初心、使命感极强的青年才俊。然而从数量上来说相比其他行当则不容乐观，数量的不足更导致高质量传承者的缺乏。从而难以支撑这一具有悠久历史传统的行当的赓续不绝，人才的流失和投入产出的不成正比导致的这一现状才是真正让王先生等梨园耆宿扼腕而叹的根本原因。

王先生九秩高龄以后，渐渐不再参与过多的活动，偶尔见到王先生，总有赵永伟先生随侍。跟王先生握手的时候，他老人家依然还会捏我一下，但是明显感觉不如以前有力量了。网络上对王先生的报道也时见发表。还有作者给王先生冠以“男神”的称号。确实，九十多岁的人动不动就来个朝天蹬确实令人惊叹。我等同好在闲谈提起王先生的时候总是说“你甭扳腿，你先活到九十岁再说”。在我们看来，王先生寿享百年，甚至花甲重开都不是什么问题。没想到，噩耗来得这么突然。不过王先生在睡梦中安然离世，又是遐龄高寿，按老北京的说法，也算是“喜丧”了。

我的好友姜骏兄得知消息后说了一段话，使我颇为触动：“看过一段视频，2013 年 6 月 14 日，吴小如专门到王金璐家吊唁王夫人。王对吴说：‘您要保重身体，您是字典啊！’吴答：‘您要尽快把自己身上的绝活儿都教给学生，您是活字典！’如今，两本字典都合上了。”

（刊于 2016 年 6 月 7 日《北京青年报》，题目为编者所加）

博采众长的吴钰璋先生

霹雳一声春雷响，

平原上谁不晓工农的儿子赵勇刚。

战斗的足迹踏遍了太行山上，

抗日的声威震撼着铁路两旁。

你打他苍茫大地无踪影，

他打你神兵天降难提防。

……

经历过二十世纪六七十年代的人对这段唱词都不会太陌生。这是现代京剧《平原作战》中村支书李胜的一段演唱。可以说是脍炙人口，铿锵有力。而剧中人李胜的扮演者，就是京剧名净吴钰璋先生。

我和吴钰璋先生在录像中

与众多卓有成就的戏曲名家一样，吴钰璋先生也是出身梨园世家。父亲吴松岩拜在有“十全大净”之称的一代净行宗师金少山门下，成为开山大弟子。自幼受家庭熏陶，吴先生很早就开始练功学戏。在新中国成立后，中国戏曲学院的前身文化部戏曲实验学校招生，吴先生以优异的成绩考入，成为新中国培养的第一批京剧演员。谈起这段学生岁月，吴先生经常感念前辈对自己的关怀和教育，中国戏曲学校的师资力量十分雄厚，很多都是旧时科班中的资深教师。第一任校长是著名戏剧家田汉，在京剧界有“通天教主”之称的王瑶卿和曾任富连成科班总教习的萧长华都曾经担任校长。以花脸行当为例，出身富连成科班的著名教师骆连翔、梁连柱、宋富亭、孙盛文，出身荣春社的名净赵荣欣等都在这里执教。由于家学渊源，在众多老师的悉心培养下，吴先生在学校很快就脱颖而出，开始了自己的粉墨人生。

一次夜谈的时候，吴先生还给我讲过一件趣事：吴先生的哥哥是著名京胡教育家吴炳璋先生，长兄幼弟，二人相差十四岁。钰璋先生入学时，炳璋先生已经是教师了。一次炳璋先生到宿舍找他，不认识的同学在门外大喊一声：“吴钰璋！你爸爸来了！”说罢以他那黄钟大吕的嗓子朗声大笑，颇有些声振屋瓦的气势。提起炳璋先生，吴钰璋先生总是十分尊敬：“他不仅是我哥哥，在生活上照顾我，在艺术上更是我的导师，指引我的成长。”

从中国戏曲学校毕业以后，吴先生进入中国京剧院，与自己的同学们一起在四团工作，正式成为一名京剧演员。由于家庭的熏陶，吴先生的艺术风格以金派为主。在学校打下的坚实基础使吴先生文武兼擅，铜锤、架子（京剧花脸的两个分支，铜锤以演唱为主，架子以表演为主）都能信手拈来。同时也开始创新实践。1960 年，北京电影制片厂拍摄了彩色戏曲影片《杨门女将》，吴钰璋先生在其中扮演焦廷贵，也就是杨家将小说中大将焦赞的儿子。虽然不是分量很重的角色，吴先生却十分用心，还精心设计了焦廷贵的脸谱。在银幕上的艺术形象经受住了数十年的考验。

提起自己的艺术创新，吴先生曾经举过两个例子。一个是新编历史京剧《强项令》，讲的是东汉官员董宣，不畏强权，将光武帝刘秀的姐姐长公主的家奴绳之以法的故事。剧中的董宣在历史上是有“卧虎”之称的严吏，自然是由花脸行当来塑造比较合适。其中最重要的一场就是“金殿辩本”，吴先生说，同是正面人物，都是忠臣。这一场的表演处理不能像《大探二》中的徐彦昭一样。徐彦昭是世袭公侯，有爵位，有御赐铜锤，武将出身。虽然年迈并且有君臣之分，但是跟李艳妃争论的时候是可以理直气壮的，到最激烈的时候甚至不惜用铜锤砸向玉玺。而董宣是文臣，当时身为洛阳的地方长官，官职不高。长公主家奴横行霸道，董宣是依法处理。由于事关皇族，董宣是不能过于强硬的。但是为了秉公执法又不能轻易向公主一方妥协，所以事实上是在与皇帝和长公主辩论。因此不是通常剧目中所出现的“奏本”，而是“辩本”。要据理力争，还要注意分寸。所以在表演上不能火气太重。

另一出吴先生谈到的剧目是现代戏《红松店》。这是吴先生在二十世纪六十年代自己创演的一出新编现代戏。主角是一位叫冯松的老红军，晚年在湘赣路上开了一家客店，接待来往行人。他怀着对党和毛主席的爱戴热心为行人服务，并遇到了当年的战友。吴先生在塑造这个人物的时候颇下了一番功夫。首先，二十世纪六十年代初正是京剧现代戏大量涌现的时候，在此之前，京剧的题材大多是古代的故事，有一套完整成熟的表演程式。而如何用这些成龙配套的表演程式表现现代生活，是对当时京剧演员的一个很现实的挑战。从花脸行当来说，虽然以前也塑造过年迈的人物，但是从表演来说，都是突出人物的某一方面性格，衰老并不是主要的表演因素。如何塑造一个年迈的现代人物又不失花脸行当的原有韵味，也是一个需要下功夫的课题。吴先生在创作时观察了很多生活中老年人的形态，参考了主人公冯松老红军的人物身份，设计了一些很独特的台步和身段，丰富了人物造型。同时，在传统戏中，花脸行当的唱腔有一些局限，没有出现过二黄慢板等与行当特色有差异的唱腔。吴先生参照剧情要求为冯松设计了一段反四平调唱腔，成为花脸行当唱腔的一个新尝试。虽然这出戏已经多年不见于舞台，但是这段唱腔在京剧爱好者中是很有知音的。

除此以外，吴钰璋先生还创演了《狄龙案》《尉迟恭辞婚》《初出茅庐》等剧目。当然，最广为人知的还是戏曲电影《平原作战》中的村支书李胜。同时在继承传统方面吴先生也没有放松，上演了大量的传统剧目。

京剧净行俗称花脸。是京剧中一个重要的行当。主要表现的是一些具有特殊性格的人物。大家经常见到的各种五彩缤纷的脸谱就是这个行当的标志。按照表演的性质不同，分为偏重唱功的铜锤花脸和偏重表演的架子花脸以及偏重武打的武花脸三类。由于对演员的天赋要求比较特殊，在京剧二百余年的发展史中，成名的大家并不像老生和青衣两个行当那么多。从早期的何桂山、郎德山、黄润甫等名家，到二十世纪前叶开宗立派的金少山、郝寿臣、侯喜瑞。花脸行当总在“人才难得”的边缘徘徊。以致在京剧界出现了“千生万旦一净难求”的说法。到新中国成立以后，花脸行的两位泰斗级人物就是裘盛戎和袁世海了。他们分别创立了属于自己的艺术流派，也成为后学者争相效仿的楷模。二位大师不仅师出同门，都是“富连成”科班的弟子，还有一个共同点就是，他们都是吴钰璋先生的师父。

吴先生从一开始就把“兼容并蓄为我所用”作为自己的艺术追求。家学金派为他打下了深厚的基础，而裘、袁二位先生的艺术成就也同样吸引着他。于是在 1961 年和 1963 年他分别拜二位前辈为师，特别是在拜了袁世海先生以后，他又调到了中国京剧院一团，与袁世海先生一同工作，使他受益匪浅。三个流派的艺术汇聚使吴先生的戏路越发宽广。在 2007 年录制《名段欣赏》专辑的时候，吴先生特意给我指出，《拜山》是裘派风格的，《七郎托兆》《审李七》是金派风格的，《野猪林》是袁派风格的，并且语重心长地说，这些都是前辈留给他的财富，他应该把这些艺术原汁原味地传播下去。

与吴钰璋先生交往多年，深深感觉到他对艺术的执着和见解的独到。

由于花脸行当需要在脸上勾画脸谱，也就是俗称的“勾脸”。这种化妆方法需要将脸谱一直勾画到额头以上，所以花脸演员私下基本都是光头形象。在早期，京剧从业人员由于行业和科班的要求大多都剃光头，所以不管什么行当化妆都不是问题。但毕竟光头形象并不适合于每个人，随着时代的发展，许多京剧演员也日渐新潮。对于别的行当来说似乎没有造成化妆的影响，而对于花脸来说却形成了矛盾。于是就有了折中的办法，用一块布勒在额头上，在布上勾画脸谱。既保住了一头秀发，又满足了演出要求。却造成原本活灵活现的脸谱出现了死气，影响表演效果。吴钰璋先生已经多年不登台，华发自然满头。偶尔需要表演时也是如法处理。我曾经请教过吴钰璋先生，问他为什么他也用包头布，却并不影响表演，依旧面部表情活灵活现。吴先生用手抚过花白的头发，指着额头说：“包头布不能勒在眉毛上面，这样脑门的皮肤就盖在下面了。做表情的上半部分就是死的，不会动。在发际前面有一个位置，这个地方的皮肤是不会动的。把包头布勒在这个地方，既不影响表演，也不用剃头了。”

服装在京剧界俗称行头，是京剧艺术中的一个相对独立的门类。不仅起到了体现剧中人身份、性格、地位的作用，也蕴含着演员个人独特的美学追求。许多名家都根据自己的艺术特色和审美，制作过花样别致的行头。吴先生曾经在录制《将相和》的时候穿过一身红靠（红色的铠甲），衣边是反月牙形状，尖冲外，弧边向里挖进。通身是 Y 字形的铠钉纹饰，在前下部正中绣了一只麒麟，通常靠的前身都是不开气儿的，而这身靠的前身正中有开气儿，正好将麒麟一分两半。吴先生解释说：“反月牙边是在金少山先生的服装中出现过的，丁字铠是袁世海先生用过的服装样式。裘盛戎先生曾经绣过一件靠，前身开气儿绣了个麒麟。为的是走台步的时候靠能随身一点，而且麒麟绣在正中，虽然被一剪两半却并不难看。我这个样式做了两件，一件黑的一件红的。将这三位的特点都浓缩了。”

《审李七》是一出花脸行当主演的剧目，讲的是一名叫李七的江洋大盗在被捕以后通过他人感化，幡然醒悟改邪归正的故事。由于历史的原因和对演员的要求很高已经绝响舞台数十余年了。在我向吴钰璋先生提出留下一些相关资料的时候，吴先生也颇为为难。因为吴先生还是在中国戏曲学校的时候唱过一回，后来就再也没有唱过。而且时隔多年，现在的演员基本都没有见过这出戏，虽然是片段，排练起来也很有难度。但是在我再三的请求之下，吴先生还是答应了这个要求。首先需要解决的就是李七戴的镣铐，由于需要表演不能太沉，太轻的又显得没有味道，而且剧团根本就没有这种道具。一番考虑之下，吴先生借来了《红灯记》里李玉和用的镣铐，略加改造，将手铐和脚镣连在一起，才算达到了要求。第二个问题就是唱腔，由于在李七演唱的时候有许多配演不必要的插话，吴先生为了满足录制对时长的要求，将它们一概删去了。这样就显得伴奏有些冗长。为了在精简的同时不失原本的规格，吴先生还特地找到兄长吴炳璋先生，将伴奏和唱腔仔细地梳理修改了一遍。剧中的李七是个蓬头垢面的形象，可以说造型是独一无二的。要用一种叫“王八须”的髯口（就是表演用的胡子）倒戴在头上才能达到效果。到录像的时候，所有工种和演员都已经做好了准备。马上就要开机了，吴先生突然提出了一个要求，让我去找点稻草。摄影棚里上哪儿去找稻草啊？好在工作人员从库房找到了一个草帘子，从上面扯下了几把干草。吴先生让我把草扯碎，撒在他头上，我只能如法炮制。原来剧中的李七是刚刚从死牢里提出来的犯人，在牢房里的犯人是睡在稻草上的，所以须发上沾挂一些稻草是情理中事，也从造型上体现了李七的强盗本性。短短十余分钟的选段，却成为吴先生最费心思的一段表演。在圆满完成以后，饰演王良妻子的演员悄悄地问我：“导演，刚才录的这是什么戏？刚才那老师的表演把我看得直瘆得慌。”我笑着说：“那就达到目的了。”

对于花脸的表演，吴钰璋先生认为，在京剧各个行当中，花脸除了是表演艺术之外，同时还是造型艺术。有很多扮相很特殊的角色如判官、周

吴钰璋先生《审李七》剧照

仓、巨灵神等都是花脸行当扮演的。需要夸大人的某个部位，形成类似畸形的形象。但是要把这种异于平常的形象表演好，让观众在观看时能够“丑中见美”，则需要演员付出更多的努力。即便不是这种造型特殊的角色，出于角色塑造需要，也要在站姿、手势等方面多加注意。

《中国京剧音配像》是前些年进行的一项京剧挖掘抢救工程，由现在的演员为老前辈的录音配上影像，为后人留下学习借鉴的范本，是一件有重大历史意义的工作。吴先生的艺术积淀，使他成为众多参加配像的艺术家之一，参与了三十多出剧目的配像工作。为裘盛戎、袁世海、金少臣等前辈的声音赋予了鲜活的形象。由于当年技术条件的限制，老前辈们并没有太多的视频资料留传后世。但是音频资料大多是实况录音，要准确无误地复制前辈们的表演并非易事。要求配像的演员一定要有真才实学，对前辈的表演烂熟于胸才可胜任。毫无疑问，吴先生是上佳人选之一。

“音配像”工程开始的时候，我还是一名初中生。一次看到马连良和裘盛戎二位大师录音，由吴先生和张学津先生配像录制的《打严嵩》。当时看得我捧腹大笑，没想到在我心目中那么严肃的京剧居然可以表演得这么风趣诙谐。张学津先生演的邹应龙已臻化境，吴先生演的严嵩也是神来之笔。时而倨傲阴狠，时而束手无策，身段优美，与录音严丝合缝。令人赞叹。跟吴先生谈及此事时，吴先生笑着说："我配完《白毛女》的黄世仁以后，很多人都说原来没看出来我这么坏，怕我晚节不保。"为此我特意找来视频观摩了一番，确实把黄世仁的阴险狠毒刻画得淋漓尽致。余生也晚，袁世海先生的表演无缘得见，想必吴先生一定是得了真传的。

在为吴先生录制《拜山》的时候，吴先生已是年近古稀，多年不登台演出了。这出戏虽然没有繁重的武打，但是表演比重很大，是一出做派和念白的重头戏，我一度担心吴先生的身体是否允许。没想到吴先生欣然接受，还做了很多准备。为了能尽善尽美，我还特意邀请天津的武生名家王平先生出演黄天霸。由于《名段欣赏》的录制需要根据剧情更改布景，摄像师对这出戏也不是很熟悉。短短四十多分钟的一出戏，录了四个多小时。吴先生一直戴着沉重的盔头，连坐都没有坐一下。每一处表演都精神饱满、全力以赴。事后我满怀歉意地给吴先生道乏，吴先生却说："这录像是要留传的，不能马虎，不能让别人说我糊弄。"

吴先生对我们共同的作品很满意，后来这出《拜山》和《野猪林》等剧目片段一起被选入他个人的"彩霞工程"专辑中，也是我没有想到的成果。

生活中的吴钰璋先生十分健谈，语锋凌厉又不失幽默风趣。长篇大论之中经常有意想不到的神来之笔。与吴先生交谈是一件十分令人惬意的事情。在录制《野猪林》选场的时候，吴先生化妆完毕，正在穿服装。一袭僧衣披身袒露着大腹便便，活脱脱的一副罗汉相。我不禁赞叹道："先生，您这鲁智深太有相儿了。"吴先生哈哈一笑，拍着肚子说："你说它吧，这玩意儿就唱这个戏有用，其他的时候全是累赘。"

吴先生是穆斯林，他的夫人沙淑英老师也是穆斯林。此二位先生都是慈眉善目的，让人一看就觉得亲切。吴先生跟谁都很随和，一笑起来那铜锤花脸的嗓子能震得房子落土。沙老师则总是笑眯眯的，一般不爱说话，冷眼一看就是一个普通的北京老太太。老二位恩恩爱爱，风风雨雨好几十年，不仅台下是一家，台上还能互相映衬。比如著名的《秦香莲》，沙老师的秦香莲，吴先生的包拯，还有吴先生主演《强项令》的时候，沙老师给他配演过长公主，说起来青衣和花脸的对戏还真不少，真的挺让人羡慕的。

二位老先生很有幽默感。有一次在后台，二位碰到了一个化妆师，说起来居然是老朋友的孩子，原来是唱青衣的，后来因为嗓子不行，便改行做了化妆师。等这个年轻人走后，沙老师说："看来唱青衣的如果改行的话，做化妆师还是一条很不错的出路。"吴先生接过话来就说："那像我们这样唱花脸的要是改行，就只能当厨子了。"惹得一屋子人都哈哈大笑起来。

老二位都是梨园世家出身，前辈名净侯喜瑞、蒋少奎，老生大师马连良等都跟二位老师有亲戚关系。有一次我问吴老师为什么家族中多是唱花脸的，吴钰璋先生说："不光这几位，回族演员唱花脸的还有王泉奎、李荣威……好多呢。大概是因为长期吃牛羊肉的好处吧。"

虽然近些年因为年事已高，在演唱上有些力不从心，但是论起做功和武打，吴先生仍然是毫不含糊。有一次说起起霸，我问吴先生起霸是不是分正反，吴先生说起反霸就是要把正霸的所有动作的左右方向调换过来。虽然说起来无甚难处，但是因为有正霸在先，所以在起反霸的时候动不动就会串到正霸上。说罢他便站起身，给我比划了一遍反霸。如行云流水一般，没有丝毫的艰涩凝滞，足见功夫之深。沙老师对这点也是十分骄傲，看着吴先生演《五台山》的杨五郎，大家交口称赞吴先生的身段边式漂亮。沙老师不无自豪地说："那是，他当年可是《醉打山门》的底子。"

沙淑英老师也是当年在中国戏曲学校的优等生，在纪录影片《梨园蓓蕾》中，有沙老师清唱《金水桥》的镜头。后来拜张君秋先生为师，演唱深得张派神韵。不过沙老师为了辅助吴先生的艺术发展甘心做绿叶，淡出舞台多年了。

纪录片《含苞待放》中的沙淑英老师

有一次去吴家拜访，由于去的时候已经夜色降临了，与吴钰璋先生聊了很长时间。首先说起的就是家中四壁上挂的二位先生在各个时期的剧照，其中有吴先生勾的金派《锁五龙》单雄信，穿黑官衣的《钟馗嫁妹》等，不一而足。吴先生指着这些剧照一一地给我详细讲解，渐渐地逸兴思飞，旁征博引。他给我回忆起给他留下深刻印象的裘盛戎和高盛麟二位先生 1961 年在展览馆剧场表演的《连环套》。裘盛戎先生和高盛麟先生是莫逆之交，幼年在北京富连成科班学艺时就经常合作。青年时期在上海一同搭班，由于时局艰难，二人落魄一时，最困难的时候就剩一条彩裤，谁有演出谁用。这种非同一般的友谊使他们对彼此的艺术十分了解。因此同台演出也是当场不让步，精彩非常。新中国成立以后，裘盛戎先生进入了北京京剧团，成为名满天下的一代开宗立派大师。高盛麟先生则在武汉京剧团撑起了江南京剧舞台的半壁江山。由于当时的条件，二人合作的机会很少。1961 年，高先生“走马换将”来到北京演出，机会十分难得。据吴钰璋先生说，当时在北京的裘先生弟子和学生能来的都来了，后台黑压压的一片人。因为人们都知道这一场《连环套》肯定是一出好戏，正是学习的机会。裘盛戎先生在化妆的时候，掏出一片白瓷砖，在上面把需要用的油彩每个颜色弄了一丁点就开始化妆了，等一张精美的窦尔敦脸谱勾完的时候，白瓷砖上干干净净，仿佛没有用过一样。从“排山”一上场，台下就是山呼海啸一样的掌声，等到了“盗马”的时候，裘先生施展自己的浑身解数，令人眼花缭乱，美不胜看。在唱到“要成功跟随了他我暗地里埋藏”这一句的时候，裘先生化用盖叫天先生“鹰展翅”的经典动作，留下了老先生的神来之笔，成了裘派

《盗马》的标志，虽然只用过这一次，但是后来的裘派演员都以这一动作为标榜了。《盗马》结束之后，裘先生下得台来，疲惫地往后台一躺，谁也不理睬。等到《拜山》之前，又抖擞精神，重新装束。与高盛麟先生造就了一场世间无匹的《拜山》。吴先生说得心潮澎湃，我听得心驰神往。不禁暗叹没能躬逢盛况。至今我每次听当时二位先生的现场录音，仍然有翔天之鹰隼，风尘吸张之感。

虽然吴先生已是当今京剧界的前辈，却并没有许多艺术家高高在上的架子。至少对我来说，更像是一位慈眉善目的街坊大爷。有一次我在筹备一个特别节目，需要邀请一位著名艺术家做嘉宾。思来想去，最合适的就是吴钰璋先生。可惜当时听说吴先生远在国外，已经去了多半年了，倘若因为这点小事就麻烦老先生回来一趟实在是于心不忍，于是只好暂时搁置这个构想。过了一周，我去阜成门的万通商城买东西。正在有一搭没一搭地闲逛的时候，突然看到前方不远处有一位身材魁梧的老者正在像检阅一样路过货摊。无论从身材还是神态，都像极了吴先生。可是想到吴先生此时应该身在美国，怎么会又在万通出现呢？我也没敢冒叫一声。回到家里思来想去，越来越觉得世间不能有这么相像的人，便向吴先生家打了一个电话，终于是沙老师接的电话。一问，原来吴先生方才确实去了万通。吴先生说："你还真行，我回来刚三天，谁都没通知呢，就先被你碰上了。"我趁机把我的节目构想跟吴先生说了，吴先生很爽快地答应了，成全了我的计划。

事后不久，吴先生的女儿又添了一个小宝宝。喜讯传来，二位老师自然十分高兴，便匆匆处理完这里的事宜，再次踏上出国的旅程，去大洋彼岸为女儿料理家务。临行以前，二老还特意送给我一个直升机形状的小石英钟留作纪念。没想到却造就了一次乌龙事件。

第二年夏天，突然有很多朋友问我吴钰璋先生是不是故去了，问得我一头雾水。万里之遥，我也没有渠道与吴先生联系。按先生的习惯，每年有半年时间是要回国的，可是这一年也没有回来，颇有些奇怪。春节前，沙淑英老师还打来越洋电话给我拜年，令我十分感动。沙老师言谈之间并没有听出悲伤的情绪，于是我感觉所谓吴先生故去的传闻不是真的。又过了一段时间，突然有一天接到了吴先生北京住宅的电话。吴先生那十分有特色的嗓音从听筒里传来，还是一贯的幽默："你是不是以为我给你托梦来了?"说罢朗声大笑。先生盛情邀请我参加一个聚会。与会的都是伶票两界的高人，只有我一个后生之辈。先生席间心情不错，举杯向大家致辞："感谢大家给了我新生!"阖座大笑。传闻不攻自破。后来得知起因原来是有一位与先生同名的老人驾鹤西去，有人在网络上发了一篇缅怀文章，却没有提及此公是何身份。再加上吴先生夫妇二人在美国照顾女儿和外孙，归期延宕，导致传闻纷纷扬扬。不过吴先生并没有放在心上，反而连称难得有这么多人还关心他。

与吴钰璋先生的交往持续了十余年，不敢觍颜自称忘年之交，也算众多登堂入室者之一。蒙先生青睐，也躬逢了许多先生的大事，如记载先生艺术经历的《金曲余韵》一书首发式，吴先生收李子峰贤弟的拜师仪式等。由于先生经常旅居美国，所以并没有更多登门拜访的机会。但是每次先生回国时总要电邀我一次，也使得我能聆听先生的教诲。虽然吴钰璋先生早已是如黄公覆所言，到了"不觉两鬓白如霜"的年纪，却是红光满面，一派富家翁的道德风范。想二老在异国青山绿水之间颐养天年，尽享含饴弄孙之乐，也算老来得福吧。

2019 年 6 月 16 日，吴钰璋先生认主归真。消息来得很突然，让人有些措手不及。后来听刘连伦先生说，吴先生早已沉疴在身，但是他一直以乐观的心态与病魔抗争，不想给别人留下悲观的印象。孰料一百五十天后，京胡教育家吴炳璋先生也撒手人寰，享寿九十三岁。兄弟二人相携而去，渐行渐远……

（刊于 2015 年 8 月《传记文学》）

我与李浩天先生的过往

李浩天先生

与李浩天先生可以说共事多年，虽然大部分时间他老人家是稳坐中军帐，我不过是鞍前马后打打杂，但是交往不可谓不多，追随先生那几年也使我受益匪浅。

第一次跟李浩天先生打交道居然是拍电视剧，后来我问他，他已经没有印象了。那还是我上大学的时候，有一天一个哥们儿跟我说让我去北影当个群众演员。没等我问怎么回事他就把浩天老师的电话和名字告诉我了，我当时还不知道这位老先生是何方神圣。电话打过去以后，李先生只说某天几点到哪儿，就把电话挂了。弄得我还挺紧张。等到了现场，见到李先生才感觉有些眼熟。李先生给我们交代了几句就去化妆了，原来让我演一个会唱戏的太监。其实就唱了一句“龙凤阁内把衣换”，然后就跪在地上听着，过会儿就让站起来。导演说“行了”就没我事了，前后也就二十分钟，还没有化妆的时间长。当时我还想：“原来导演这么容易当啊？”

我不爱看电视，更不爱看电视剧，所以后来我也不知道究竟是哪部戏，不过好像是以刘赶三为主角的，应该是叫《天下第一丑》吧，我也没注意。

后来工作了以后，偶尔会遇到浩天老师，也没敢打招呼。虽然浩天老师长得并不威严，可是那一双大眼睛凝视你一分钟没有表情也不说话，谁也受不了。要是心里有愧的估计都能给盯犯了案。所以很长一段时间我一直以为浩天老师不苟言笑，很难接近。

2005 年国庆节的时候，我被调到青京赛剧组帮忙，这是我第一次参与央视戏曲频道的重大活动工作。说实话，作为一个新人看着很多以前只在电视里能看到的名家，甚至是只听说过名字的名家成群地出现在自己面前，那感觉跟刘姥姥进大观园差不多。当时浩天老师是现场导演，我负责订正字幕的错别字（那一届大赛所有场次的错别字加在一起一共是七个，其中还包括演员名字打错了的，我觉得我还算称职），所以一到晚上直播的时候我的工作就算告一段落了，正好在现场看戏。由于不便于占用观众席的座位，我就只能坐在浩天老师身边。于是就跟浩天老师有了接触。当时还被浩天老师卷了一句。现场的背景是马、谭、杨、奚四大须生的剧照，谭富英先生那张是《群英会》的鲁肃。我舰着脸跟浩天老师说：“谭先生这张照片太普通了，要是换成《定军山》该多好。”李先生回头盯了我半分钟，说：“那是你们的看法，我们作为专业人员不便发表意见。”给我弄一大窝脖，心说这老头儿够艮的。

从那儿以后，经常会跟浩天老师合作，所以逐渐地熟了起来。这时才

李浩天先生《野猪林》剧照

发现，其实浩天老师还是一个很和蔼的人，有的时候还很幽默。有一次在剧组，电视里在放《正气歌》，正是大开打的时候。一个同事问我："这些演员都是谁啊？"我说："我哪儿知道，我又没赶上，你去旁边那屋，问问浩天老师。"我们俩一块儿过去，浩天老师也在看，一个一个告诉我哪位扮演的谁。到一个武生上场的时候，他说："这个武生是……哎，这武生怎么……"等一亮相，原来就是浩天老师自己扮演的。他笑了笑说："我说的呢，怎么看着这么熟。"我当时心说："瞧您给我们留那俩气口，幸亏我们没说这武生不怎么样。"

还有一次，开播后会，阎德威导演问浩天老师："×××究竟能不能参加啊？"浩天老师慢悠悠地说："他说今天给我准信儿，但是到现在我也没接到电话。"阎导有些着急："那到底是怎么着啊？"浩天老师拿出手机看了一眼，继续慢悠悠地说："我确实没接到他的电话——因为我手机关机我忘了开了。"您说这包袱抖的。

剧组的工作时光最轻松的就是每天直播结束以后，大家回到驻地，偶尔还会吃点喝点，放松一下。浩天老师却很少参加，每天早晨他都是头一个到现场，一直坚持到快半夜，也确实够累的。回驻地一般也就是泡碗面吃，洗个澡就睡了。2008 年的青京赛复赛是在京津沪三地举行的，我跟着浩天老师跑了二十多天，中秋节都是在飞机上过的。结果在回到北京继续复赛的时候，浩天老师病倒了。下午比赛开始之前，浩天老师坐在上场门，脸色已经很不好，把我叫过来说："我盯不了这儿了，你跟德才（张德才先生）都多跑跑吧。这回你替我盯上场门，行不行？"我安慰他说："您放心吧，好好休息，我没问题。"浩天老师直接从后台就被送去协和医院了。

一个多月以后，在霸州遇到浩天老师，他已经痊愈，依旧神采奕奕，还把头发烫了。我说："先生，您怎么还烫头呢？"浩天老师笑着说："换个造型，耳目一新，多好。"

决赛期间正好我过生日，那天晚上我买了点小菜，请贯振山先生、卢子明先生一起小酌一下就算过生日了。正在酒过三巡的时候，突然有人敲门，原来是浩天老师，进门就说："你这儿有吃的么？我有点饿，下来找点吃的。"我倒有点不好意思了，跟先生说："您看，今天我生日，请老几位喝点，我知道您不喝酒，所以也没请您。"浩天老师说："哦？你生日啊，那得喝点。"说完就坐下了。我一个后生之辈，让这老几位陪着我过生日真是有点受宠若惊。后来贯先生跟我说："浩天已经多年不动酒了，给你过生日他开了戒，你够有面子的。"

听浩天老师谈戏也是一件很快乐的事情，从浩天老师那里我捋了不少叶子，不光是对戏曲的品评，还有很多轶事。有一次在上海出差，出租车上浩天老师突然问我："《定军山》里的'宝刀一举红光放'你知道么？"我说："知道啊，不是四句快板么？""不是，应该是六句，前边还有'出笼之鸟反落网，好似猛虎赶群羊'。当初我爸爸（李少春）跟余叔岩先生学的时候，余先生说这两句可以不唱，但是不能不知道。"我才明白，原来所谓的私房传授是这样的。在和浩天老师的交流中我学到了很多东西，不光是对怎么唱好戏，还有怎么欣赏戏。经常是我说出我的观点，浩天老师如果同意就点点头，如果不同意就会指出我的问题所在。有的时候我觉得我比有些浩天老师的学生还幸运，因为他们可能不敢像我这样抬杠学能耐。

浩天老师对艺术要求是很严格的，2011 年我一时兴起报名参加票友大赛，浩天老师是评委。演完了以后，在门口我们爷儿俩正碰上。浩天老师又瞪了我半天，说了一句："你就这水平啊？我要知道你这样我早把你刷下去了。别跟这儿丢人了。"我讪讪而退。那回确实不露脸，让先生失望了。

2012 年大年初五上海天蟾舞台，李浩天先生给反串赵云的冯蕴补妆

自从李浩天先生退隐以后，和他的接触就少了。平时也就是很偶尔在微信上聊几句，亦不再有朝夕追随，面聆教导的机会。2018 年 5 月，我陪贯振山先生去看望他，还看他红光满面，除了腿脚不太方便以外，气势依旧。本来还算计等有空再去看看他，不想 2019 年 5 月 11 日的晚上却突然接到先生去世的消息。

刚接到消息的时候真有点不敢相信，当然，也不会有人拿这种事儿开玩笑，可是也没有贸然给本家儿打电话的道理。直到朋友圈里开始纷纷缅怀他老人家的时候，我才不得不接受这个事实。那几天我心里一直在回想跟随他工作的日子，那些记忆的碎片，这下真的成历史了。

我与浩天先生之间还真不好定义是什么关系，我不是演员，也没有资格向他请益，所以不敢说是师生。若说是规定意义的上下级工作关系又太疏远了。从第一次跟他打交道到他退隐，快二十年了。在几年的工作生涯中，跟他在一起的时间比跟我父母在一起的时间都长。从我看来，我更多地是把他当作长辈一样尊敬，而对他来说，可能我也是不好界定、比较特殊的一个后生吧。

5 月 17 日是送别的日子，我五点多就醒了。收拾完了以后，七点出发。先替外地院团和几位因公不能到场的朋友安置好花圈的事，前来吊唁的各路诸侯也就陆续来到了。我听到有几位在小声地议论“以后再想学李家门儿的东西也没人了啊……”李师友先生和京剧院的众家哥弟都在忙前忙后，杜喆兄和傅希如兄等几位浩天老师的学生都面色沉重。每每有老前辈到场，都是互相紧紧握手，默默无言。

八点多，告别仪式开始了，王平先生与几位弟子和赵华王艳伉俪匆匆赶来。大家陆续进场道别，出来的人们眼圈都是红的。我和王平先生、杜喆兄一起行的礼。浩天老师躺在花丛里，面容安详。可惜，他再也不能一脸严肃瞪着我说：“你又干吗去了？”

从告别厅出来以后，遇到刚刚赶来的张启忠、徐佩玲二位老师。徐老师告别之后，对我说：“唉，没想到他走这么早啊，他对我有恩……”说罢晶晶然又流下了泪水。

来吊唁的人不算多，大都是浩天先生的同窗和同事，以及家人。所以仪式很快就结束了。下一拨用场地的人都已经恭候多时，工作人员手脚麻利地开始“换场”。看着“沉痛悼念李浩天先生”的条幅落下，我心里很不是滋味。人不管生前多么荣耀，最后总是有尘归尘、土归土的这一刻。对于我来说，浩天先生的离去之所以对我触动很大，并不是因为他是一位著名京剧表演艺术家，而是因为我失去了一位曾经指引我人生道路，可亲可敬的长辈。

2019 年 5 月 11 日，李浩天先生去世，享年七十六岁。

武旦名家周云霞先生

2010年，我出差到南方，采访了许多京剧名家。如赵麟童先生、朱世慧先生、梁斌先生、孙正阳先生、陈少云先生、周云亮先生、赵云鹤先生等。其中，对周云霞先生的采访给我留下了深刻的印象。

我与周云霞、周云亮姐弟

那是6月的一个下午，刚刚下了一场雨，虽然有点风，也难掩江南特有的潮湿。在蔡继伟团长的支持下，我们借用南京市京剧团的排练厅作为采访场地。我与周云霞和周云亮二位前辈素未谋面，能得到他们的同意接受采访，是仰仗张建强先生的沟通。周云亮先生先到的，我们正在寒暄的时候，周云霞先生也来了。老太太个子不高，花白的头发梳得十分整齐，戴着一副眼镜，既精神又富态。就是衣着太朴素了，有点像从菜市场买菜之后直接来接受采访的感觉。周云亮先生则西装笔挺，红光满面。姐儿俩反差有点儿大。这我倒是不奇怪，那一辈的老艺术家大多是两个极端。要么是衣履光鲜，一丝不苟，要么是乱服粗裳，不修边幅。除了个人的生活经历和习惯以外，大多也和他们晚年的境遇有关。周云霞先生可能很少参与这样的活动，据张建强先生说，时年已经八十岁的周云霞先生多年深居简出，过着平静的生活。而一见面还没开口，周云霞先生就让我感受到了她久历江湖之后的恬淡。

简单地客套以后，采访工作就开始了。周云亮先生先谈了他的经历和见闻，周云霞先生坐在一边，默默地看着弟弟，眼神中有一丝赞赏，也许随着周云亮先生的讲述回忆起了自己当年的风采。等周云亮先生讲完，就轮到老太太了。周云霞先生有点紧张，表达上不太流利。我便跟她开玩笑说："你就当他们都不存在，拿我当您学生，按给我说戏那样说就行。"周云霞先生微微一笑，慢慢地适应了。

周先生出生在上海，父亲周振海一家也是梨园中人。周先生自幼跟随父亲学艺，父亲同时还辅导好多同行的子弟，跟个小科班差不多。周云霞先生十岁的时候进入上海戏剧学校（就是全用"正"字排名的那所戏校）学习，不久又转入"中华国剧学校"学习，也就是南方京剧界俗称的"松字科班"。学员全都以"松"字排名，比如周云亮先生就曾经叫周松亮，武汉倪海天先生当时叫倪松海，还有戏曲教育家关松安，以及李松年、刘松鹏等前辈。周云霞先生武旦、武生兼工。学成之后，长期在杭嘉湖一带演出。周云霞先生介绍，她是和她师兄一起下杭嘉湖的，当时才十三四岁。她的师兄是"老三麻子"王鸿寿的亲外孙，唱老生和红生（可惜当时为了不打断周先生，我没问这位师兄的姓名）。在杭嘉湖演出都是坐船，一条船不同的部位是分等级的，根据每个人在戏班中的地位，安排不同的地方休息。经常是一个码头演完了，上船就走，到下一个码头继续演。有的时候一天要跑两三个地方，十分辛苦。

周云霞先生《虹桥赠珠》剧照
伽蓝王正堃、哪吒周云亮、二郎赵云鹤

周先生还说，偶尔没戏的时候，他们就把船靠岸，找个空旷的地方练功。杭嘉湖水网纵横，人烟稠密，哪儿有那么多空旷的地方呢？只好在坟地里练功。大伙儿还发明了一个办法，从坟头下面往坟头上面翻，这也算因地制宜了。

演出就更艰苦了，除了庙台和码头的戏台以外，经常是在乡下的田地里，临时搭的舞台，上面铺上稻草。要不怎么有“草台班”的说法呢？听着跟天桥撂地也差不多，“刮风减半，下雨全完”。而周云霞先生的演出有时候还得风雨无阻，老太太不无自豪地说：“我的出手就是在那儿练出来的，不管风多大，从来不掉枪。”在杭嘉湖演出还经常会遇到一些临时情况。周云亮先生也说过，他在台上翻跟头，距离没掌握好，眼看着就翻出去要掉到台下了，半空中改了个范儿，又翻回来了，台下一片掌声，他自己吓得够呛。有一回，当地出钱请戏班的人比较刻薄，班主有点不满意。私下跟周云霞先生说：“踢他一盏灯。”临时搭的戏台上挂着好多灯，离地都不矮。周云霞先生还满不在乎："踢哪盏?"班主一指，她就开打的时候随便一脚，就把灯踢碎了。周先生说："踢完了马上低头，这样碎玻璃就不至于伤到脸和眼睛。这我有经验。——那时候我小，现在想想这是不对的。"看来老太太年轻的时候没少踢啊。

新中国成立以后，周云霞先生先是参加了上海黄浦京剧团，后来又跟着弟弟"跑小组"。1956 年，姐弟二人正式加入江苏省京剧院。周云霞先生逐渐专工武旦。在武旦剧目的丰富上做出了贡献。目前风靡全国的《虹桥赠珠》，就是由周云霞先生根据传统武旦戏《泗州城》改编过来的。一经上演反响热烈，周云霞先生不仅带着这出戏演遍全国，还走向世界。并且为同行们所认可，全国的剧团和名家纷纷搬演。至今，这出戏已经成了武旦行当的保留剧目。而我估计很多人不知道它是出自周云霞先生之手。

回首往事，周云霞先生也流露出了一丝歉疚。1948 年，她和师兄在南京和张铭声、董明艳夫妇同台双演《铁公鸡》。所谓双演就是剧中的老帅（向荣）和张国良（张嘉祥）各由两名演员演出，在武场子当中陆续出场，各展绝艺。这二位在当时已是知名演员，而且和周家是世交，按声望和资历肯定是要排在周先生后面出场。周云霞先生和师兄正在青年，他们的表演火爆热烈，观众喝彩不断，结果张、董二位就"出不去"了。本来是双演，可到后面总是把他们师兄妹推上去。原来是张、董二位觉得脸面无光，负气不肯出场。周先生最后说："这件事我一直很内疚，那个时候年轻，不懂事。这事儿我父亲不知道，他要是知道能把我们打死。这么做是不道德的，没有戏德。所以我一直没跟别人谈过，包括周云亮我都没谈过。这是第一次，不谈出来我觉得是我的罪过。这是我一生最遗憾、最内疚、最对不起人、对不起娘老子的事。今天谈出来就算对这两位老艺人道个歉吧。"说到这儿的时候我看到周云霞先生眼中已经晶晶然盈出了泪水。

别看周云霞先生八十高龄，除了一开始有点紧张，后来就是"顾长康吃甘蔗——渐入佳境"。娓娓道来，慈祥满面。采访很快结束了，我和张建强先生送周云霞先生下楼，张先生问：“您怎么来的？打个车吧？”老太太一挥手：“不用，我骑车来的，方便。”说罢，从旁边的自行车堆里推出一辆“20”的小车，翩然而去。

之后多年再未与周云霞先生谋面，去浙江江山（戴笠的老家）出差的时候曾遇到当地婺剧团的一位演员，她说她是周云霞先生的学生，攀谈良久。2013 年，我去南京遇到周云亮先生，还问起周云霞先生，云亮先生说她很好。直到我收到周云霞先生的讣告，她老人家于 2018 年 8 月 8 日 18 时仙逝，享年八十八岁。

淡泊归隐的冀韵兰先生

冀韵兰先生是武旦名家，梅兰芳先生的弟子，从年轻时就享誉全国。晚年的冀韵兰先生淡出了大家的视野，人们每每津津乐道他的艺术时，都会有个疑问，冀先生近况如何？很多人都无从知晓。2014 年 10 月，经过多方查访，我终于登门采访了这位武旦大家。

在河北省秦皇岛市的一栋普通居民楼里，我见到了冀韵兰先生。在场还有一位阿姨，应该是照顾他的保姆吧。老先生坐在轮椅上，看到我们进门主动站起来要跟我们握手。阿姨说他膝盖不好，平时都是坐在轮椅上在房间之间行动。我们连忙让冀先生坐下，寒暄起来。我发现冀先生虽然精神矍铄，红光满面，却口齿有些不便，阿姨在一旁解释说，老人家前几年中风过一次，现在还在恢复期。光看精神头儿可真不像患过重病的人，可见年轻的时候打下的身体基础有多好。

开始采访以后，冀先生虽然有的时候逻辑有点重复，但是整体来说对我的提问答复的还是很到位的。他老人家出身在铁路工人家庭，祖居在北京西城翠花街。父亲是戏迷，所以他从小也受到很多熏陶。后来因为家境日窘，就被送到北平中华戏曲专科学校学习，因为长得清秀，被分配学旦角，按“德和金玉永昭令明”排在“永”字，改名冀永琏（按叶盛长先生《梨园一叶》中的记载，是冀永兰）。中华戏曲专科学校是公立的（按王展云先生的说法，是民办公助的），学生除了学戏以外，都是按新式学校管理。然而好景不长，1940 年中华戏校突然停办。还没有出科的学生要么搭班糊口，要么转到其他科班继续学习。景荣庆先生就是其一，转入荣春社，名字从景永成改为景荣庆。像冀韵兰、曹韵清、夏韵龙、翟韵奎、高韵笙诸位先生则都转入了富连成科班。大部分只是改了中间那个字，冀先生名字后面的“琏”改成了“兰”，更加顺口。高韵笙先生则把“高永麟”改了两个字。

我与冀韵兰先生

进了富连成科班以后，跟中华戏校就满不一样了。冀先生对我回想当初的时候，还是很感慨。富连成延续的是旧式科班的传统，进门就要拜师父，老师还体罚学生。成才率是真高，淘汰率也不低。总有受不了体罚的，没有天赋能提高的学生陆续退出。冀先生进了科班以后，不太适应这种传统的管理，没少受到某些老师和同学的挤对。富连成去东北演出的时候，冀先生本来演出就繁重，还发高烧。可是有个跟他不对付的老师还让他练功排戏。冀先生实在受不了，大半夜的找根绳子把自己就吊在后台了。幸亏有个箱官师傅起夜，看见他寻短见，赶紧把他摘下来，冀先生才逃过一劫。

但是真本事在那儿摆着，是埋没不掉的。冀先生进了富连成科班没多长时间就开始“站中间”了。那时候富连成在鲜鱼口华乐戏院演出，战乱频仍，上座也不理想。没办法，只好以机关彩头来号召。冀先生说当时排《桃花女破法斗周公》就是他演的桃花女，其实这个戏没什么太复杂的。桃花女和周公就是互相施法，飞来飞去。剧场效果自然没的说，可从学生来说能受到多少锻炼就不好说了。后来要排《牛郎织女》，机关彩头把华乐后门的胡同都塞满了。这还是富连成下大本钱专门从上海请来的精通机关布景的师傅特意打造的。没想到过了没多久，长春堂失火殃及华乐，把富连成的行头全烧了。这对本来已经风雨飘摇的富连成无疑是致命一击。说到这里冀先生一拍大腿：“当时师父让我们每个人都报损失，像我唱旦角的，戴的花儿什么的，凡是烧了的都报上去。后来就没信儿了，听说是赔了钱，我们也没见着。”

之后富连成又坚持了几年。抗战胜利了，本来应该好了吧，没想到更乱了。到处都是伤兵，看戏不给钱，不顺心还砸场子。几乎成了市面的一股恶势力，谁也管不了，遇到只能是自认倒霉。这事在采访刘元鹏先生的时候他也提到过。冀韵兰先生说到这儿的时候，显得很兴奋：“那帮伤兵动不动老是说‘老子抗战八年’如何如何，我们在后台一听就直撇嘴，你那是抗战八年啊？你在炕上站了八年还差不多！”

虽然冀先生是梅兰芳先生的弟子，但他的夫人是梅先生的大弟子魏莲芳先生的女儿。冀先生出科以后，搭过不少班。曾经和张君秋先生合作过一段时间，后来又去天津市京剧团。还曾经去新疆生产建设兵团京剧团演过一段时间，最后去了江苏省戏剧学校，并在这里退休。孙国良先生的哲嗣海蛟兄在江苏戏校上学的时候，他的同学就有受过冀韵兰先生教诲的，他跟我说，冀先生教学生一点儿也不胶柱鼓瑟，善于变通出新。我想这可能是和他游历天下，经多见广有关。

冀先生的大名早就是“一路诸侯”了，从我开始接触京剧的时候，介绍京剧的文章里，武旦这个行当从“九阵风”阎岚秋先生开始，不管怎么排，不管提到谁，殿军总是冀韵兰先生，从这一点就能说明冀先生在这个行当的地位。但是我一直没搞明白，冀先生退休回京颐养天年多好，为什么非得“隐居”到秦皇岛呢？我没有问他这个问题，怕不合适。

陈少霖、张君秋、刘雪涛、冀韵兰

采访结束以后，冀韵兰先生坚持把我们送到门口，挥手而别。在我采访过的所有老艺术家中，冀韵兰先生是比较特殊的一位。我采访他的时候老先生时年八十五岁，也就是说，从他六十岁退休之后，他以近乎隐姓埋名的方式度过了二十五年的时光，低调到大家甚至对他是否还健在都存疑。这对一个曾经风光无限、大名鼎鼎的名角儿来说，得是一种什么样的心性才能忍受这种孤独呢？他的家庭如何旁人没有资格置喙，至少在高调大谈重视老艺术家的价值，大力弘扬传统文化的时候，为什么这么有故事的一位老人会无人问津呢？

2018 年 10 月 18 日，冀韵兰先生辞世，享年八十九岁。

南派京剧的“鲁殿灵光”孙国良先生

京剧艺术一向有南、北两派之分。北派就是以北京为代表的京朝派，以规范严格、艺术严谨著称，讲究韵味和气度。广为人知的京剧大师梅兰芳、马连良等都是京朝派的代表人物；南派亦称海派，也曾经一度被贬称为外江派，流行于上海、江南、东北等广大地区，以注重商业价值、追求演出效果火爆为特点。因此从另一个角度来说，南派、北派的区别并不是一个地域概念，而是艺术追求的差异。京朝派自诞生之日起一直为人所津津乐道，大力弘扬。然而近数十年来，一向以善于适应观众需求，舞台演出花样繁多而著称的海派京剧则逐渐式微。似乎一提起南派京剧，就只有周信芳（麒麟童）一个流派在苦撑危局。幸而在古城苏州，曾有一位博闻强识、阅历惊人的南派京剧艺术家，他就是孙国良先生。

第一次见到孙国良先生是在中央电视台《名段欣赏》栏目的摄影棚里，彼时我正在这个栏目担任责编。有一天南京市京剧团正在录制传统海派风格的京剧《狸猫换太子》选段，团长张建强先生饰演包拯。我见他手里的牙笏长有二尺余，色泽深凝，古雅不凡。便半开玩笑地对同事说：“这个牙笏可不简单，想个办法给他换个假的吧，这个咱们存了。”旁边一位老者突然说：“你还真识货，这可是我们家传的东西，有一百多年了。”这便是孙国良先生。

初逢孙先生并不知道他的身世，后来我与建强先生商量能否再录一些海派京剧的冷僻选段。建强先生极力向我推荐孙国良先生，说："海派京剧非他莫属!"遇高贤不能交臂失之，之后的攀谈和接触使我和孙先生很快熟识了。

孙先生出身梨园世家，祖籍苏北。他父亲是久负盛名的海派名家孙柏龄，老孙先生是七金子（张德俊，盖叫天之兄）的高徒。自幼贫寒，一度乞讨为生。多年以后成名了，他还保存了一双幼年颠沛流离时穿过的草鞋，一方面是为了不忘当年凄苦，另一方面是因为这是初登舞台时创业艰难的佐证——演唱小花脸剧目《拾黄金》用的道具。由于天赋佳喉，又得到刘松樵、李春来、何月山、露兰春等名家的指教，很快在上海成名。与张翼鹏、张二鹏等江南京剧名家过从甚密，纵横梨园数十余年。在南方，尤其是杭嘉湖一带提起"孙家班"那可以说是大大的有名。直到八十多岁高龄时仍然能高歌正宫调大唱《徐策跑城》。孙先生的大姐凤宝桐也是江南名角，武生、小生、花旦、老生无一不精，曾经在《杨门女将》中饰演杨七娘，以武生用的大枪开打，令人叹为观止。晚年在江苏省戏剧学校任教，培养了很多后进人才。二姐月明珠工青衣、花旦、老旦，曾经在上海戏剧学校坐科。前些年还以八十高龄在上海天蟾舞台"千岁专场"演出中粉墨登场，与夫君那正鑫合演《清风亭》，堪称宝刀不老。孙国良先生能演老生、武生、花脸、丑角多个行当，还能编剧、导演，足见技艺精深。一门梨园，各有胜场，这就是孙家班的特色。

孙国良、孙柏龄、孙海蛟

当年上海滩名角如林，竞争激烈。老孙先生虽然师出名门，技艺惊人，也是难以应付各种旧戏班的内耗，因此老孙先生便常年率领自己的班社在苏州、无锡和杭嘉湖一带演出。不仅积累了丰富的水路班演出经验，带给孙家的也是滚滚财源。在当时的水路班中提起龙凤大舞台，知名度丝毫不亚于现在的国家级剧院。时至今日，很多当初与孙家有旧的老前辈提起孙家，都会不无嫉妒地说："他们家是财东啊……"孙国良先生也曾回忆：有一次在某地演出，在旅店里，女眷们的首饰和一百多块大洋全部失窃，班中管事的要报官，店主苦苦哀求，说如果别的客人知道店中失窃了这么多财物，一定会觉得这里是家黑店，从而影响旅店的生意。此事惊动了老孙先生，问明情况以后，老孙先生只是轻描淡写地说了一句："别报官了，丢的不多，唱两场戏就挣回来了。"可见老先生的自信与实力。

自信与实力来源于从严要求的艺术水平，孙家班之所以广受欢迎与老孙先生的艺术水准和对演出的高标准要求是分不开的。曾经有一位在当时很红的青年武生演员搭孙家班演出，在台上消极应付。老孙先生在后台看到以后，走到台上，对台下的观众道歉，说自己班社的演员演戏不卖力气，对不起各位观众。并命令此演员重新开始，再唱一回。此举受到观众的一致赞赏。老孙先生以他的艺德和敬业精神赢得了观众的尊敬和追捧，当年在杭州挂头牌演出，红得天崩地裂，到最后剧院老板把"孙柏龄"三个字用水泥铸在剧院的大门之上。在长沙演出，连续四个月爆满，等老孙先生演出期满回家的时候，因看不到老孙先生的演出而心生愤怒的群众居然砸了那个剧院。

提起父亲的为人，孙先生感慨良多。老一代艺人虽然社会地位和文化水平都很低，为了生存互相之间竞争都很激烈。但是那一份同行之间的古道热肠和植根于传统伦理的道德规范仍然是今天值得大力提倡和弘扬的。老孙先生曾经和江南名家刘松樵学过红生戏。听说刘先生生活困难，多方打听刘先生的住处。在一天演出之后，让孙国良先生提着一个皮包和他一起去看刘松樵。当时刘先生困居陋室，生活十分拮据。老孙先生把皮包交给他，说："这是今天演出的全部收入，一共四百块大洋送给您贴补家用，我只留了两毛钱车费。"刘先生由此得以解燃眉之急。京剧名家赵燕侠先生年轻时随父亲下江南，因演出效果不好困在上海无法回北京，是老孙先生慷慨解囊，资助川资路费，赵氏剧团才得以成行。“文化大革命”后，赵燕侠已是名满大江南北的著名艺术家，到苏州演出时还专程步行到孙宅看望老孙先生。在杭嘉湖的班社中，孙家班是唯一一个一人搭班全家可以到戏班中打饭的。只因为老孙先生的一句：“都是跑江湖的，不能让家里人受了委屈。”至于平时受到老孙先生接济，到班给安家费，辞班送路费的同行更是不计其数。

在杭嘉湖唱戏，还有很多趣闻轶事。有一次夜间行船，遇到了水寇尾随。老孙先生察觉以后并没有惊慌失措，而是拿出一条彩裤和一把筷子扔到了水里。对对面的船喊道：“金银满库（裤），快（筷）发！快发！”水寇看到孙先生的举动，知道都是跑江湖的，便不再尾随，四散而去。还有一次在乡下演出，老孙先生见到许多来看戏的船吃水很深，舱中似乎都载着重物，心里便暗暗留意。到开戏以后，不断有人在台下喝倒彩滋事，不久就砖石横飞，无法再演出。管事的人好言相劝反而愈演愈烈。孙先生一见事态无法收拾，招呼班里的武行兄弟们，抄起后台的藤牌——虽然是台上的道具，但都是当年太平天国战争中的真家伙——跳下戏台上演了一场全武行的“大武戏”。一番对抗，把滋事的观众全都赶走了。事后才知道，原来附近两个村子久有仇恨，为了给这个村子捣乱，另一个村子的人故意来寻衅滋事，没想到却遇到了劲敌。此后，孙家班的名声在附近更加响亮：“不仅戏演得好，打架都是好手！”

孙先生虽然是家里的独子，他却没有受到任何优待，幼年就跻身梨园，刻苦练功，由于父亲在上海登台多年，许多师兄弟都在各个舞台搭班。幼年时期的孙先生在上海滩的各个舞台如走平地，只要当晚有戏，到后台的门口就直接往里走，根本无人拦阻。连“座钟”（即戏班的舞台监督）看到他，也只会点点头说：“少爷，你又来了？”便随他去后台玩耍，不再约束。有这样得天独厚的条件，孙先生几乎看遍了上海滩所有名角的

孙国良与南方“名丑”孟鸿茂

戏。无论是小杨月楼、林树森、赵如泉、盖叫天、苗胜春、郑法祥、芙蓉草等海派名角，还是梅兰芳、马连良、谭富英、黄桂秋等京朝派的大家，无一不是亲眼目睹。成年后正式登台，秉承家学，孙国良先生曾经与众多南北名家同台演出。还得到了义父孟鸿茂、李如春，武生奇才张翼鹏、张二鹏以及“猴王”郑法祥等海派耆宿的大力提携。提起自己学戏的经历，孙先生说：“京剧就是京剧，本质上没有南北之分。即便从表演上分成‘海派’和‘京派’，只不过是表现形式不同，同样都需要有四功五法作为基础。京剧的基本功没有南北之分，同样演员要是想丰富自己，也不能有南北之见，所有的演员都有自己的闪光点，都值得自己学习。”在孙先生自己的艺术道路上，既有南方名家小盖叫天（张剑鸣）的指引，也有北方名师张凤祥的心血。使孙先生自己在演唱和表演上既有南方的火爆，也有北方的讲究。很多目前濒临失传的京朝派剧目，孙先生也能信手拈来，背诵如流。

提起当年事，孙先生的记忆力十分惊人。跟孙先生聊天，只要稍稍递个引子，他就会滔滔不绝地讲起来。许多名人轶事就在不经意间流露出来，把人们带回到那个生龙活虎的年代。孙先生幼年时，在上海与义父孟鸿茂比邻而居，孟先生经常带孙先生出去玩。名曰出去玩，其实是障眼法。到了灯红酒绿的所在，孟先生便把孙先生安置在某个高档饭馆里，让他大快朵颐，自己则出去寻花问柳。两人各得其所。孙先生笑谈：“我这辈子的西餐都是那个时候吃的。”

1953 年，老孙先生率领有言慧珠、傅德威等名家参与的剧团来北京慰问解放军，孙国良先生也在其中，年方十九岁就为言慧珠配演过《宇宙锋》的赵高。言慧珠对孙先生的表现十分满意，还想邀请他长期为自己配戏。当时官方有意将剧团留在北京发展，只是老孙先生考虑剧团的家眷都在南方，生活不便，才婉言谢绝了这番好意。回去不久，这个临时组织的剧团也就解散了。我曾经开玩笑地问孙先生："言慧珠真的像大伙儿说的那么漂亮么?"孙先生默然良久，喃喃自语道："太漂亮了……"我笑着对同行的朋友说："你看，这就是佐证。"

马连良剧团到无锡演出的时候，孙先生的剧团作为班底与之合作。马先生演《群英会·借东风·华容道》时特意与老孙先生商议，因为孙先生的大姐和二姐面貌相像，特烦二位饰演蔡中、蔡和。并且请孙先生演甘宁，马崇仁先生演黄盖，二位公子陪二位父亲同台献艺，成了一时佳话。孙先生还特地为马先生花了三天的时间重新漆了《苏武牧羊》的节旄。马先生看到漆饰一新的节旄，连连夸奖："少爷，你真是心灵手巧，辛苦你了。"

定居苏州以后，孙先生就开始大展身手了。尤其以《薛刚闹花灯》在苏州开明大戏院连唱四十五天满堂，剧场门前的狮子滚绣球彩灯长明不息。在全国还没有大兴现代戏的时候，孙先生就自导自演了现代戏《夺要塞》。吸收了南派京剧的机关布景特点，首创了大炮上台的舞台布置。更自编自导自演了西游记剧目《猪八戒招亲》，在剧中他将京剧舞台上传统的以黑色调为主的猪八戒脸谱和硬脸子改成了白色调为主，使猪八戒的形象变得憨蠢中又有些可爱。深受观众喜爱。

孙国良先生在《猪八戒招亲》中饰天蓬元帅

孙国良先生在《丧巴丘》中饰周瑜

然而，在那场席卷全国的动乱中，孙先生也是历尽艰辛，一家人饱尝了世态炎凉，最后家中窘迫到所有幸存的行头都被孙夫人拆改成了床单被褥。孙先生的艺术道路也就此中断了，直到云开日出以后，才重新登上舞台继续焕发艺术青春。不仅继续演出他享名已久的“三头”戏（“猴头”孙悟空，“黑头”包公，“红头”关羽），还整理演出了《谢虎镖伤黄天霸》等南派剧目。1987 年老孙先生以八十五岁高龄仙逝。彼时孙先生正在常州演出，噩耗传来，令孙先生左右为难，一方面家中需要孙先生回去主事，另一方面剧团的合同还没有结束，全团人都得依靠他才能演出。都说忠孝不能两全，可事到此处却必须要周全。无奈之下，孙先生每天演出完毕便坐夜里的火车回家奔丧，到第二天下午匆匆离家继续赶火车到常州演出。如此往复一周，直到把父亲的丧事处理完，孙先生才结束了每天奔波的苦楚，只消耗得形销骨立。每当提起此事，孙先生总是不无感慨：“唱戏的，才真是‘人在江湖，身不由己’。多一半都是人家的。”

只可惜，彼时的社会环境已经不是京剧的黄金年代了，剧团日益陷入窘境，最终落得个解散的下场。孙先生被分配到文物商店，经理安排他去看仓库，理由居然是“你是唱戏出身，身上有功夫，遇到坏人可以和他搏斗”，令他哭笑不得。这些年中唯一与京剧有关的事，是在 1997 年为了纪念苏州建城 2500 周年，粉墨登场演了一出《古城会》。

本以为自此与梨园无分，归园终老，不想孙先生在退休以后又受聘到南京市京剧团担任艺术指导。起因是南京市京剧团在江南的村庄演出时有观众提出要看当年的南派剧目。可是由于历史原因，现在的京剧演员们都没有接触过水路班的演出风格和剧目，导致剧团的业务受到了影响，张建强先生也费了不少心思。恰巧彼时孙先生正在南京，他的哲嗣海蛟兄与建强先生是旧相识。经过几番敦请，孙先生终于又回到了老本行，开始为南京京剧团辅导南派剧目。刚到南京团的时候，也受到了很多人的轻视。为团里排《七擒孟获》，到“祭泸江”一场，孙先生说要有唱，但是又不能唱多了，得恰到好处。当时的演员不知道孙先生的底细，没有接受他的意见，还说要大唱特唱，如果唱段少了就不会演了。孙先生一赌气，第二天把老本的词抄给了他，一共二百七十四句。并告诉他这一大段的流水要连唱带念，还掺杂有数板，让他一个字不少唱出来，顿时技惊四座，折服了所有人。

此后数年，孙先生跟随南京京剧团一起摸爬滚打，仿佛又回到了当年下杭嘉湖的时候，只不过现在不用再坐船到处漂泊了。孙先生当年的阅历为京剧团帮了很大忙。有一次在乡下演出，资方提出要看《古城会》。由于是临时加演，团里没有带青龙刀，道具师犯了愁。孙先生找了一把大刀，把刀头用红绸子一裹，说：“就拿这个唱吧。”演出结束后，资方有人提出，为什么关公的刀总是用红布蒙着不露出来呢？孙先生不慌不忙地解释说：“到您这演出是喜事，青龙刀如果露出来有血光之灾，不吉利。所以裹了起来。”一句话资方高高兴兴地走了，剧团的人则都忍俊不禁。

为了能给南派京剧留下一些资料，孙先生不仅为南京市京剧团排演了久负盛名的四本《狸猫换太子》，后来被扬子江音像出版发行。还欣然答应了我的录像要求，先后录制了二十余段南派风格鲜明的唱段。《诸葛亮招亲》曾经是孙家班经常上演的剧目，主角是诸葛亮和夫人黄桂英，还有诸葛亮的好友崔州平等。虽然人物都是《三国演义》中出现的，但是这个故事并不见于《三国演义》。说的是黄桂英的父亲黄承彦曾是当朝首相，受十常侍的迫害全家失散，黄桂英和丫鬟落荒而走，前有高山涧河阻挡，无法渡过。正遇到隐士崔州平要去探望好友，撑船路过，黄桂英求崔州平相助。崔州平问明情况以后，慨然应允帮助黄桂英寻找家人，并成就了诸葛亮与黄桂英的一段姻缘佳话。当年是孙先生的二姐月明珠演黄桂英，老孙先生演崔州平的。老孙先生觉得在二人河边相见的时候，崔州平暗上过于平常了。便在上场时加了一段流水："听得对岸有人言，峡谷声声震耳边。手搭凉棚四下看，对岸站定女婵娟。我看她满脸是汗手拿剑，神色慌张在交谈。放下桨，停住船，走上岸，把话言。走上前来把礼见，莫不是渡涧河你们要上我的船。"虽然唱段不长，却将人物的心理活动，所见所感和主要动作一点不落地唱了出来。而且朗朗上口，既俏皮又动听。实在是难得。在三人同舟共渡的时候，用的是最具有海派特色的"联弹"，三人对口唱，既紧凑又火爆。不光这一出新鲜戏，还有《甘露寺》中乔玄在"跑宫"一折中的高拨子，以及"相亲"一场的二黄联弹；《别皇宫》里吴国太、孙权、乔玄、孙尚香、刘备五个人的西皮联弹；《张松献地图》中别具一格的汪派嘎调；《九锡宫》里程咬金洋洋洒洒五十六句的超长流水；《杨六郎告御状》里在西皮导板之后接唱数十个字的西皮回龙；《孙悟空棒打万年春》里连唱带打的猴子等，这些还只不过是孙先生当年在台上经常演出的一小部分。

说起南派京剧，孙先生总是滔滔不绝。各种只能见诸资料甚至闻所未闻的剧目经常被他旁征博引，仿佛就是昨天刚刚演完一样。长期以来，一提起南派京剧，尤其是水路班，很多人都是抱着不怎么欣赏的态度去看的。一方面是因为确实南派京剧有部分粗制滥造、水平低下的现象，另一方面是因为随着时间的推移，这种一定历史环境下的产物已经走出人们视野很久了。现在的戏曲爱好者对南派京剧并不是十分了解，仅仅是通过之前文字的片面记载有了些印象。孙先生认为，南派京剧虽然因为历史原因，在发展中呈现了商业化、娱乐化的趋势，但并没有因为这些表象降低了其中的艺术含金量。相反，仅仅掌握了京朝派的表演规范和艺术理念是不能胜任南派京剧演出的。作为南派京剧演员，不仅是要有过硬的基本功，还要有敏锐的艺术洞察力和超常的创造力，才能使观众得到艺术上的满足。京朝派的规范和严谨是不变的法则，但是演出是要以观众的欣赏需求为努力方向，才能在面对不同的观众群时都能稳操胜券。例如前辈名家赵如泉曾在南派连台本戏《狸猫换太子》中饰演八贤王赵德芳。由于当时连台本戏在上海很时兴，其他班社也都是身怀绝技的名家，在机关布景上下了很大功夫。赵先生深知观众对自己的艺术期待和他们求新求异的审美需求，于是在自己的道具凹面金锏上做文章。把本来木头实心的锏掏空，装上当时还比较少见的电池，表面嵌上许多小彩灯。在剧情最高潮，八贤王要锏打昏君的时候，在表演中把电源开关一开，顿时霞光万道，满台生辉，大出观众意料。再加上赵先生的精湛表演，演出效果十分火爆。《狸猫换太子》也因为类似种种出人意料的设计而常演不衰。诚然，这不过是在表演之外的毫末之笔，但是它为演员的出色表现起到了锦上添花的作用，从而形成了南派京剧的别致风味。

南方戏班的组织形式与北方京朝派的有很大区别。由于北方的演员大多数都是科班出身，在同一体系和统一风格的规律下，除了新编剧目，对于表演的套路和程式都是成竹在胸的。所以才会有很多“不排戏，台上见”的趣闻轶事。而且，北方的戏班大多是一个松散的联合，除了挑班主演以外，其他演员可以同时在几个戏班兼职。只要演出时间能排开，对于演员来说并没有艺术上的障碍。而南方戏班

孙国良先生在《七侠五义》中饰展昭

则不然，由于竞争的激烈和观众求新求异的心理，每个戏班的演出都是不同风格，甚至于同一个剧名的剧目，在不同的班社演出来剧情是完全不一样的。例如《狸猫换太子》就有“包公案”“呼家将”“七侠五义”三个故事套路。分别是以花脸、老生、武生为主。即便是同样的剧目，每个戏班也是在挖空心思寻求别致的舞台呈现。《红鬃烈马》是每个戏班都会演出的剧目，当年老孙先生为了技压群雄，把自己关在阁楼上三个月，创造出了自己独有的薛平贵“别窑”表演。所以南方戏班的核心演员多数都是固定的，甚至很多都是家族班，全家老小在一个戏班里演出。不仅演出时配合默契，自家戏班的绝活也不会为别的戏班所剽窃。而且，南方的演出形式也与北方不同。挂头牌的主演不能只抱着自己应工的行当，既然挂头牌，所有剧目的主演都得拿得起来。这在北方的戏班中是不可想象的。仅以孙国良先生个人论，六十余年的舞台生活把孙先生磨炼成了多面手，在舞台上除了旦角没有演过以外，其他行当都可以说不在话下，老生、小生、武生、铜锤花脸、架子花、彩旦、婆子、文丑、武丑，无一不出色当行。他经常感慨：“过去我们唱了那么多戏，现在的环境又好起来了。年轻演员的条件也都很好，为什么总是那几出戏翻来覆去地唱呢?”

针对很多对南派戏“表演过于肤浅”的评论，孙先生也有不同的看法。万法归宗，南派、北派是一家，许多北派的经典剧目南方也经常演出。而且很多南派早期演员南下较早，所以在演出中更多地保留了早期京剧的一些演法。由于时过境迁，已经远离了当时观众的欣赏品位，故而显得不合时宜，但是更显得古拙有趣。同时由于南方文风蔚盛，许多观众都是很有欣赏水平的，许多与演员过从甚密，经常对词句中的不合理之处提出改正的意见，也提高了演员的水平。例如《珠帘寨》，这是前辈大师谭鑫培从花脸剧目《沙陀国》改编而来的经典剧目，佳句甚多，表演繁重。尤其以“昔日有个三大贤”最为脍炙人口，目前的版本多是以余叔岩先生的唱片为蓝本。孙先生介绍，他父亲孙柏龄先生演出此剧时，比目前的版本还多出四句。在“张翼德在城楼怒发冲冠”之后还有“你今降了奸曹操，想必是负义反桃园”两句，在“二来弟兄的团圆”之后还有“并非不发人和马，唐王与我结仇冤”两句。这是最原始的版本，从词句上讲确实比现行版本通顺完整。还有一次演出时台下有一位观众是前清的举人。给他提了一个意见，“忆昔当年五凤楼”一句不妥。“五凤楼”一词是紫禁城正门的别称，而紫禁城是明朝以后才有的，唐朝的时候不会用五凤楼称呼皇宫的正门的。老孙先生便询问：“那应该改成什么呢?”老先生说：“可以改为‘雅观楼’。”老孙先生虚心接受了意见，将唱词修改了过来。

南派京剧的讲究与细致还体现在很多方面。孙先生善画脸谱，画了一幅有九十九个脸谱的中堂，居然一个我都不认识。仔细一问，全是有名有姓的。孙先生指着其中的一个脸谱说：“这个就是《博浪椎》的秦始皇，囟门勾油黄，尖眼窝，眉心、鼻尖、眉毛上和腮上勾六个蝙蝠。油黄表示残暴，蝙蝠表示短寿，六个代表吞并六国。”有关脸谱的勾画，孙先生也分得很细致，例如《天水关》的姜维，太极图是把白色勾在上面，而《铁笼山》的姜维则要把黑色勾在上面。孙先生解释说：“因为《铁笼山》是姜维倒霉的时候，所以黑色要在上面。”

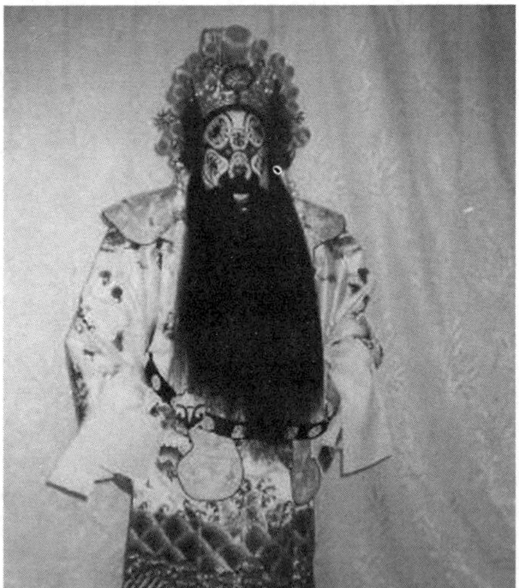
孙国良先生在《博浪椎》中饰秦始皇

南派京剧艺术是京剧的重要组成部分，无论是从演员表演还是演出形式上，有很多闪光点是值得如今的戏曲从业者们好好继承和发扬的。孙先生已是耄耋之年，如今在苏州颐养天年，每天享受含饴弄孙之乐。平淡而简单的生活令他很满足。也有很多后进演员不时登门求教，孙先生却并不是对每个人都倾囊而授。他说：“学生选老师，老师也得选学生。我很想把我会的南派戏传下去，但是我得看看学生是不是这块料。如果他不适合学南派戏，我教给他，不仅起不到传承的作用，还会把他带上歧途。我不能耽误了人家。”

2020 年 1 月 19 日，孙国良先生去世，享年八十七岁。

（刊于 2015 年 8 月《传记文学》）

“精神贵族”梅葆玖先生

梅兰芳、梅葆玥、梅葆玖《穆桂英挂帅》剧照

2016年4月25日，梅葆玖先生辞世，享年八十二岁。他老人家离开我们好几年了。缅怀他老人家的文章很多，按说不缺我这一篇，但是我还是想斗胆追述一下我眼中的梅葆玖先生。

我们都习惯称呼他老人家“玖爷”，小时候我就知道他是梅兰芳的儿子，著名京剧表演艺术家，那时候还很好奇，他一个男人为什么要唱旦角？后来对京剧有了了解以后，才觉得自己当初的想法是多么地没见识。那时候玖爷的出镜率非常高，跟戏曲有关的活动、晚会等都有他的身影。家母不太喜欢京剧，除了样板戏以外，对此中高人大多不认识，唯对玖爷印象很深：“他们姐儿俩（指和梅葆玥先生）老跟别人不一样。”那个时候虽然老艺人们还没有完全凋零，但是男性旦角演员经常露面的只有玖爷，张君秋先生和宋长荣先生次之，梅葆玥先生则成了女老生的代言人，因为家母的这句话，我很早就对玖爷留下了深刻的印象。

等我开始迷上京剧以后，对玖爷当然就更不陌生了。印象中他总是西装革履、红光满面，风度翩翩。说话慢条斯理，顿挫悠扬。每有大活动，他总是一到场就成为全场目光的焦点，温文尔雅地跟身边的人打招呼。凡有要求签名合影的从不拒绝，曾经我们几个朋友远远地看着人群当中应接不暇的玖爷，私下议论："好角儿是那么容易当的吗？就这耐心烦儿也且得练呢。"

有一年夏天的傍晚，我去北京京剧院找人。从楼上看到一辆沃尔沃开进来，玖爷从车上下来，还有个中年美女，看气质像外籍华人似的。六哥（郭春慧老师）拿着一个行李箱出来交给她。美女很激动，连连感谢，还跟玖爷合了个影。那天玖爷穿了一个蓝花的衬衫，显得特别潇洒。

我还在玖爷面前现过一回眼。2005 年初，曹鲲兄约我给他"跟包（戏班术语，就是当助理的意思）"，他在银行工作，单位举行年会，他要表演一段《上天台》。约杨华领兄、刘振东兄给他伴奏，我则负责给他穿行头勒头。哥儿几个高高兴兴地聚在一起，给曹鲲兄操持。会场在香格里拉饭店，演员们每人开了一个房间连休息带做准备。我们的房间很特别，一进门墙上还有一个锁着的门，似乎跟旁边的房间是通着的，这种设计我还是第一次见到，当时也没理会。

我看节目单上曹鲲兄的节目在中间，快到尾声的地方赫然有玖爷的名字。我还和曹鲲兄开玩笑："能跟玖爷同台演出，你也够意思了。"时间还早，杨华领兄提议让曹鲲兄先吊一段，开开嗓。曹兄摇摇头，说还是养养好，不唱了。可是杨兄意犹未尽，就撺掇我唱一段，美其名曰"活动活动手"。我当然毫无思想负担，既然他想活动手，那就来个花的。我就唱了一段《洪羊洞》。大伙儿连玩带闹，很快就要候场了。

我们出了房间，等电梯的时候，旁边房间（墙上的门连着的那个）的门也开了，佟凤翔老师和“全副武装”的玖爷走了出来。我顿时感觉浑身不自在，早知道旁边屋里有这么一位，我干吗吃饱了撑的非得唱一段现眼呢？哥儿几个顿时拘束起来，纷纷向玖爷问好。玖爷冲我们颔首致意，没说话。我还和佟凤翔老师打了个招呼：“梅先生不是挺靠后的么，这么早就扮上了？”佟老师说这是玖爷的习惯，早扮三光嘛。

不一会儿电梯来了，我们闪在一边，请玖爷先进，我们都想等下一趟了。玖爷进了电梯，冲我们招手：“进来吧，还这么大地方呢。”我们就稀里呼啦全进去了，全程我感觉大伙儿连大气儿都不敢出。快到一层了，玖爷突然问了一句：“刚才那《洪羊洞》谁唱的？”哥儿几个商量好了似的，全都冲我一指：“他！”我这脸一下子就红了。玖爷侧过头看了我一眼，点点头：“嗯，唱得不错，有味。”说完就走出电梯了。我回头埋怨他们：“你说你们非撺掇我唱干吗？现这么大眼？这要是玖爷说我不怎么样，我得丢多大人？”一直没说话的刘振东兄突然来一句：“你放心，你唱的再不是东西，玖爷也会夸你的。”

当然，谁也不是没脾气，我还真见过一次玖爷发脾气。那是有一年在长安大戏院，纪念梅兰芳先生的演唱会，大轴儿（戏班术语，最后一个节目）是玖爷和马金凤先生的京剧豫剧合演《穆桂英挂帅》，这个节目的伴奏有两个版本，一个是玖爷唱完“大炮三声如雷震”，出场以后再唱一句“擐绣甲跨征鞍整顿乾坤”，马金凤先生再接“辕门外三声炮”，一个是玖爷就唱一句导板马先生就接。那天放的伴奏跟排练用的不是同一个版本，

梅葆玖先生（摄影：慢哥）

马先生就接不上了。只好暂停下来找同一个版本的伴奏，临时让还没走的演员先垫几个唱段。玖爷在上场门，扎着靠袭着蟒，一手马鞭一手令旗宝剑，手有点儿哆嗦。工作人员赶紧宽慰他赔不是，玖爷只是说了一句："你们怎么搞的!"别的什么也没说。问题很快就解决，玖爷抖擞精神又上场了。

等我有机会近距离接触玖爷的时候，他已经年近八旬，日渐消瘦了。但是那一份温文尔雅依然没有改变。从采访中能看出，玖爷对京剧的发展是有自己的看法的。例如《大唐贵妃》，"梨花颂"现在已经成新经典了。玖爷的想法，是在传统的《太真外传》基础上浓缩，加入新的表现手法，做一些合理的发展。所谓合理就是不管怎么添加现代因素，它只是起到烘托传统表演手法的作用，而不是喧宾夺主。玖爷自己说的："你再好的条件，再大的舞台，交响乐也好，其他伴奏也好，灯光舞台。那你唱的还得是西皮二黄，你不能把咏叹调给唱出来。我们用交响乐伴奏，我们也得以京剧的三大件儿为主，然后用交响乐给你烘托一下，让你的气氛更宏伟一些，但是不能说你交响乐一来把胡琴什么的都给湮没了。这就不行。"

说起来玖爷能有这样的底气来推动梅派的发展，关键还是家学渊源，底蕴深厚。我们曾经笑谈："无论什么年代，什么行业，基础都是从'拼爹'开始的。"玖爷没学戏的时候，梅兰芳先生给李世芳排《霸王别姬》《贵妃醉酒》，他就在旁边要么扫地，要么玩，要么坐小板凳上看。十一岁开始正式学戏，白天在上海法租界教会学校上学，晚上回来练功，跟先生学。先天的巨大优势，使他起步就比别人高。我觉得京剧艺术是螺旋形发展的，就是一直在前进，理念有可能周而复始，但肯定不会原地踏步。因此纵向比较，说现在的人比老前辈如何如何，不能说完全不对，但是一味强调一代不如一代，这种态度是保守的。倒是应该横向比较，在同时代演员中的分量才是最重要的，这样来说，玖爷毫无疑问是超一流的存在。

玖爷的爱好广泛，众所周知，晚年还给沃尔沃当了一回"形象大使"。

梅兰芳、言慧珠、梅葆玥、梅葆玖

肖迪小妹写了一本书，记叙她追随玖爷所见到的点点滴滴。书中的玖爷给读者的印象就像一个“老文艺青年”一样，但这恰恰是我辈很难做到的精神高度。我虽然不会唱旦角，但是我对玖爷十分景仰。这份景仰来源于他的精神世界，他所表露出的那种气度雍容是不可复制的，固然因为他的人生经历很特殊，但见贤而思齐，我们不仅应该学习他的艺术精神，更应该学习他的风骨，学习那种“精神贵族”的风范。我认为，这一点才是玖爷值得全社会尊重的闪光点。

玖爷晚年一直在致力传承，这应该是他们那一辈艺术家从骨子里带来的责任感，他收了很多弟子，为的就是把梅派传承有序。他曾经说：“我希望咱们还要让年轻人包括我们这一辈的学员不要忘了老一辈的先生，这是很重要的，而且底下一代也要这么传承，因为京剧没有一个传流，他不会到我们这一辈，我们要不做那底下那一代也不行。就像贝多芬一样，贝多芬永远是贝多芬，他不会错的，莫扎特永远是莫扎特。歌剧《茶花女》它再过一百年它还是《茶花女》，这个它不会变的。”

我真心希望所有梅派传承者一定要真正理解这句话，千万别把梅派传承歪了。

怡薰同沐录

时代都是要前进的，京剧艺术也需要年轻人继承，现在的艺术家当年也都是风华正茂，头角峥嵘的清音雏凤。在普通人的眼里，从事京剧艺术的青年人好像和这个时代不太同步。其实他们也生活在网络时代，也有各种各样现实的烦恼；也和其他人一样都在憧憬自己的未来，只不过是这个行业被人了解得太少，才会有一些古怪想法。不管京剧还能生存多少年，至少在一望可见的未来，他们将是接续传承的中流砥柱。作为同龄人，能和他们一起成长是一件很荣幸的事。

当年“神童”王玺龙

从事和戏曲影视有关的工作多年，在专业演员中交了好多朋友。情如莫逆的也不少，若说“穿房过屋，妻子不避”的则寥寥无几。很不幸的是王玺龙算其中之一。

细究起来，我已经回忆不起是怎么和王玺龙认识的。大概时间节点应该是在2008年青京赛的时候。生行组的复赛在天蟾舞台举行，排戏在上海京剧院。那个时候应该是和他正式见过面，打过招呼。以前则都是通过电视和演出遥遥相望，也没想到以后我们会成为好朋友。

王玺龙《恶虎村》剧照（摄影：卢雯）

有一年春晚，他和厉慧良先生演了《白猿教刀》的一个小片段。那是我第一次知道这个“神童”——当然当时我岁数也不大，应该还在上初中吧。大凡“神童”不外乎两个结局，一个是像曹冲一样，七岁出名九岁就死了。一个是像仲永一样，长大以后“泯然众人矣”。王玺龙幼年确实红了一阵，好像还做过一个什么广告。男孩子学戏，倒仓是一关。等王玺龙到了这岁数的时候，逐渐不知所往了。

再次看到他的时候是在民族宫大剧场，王珮瑜老板唱带“令公托兆”的《洪羊洞》，扮演令公魂子的是曹晋。四个鬼卒一上场，三旗儿明显地比别人高一大块。我旁边坐俩老头说：“看见那个大高个了吗？那就是王玺龙。当年多好啊，你看看这个儿，估计以后悬了。”我这才知道，他去了上海京剧院。

2008年在上海见过面以后，青京赛的工作断续地到了年尾，王玺龙获得了最佳表演奖。接下来的几年，由于流派班的学习，他经常要到北京来，我们便迅速地熟了起来。

跟他在一块儿的时间基本上除了扯淡都是在谈戏。王玺龙在没孩子的时候，一到扯淡的环节就跟个没长大的孩子没什么区别。手舞足蹈，发托卖相。但是谈起戏来就换了个人，除了不愿意正襟危坐以外，起码表情还是虔诚严肃的。开始的时候他经常挂在嘴边的一句话是：“你不是干这个的，你不懂。”而且他对我崇拜的偶像是高盛麟而不是厉慧良也颇多微词。当然，我们俩谁也说服不了谁。也许在我们俩之间，争论的结果并不重要，重要的是争论的过程。例如杨小楼的剧照为什么靠牌子是反着提的，例如《挑华车》的王贵和牛皋究竟谁应该在大边，例如《铁笼山》姜维的太极图究竟是黑的在上边还是白的在上边等等。基本上全是山精海怪，谁也不挨谁的事儿。大概“抬杠学能耐”就是这个意思，从他嘴里我还真捋了不少东西。

都说傻人有傻福。别的不知道，王玺龙很有口福。有一阵子他只要来北京我们俩就摽在一起，回回都能赶上好事。一年中秋节，他下火车就到我家来。我正要做饭，锅都烧热了就差倒油了。一哥们儿来电话，晚上涮肉……我俩一块儿去的。还有一回，妖精（我媳妇的外号）想吃螃蟹，我们俩就去京深市场买螃蟹。车还没出市场呢，他就来电话说到南站了让我去接他。结果白赔了十来个团脐。第二天我们约着去烧烤，自然也少不了他。弄得后来一吃好的，妖精就念叨："王玺龙是不是又要来了？"

在流派班王玺龙跟苏德贵先生学戏，后来我也看过他好儿场演出。《钟馗嫁妹》《挑华车》《战宛城》等。感觉他对戏的理念有所变化，这应该说苏先生功不可没。出于对他的支持，我偶尔也半真半假地给他提一些意见，当然能看出来有些他是听进去了。例如他曾经抱怨为什么有些观众总是对他不买账。我就跟他说过我的看法："你小时候就红过，而且红得有理有据，不是假的。你现在演出，观众总会不自觉地拿你跟小时候比。别说你现在不如小时候，你就是还那样，人家也以为你退步了。所以你现在努力的方向应该是让人觉得你比你小时候强了，不用跟别人比。"

玺龙在排《钟馗嫁妹》的时候受了点伤，后来一度还挺严重。住酒店都得把床垫撤了才行。有一次他特别郑重地问我："你觉得我以后该怎么办？"很少见他那么严肃，我也思考了一下，说："如果实在身体状况不允许你再唱戏了，那最好还是去戏校教戏，也不枉苏先生对你那么大期望，培养你一场总得把厉派传下去吧？"他意味深长地回了我一句："先治病吧。"看来他还是想继续当演员。本来嘛，大丈夫宁死阵前不死阵后，谁不愿意在台上威风八面呢？

其实真正是哥们儿的也不是老坐一块儿扯淡。看着他一步步地戏唱得越来越有味了也确实替他高兴。《战宛城》唱完了以后，我觉得他还是很有进步的，毕竟武生穿官衣很难。他还算圆全地演出了张弛有度的意思。

王玺龙在勾脸（摄影：慢哥）

《钟馗嫁妹》就不用说了，我倒觉得他演得最好的是换装前后跟一群小鬼逗的时候，也许是本色出演吧。至少现在来说，他并没有像前述之“神童”一样泯然众人，还在一步步地上升。我觉得，他是热爱武生这行儿的。他的付出我看不见，但是他在舞台上的收获，我觉得大伙儿都看见了。

有一年出差去上海，正好赶上奚中路老师唱《走麦城》带“封神”，王玺龙来的白眉马良。其实这个活儿没什么事，就是一戳一站跟着转两圈就卸了。散了戏以后我们去吃饭，他兴致很好。一晚上只要是他起头的话题，都在说今天发现奚先生哪儿哪儿值得学，禁琢磨。我实在忍不住了：“合着你今天这活儿就是为了站台上学戏去的？”他瞪我一眼，半天说了一句：“你不是专业的，你不懂。”不过我看得出来他那股子见贤思齐的心思。

王玺龙现在妻娇女幼，一堂和气，没事就回家看闺女，反而见面的机会少了很多。即便来北京也是蜻蜓点水，处处流觞。等我腾出功夫来了，他就连声叹气："时间不多，排满了。下回，下回。"

你说这事儿闹的，"大丈夫怎能够忘却当年的结义交"？

王玺龙在《钟馗嫁妹》中饰钟馗（摄影：王驰）

实在人栾天亮

栾天亮同志生活和工作于长春，在当地戏曲界和曲艺界颇为知名。有点戏魔怔的意思。

我与他认识也得有十几年了吧，彼时我们还都是愣头青的年纪。基本上属于一见如故，没什么垫话儿直接就入正活了。细想起来，与专业演员有交情的不少，能一步到位的还真不太多。除了此公恐怕就是天津魏老道以刚兄了。

天亮这个人好比鲁肃（不是上海京剧院那位贤弟），是个老实人，老实得有点傻。我概括他这个人就是三个词：心实，人傻，嘴笨。

说实话，刚开始跟他接触的时候我有点不适应。不管人家是干什么的见面就叫“先生”，戏班味儿太浓了。我又不瞎，怎么就“先生”了呢？后来我才发现，他这是属于积习难改。天天往好几位八十多岁的老艺术家家里跑，一待就多半天。耳濡目染，习以惯之，再出来见着别人也就改不过来了。

说他心实，认准了一件事就走到黑。现在这社会环境下，京剧演员的心态也不都是甘于清贫寂寞的。他就认准了这行子买卖，真下心跟老先生学，自己也真下功夫。没事儿自己在家还给自己勾个脸找找扮相什么的。三十好几的人了也没个对象，说是找不着有共同语言的。终于据说前两年让个姑娘给收了，估计他也是看上人家有梨园界的渊源。但是后来怎么样就不知道了。

心实是好事，有时候也让别人受不了。差不多是2007年，我去伊春出差。他突然给我打电话，说有老先生给他提意见，认为他嗓子不够一卖，出主意让他学点海派戏，问我哪儿能学。我觉得他确实得走点偏门儿，就给孙国良先生打了个电话。万里之遥以外给他们师徒二人牵线，我也是没谁了。

跟孙先生学戏比较困难，他在长春，老爷子在苏州，总不能靠视频吧？那阵子他还真没少往苏州跑。后来我去苏州时问老爷子天亮学得怎么样，还没等老头儿说话呢，孙夫人就一肚子抱怨："这孩子气死我了，给他做什么都不吃。天天就一大碗白米饭就点青菜，我给他蒸螃蟹一个都没动！这孩子太别扭了。"后来我问他："蒸螃蟹你都不吃，你想干吗？要造反啊？"天亮挺不好意思："我怕老太太麻烦。再说我吃得多，我怕人家笑话我。"我说："你倒真实诚还是假实诚啊？你不吃都给人家剩下，指着那老二位得吃到什么时候去？"

栾天亮勾的白象

2010年我制作特别节目《海纳百川》的时候，到南京正好遇到他也在。其中一天我有别的事不能与摄影师一起去拍外景，我便抓了他一个差，让他跟着去帮帮忙。说起来干我们这行跟唱戏也差不多，各司其职，责任明确，其他工种的设备尽量不乱动。就算人手不够，帮人家拿点东西，也得拣不太重要的。所以这么多年外拍，我干得最多的事就是扛三脚架，提监视器。晚上回来以后，摄影师朱哥跟我说："你那哥们儿挺有意思。”我问怎么回事。原来他跟着一出去，也不管摄像机还是三脚架，什么都往自己身上招呼，说是怕摄影师累着。弄得人家哭笑不得。

《辕门斩子》栾天亮饰焦赞，杨延昭不才就是在下（摄影：何鹏）

说他人傻吧，也是事有其例的。有一年参加比赛，初选的时候他报了个《打銮驾》，按着孙国良先生的路子演的。结果被刷了下来，连复赛都没进去。回来跟我抱怨说评委欺负他。我说：“这事不怪人家评委，就怪你。你非弄那么个好几十年没人演，评委都没见过的路子去比赛，你这不是考评委么？把你刷下去有什么不对的？”他还不服气：“那我这戏不是白学了？”我说：“说你傻你立刻就流鼻涕。这不是初选么？你又不是不会别的，拿个自己心里有谱的戏先进了决赛，你再换这出。到那时候拿什么奖无所谓了，能露脸就行。你现在倒好，庙门都没看见，‘街坊的鸡——就给你抻出去了’。”他这才不说话。

还有一回，我去上海出差，恰好他也在。一见面就跟我说上当了，我还以为他被拐卖了呢。他说报了一个导演培训班，本来以为是戏曲导演的，没想到是戏剧导演的。同班的同学都是搞话剧什么的，讲的什么也听不懂，跟别人也没共同语言，在上海待了二十多天快把他憋坏了。说实话，对于他这种“万般皆下品，唯有皮黄高”的人，趴了这么个活确实难为他了。别说什么表演理论，我估计他连“斯坦尼斯拉夫斯基”都念不下来。看着那憋屈劲儿，我就知道他傻气又冒出来了。还得开导他：“都说‘远来和尚会念经’，现在排个戏都愿意请话剧导演，人家又不懂你这行子买卖，只能拣你们不懂的说，所以老对不上茬口。你现在学了这个——当然，你也学不会什么，以后再有那‘硬山搁檩’的导演，你不就能对付了吗？再说认识那么多别的行当的人，对你以后也有好处啊？万一你让京剧院开除了呢?”我知道他听不进去，但是最后这句他听进去了，现在除了在京剧院的演出以外——嘴这么笨的他说相声去了，还拜了个师。怕我说他还没告诉我。

我一直在想，像他这样的口才去说相声估计只能双簧演个前脸。平时说话就有点闪板，一赶上说正事，那真是耸肩缩背，眉目传情，满脸都是眉毛。他跟孙国良先生学的八本《狸猫换太子》后来还真用上了，当时《名段欣赏》要做“五四青年节”的特别节目，需要录制一批青年演员的专辑，覆盖面自然要广一些。他就凭着这个海派戏“蝎了虎子掀门帘儿——露一小手儿”。录主持人采访的时候可是费了劲了，坐在现场喊我，就跟遭劫了似的。过去一问，说是有个人名想不起来了。气得我啊：“我以为你电着了呢!”

有一年，我与父母出游路过长春。他请我们吃饭，同坐还有佟克旺贤弟。天亮倒了一杯白酒刚要敬酒，佟克旺挑眼了：“平时我们让你喝点儿你说什么也不喝，今天怎么喝上了?”天亮当时就嘬瘪子了。我还得教他：“你就跟他说‘下回你爹来的时候我也喝’不就得了?”天亮连忙说：“对对对。”就这样的口才说相声还不得天天《结巴论》啊?

说归说，闹归闹。天亮是个很爱戏的人，爱得有点迂腐。不过现在“迂腐”的人不多，缺者为贵吧。

大个儿的小花脸李少华

全中国姓李的怎么也得有大几千万，叫“少华”的估计也得百万之数（例如孟丽君她爷们儿），合在一起叫“李少华”的估计蜈蚣把手指头伸出来也数不清。能在这么大的基数里认识一个人，很难得了。

李少华是黑龙江省京剧院的工作人员，说他是工作人员是因为我也不知道他是干什么的。说是演员吧，没见他登过台。只看过一张《乌盆记》的照片。说是导演吧，他执排的都是传统戏，理论上讲只有“攒戏的”而没有导演。说是工友吧，又太对不起他这一身能耐。而且不管什么事都离不开他，所以说他是“工作人员”，这概念就是跟“混儿”也差不多的意思。

认识李少华是一个很巧合的机会，我出差去哈尔滨，京剧院有几个朋友，相约一块儿聚聚，然后其中一位跟我说：“我们单位有一哥们儿，估计跟你聊得来，一块儿聊聊？”遇高人不能交臂而失之，于是我们就一块儿吃了顿饭。过了半年，黑龙江省京剧院进京演出《卢沟晓月》，我去中国评剧大剧院探班。一进门就遇到了张德才先生，老爷子看到我就说：“我找李少华呢，也不知道跑哪儿去了。”然后就满后台喊：“少华！少华！”我溜进后台，看见他穿了一身黑西服，还打了个领带，正跟检阅一样背着手扫视旁边的人，终于看见我了，说：“你怎么来了？”我无奈地摇了摇头：“你怎么穿成这样？”

李少华在《乌盆记》中饰张别古

从那儿以后，也不知道怎么就熟起来了。现在已经沦落到每次去哈尔滨的时候都得跟他吃个饭。他也不拿我当外人，有一天晚上，火急火燎地给我打电话："你告诉我，《挑华车》的牛皋到底是站大边儿还是小边儿？"虽然我自认为看了这么多戏还有些小小的心得，可是这种颇有渊源的问题真的是无从下嘴。无奈之下，我只得在微博上求助。这下可热闹了，山南海北的英雄，水旱两路的豪杰，大边儿小边儿一顿争论，险些酿成一次关于戏曲艺术的百花齐放。最后得出的结论我也记不太清了，好像是老年间有两种演法，一种是八将起霸，牛皋得站小边儿，一种是带"祭旗"的演法，六将先起霸，牛皋王贵押着俩小番上来，牛皋先上，所以归大边儿。如果我说错了，还需要请明白人指正。

说实话，李少华懂得不少，他曾经问我："你觉得我是唱什么的？"我看他一米八几的大个儿，高人一头，奓人一膀，虽然学戏的时候不知道能长成这样，怎么也不像扛叉的啊。我说我觉得你不是老生就是花脸。他说："我是唱小花脸的。"我第一反应是："你要唱小花脸，那老生还不得跟姚明似的？"

其实小花脸不容易，生旦净丑都得会，"随时拿来我用"才能在台上模仿各种人。当年孙盛武先生在《野猪林》里抢亲的时候模仿叶盛兰先生唱了两句散板，虽然有些夸张，确实惟妙惟肖。据说把叶盛兰先生都气乐了："我就你这模样啊？"所以这行不好唱。幸亏李少华还得到过老前辈的指教，他也确实拿唱戏当回事。虽然我没见过他登台，可这么多年他没少忙活，给剧院服务，给票友排戏，天天没事忙，跟贾宝玉似的。现在在

"滨绥图佳"一带提起来也不是掇人，堪称一家诸侯。

李少华为了京剧牺牲了不少。他家境不错，像我这种北京土著都买不起的房他家都买了。当年在中国戏曲学院附中学习，快毕业的时候为了能唱戏，自己能伸一拳踢一腿，主动避开了竞争激烈的北京京剧界回到黑龙江耕耘。回去没多少日子，全家人举家迁到了北京，就把他老哥儿一个扔那儿了。这么多年扑身在艺术上，也没个媳妇儿，这"冷冷清清向谁言"的劲儿也不好受。

杨洋、李少华、我、马永臣

2012年青京赛的时候我曾经有一个计划，把各个院团跟我相熟的"经励科"们约到一块儿坐一下。在现在这种大融合的趋势之下，都成了朋友对大家都有好处。没承想各院团在当时都挺忙，总是七齐八不齐。黑龙江京剧院的日程正好在中间，我就天然地以李少华为坐标了。结果等他们来了，前边比完赛的已经走了，后边要比赛的还没来。我只能就着料下菜约了三两个好友一块儿聚。一见面，我还没说话，他们先寒暄起来了，原来都是附中的同学，根本不用我介绍。当时我这心儿里就想起了《杨三姐告状》那句词儿："你瞧这俩钱儿花的！"

少华属于热心肠，但是热心肠吧总是使的不是地方。归他管的不归他管的都得涮一水。什么给剧院调个演员吧，进京演出得做点行头吧，哪儿都有他。要不怎么是“混儿”呢？一旦漏兜了就跟我诉苦，怎么好心办坏事了，怎么跟领导不好交代了，等等，跟寡妇哭儿子似的没完没了。我还得耐着性子劝他：“你以后能不能先扫听扫听，江南华北哪儿没有朋友啊？非得把雷往自个儿脑袋上嘬？”

其实我挺佩服少华，以及跟少华一样的我的朋友们。（正经起来了啊！）京剧能混到现在这个地步，其实挺悲哀的。更悲哀的是还有很多人前赴后继地进来。他们本来有能力跳出这个圈子，自有一番发展天地，也不一定就不如现在。但是他们还甘于寂寞，还在为了自己小时候的梦想，兢兢业业地奉献。即便有一天京剧寿终正寝了，他们还会守望在最后的一亩三分地上。这种“姚不反汉，汉不斩姚”的精神，确实值得旁观者钦佩。即便是哥们儿，我也得夸一句，点个赞。

“津门老魏”魏以刚

魏以刚兄是天津的名人，主要是因为他现在除了京剧演员以外，还有两个身份，一个是天津电台的嘉宾主持，一个是《鱼龙百戏》的嘉宾主持。京剧演员票主持的不少，票到正规媒体，还久占于此没让人弄下去的可就不多了。

早就听说过魏以刚，而且不止一个人跟我提起，最开始我还以为是一个岁数不小的老前辈。后来才知道比我没大多少岁。第一次见到魏以刚兄是在《名段欣赏》的摄影棚里，当时是在为天津京剧院的花旦名家李静老师录制《苏武牧羊》的片段。空暇时大伙儿坐在一起神侃，以刚兄突然说起了袁国林先生的艺术并大加推崇，当时我就觉得这哥们儿有点意思。可惜时间短暂，并没有来得及细聊。后来我才对上号，原来他就是魏以刚。此后数年，未与其谋面。其中有一次隔

魏以刚《状元媒》剧照（摄影：李妮）

着舞台的见面是在中国大戏院。王平先生的《定军山》，以刚兄的严颜。唱做精严，与王平先生配合得非常默契。

2008年9月，我在从上海到天津的飞机上过了一个离月亮最近的中秋节以后，到天津参加青京赛老旦丑行花脸组的复赛工作，见到天津京剧院的众家哥弟自然少不了觥筹交错。其间我算正式和以刚兄开始有了接触。到天津的第一顿饭就是以刚兄在“老姑砂锅”请的，虽然是头一次搭话，言语间却真有些一见如故，相见恨晚的意思。我觉得我跟他的交情是建立在“艺术观”的基础上的，我们在很多自以为是学术的问题上有很多共同语言，这种交流的共鸣应该是交情好的最佳媒介。以刚兄有个外号叫“老道”，这是来源于《三家店》的唱词“头一家想起了魏老道”。以刚兄对这个外号颇为自得，以至于把自己收藏的视频都打上“魏老道无量寿佛工作观”的水印。

以刚兄是迟金声先生的高足，他拜师这件事我可能是第一拨儿知道的。有一天晚上，以刚兄突然给我发了个短信：“我太激动了。”我问：“啥事儿啊？”“迟先生吐口儿要收我了！”我能体会他的当时的心情，迟金声先生是京剧界公认的神仙级别的人物，年登耄耋还身强体健，遛弯儿的时候拐棍就是砌末。最关键的是老人家追随马连良先生多年，不仅是博闻强识，而且是有真知灼见、有真能耐的老前辈。他老人家作为马派正宗能吐口儿收魏以刚兄为徒，对于归工是马派的以刚兄来说不啻于天大的喜事。可惜过了一段时间等他真正举行拜师礼的时候，我因公未能躬逢其盛，不能不说是一件憾事。

不久之后，青京赛决赛在年底开始了，有一天李浩天先生跟我说：“你看现在现场工作的人手不够，下场门缺人啊，怎么也得再找一个。”我问：“您准备找个什么样的?”浩天先生沉吟了一下，说：“首先得懂，得是这里事吧？再有就是最好人头儿得熟，不然干活儿多不方便啊?”我脑中灵光一现，说：“我给您推荐个人吧。这回不是天津京剧院的底包么？就从他们当中出，您看魏以刚行么?”浩天先生一脸茫然:“我不认识他。”我说:“您给京剧院打个电话试试。”没想到我这一句话,就把以刚兄从人堆里给抻出来了。

当时替他做主我还觉得挺好,后来我才发现,其实我把他坑了。他既要忙活大赛组分配给的任务,又要兼顾团里的日程,还得粉墨登场。王嘉庆兄的《锁五龙》就是他的徐世勣。安排完了剧组的工作,马上就得化妆,台上演完了下来洗把脸还得在下场门站着。这一顿折腾,就算当时他正当壮年,也不是什么轻省事儿。

魏以刚《审头刺汤》剧照(摄影:李妮)

不过那几天倒是我们哥儿俩朝夕聚首的日子,每天聚在一块儿聊完大塔聊旗杆,总有说不完的事儿。以至于决赛结束以后我问他:“这两天过得怎么样?”他叹了口气说:“没意思……”“为什么呢?”“总觉得身边少了一个斗嘴的人,这日子一下子就乏味了……”在那几天我确实从他那儿捋了不少叶子。我喜欢老生,他是唱老生的。我喜欢谭派,他和王则昭先生、高宝贤先生都学过。我喜欢曲艺,他有一堆独门资料,这要是一聊起来那绝对是刹不住车。

以刚兄很尊敬老前辈,也因此很多老前辈跟他关系都不错。他跟我讲过在一次活动的时候王则昭先生拉着他的手说:“以后你要是有什么不会的,就找你宝贤师哥。”当时他的汗就下来了,怎么能跟高宝贤先生这么论呢?也是拜以刚兄所赐,我能和田立禾、张文霞二前辈吃过一顿饭,和王文玉先生有同路之缘。至于京剧界的泰山北斗们跟他扶肩挈手,把扇言欢更是不知见过多少次。

后来我问他："迟先生之前开过山门吗？"以刚兄说："收过两位，都七十多岁了。"我笑道："那你不就跟袁承志一样了么？大师兄六十多，二师兄五十多，三师弟才二十多。"他换了一副很严肃的面孔跟我说："不能这么说，都是我老师。"他不光是说，这么多年也确实跟老前辈学了很多能耐，有一回我看他彩排《审头刺汤》，由于不是正式演出，光穿了服装没勒头。上台前他拿笔在眉心画了两道。我问他："干吗还画两笔啊？一会儿还得洗。"他说："老先生说的，穿了服装必须得画，哪怕就一两笔也表示我化妆了。光穿行头不化妆那不成装裹了吗？"

这么多年跟他也总是熟人不讲理，有一次准备唱《四郎探母》正好赶上戏曲春晚录像，万一撞纲了两边都不好。我想了半天给他打了个电话："万一我当天录像来不了，你得替我唱。"他推托了半天也没别过我去只好答应，好在那天正好工作结束，免去了他的奔波之苦。我去天津也总是要麻烦他一下，尽管他很忙，也总能见上一面。有一阵子比较清闲，老往天津跑找他玩儿去，以至于曾经有一个月去过四趟的时候，朋友曾经跟我开玩笑："你是不是在天津养了个外宅啊？"2014 年，我在天津唱《朱砂痣》。说来也惭愧，枉做票友这么多年，居然连一口黪三（老生用的胡子，因为是三绺所以简称"三"，花白的叫黪三）都没有，这么多年还唱的净是黪三的戏，什么《大保国》《法场换子》之类的。因此我想到了他，跟他借一口黪三。当天他拿着黪三来找我，跟我说："送给你了。"还给我说了说身上，说实话，我这点能耐实在是糟践了他的教学水平。

魏以刚兄是一个很有性格的人，有性格到我的很多朋友跟我说他如何如何的负面评价。但是在我看来，有性格的人是不能为所有人所接受的，在这一点上我更与他有些惺惺相惜。我只好一遍又一遍地跟不同的人说："'英雄相忌'，你们都是有能耐的人。"李万春先生曾经有名言："不遭人嫉是庸才。"以刚兄是有能耐的人，因此毁誉参半也是正常的。

大名鼎鼎的“八股档”

说起陈书桐这个名字可能很多人不太清楚，提起他的网名“八股档”那可是大大的有名。估计会勾起不知多少人的一天二地之仇，三江四海之恨。

与陈书桐成为朋友时间不长，基本上跟他在网上爆红的时间差不多。这期间也就见过两三面，更多的时候属于“网友”，都是夜猫子，经常一聊就天都快亮了。有一次去上海出差，我二人总算是有了见面的机会，结果一聊就没收住，等想起看表已经过了十二点。他愁眉苦脸地说回不去宿舍了。于是我便很大方地收留了一个第一次见面的大老爷们儿。他也算对得起我，早上起来我一看，所有我的东西都还在。

这也算 cosplay

陈书桐是山东人，根据我的估计家里条件应该不是太好，不然也不能学这行子买卖，也不会年纪轻轻的就往温州跑，久占瓯江好几年。当然，这也成了他在网上爆红的资本之一。因为在当下的京剧环境中，南派京剧早就成了过眼云烟，即便还有一些遗存，也基本没有被大多数京剧爱好者所了解和重视。2010 年我做的南派京剧特别节目《海纳百川》，播出了之后仅我个人就听到了截然不同的两种意见。一是："真好玩，从来没见过这样唱京剧的。"一是："这叫什么玩意儿？京剧哪有这样的？"不管观众的态度是褒是贬，至少说明一个问题，大多数爱好者并不熟悉南派京剧。而陈书桐是亲身经历并还在经历这种风格的演出的，他所撰写的一系列微博使很多人开始了解南派京剧的演出模式和风貌。从而开始关注他。

当然，这只是他成为网络知名人士的原因之一。还有两个方面，就不怎么上板了。一个是他经常发一些自己的自拍照，那真是山花海卉各领风骚。例如只戴一口黑满盖住自己并不伟岸的身体做出打鼓的姿势，美其名曰"击鼓骂曹"，看后我只想说——你够瘦的。还有他各种扮相的集锦。有男有女，有老有少。基本涵盖了京剧的所有行当。不过这也符合南派京剧的要求。据孙国良先生说，当年水路班曾有这样的风俗，不管唱什么戏挂头牌的演员都是主演。如果唱《失空斩》，头牌演员就扮诸葛亮，如果唱《玉堂春》，头牌演员就得扮苏三。这样观众才能认可你是头牌，如果换其他演员应工是要被哄的。如果从这个角度来说，陈书桐应该说是个角儿坯子。可惜就是生错了年代。

他的另一大特色就是骂街。看着不是这里事的就想说两句，词儿还比较损，这就难免会有人褒贬了。后来我说他："谁都知道不是这里事，就你说出来了。说出来也就算了，你还那么损。都是指着这个吃饭的，人家能不恨你么？"虽然也没少吃亏挨瘪，他倒陶陶然自得其乐。撞墙是难免的，疼也是必然的。明知道疼还往上撞那就需要勇气了。

我认识陈书桐的时候他正在戏校上学。估计是见贤而思齐，想有能和其他同行一并发展的机会。实话说，像他这样闲云野鹤惯了的太乙散金仙能在戏校混出来是很不容易的。这并不是说两方面孰对孰错的问题，而是观念和模式的冲突。因而他这几年学上的磕磕绊绊，自己不太舒服，在老师那儿也不得烟儿抽，能毕业已经是祖上的阴功坟地的风水父母的德行了。

陈书桐《黄金台》剧照

话说回来，温州的戏不好唱，应该说这种纯市场化的演出形式是很不好适应的。曾经听松岩先生说过他在温州的经历，戏班老板派他演头本《马如龙走国》，他说他没见过这戏。老板说："你找我儿子给你排排吧。"老板的儿子是大衣箱，只不过简单地给他说了说梁子，连词是什么都没说。松先生就听了个囫囵个儿。他问："那二本是什么啊？""二本儿明天再说吧。"这对于目前在大剧院普遍适应了说排加响排，响排加彩排，一出熟戏也得排一礼拜的演员来说无疑是无妄之灾。这且不言，再说那种生活环境。陈书桐原来经常在微博里发他在那里的生活状况，那真是"渴饮刀头血，睡卧马鞍鞒。白日受饥饿，夜晚被风吹。"能住在庙里都跟过年似的。一到开饭的时候，一群人不论岁数大小围着桶舀饭。这种生活对于很多在大剧团的演员来说是不可想象的。

曾经听到有的演员说："我们去××演出，那剧场太次了，连空调都没有。”还有的说：“下乡演出我才不去呢，太苦，受不了。”这幸亏是有国有院团养着，要不然估计不用搁旧社会，在新社会他也会因为痱子感染身归那世的。下乡演出怎么了？谭鑫培还跑过帘外呢，现在六七十岁的老艺术家哪个没下过乡，你怎么那么金贵呢？你演出的价值估计都不够空调费的电钱。

跑题了，一不留神就骂闲街，关键我还不认识人家，我检讨。接着说陈书桐。这货有点歪才，前一阵子鼓捣一个《三堂会审伽利略》。居然还到北京某科技界活动的晚会来演。他演伽利略，扮相跟林冲他老丈人似的。戏编得倒是挺有意思，连弹流水一顿招呼。就是我一直没明白，给那个审判官纱帽上贴个白十字是什么意思，不知道的以为纱帽裂了打个补丁呢。

“不疯魔，不成活。”陈书桐确实是真爱京剧，但是作为专业演员，尤其是不在体制内的专业演员，光拼着一腔热血洒落金阶是不行的。毕竟还得生存，2016 年他时来运转，进了麒麟剧社挑大梁。下了火车先给我打了个电话：“以后咱们聚就方便了！”他到北京来发展，这对我来说是好事，以后再唱连弹的《甘露寺》就不愁没人搭戏了。

“雌雄莫辨”尤海波

在祖国的南海之滨，有个城市叫广州。这个城市大概有一千多万人吧。其中很荣幸我认识两个人，一个美女，还有一个就是当地著名的旦角演员尤海波，其实还有一个美女，但是她忘了我是谁了，所以不算在内。

尤海波比我小几岁，认识他是在微博上。最开始的时候总能在我朋友的转发中看到这个名字。后来也不知道是什么机缘就互相加为好友了。夹枪带棒地聊了得有一两年，发现他还挺是这里事，于是就成了众多网友中比较说得来的一个。

尤海波

2012年正月，我从广州出关去斯里兰卡。由于对广州不熟，随手订了一家位于东山湖附近的酒店。安顿好了以后，我发了个微博：“顺利到达广州！距离小蛮腰一公里。”不一会儿，尤海波的私信就到了。问我住哪儿，说离他不远。不过那时已经午夜了，我也不好意思打扰他。更主要的原因是——那时候我连他是男是女都不知道。

后来有了微信，我们联系就方

便多了。这位大神不知道学没学到角儿的能耐，角儿的毛病倒是学了不少。例如每天都特别晚才睡。于是偶尔捧着手机隔着好几千里地秉烛夜谈也不是什么新鲜事，后来又加入了一个八股档（陈书桐）。我们仨就各种山呼海哨，看谁没动静了那就是睡着了。后来聊着聊着就有了微信群，还有了个特别醒脾的名字——“天罡地煞卷街群”，因为一共有 108 个人。在这里尤海波有了另一个别称。戏曲界经常喜欢用剧中人称呼别人，其中不乏很有意思的例子。例如魏以刚兄官称是“老道”，窦骞兄则曾被人称为“寨主”，享受跟窦尔敦一样的待遇。我曾经管黄景顺先生叫“黄爷”，则是出自对黄天霸的称呼。还有张关正先生，每次都叫“张先生”，看起来很普通，若是换成京白小嗓则就有出处了。我也一样，总有人叫我“包大人”。而尤海波则在群里有了一个很响亮的名字——“尤三姐”，至于为什么不是二姐呢？估计是他在群里的表现太不能体现中国传统妇女的美德。动不动大夜里发个音频，前几秒没声儿，突然来个“奶奶～～”。要不就连荤带素地卷陈书桐，别人都插不上嘴。要不就念秧儿：“我都快三十了还没成家呢……”我真想跟他说：“想要枷打一面戴上就行了。”

网络的飞速发展确实帮助了尤海波。让他在网上认识了很多正在上升时期的戏曲演员，有的交情还不错，估计他也从人家那里捋了不少叶子。而他也经常发一些在广州以及香港的戏曲演员的资料，使我们也能了解那些遥远的旧日名伶。

2013 年，我路过广州，终于见到了尤海波的庐山真面目。到酒店准备通知他来朝圣的时候我才发现，这么多年我居然没有他的手机号。没办法，只好把我的手机号发给他，傻老婆等汉子似的等他打电话找我。虽然在网上也聊过，也见过他许多照片，一见面吧还是有点出乎意料。说实话，他不太像概念中的那些旦角演员。虽然细皮嫩肉的，偶尔嘴唇上嗞着一两根并不茁壮的胡子。这性格倒是很爽快。那天跟着他在广州溜达了一大圈，一路上他要不就是跟我扫听各种京剧界的八卦，要不就是把自己知道的八卦在我这里求证。当时我真是觉得他唱梅派最多也就能成个知名演员，要是改唱彩旦绝对能成一代宗师。

尤海波十五岁才开始学京剧。广州虽然曾经有京剧团，在他开始学的时候也已经解散了。好在还有一些老演员留在了当地，不然尤海波恐怕还没有条件走上现在这条路。也许他就是因为爱好开始学戏的，爱好是每个人钻研的起点，这点在我和他之间似乎没有区别。区别在于他比我走得更远，一步步地走上了这条并不太光明的道路。这应该能说明他比我更喜欢这门艺术。

尤海波在《百花赠剑》中饰百花公主（摄影：王红）

既然走上了这条路，似乎也就没有什么别的路可选了。许多专业出身的朋友，尤其是在剧团工作了一段时间的，对本行比较热爱的，都曾经抱怨过："你说我现在改行还能干吗？除了唱戏别的什么都不会。"好在在广州那地方会唱京剧的属于缺者为贵，因此尤海波也不愁没有饭门。尤其是"京剧进校园"活动开始以后，他就算"马槽改棺材——成（盛）了人"了。到处去给学生们辅导，一度似乎还很忙。偶尔还参加影视剧的拍摄，跟粤剧团一起演个戏什么的。虽然在很少的几次交流中他从来没有流露出过无奈，但是看他总拿自己开玩笑，估计也不排除“叫花子敲饭桶——穷开心”的心态。

2016 年一天晚上，我正在家里半昏不睡的。突然手机响了，收到尤海波发来的一个地址。我仔细一看，南苑机场。打电话一问，他刚下飞机。当初在广州我也没少吃他，好不容易来北京了，我也不能不意思一下啊，要不然再去广州不就举目无亲了么？最后把这次历史性会面的地点定在了“梨园大食堂”——醉香苑。

我以为他是来北京玩的，没想到一见面他就问我：“你猜我干什么来了？”我说：“你是在一个伸手不见六指儿的夜晚从家里逃婚出来的？”他突然脸有点红：“我是来考艺术硕士的。”我很诧异，因为他曾经说过这些玩意儿没什么用。他解释说：“我现在注册了一个剧社，作为专业演员要评职称，要有相应学历，没办法，只能来考一个。”人在屋檐下，不得不低头，谁叫他自己选的这条“不归路”呢？

后来确实不归了，因为好像没考上。不过似乎并没有耽误他以专业演员的身份继续从事他喜欢的事业。

万里南疆，风土民俗语言都不一样，不一样到每次我出差到那边，都感觉跟出了国差不多。在这种基本没有土壤的地区知音甚少和者盖寡也是情理之中的。能在广州坚持演京剧的都是折翼的天使，别管是不是脸先着地的，能有这份坚守就不容易。

刘魁魁二三事

刘魁魁现在是国家京剧院的中坚力量，我跟他的交往始于我还是大学生的时候。

2002 年的上半年，我被一个朋友约着去给当时的中国戏曲学院毕业生汇报演出捧场。当时我对和我同龄的京剧演员们还没有太多的印象。也就是仗着年轻记性好，勉强能记住几个名字而已。而这次是我第一次大规模地记住了一堆未来的艺术家。那天是下午演出，我记得有杨舒雯（当时还叫杨淼）的《文昭关》，谭小羽的《借东风》，李艳艳的《勘玉钏》，辛晓鸣的《八大锤》，魁魁那天好像是《艳阳楼》，节目单上印的他的行当是架子花。那应该是我第一次见到他舞台上的庐山真面目。

之后多年也没什么实际的接触，他进了中国京剧院，那时候主要以武戏为主。武花脸这个行当吧，其实挺尴尬的。首先，站中间的不多，由于历史原因，很多原本武花脸担纲的剧目都被武生抢走了，而好多武生不愿意抢的边角料都给武花脸剩下了。其次，麻烦，不管是化妆还是表演，哪样儿都不省事。最后，留不住人。有嗓子的都愿意抱锤儿去，有身上的都奔架子花了。谁愿意谢幕的时候老站在旁边啊？偏偏魁魁就从架子花“落架”来演武花脸了。那个时候演得最多的就是各个剧目里的反座子，类似于《穆桂英挂帅》里让杨文广弄死那个之类的。虽然角色不是特别让人喜欢，但是魁魁的表现却是很让人惊喜，每每会让人瞠目结舌。“我去！这个他也走得出来?”当时我还不算是完全能看懂武戏的精彩，这都是听身边的观众有感而发。但那个时候看来，应该正是他的黄金年龄。对我来说，能作为一个观众看着他一步一步地往前走，对我来说也是一件幸事。几十年以后，我也能跟别人吹牛：“我是看着他红起来的!”

刘魁魁《古城会》剧照
(摄影：王驰)

工作以后，倒是接触多了一些。当然最多的接触是在各种晚会和比赛中。2005年青京赛，决赛的花脸本来就不多，他拿的《艳阳楼》。我倒是很好奇为什么他很喜欢这出戏，便坐在台下看。他那场发挥得很好，不然也不能拿个金奖。以前一说《艳阳楼》都是武生来演，他以武花脸来演说句笑话属于返祖。武生和武花脸演这出戏究竟有什么区别我也说不太好，应该是在行当要求上的区别吧？武生突出的是高登武艺高强，注重工架和气势。武花脸似乎还得有点凶狠和狂傲在其中。这是我的一点揣测，说得不对请各位指正。

魁魁虽然是唱花脸的，但私下并不是那么外场。相反还显得有点憨厚，话也不多，经常是笑一笑就代表千言万语。后来在电视里看他上过一次《开心辞典》，因为有他我还直工直令地看完了那期节目，他那形象在这种综艺节目里有点另类。年纪轻轻的剃个锃光瓦亮的光头，仿佛浑身闪耀着青色的光环。估计灯光师都得背地里骂街。不过他还是带着那一脸的憨厚跟主持人交流，从容不迫地闯关，偶尔还脸红一下。我也奇了怪了，唱花脸的皮肤都那么好，说吹弹得破有点过分，绝对白里透红，与众不同。估计跟总用卸妆油有关。

刘魁魁与白云明、王云樵二位先生

大概2008年冬天吧，拜刘学忠兄所赐，跟魁魁一块儿吃了一顿饭。他还是那样，即便喝了点酒话也不多，洋溢着一脸的傻笑，听我们胡吹乱侃。所以在我的印象中他跟别的同工的兄弟不太一样，人家大多是高谈阔论，俱怀逸兴壮思飞，觥筹交错之下基本就开始争夺话语权了。我就记得那天我跟他说："如果将来拍戏曲方面的电视剧，我一定推荐你去演杨小楼。你这脑门，这三台骨，就差一边留点儿头发。"他没回答我，但是脸又红了。

2008年的青京赛决赛黄桦姐拿的《锔大缸》，作为一家人，魁魁自然鞍前马后不辞劳。彩排的时候我没在，到演出的时候，他演的孔宣一上场，我居然没认出来。还是张大叔儿（张德才老师）说："魁魁这活儿不错。"我很诧异："这是魁魁啊？没认出来。"张大叔儿颇为不屑地瞥了我一眼："他表姐参赛，他还不得盯着啊？"魁魁这孔宣其实活儿不多，但是颇显工架严整，尤其是“修炼千年列仙班，扫平妖孽万民安……众神将，降妖者!”那几句念得吞吐山河，磅礴生势，确实符合孔雀大明王菩萨的身份。到开打的时候，这就看出一家人的默契了，疾风骤雨滴水不漏。黄桦姐这出《锔大缸》之前演过，在当时我们一帮人当中可是留下深刻印象的，以至于每次见到她我都问：“什么时候还唱《锔大缸》啊?”那天虽然是删繁就简，节约了很多东西，但是魁魁的大力表现，堪慰我等渴望之心。

2009年的秋天，李玉声先生在长安大戏院演《水淹七军》，我去凑热闹。到那儿才看到魁魁演庞德。在后台怕打扰他，打了个招呼便没再多说。老先生演的庞德我看得不多。魁魁那天的表现可以说中规中矩，颇显个人底蕴。

后来吧，跟他接触就不多了，但是微博、微信、QQ什么的都有他一席之地。虽然不怎么说话，但偶尔有疑难的时候，还是愿意跟他交流两句。忘了是什么时候了，他演《李逵探母》。我问他：“怎么想演架子花了?”他笑了笑：“哥，我本来就是架子花啊。”我才恍然自己记性不好。后来他拜了杨赤先生，成为袁派门人，之后也就开始越来越往中间站了。虽然不经常打扰他，就我这狗肚子存不住二两香油的毛病，也时不常地显摆一下。那回把傅德威先生的《四平山》调整完以后，我就发给他了。还不忘自我炫耀地说一句：“你还要什么?”魁魁沉默了半天，给我回了一句：“哥，我这儿资料还是比较全的。”弄得我有点尴尬，人家是世家之后，自然秉承家学。跟那些应名儿是唱戏的连杨小楼、余叔岩都不知道的当然不是一个层次，倒显得我小家子气了。

“台湾京剧小天后” 黄宇琳

台湾的京剧艺术也很兴旺。二十世纪四十年代末，有一些京剧名家漂洋过海去台湾演出，并且在那里生根发芽，兢兢业业地传承京剧艺术。如今也有很多年轻人追随他们的脚步，其中有一些与我还有些交往，比如台北新剧团的黄宇琳。

黄宇琳同学出身于“复兴剧校”，是现在台湾戏曲学院的前身之一。创始人是啸云馆主王振祖，这位老前辈是梅派名票，为了办这个戏校倾尽家财。复兴剧校还是沿袭科班排字的传统，1957 年创立的时候，按“复兴中华传统文化，发扬民族伦理道德”给学生排字，1968 年改为“国立复兴剧艺实验学校”，又补了“大汉天声远播寰宇，河山重光日月辉煌”十六个字。这么算的话，宇琳同学应该是第二十四科的。复兴剧校的毕业生很多，比如京剧名家叶复润先生、曹复永先生、吴兴国先生，艺人张复建、黄文豪，郑少秋的夫人官晶华，我还认识一位小生演员叫赵扬强，以及我的好友杜德君老师，这都是复兴剧校毕业的名人。还有一位王复蓉，是啸云馆主王振祖的女儿，当然说她可能大伙儿不知道，她儿子叫陶喆。

我和宇琳同学是 2005 年青京赛的时候认识的，那一年的青京赛决赛是在国庆节期间，而代表台北新剧团参赛的黄宇琳则一度是我们的话题之一。说起来也没什么，主要是我们跟台湾的京剧演员接触很少，很好奇她跟大陆的演员是不是一样。等接触了以后发现，没什么区别。她是一个人来的，容妆服装都拜托北京的剧团支持。后台几百号人，一眼望去根本找不着。唯一的不同点，就是那一嘴电视剧里才有的腔调，突然有人这么跟我交流，我还真是有点起鸡皮疙瘩。

宇琳同学被划到花旦组参赛，拿的剧目是《辛安驿》，一出场就让人很惊讶。首先这出戏好多年没人唱了，没想到一个台湾演员居然能演出来，而且还踩跷。由于历史原因，很长时间都没有旦角学过、表演过踩跷了。就从那年青京赛常秋月姐和宇琳同学踩跷以后，才经常看到。所以看她踩着跷，平白地长了好几厘米，亭亭玉立的样子，观众们议论纷纷。尤其在《辛安驿》这出戏里还有走矮子，顿时彩声四起。

黄宇琳剧照

其实黄宇琳的表演得分还是不低的，可是老天爷跟她开了一个玩笑。那年比赛的时候除了表演以外，还有知识问答。宇琳同学抽了两道题，一道问："有一位以跷功著称的花旦表演艺术家是谁?"这不打手背上了么?宇琳同学想都没想，就答出来是筱翠花前辈了。我们还挺高兴，认为准是满分没跑了。另一道是视频题，有常香玉的《花木兰》、新凤霞的《刘巧儿》、严凤英的《天仙配》、越剧的《梁祝》几个片段，让演员回答都是什么剧种。我看见题目的时候还想，这不白给分儿的题么？我身边坐着李浩天先生，他老人家一拍大腿：“怎么抽了这么个题啊？”我问：“这题多容易啊？”浩天先生说：“那是你，她一台湾人上哪儿听《刘巧儿》去？”果不其然，她在台上一脸的无辜，无从开口。台下的观众比她还着急，都快喊出来剧名了。最后几秒钟，她答出“豫剧”和“越剧”。很遗憾，这题的分泡汤了。结果她的总分就低了不少。

从那儿以后，我们就算认识了。加上李宝春先生总带团来大陆演出，时常还能见面。其实宇琳同学在大陆演出并不少，1993 年就拿了“新苗奖”金奖，好像还是第一名。后来在北京求学多年，跟很多名师学过。后来还拜了刘长瑜老师，在台湾拜了顾正秋老师。青衣花旦两门抱，技艺日新月异。固然青京赛的成绩是艺术水平的体现之一，但并不是唯一。

台北新剧团一向是以“新老戏”为号召的，将传统京剧加以改编，成为新版本，是一种很好的尝试。那几年台北新剧团的戏我可是没少看，作为新剧团的当家花旦，总能看到宇琳同学的演出。比如在前面单演一出《活捉三郎》什么的，那回好像是和宝春先生的《蝴蝶梦》同台，孙正阳先生演的“二百五”神乎其神，至今历历在目。跟那位丑角演员的合作十分流畅，她本来个子就不矮，再踩着跷走魂步，衣袂飘摇，满台生风。真跟飘出来一个美人似的。尤其是俩人一对脸儿那一声“三郎——”，令人毛骨悚然。把黑坎肩脱了换红坎肩之后，则别有一番妩媚缠绵。实话说，这还真得算她的保留剧目之一。

再比如他们的新编戏《孙膑与庞涓》《宝莲神灯》什么的，虽然都有她，但大多是二三路角色。我印象比较深的是在保利剧院看《原野》，宝春先生演仇虎，宇琳同学演金子。之前我觉得她演传统戏很有味道，没想到现代戏她也信手拈来，她很好地诠释了金子敢爱敢恨的野性光彩，运用了一些泼辣旦的手法，但是又没演成荡妇。恰到好处最不好掌握，现在总能看见“不及犹过”的表演，这个度往往是艺术水准高低的制约因素之一。

黄宇琳在台湾也经常演出，还听说她因为骑摩托车出事故，手腕骨折。打着石膏单臂唱了一出《活捉三郎》，真是艺高人胆大。2012 年第七届青京赛的时候，又在参赛名单里看到宇琳同学的名字，这回她不是单枪匹马，还有同是台北新剧团的李侑轩一同参赛。能再次见面我很高兴，可是别的花旦演员陆续报到了，没有宇琳同学的消息。当时我还想着她事情忙，路途远，放个份也正常。上午彩排，早上才坐火车赶到的演员也不是没有。时间已经很近了，我才听外联哥们儿在那儿念叨："这黄宇琳怎么就联系不上呢?"我问怎么回事，那哥们儿说剧组的人总是联系不上她。眼看花旦组比赛就要开始了，还是情况不明，大家都很着急。我说："你怎么不早说啊，我有她微信。"赶紧给她发了个语音。十几分钟后，宇琳同学有动静了，原来她病了，一直在想办法养好，但是天不遂人愿，只好办了退赛手续。

大约 2014 年，我在国家大剧院看了一场台北新剧团根据威尔第歌剧改编的《弄臣》，隔着舞台又和宇琳同学见了一面。到如今海天万里，暌违多年。听说她创办了一个剧团，从事戏曲的演出和推广，还得了个"台湾京剧小天后"的美称。也许不久的将来，我们又能在北京看到她演出了。

小生张兵

张兵现在是国家京剧院的小生演员，但我认识他很早，应该说是二十一世纪第一个十年中的事了。

小生这个行当比较特殊，虽然是生行，却是大小嗓结合。很多人对这一点不太能接受，也比较好奇，高一声低一声的，为什么非得这么唱呢？我每每给他们的解释就是：“你想想你（男生）青春期变声的时候你那嗓子什么味，你就明白了。”艺术嘛，来源于生活还得高于生活，得美化一下。当然，这也是我自个儿琢磨出来的，不一定对啊。

2006 年，我刚当编导的时候，给梅派名家罗蕙兰老师录节目，她老人家在河北省京剧院退休，所以班底都是河北省京剧院的老师们。那次我干了个“史无前例”的事，给罗蕙兰老师录了一个全出的《祭塔》，配演许仕林的就是张兵。罗蕙兰老师还很热情地给我介绍：“这是我们院的新生力量，刚二十出头儿。你们以后多联系。”当时张兵给我的印象是比较闷，不太爱说话。估计也是因为不熟，文绉绉的。

《祭塔》是纯唱功戏，一大段反二黄，中间没有歇息的地方。罗老师的录音将近一个小时。我怕中间暂停镜头接不上，就一条儿拍下来了。跟我合作的摄像老师岁数都不小了。拍完以后直跟我提意见：“以后别这么干了啊，我们腰受不了。”张兵顶着场头一个上，等白娘娘回了塔里最后一个下，中间一直在个假的大石头上坐着，一分钟没浪费。当然，对于演

张兵《柳荫记》剧照（摄影：慢哥）

员来说，一个钟头的戏不算什么，现场演出哪个不比这个时间长？可是我们的摄影棚里热啊，我从镜头里眼瞅着他脸上从有汗珠到往下流，估计心里也少不了埋怨我。

过了不到一年吧，萧月珠老师和祝元昆先生也来录像，是我同事负责的，张兵也跟着一起来了。我去现场看祝先生，说来也巧，那天萧月珠老师也录《祭塔》，还是张兵的许仕林，红官衣、纱帽、金花都没换，还是那身。张兵又在那儿坐了小半天。不过萧月珠老师录的比罗蕙兰先生短，他少受了点罪。

从那儿以后，我跟他就算认识了。那时候也没有微信，留个手机号而已。很快就 2008 年，青京赛开始了，河北省京剧院进入决赛的就是张兵一个人。他参加决赛的剧目是《柳荫记》“访友”一折，就是梁山伯见着祝英台，得知她是女的特别高兴，却听说她要嫁给马文才，因而万念俱灰那段，按越剧说就是“楼台会”。这段是叶盛兰大师创作的，全用反西皮散板，如泣如诉，十分感人。我个人认为小生的唱不能媚气，虽然是小嗓，也得有阳刚之气，要不然跟旦角有什么区别？听张兵的演唱不得不佩服他这天赋，不光嘹亮还有筋劲儿。反西皮的旋律起伏比较大，又是散板。虽然不能说当时他唱得多有内涵，从技术层面来说已经是很难得了。

可惜的是，最后张兵的得分不太高。事后我们聊起这件事儿，他倒很平和，没怎么抱怨。我跟他说：“其实你分不高的原因除了你自己的水平以外，还出在这个剧目上。参赛是门学问，选一个什么样适合参赛的段子得仔细琢磨。这段确实不好唱，显功夫。但是皮儿太厚（指不容易被理解），不容易调动观众积极性，所以就显不出好来。甭说别的，我想给你领个尖儿（指带头叫好）都没地方张嘴。”他也深以为然。其实参赛的意义吧，拿个好名次固然对日后发展很有帮助，更多的，能站在那个舞台上，让全国电视观众能知道唱戏的里有你这么一号，这个意义更重要。至于究竟座次怎么排，那就是见仁见智了。要不怎么说“文无第一，武无第二”呢？

张兵与恩师叶少兰先生

后来他进了“研究生班”，成了那一届唯一的一个小生学员。跟其他院团的合作也多了起来，有时在北京我们就聚聚。他这人挺实在，大镜面的脑子，有什么说什么，倒不拿我当外人。有一天跟我说：“你得多跟我聊聊，要不然我跟先生学戏，连说的谁是谁都弄不清楚。”我说：“不至于吧？哪儿有这么复杂？”他说：“你当然觉得不复杂了。我跟老先生们学戏，他们老是‘我舅舅’如何如何，‘我师父’如何如何，我都不知道说的是谁，我又不能当着面问，弄得我特不好意思。”我大笑：“这也是传统，‘子不言父，徒不言师’你不懂么？不过这个亲戚关系问题靠普及解决不了，你慢慢自己捋吧，等你捋明白也差不多该退休了吧？”

有一回聊到日后的发展问题，他问我调到北京来怎么样。我对此倒不以为然：“你在河北不是挺好的么？”他倒也没说不好，就是觉得演出太少，得不到锻炼。我跟他说：“真是好角儿在哪儿演出都不少，你现在不也是总往北京跑么？我倒觉得你现在这样挺好，早晚是一路诸侯。”当然，挪窝儿这种事肯定是多方面因素的，为了孩子，能有这种机会必须得争取一下。没过多长时间，他就调进国家京剧院了。这样也好，以后聚着就方便了。

有一阵子他住在剧院的宿舍，离我不是很远。有时候我去宝产胡同按摩医院，总能跟他碰上，站路边聊两句就各自匆匆而去。本来小生本工的戏就不少，再加上现在“一窝旦，吃饱饭”的实际情况，旦角戏基本都少不了小生，所以进了国家京剧院，他确实登台机会多了。2015 年，他拜了叶少兰先生，这对他来说无疑是艺术上的一次飞跃。后来叶先生给他说了全本的《吕布》，张兵得以一展身手。曾经听茹绍荃先生说过：“唱小生就得文武兼备，没有文小生、武小生之分。”确实，对于演员来说文武兼备是基础。戏可以分文武，比如《八大锤》是武小生戏，《奇双会》是文小生戏。目前演员的分工越来越细，只能唱文戏，拿不起把子的演员也不在少数。有多少能做到文能《孝感天》，武能《雅观楼》的？倒不是替张兵吹，他也是裴艳玲老师的高徒。当初罗蕙兰老师就说过：“他《柴桑关》好着呢，能翻，能打，还能唱。”可惜啊，我是没看过。料想老前辈所言必定不虚，从这点来说，张兵可以说秉承了文武兼擅的传统。

“女神”黄桦

大约2002年的夏天，一个桑拿天的下午，窝在朋友家看电视里播了一出《锔大缸》。因为没看见开头，等我们开始看的时候柳子腔已经唱到“八幅罗裙响叮当”了。再加上这出戏好几十年没演过，所以这名字是那朋友告诉我的。主演就是黄桦姐，彼时她应该大学还没毕业，正是绮年玉貌的时候。前面的小调唱得摇曳生姿，后面开打眼花缭乱。故而印象十分深刻。

没想到这出《锔大缸》后来居然成了我们一群人之间的话题之一。很多人看了以后都觉得不同凡响，时隔多年还有人念念不忘，每每聊到武戏的时候这总是绕不过去的一骨节儿。黄桦姐的身手也不光感染了我一个人，大伙儿提起她的时候都两眼放光，“头一回看到这么带仙气儿的武旦”。按现在的说法，那应该是“女神”级的人物了。那个年月网络也没有方便到随时能表达自己的想法，要是搁现在，估计用不了两天，我们就能把她捧上头条。

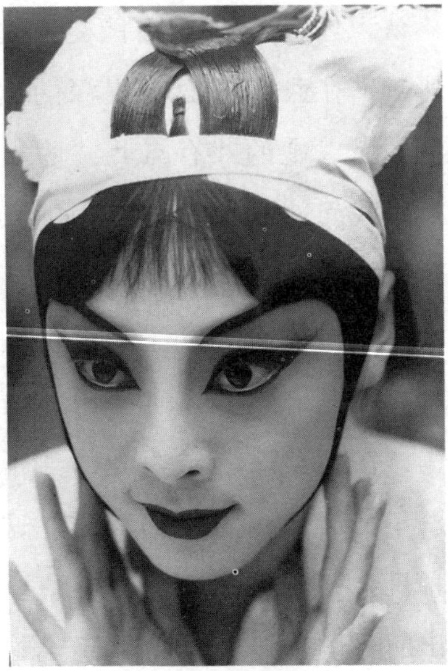

在化妆的黄桦

后来她进了中国京剧院（那时候还没改名），演了不少戏，但是大轴很少，开场居多，更多的是配演。这倒不是水平不行，武旦戏按惯例一般都是开场，因为在万恶的旧社会，需要长时间的锣鼓来招徕观众，所以留下了这个传统。当时看她演得最多的应该就是《白蛇传》的青蛇了。还有就是《武松打店》的孙二娘，因为戏曲频道拿《武松打店》的片段做了个值班片花。一到节目的空闲和整点前面的零碎时间，阳鸣兄和黄桦姐就出来“摸黑儿”了。弄得有一阵子，她看见我就跟我说：“你能不能跟他们说说，换个戏行不？天天看我择线尾子有意思么？”

我是利用工作之便跟黄桦姐混熟的。那时候，有一批像黄桦姐这种世家出身的“戏三代”正在崭露头角。当然，最开始的时候我认识她她不认识我。架不住总见面，再加上我总是“赶着丈母娘叫嫂子——没话搭拉话”，她也就被迫和我认识了。好在她比较随和，没让我下不来台。那时候主要是为了跟朋友吹牛。“你看，你天天说你是人家粉丝，她认识我，不认识你。”黄桦姐可能受家庭影响，在武生方面有很深的熏陶，所以她的戏有点儿“脆”。后来我问过她《锔大缸》的事，这基本上是我们每次对话的开头——“什么时候还唱《锔大缸》啊?”这戏她很早就开始演了，在大学跟谯翠蓉老师学了两年，还是一对一的教学，这种机会并不太多。她当年演全出的时候，阎世善先生还亲临现场坐镇。所以说如果每个演

黄桦《扈家庄》剧照

员心里都有自己的“平生得意之笔”的话，《锔大缸》想当然就应该是黄桦姐的不二之选。只不过进团以后，想攒就有点儿难了。

她主演的戏我在长安看过一回《女杀四门》，还有一回《八仙过海》。配演有李阳鸣兄和刘魁魁。当时坐我后边是俩大爷。一个说：“别的都没挑儿，就是嗓子欠点儿。”另一个说：“你差不多得了，一个人全占上别人还活不活了?”我还特意回头儿看了一眼，敢情黄桦姐还有这么大岁数的粉丝。但遗憾的是没在剧场里看过她的《锔大缸》。说实话，武旦某种程度上来说比武生还要尴尬，绝对投入产出不成正比。不光练功苦，还得团结一帮下手儿。演武戏最重要的就是心气儿，你自己能耐再大，也不能天天唱《夜奔》啊？以前就听说过，主演和下手儿闹意见，《盗库银》打出手的时候掉的满台都是。你就是恨天无把恨地无环，也干瞪眼没辙。再加上现在唱武旦的都是女孩儿，谁还没有个对美好生活的向往。等名花有主，家庭负担说没有也是有。随着年龄的增长，体力和精力都会随着下降，还有无时无刻不隐藏的伤痛危险。所以武旦的黄金年龄很短，那些所谓“她还年轻，还有机会”的说法都是对演员本人的不负责任。

说得热闹，其实我们见面机会并不多。虽然武戏演员并不像文戏演员在其他类型节目当中活动空间那么大，但也不是完全没有，可是类似于“武戏集锦”等板块类节目当中很少出现黄桦姐的身影，而且越来越看不见她上场，连跑宫女都得上八个的时候才能看到她垫底。我一度很好奇她是不是改行了。

2008 年青京赛，黄桦姐参赛了。复赛是残奥会后第三天在长安大戏院开始的，黄桦姐的剧目是《扈家庄》，现在的剧目匮乏很具备普遍性，这么多年《扈家庄》我看过不下三百遍，从全出到片段，各种大刀阔斧的删改，绒球从娃娃粉到红到绿到花点儿的，虽然我不太懂武旦戏也已经有点麻木了。黄桦姐依旧是当年那样光彩照人，虽然场次精简到已经快没有了，还是比较全面地体现了她的个人水准。

黄桦与阎世善、黄德华、谯翠蓉诸位老师

决赛的时候，她用了《锔大缸》。我当时没抱太高的期望，因为决赛有时间限制，超时得扣分。前面是和土地的文戏，还是那段熟悉的柳子腔，后面是和神将的开打。中间改妆时间很短，只有魁魁一个过场，从头到脚都得换，确实不容易。她在文戏的场子透着娇媚，到下场前那个亮相，二目精光一闪，狠劲立刻就出来了。开打的时候穿的跟以前有所区别。到武场子的时候，明显能看出来众家哥弟齐心合力，众人拾柴火焰高，跟黄桦姐的配合十分默契。她前面用刀开打，下场一如既往的脆，中间换了一回把子，用短枪打出手，最后是手档子。虽然时间有限，亦堪慰我心。

遗憾的是，黄桦姐的得分并不太高。那场结束以后，排名也就出来了。徐滢小妹在我身后抹眼泪，我问她怎么了，她说："黄桦姐这名次……我觉得她怎么也应该在我前边。"其实我心里也觉得有点难过，但是想想不以一时一事论英雄，也只能宽慰自己，不想再给她添堵了。

这几年听说她相夫教子，生活很幸福。可仍然很少登台，下回见着她我还得问问，什么时候演《锔大缸》。

好哥们儿杨程

自从我敢跟别人说我“比较懂戏”那天开始，我就特别喜欢武戏，尤其是武生戏。虽然有见贤而思齐的愿望，无奈朽木不可雕。顶多也就是大伙儿闲谈的时候痛快痛快嘴，当个嘴把式。并且我在专业演员中的朋友里，唱武生的也占很大部分，杨程就是其中一个。

2008 年，奥运会正在如火如荼，我到上海参加第六届青京赛复赛生行组的工作。每天下午晚上两场演出在天蟾舞台，所以驻地就在天蟾附近。排戏在衡山路上海京剧院，从天蟾到上海京剧院的距离着实不算近，每天上午的排练又安排得很满，故而我每天为了躲避早高峰都要早点出门，而有一天我到排练厅的时候已经有人在走戏了，这就是杨程。

杨程《十八罗汉收大鹏》剧照（摄影：孙觉非）

当时我还不知道他是谁，拿到流程表之后才知道他是大连京剧院的选手。那天他拿的剧目是《蜈蚣岭》，看得出来得过高人传授，自己功底也扎实。排练完了以后，他一脸的汗珠走过来跟张德才先生道辛苦，张大叔儿（张德才先生的官称儿）笑容满面地勉励了他几句。他有点腼腆，我倒是在旁边不合时宜地补了一刀：“你刚才念的‘行者陀头总一般’吧？你念反了，应该是‘行者头陀’。”他看了我一眼，点了点头，走了。

这就是我跟他的第一次交流。其实说完我就后悔了，又跟人家不认识，张嘴就挑毛病。挑对了也行啊，后来我专门查了一下，“陀头”的解释是“头陀”，也就是说这俩都对。你说我这不白招人不待见么？总也改不了这毛病。

2010 年春天，我准备给大连京剧院做一批节目，专程去了大连一趟。那时候大连京剧院还在麒麟巷，据说院址原来是个庙。一进门就遇到了岳峰兄，寒暄过后，他问我：“你第一回来吧？我带你转转？”然后我们把臂而行，把大连京剧院里外转了个遍。当时已经快到中午，京剧院里人已经不多了。走到排练厅的时候，我看见一个身影还在那儿用功。我问岳峰兄：“那是杨程吧？”岳峰兄说：“嗯，没错。你们熟啊？”“不熟，在上海见过一面。”言语间他也收了功往门外走。见到我恍惚好像眼熟似的，我就跟他打了个招呼。没好意思提上海那档子事儿，估计他也没想起来我是谁。

后来也不知道怎么就熟了，多一半是拜王玺龙所赐。他们是同行，又都是天津人。虽然不是一个戏校出来的——杨程是观缨戏校的学生——反正全中国就这么点唱戏的，唱戏的里就这么点唱武戏的，虽说“同行是冤家”，可是在我看来，全中国的武戏哥们儿还真是例外，真很少听说哪两个武生谁跟谁不能见面儿的。能跟他们交往，我觉得很荣幸，也应该是在这个大圈子里，我跟杨程迅速地熟了。

2012 年青京赛，杨程进了决赛，参赛剧目是《挑华车》。以前总看他演短打戏，我也觉得他的条件演短打非常合适。可是见了他的长靠戏，不由得刮目相看。其实他身材并不高，可是扎上靠以后并不显小，还挺有份。而且脸上也有戏，用时下常用的说法就是“能充分体现人物内心活动”。这还真是出乎我的意料了。

我跟杨程之间的接触很简单，除了聊戏，似乎就没别的话题了。他不太爱说话，至少是不善言辞。

后来他进了研究生班，我们在北京能经常见面。有一次，我临时起意，想跟哥儿几个聚聚，没想到说晚了，当天很多哥们儿姐们儿都有事。最后只有我和王玺龙、杨程还有妖精（贱内的外号）凑一块儿了。本想拉着他们找个上等次的地方好好聊聊。没想到王玺龙那天犯馋虫，非要吃卤煮就包子。没办法，我们只好随着他。看得出来杨程对卤煮的兴趣远没有王玺龙那么浓厚，也就是“娶媳妇打幡——跟着哄”。那玩意儿看着多，吃起来还不快么？连喝汽水儿都算上没用四十分钟就干掉了。只好找了个“避风塘”四个人开始斗地主，灌一肚子各种各样的兑水色素。杨程就跟个孩子似的，一高兴就哈哈大笑，手舞足蹈。四个人逗了一晚上，十点多才散。

后来我跟王玺龙说：“有你这样的么？要就咱仨也就算了，你也没少吃我。跟杨程头一回吃饭，你就拉人家吃包子去？你们家都拿卤煮招待人啊？知道的你不拿我也不拿他当外人，不知道的以为我多啬刻呢！”在我再三地命令下，终于等他们冬天再来上课的时候，我补请了他俩一顿烤羊腿。吃完了上我家玩，我把我那些体己都翻出来显摆。杨程听了我那张杨小楼的唱片俩眼直放光，我生怕他跟我张嘴要走。后来他们还穿着我从内蒙古买来的蒙古袍子照相，杨程个儿矮点，穿上撑不起来。王玺龙穿上长短倒合适，就是太瘦，直晃荡。

可惜，那样的日子很快就过去了。他们研究生班毕业，各自回了原单位。我也俗务缠身，每天东奔西跑，就是没去过大连。他们进京演出也不过是提前一天来，演完就走，很难再有时间好好聚聚。不过研究生班的学习经历对杨程来说应该是起了很重要的作用。这些年在大连他陆续上演了好多新学的剧目，《金翅大鹏》《麒麟阁》什么的。新近大连京剧院演了一出话剧《广陵散》，杨程在里面还演了“竹林七贤”之一的刘伶，我没能到现场看他的演出，我也很想看看一贯老实本分，也不怎么喝酒（至少跟我是这样）的杨程，怎么演这种放浪形骸，雅量高致的醉鬼呢？

杨程在《武文华》中饰演万君兆（摄影：的灰）

2018 年，杨程拜了叶钧先生为师。叶钧先生是叶盛章先生之子，武生名家。杨程得列门墙，日后的发展肯定不可限量。其实在这个时代，能坚守一门清贫的艺术，尤其是本来清贫的艺术中又常被冷落的行当，这是需要精神支持的。我不爱问朋友的日常生活，杨程也很少跟我聊这些。在我想来，如果仅仅是盯着台毯挣钱，恐怕就不光是清贫那么简单了。但是我看他似乎甘之如饴，每每发微信闲聊也都是戏班儿里这点事儿，还时常伴随着他那爽朗的笑声。常言说“三年出一个状元，三十年出不了一个好唱戏的”，唱武戏的好角儿尤其难得。现实与理想的反差也使武生成为人才流失的重灾区。但愿杨程和众多武戏的哥们儿以后能越唱越舒服吧。

票友下海的叶晋材

听专家说过，戏曲演员的来源分三种：科班出身、手把徒弟和票友下海。时至今日，科班已经被戏曲院校所代替，手把徒弟在时年七十岁左右的艺术家中还有踪影，票友下海则自新中国成立以后屈指可数。近年来的据我所知，除了“盖广州”的尤海波以外，似乎也只有身在重庆的崔英先生、江苏的江汁、济南的白洪亮以及叶晋材了。

叶晋材在《翠屏山》中饰潘巧云（摄影：李妮）

2007 年第三届戏迷票友大赛的时候，我辅佐贯振山先生工作。这是我第一次以工作人员的身份面对山南海北、水旱两路的票友。说实话，放眼一望，基本都是我父母那个年龄的人，年轻人很少。其实这也正常，年轻人喜欢戏曲的绝对数量固然不少，但更多的人则是人生阅历丰富以后，偶尔听到京剧，比如“一事无成两鬓斑”什么的，与自己的感悟产生共鸣，才会对它感兴趣。在我看来，对艺术的接受是有年龄段的，谁见过哪位老头儿老太太去蹦迪的？也不能绝对说没有，起码是少数吧？一个年龄段有一个年龄段消遣的方式，因此说“京剧从娃娃抓起”，我觉得更多的应该是在他们的感知里种下欣赏京剧的种子，至于什么时候发芽，那就交给老天爷吧。

因为参加票友大赛的年轻人很少，所以这个岁数的人就很引人注目。叶晋材那时候刚十七岁，跟杨三姐儿同龄。小伙子白白净净，还挺边式。尤其眼睛虽然不算太大，倒是真有神。我刚遇见他的时候，他就冲我一点头，脆生生地叫了一声：“哥。我是叶晋材。”那几天我天天在驻地来回串，大家都知道我是干吗的也正常。我以为他是票小生的，拿过材料一看才知道，敢情是唱花旦的。排练完了贯爷问他：“你跟谁学的？”他有点不好意思：“看录像学的。”贯爷一笑：“骗我？你看录像你能踩跷？”后来才知道他是甘肃京剧团的家属，从小就在京剧团长大的。之前还在培训学校学过一段儿。只是后来因为男孩唱旦角戏校不接收，才没能学戏，改学吹圆号了。那届票友大赛他一鸣惊人，拿了个金奖。

票友踩跷在当时十分少见，所以叶晋材一度在票界成了话题人物，时隔不久，他又拿了“和平杯”的“十佳票友”。不到二十岁，把票界能拿的奖都拿了。要是专业演员是不是该考虑退休了呢？以我的经验，票友一般到了这个等次之后，尤其是刚拿奖的那会儿，各种晚会、活动的邀约就会纷至沓来，很是要风光一阵。而且，有很多人对此颇为自得。而叶晋材之后一段时间很少有他的消息，我以为是甘肃太远，消息不便，后来听说他当兵去了。

再见面时已是几年以后，这孩子（虽然他才比我小十岁，可能是第一印象的原因，我总觉得他是个小孩）壮实了不少，看得出来是经过洗礼了。一聊才知道，他退伍之后，去温州唱了几年，感觉还得“回炉”就考了北京戏曲艺术职业学院（我们都爱说“北京戏校”）。我还挺替他高兴的。终于圆了自己这个梦，能成为专业演员了。虽然成了名票，毕竟不是行里人，野生的总不如科学养殖的顺眼，这就是“砍的不如镟的圆”的道理。而且，在旧社会，拜个师，去梨园公会挂个号就算行里人了，“如今的事儿大变更”，进剧团当演员的要求跟以前大不一样了。但核心宗旨没有区别，你得先进了人家那个圈子，才有资格谈以后的事。别看票友跟专业演员就差一层窗户纸，那也是可薄可厚。从这点就能看出来，他对京剧是痴迷的。这一点，我没法比。

叶晋材在《白雪公主》中饰皇后

他在北京戏校上学以后，见面机会就多了。不是后台就是观众席，他还是那样，除了比小时候黑了点儿，整体没怎么走榫子。有一回在后台碰上，我问他：“你最近忙什么呢？”“学校排了一出戏，有我。”“好事儿啊，什么戏？”“《白雪公主》。”“嚯，新鲜啊。你来白雪公主啊？”“不不，我来她后妈。”“……也挺好，符合你这筱派的风格……”

2014 年 7 月 11 日，夏一凡贤弟等人在宣武文化馆演出，我去捧场。演出结束以后，我在后台跟各位老师道了乏，准备回家。路过剧场的时候，看到叶晋材陪着先师王宗伟先生在观众席里坐着，旁边大包小裹，像是刚来不久。我连忙过去问好，叶晋材也没想到碰到我：“晚上我的《豆汁记》，哥，你看看呗？”我特别想留下看看，无奈晚上早有安排，只好推辞。我问王宗伟先生：“这大热天的，您怎么来了？”王先生当时虽然身染沉疴，精神头还是一如既往：“本来我不想出来，他跟我借了几样东西，再说这戏之前我给他说过点儿，他非让我来看看，那我就来呗。”时间不早，我就告辞走了。叶晋材可能不知道，因为他把王先生“拘”出来，我才在剧场跟他老人家碰上，那是我和王宗伟先生见的最后一面。

进了戏校以后，叶晋材就逐渐顺风顺水了。还参加了第二届的“学京赛”，票友大赛和专业大赛都参加的好像全中国也不多。后来还改了个名字叫“叶翱畅”，我感觉是寄托了他的希望，但是念着有点不顺嘴。有一天，我在微信朋友圈里看到他发了个十字路口的照片，配的说明大概意思就是“谁能收留我一会儿”什么的。我一看，这不我们家门口么？就给他发了一个微信，问他在哪儿呢。不一会儿，他就出现在了我家小区里。正赶饭点儿，在我家一块儿吃了顿饭。我看他上下楼总是一步一步错着走，就问他：“你上医院干吗去了？”他说去看病。我看他那姿势，以为他把腰扭了。没想到比这严重，他说他“强直”了。吓我一跳：“那赶紧治啊。”他倒不在乎：“控制住就行，好是好不了了。”我跟着他下楼，看着他一步一步挪，心里也说不出是什么滋味。

他毕业后回甘肃京剧团工作。而我并不知道他已经离京，因为从工作以后好像对寒暑假、毕业季什么的根本没有概念了。当时还跟他约呢：“年底咱们一块儿唱一场。”他很痛快就答应了，我还问了他一句：“到时候你要是回家了怎么办？”他还是那样满不在乎：“没事，距离不是问题。”那我也不能真为了唱出戏大老远地把他揪过来啊，可是看他的定位，一会儿兰州，一会儿上海，一会儿海南，一会儿北京，真能跑啊。2016 年，他拜了宋丹菊老师为师，成了“宋派”中奇货可居的男弟子。也是那年，他去天津参加比赛，回来在北京盘桓两日，我们约在腊竹胡同烤肉，席间定了个约会：“五十年以后，还是咱们六个人再聚一回。”希望我们都好好的，坚持到那一天。

西安“盔头武”

前几年，在长安大戏院看凌珂兄演《四郎探母》，我看他那一头甩发十分精致，不由得流露出羡慕。我媳妇她老人家问我：“这甩发挺贵吧？”我说：“主要是头发不好找。”“那不是事儿，我给你留。”可接下来的问题是，留完了找谁做呢？要说真是想睡觉就有人扔枕头，正在我媳妇养头发的时候，我认识了霍耀武。

2017 年晚秋，我去西安出差，盘桓了有一周时间。公干之余，自然和当地的好友们要欢聚一下。通过康云翔兄的引见，我与霍耀武正式见面了。当然在此之前，我早就听说过他的名字了，有很多朋友都从他那里订过行头和髯口，微博上“盔头武”也是有一号的人物。故而一见面也没有什么陌生感，很快我们就打成一片。霍耀武是户县人，现在叫鄠邑区了。跟唐僧他姥爷是同乡。

霍耀武与凌珂

他这个姓可是很古老，最大的一个出处是周王室的后裔。在我的家乡，通常把这个姓氏读成“火”，也不知道跟他们是不是一式。一般来说像我们这个年龄能喜欢京剧的，基本上家庭里都有一个热爱戏曲的长辈，我估计霍耀武也是这么走上这条路的。不过他跟我们不一样，首先，他现在是专业院团的工作人员，其次，他玩儿的跟我们不一样，他的兴趣在做行头上。

一般做行头都是箱官的副业，尤其是在现在这个时候。因为行头、盔头的制作跟社会需要已经脱节了，起码旧社会婚丧嫁娶的一些传统仪式还会用到他们的作品，而如今除了剧团以外，基本没有其他的客户会需要他们服务。因此上盔头、行头、砌末等的制作工艺大量失传，从业人员迅速缩水也是情理之中的事。而霍耀武则一头扎进了这个圈子，并且年纪轻轻地就成了“非遗传承人”，项目是“戏曲盔帽制作与箱倌技艺”。网络时代拉近了人们的距离，不光西安本地，许多天南海北的演员和爱好者都成了他的好朋友，经常找他做东西。这就能看出来他眼光独到，你看我们喜欢京剧，票戏还得花钱，还得求爷爷告奶奶地央告人家帮忙，演出一回累得跟孙子似的。他这多好，又满足了爱好，又成了职业，谁唱戏也离不开他，还小有名气。名利双收，人家眼光比我长远。

霍耀武在工作

也许是手艺人的共同特性，在我们一起闲聊的时候，霍耀武话不太多，只有谈到戏，谈到行头的时候他才会滔滔不绝。第一次见面，我们就在清凉的秋夜里，望着若隐若现的城墙聊了大半宿。后来我还去他位于碑林附近，书院门的工作室参观，当时他的工作室还在一个很狭窄的胡同里，有点“一间屋子半间炕”的意思。而屋里则是琳琅满目，墙上、柜子里、案头上摆满了各种各样的行头和盔头以及零部件，很多我都看不出来是干吗用的。而霍耀武则如数家珍，哪件是从哪儿收来的，哪件是给谁做好了还没有取走，眉宇间总是带着一丝沾沾自喜。

霍耀武与陈少云先生

从那次见面以后，我们的友谊就迅速而牢固地建立起来了。细想起来，我和我的朋友们保持这样一见如故的节奏不是太多，但省去了许多客套和恭维建立的友谊更直接。可能这也是物以类聚人以群分的结果。之后我也没少麻烦他，比如我从邱广勇那里讹了一身靠，可是人家靠盒子和靠旗杆是有数的，不给我。我只好找霍耀武求助，从他那儿又讹了一个靠盒子和四根靠旗杆。但也不是每次都能得逞，也有希望落空的时候，2018 年我去西安录节目，本想他守家在地的，借行头多方便？没承想，我下火车的时候他刚到北京，等我干完活儿要拔营起寨了，他从北京回来了，一天不落地杀了个大“过合儿（戏班术语，就是两人开打的时候面对面地走过去）”。结果他还落个便宜话：“你什么时候还来啊？提前告诉我，我跟你没聊够。”我开玩笑地说：“怎么着？我提前告诉你你好安排出差啊？”

2019 年，我媳妇的头发终于留够尺寸了，在我出差之前，她剃了个板寸，把一大把一米长的头发交给我带到了西安。在火车上我就约霍耀武见面，他却故弄玄虚地非要我第二天再去找他，我只好照计而行。第二天，我体验了一把西安先进的地铁，可是我竟然在永宁门地铁站迷路了，耽误了半个多小时才到他工作室的新址。还在书院门附近，但是明显上档次了不少。窗明几净，一看准是“私货”又大大增加了。我见到他的时候他正在门口抓狗呢。一只不知道谁遗弃的小狗躲在车底下不出来，他一只手抓后脖子就给掏出来了，拴好了以后跟我说：“怪可怜的，找个救助站给它送走。”没想到他还挺有爱心。

他让我迟一天去找他的原因是他要给我引荐一位新朋友，就是收藏家路增远先生。路先生不仅是收藏家，更是一位书法家。承蒙路先生错爱，我在他那里看到了很多梨园前辈的墨宝。路先生还题了一幅李贺的《南园》诗送我，令我十分荣幸。当然，能有这个机缘，是要拜霍耀武所赐，还是他人缘好面子大。

在他的生花妙手之下，我的“御制甩发”历经好几个月终于问世了。为了不糟践东西，我又让他用剩下的头发给我做了两条鬓发。他很奇怪，问我：“什么样的鬓发？”我说：“你知道牵巾吧？早年间小生用的不都是牵巾，也有用鬓发的。”“你又不唱小生，做它干吗？”“万一我要抽疯唱《狸猫换太子》呢？陈琳也能用。”拿回来以后，发愁的就该是我了——什么时候用呢？

西安的戏曲市场以秦腔为主，而秦腔的行头风格和京剧还是有一些区别的。霍耀武倒是跳进跳出，毫无违和感。这倒也不奇怪，他从戏校毕业以后，先在易俗社工作了好多年，后来又到了京剧团，两边都很熟悉。现在剧团的工作也在与时俱进，以往箱官都是服务性工作，如今也要参与剧目创作。偶尔在一些新剧目的职员表里也能看到“舞美设计”“道具设计”等处有他的名字。但是我觉得他应该更得意在工作室里怡然自乐的状态。他给自己的工作室起名叫“盔头武”，看来还是更钟情于盔头制作。于这行手艺我是一窍不通的，但是我看他每每摆弄他的作品时那种挑剔，能感受到他对这门技艺的执着和热爱。

冷面佳人董雪平

总有人说，遇到同一天生日的人是一种因缘。回望我到目前为止并不算长的人生经历中，我只遇到了两个跟我同一天生日的人，其中之一就是董雪平。

董雪平同学供职于上海京剧院，归工是张派青衣。如今这“十旦九张”的年月，唱张派是需要实力的，原因很简单，竞争太激烈。但我看董雪平却好像并没有什么压力，可能这与性格有关。我们这个星座可能脾气都这样，虽然这种外国算命我不太懂吧。而且我们遇到同一个星座的人的时候，基本就是两种情况，一种是互相特看不上，另一种就是好得穿一条裤子都嫌肥。很不幸，我跟董雪平同学的交情这两种都不是，属于自主研发了一条新路。

董雪平《断桥》剧照（摄影：卢雯）

大约 2007 年，在一次节目录制的现场，我正在按流程表张罗下一个节目候场，剧目是《刘兰芝》的

“夜纺”，表演者就是董雪平。由于不是直播，在主持人说完串联词之后，工作人员才上场摆道具。当然，工作人员不一定都是剧团舞美队的，所以纺车后边的椅子摆的方向就出了点偏差。我在上场门回头跟董雪平说：“那椅子摆歪了，你上去之后自己挪一下吧。”干这活儿这么多年，倒不是说我有多能耐，一般来说托付过演员，至少也得点个头儿意思一下吧？董雪平同学跟没听见一样就上场了。弄得我一阵二乎：“她倒是听见没有？”

事后我还专门总结了一下自己的经验教训，你当别人都是傻子么？人家专业演员这么多年不知道椅子摆得不舒服？非得你仨鼻子眼多出那一口气？显你眼神好？人家不搭理你这不活该么？

到 2009 年，我接了一个录像任务，为上海京剧院的青年演员们录一批节目。在上海京剧院提供的人名单里，有李国静老师、李春兄、傅希如兄、王玺龙赵欢伉俪（那时候他们还没结婚呢）等，董雪平也在此列。众家哥弟都拿出了自己拿手的剧目，董雪平除了之前听过的《刘兰芝》“夜纺”以外，还有一段《西厢记》的“琴心”，这对我来说倒是意外之喜。

董雪平《秦香莲》剧照

（摄影：秦钟）

出于个人爱好，本来我对旦行并不是特别上心。但是不可否认的是，旦行艺术有巨大的感染力，我也不是油盐不进。所以有几个特殊的唱段我十分喜欢，“琴心”就是其中之一。另外，多年来录制过的张派选段，不外乎《状元媒》《望江亭》等，《西厢记》录得很少，

“琴心”更是屈指可数。尤其是视频格式升级换代很快，之前录的大部分都是标清格式，在高清格式日益普及的趋势下，很快就不能用了。再有，这个选段在舞台表演时是分区的，张生在下场门弹琴，崔莺莺和红娘在中间表演，对于电视拍摄来说是有可创作的空间的。基于这几个原因，还没有开始工作我就对这段儿的拍摄抱了很大的希望。

录音是在上海进行的，同期还有高明博兄的《御果园》，所谓“一事不烦二主”，其中的黑白二夫人就由董雪平和蔡筱滢二位张派同学承乏了。花云那俩媳妇最后还一个跳井一个装疯呢，这俩角色一块儿出现，一块儿唱，跟一个人没什么区别，所以始终我也没分明白二位谁黑谁白。高明博兄嗓音洪亮，调门不低，又是二黄唱腔，对旦角来说是个考验。虽然她们只唱了两句，也能看出天赋上佳。至于她的“琴心”自然驾轻就熟，无须赘言。而在王玺龙的引荐下，我们算正式地认识了，她也不再冷着脸装没听见我说话。而跟她熟了以后才发现，她这冷热对比还挺明显。当得知我们俩一天生日以后，我顿时理解了之前她的不冷不热，因为我也这样。

录像的时候我特意设计了一下，先拍张珙的反应，再拍正戏。为了体现夜色静谧的环境特点，我让舞美特地放了点儿烟。场工哥们儿特实在，放得够多，董雪平上场的时候都出了《西游记》的感觉了。拍摄还是比较顺利的，尽管我的想法是好的，由于条件的限制，最终的结果只能说差强人意。谈不上有多精致，浪费了她的表演。那次录制工作我创了俩纪录，一个是九天（包括前后两个周末）录了将近400分钟节目，另一个就是四个小时只录了一段“琴心”。

她在舞台上的演出到今天我还没能躬逢其盛，毕竟上海距离好几千里地，去一趟怪费钱的，不过看网上她的演出还真都是唱功重头戏，《秦香莲》《望江亭》还有一回《祭塔》。除了2015年在长安大戏院纪念张君秋先生的演唱会上，听她清唱了一段《秦香莲》。别的都挺好，就是这造型吧，太冷。我总想给她提个意见：“能不能喜兴点儿？”2014年，她到中国戏曲学院上研究生，按说可以没事儿聚一下了吧？结果只聚了一次。就是我跟叶晋材“五十年之约”那回，她是座间六个人之一，还是被叶晋材拽去的，可见我这面子还是不够大。席间我问她：“我打算年底攒一场，你有兴趣么?”“好啊，你唱什么?”“……《桑园会》吧。”“那我还得再练练。”当然，最后没唱成，因为那年我太穷。转过年来她就毕业了，本想在她汇报的时候一睹风采，没想到我去横店忙活了半年，生生地错过了一场她在我家门口的展示。后来她还问我：“《桑园会》还唱不唱了?”我说：“你都回上海了，再说吧。”“没事儿，我也不是不来北京了。”话是这么说，要真为这么点儿事把她从上海拘来，我还得花路费管吃管住，那我是不是赔了？

虽然这么多年交了好多专业范围内的朋友，但是像董雪平同学这样的着实不多，有很多我和董雪平共同的朋友都说她比较奇怪，每每这个时候我只好选择沉默，因为嫌弃她的性格总会顺带想起我的为人处世。除了每年过生日的时候问候一下，平时也没什么可说的。有时候有点事儿想请教给她发个微信基本都是泥牛入海，消失个一年半载杳无音信也不鲜见。我上一次见到她好像是2016年我去上海京剧院拍尚长荣先生的专题片，正赶上他们排戏，有董雪平一个宫女，我们隔着台毯点了个头儿就算打了招呼。有一天晚

董雪平与粉丝

上，她突然给我发个微信：“谢谢你那年给我录像。”我在受宠若惊之余百思不得其解：“你受什么刺激了？”“没有啊，就是想起这件事觉得应该感谢你。”好嘛，抗日战争都胜利了她才想起来，这反射弧也太长了。

本以为同一天生日，同一个星座也就算了。后来一聊，除了属相和性别不同，我俩血型也一样。这样的两个人没成仇人已经是“老天爷睁开了三分眼”了。所以呢，遥望于江湖也挺好。鲁肃怎么说来着？“交朋友不过如此了么？”

邻家小妹宋云飞

我身边有很多朋友不喜欢京剧，却特别喜欢京剧的扮相，当然以女性居多。偶尔牛刀小试，都愿意跟我咨询一下扮个什么人物比较好看。我通常就随手转一个照片给她们参考，大多数情况下，她们的回复都是："这姑娘谁啊？真好看。"于是这位叫宋云飞的同学就经常在不知情的情况下凭颜值圈粉了。

在中国戏曲学院附中时的宋云飞

宋云飞同学现在在国家京剧院，在中国戏曲学院学习的时候是谯翠蓉老师的高足。第一届学京赛她以《竹林计》参赛，拿了个金奖。那时候她好像还不到二十岁，正是花儿一样的年纪——现在还是啊。我也差不多在那个时候认识的她。我原来一直以为她是东北人，后来才知道是河北人。可能是因为我认识的武旦东北人居多吧，才有这样的错觉。

虽然演员从事一个行当基

本看天赋，但是行当的艺术特性应该会影响演员的性格。比如丑行演员平时大多也诙谐幽默，花旦演员则热情开朗等等。唱武旦的姑娘们大多比较飒利，虽然不是风风火火，也时常带出一丝脆生。可跟宋云飞接触吧，这孩子老是一副文文静静、细声细语的劲儿。刚认识她的时候也搭着岁数还小，偶尔碰上说两句话备不住她还脸红。这几年跟她交流发个微信，赶上语音我老得调音量，让我总恍惚她是不是开错了蒙。

当然，这也就是在台下的样子，上了台她可就完全不一样了。好多文章形容武旦都爱用“英姿飒爽”这个词，透着那么招人待见。宋云飞同学还是很有台缘儿的，个头、扮相都合适——要不也圈不了粉啊。功夫也没的说，说俗一点吧，身手又快又准，赶上个枪下场、刀下场什么的，说是目不暇接一点儿也不过分。《穆桂英挂帅》里夸杨金花有一个词叫“婀娜刚劲”，不得不佩服当初剧作家们的生花之笔。我觉得用这个词形容她可谓恰如其分。

宋云飞《通天犀》剧照
（摄影：慢哥）

一般人对京剧演员的印象都比较特殊，说好听点儿叫“另类”，说不好听点儿就是“老”。也可能是这一行业的传统性给人们带来的固有观念。但是社会在发展，青年演员们也不是生活在真空里。怎么可能都是老气横秋呢？就说宋云飞吧，要是陌生人在大街上碰见她，绝想不出她会“身怀绝技”，打扮起来也是回头率百分之好几百。也爱在网上发点儿猫猫狗狗的，一屏幕少女心。平时也是家里剧院两头忙活，除了专业跟一般人的生活没什么两样。

这些年她演的刀马旦戏居多，大多是《红桃山》《竹林计》这类的。在现在的院团里，武旦戏也不过是翻来覆去的那么几出。占人多，排着麻烦，时间还短，用行话说“不够一卖”。唯有一点还基本都遵循老的传统——每每武旦戏总是排在开场，生存环境比较尴尬。京剧演员的辛苦在于普遍投入产出不成正比，武戏演员得加个“更”，那么武旦就还得加个“尤其”了。宋云飞天天往练功场扎，一练就半天儿。我经常跟别人说：“京剧里凡是你觉得好听的，基本都不好唱。凡是你觉得漂亮的，扮出来都特受罪。”就刀马旦这一身儿，从上到下少说得十好几斤，全拿绳子生往身上勒。因为动作多，还得勒得特别紧。从物理学的角度来说，十好几斤的装备在表演中甩动起来，加上势能就不止这个分量了。有时候看她卸了妆，额角上的印痕清晰可见。不光如此，穗子、翎子什么的零碎儿还多，全凭这样的东西惹祸呢。万一刮上或者掉了，就影响整体效果，所以都得照顾到了。就算不粘不刮，赶上缠在一块儿造型不美，外行看不出来自己也别扭。所以戏班儿里有句话：“得择干净了”，说着容易，练起来可就费了劲了。别看在台上眼花缭乱，一团风似的，真正谁受罪谁知道。

唱武旦的天天翻翻打打，除了辛苦还有受伤的危险。什么崴个脚，青一块紫一块的都上不了台面。很多很有前途的武戏演员，都是因为意外受伤不得不改行离开舞台，精神和肉体的双重打击是很痛苦的。2012 年，宋云飞又参加了“青京赛”。与当年的“学京赛”相比，宋云飞的发挥依旧还是可圈可点，然而成绩不怎么理想。这也是情理之中，青京赛的舞台上，同台竞技的不再是学生，而是各大院团的中坚力量。她作为一个刚刚毕业的新人，与其他选手相比在舞台经验和火候儿上还确实是软了一点。我记得当时评委点评还特意鼓励她几句：“她还年轻，来日方长，还会有机会的。”然而没过多久，我就听说她受伤了。倘或很严重的话，对她以后的发展会有多大影响都很难说，也许那位专家说的“机会”就再也不会出现了。而她给我的回复是：“没事，不算太严重。等手术做完以后，我加强康复肌肉训练，想办法争取恢复到最好的状态。”虽然轻描淡写，字里行间还是流露出浅浅的无奈。

有时候我们也交流一点观后感什么的。大概两三年前吧，她在梅兰芳大剧院演《红桃山》，我去看了。之后聊起这回演出，我仗着熟人不讲理就胡说了几句：“你现在正当年，所以演得冲很正常。问题在于你是武旦，首先得是旦角吧？还是得有点妩媚的意思。要不然不就成武生了么？你是不是得给人家留点儿饭?”其实我也理解她，艺术成长是一个积累的过程。当然首先是对技术层面的熟悉和发挥，没有刻苦练功打下的基础，从量变到质变的过程是不行的。然后再形而上地追求艺术理念和风格。就个人来说，还有个环境和熏陶的问题。年轻的时候互相比不就是看谁嗓子好、调门高，谁拧旋子多，谁能下高儿么？问题是在于对艺术的理解不能总停留在这个层次上吧？等岁数大了，拧不动了怎么办？脱离舞台么？

更何况“艺术”这个概念，在“术”前面还有个“艺”呢。那就说明它跟“技术”还是有些区别的，也就是抄书匠和书法家的区别，抄书匠写的字不能说不好，在“技术”层面已经登峰造极了，他那一行子买卖可能书法家还来不了。但是为什么书法家能成“家”呢？因为人家的着眼点在精神层面。再套回戏班儿的话说，人家研究的是“意思”，意思对了就有了顿悟的条件，也就是从量变到质变的拐点。我想这也是艺术家和演员的区别之一。

宋云飞同学还在蒸蒸日上的阶段，希望她能有更多的机会展现自己的实力，但是——千万别再受伤了。

壮志未酬的李阳鸣

我与阳鸣兄的交谊不能说浅，与其他很多专业人士一样，都是起源于工作中，但我成为他的观众则要早很多年。

我还在上大学的时候，由于通过网络找到了许多同好，所以看戏的机会就多了。其中看过好几次阳鸣兄参与的演出。那个时候他应该刚刚进入中国京剧院，还属于青年新秀。基本上都是配角或者垫戏。例如当年总在戏曲频道做片花播出的《武松打店》，黄桦姐还曾经跟我抱怨过："你能不能跟你们领导反映一下换个片花？天天看我择线尾子有意思么？"还有一次是在长安黄桦姐的演出，剧目记不清了，阳鸣兄配演一个角色，就记得是改良靠倒缨盔。那是我第一次见到阳鸣兄本人，觉得气度非凡，英武不群。开打干净利落，顾盼之间总是有

李阳鸣《九江口》剧照
（摄影：慢哥）

一种潜龙即将腾渊的气质。

后来，阳鸣兄在2005年青京赛中夺得武生组桂冠，我也借此机会与他熟了起来。当时在剧组我有一项很“露脸”的工作——写节目单。把录像顺序写在一张大黄纸上，以便提醒演职员们按顺序录像。有一次，阳鸣兄站在节目单前看，我从他身边经过，打了个招呼。他带着招牌式的微笑对我说：“这节目单谁写的？”我以为有错误，仔细地看了看说：“我写的啊。”阳鸣兄说：“你这字不错啊，改天给我一幅墨宝行吗？”我笑着说：“您别拿我打镲了，我这哪儿拿得出手啊。”这短短的几句对话反而成了我和他之间的固定对话内容之一，以后每次见面，阳鸣兄都会笑着说：“什么时候能给我啊？”

当时阳鸣兄还是归武生行，演了许多武生戏。由于家世渊源的关系，阳鸣兄的表演总是给我以“别有风味”的感觉。作为万春先生之裔孙，自幼又得过万春先生的亲炙，还陪祖父演过《闹天宫》的哪吒。因此我相信其对表演的理解和处理应该是有所本有所出的。虽然在2005年青京赛的舞台上，他以《野猪林》参赛曾经招致一些物议。但在我看来，在当时的武生哥们儿中，阳鸣兄的水平即便不是冠军之位，也可以说跻身一流。

后来郑岩先生录制《骆马湖》的片段，阳鸣兄配演的黄天霸。这出戏的酒保本来应该是配演，但因为是郑岩先生的主场，因此乾坤颠倒，黄天霸反而成了配演。阳鸣兄穿的是一套明黄色的抱衣抱裤和明黄色的褶子，斜挎镖囊，颇显英武之气。曾经有人质疑这套黄色的服装，说是过去在舞台上只有皇家才能用明黄色，天霸应该穿白色的。其实这倒有些求全

李万春、李阳鸣祖孙同台

责备了，李万春先生当年就穿过黄色的，其原因倒不是因为黄天霸姓黄。据阳鸣兄介绍，其祖父李万春先生是看了杨小楼先生演《二本连环套》的黄天霸穿的就是黄色的抱衣抱裤，觉得舞台效果特别好，在台上很醒目。于是便借鉴过来为己所用。况且黄天霸也不是只能穿白色，李万春先生当年有《恶虎村》的剧照，穿的是黑抱衣抱裤。孙毓堃先生演《拜山》的时候穿的是蓝色的褶子。当然，与郑岩先生这样的斫轮老手同台，又是《骆马湖》这样多年不见于舞台的冷僻剧目，阳鸣兄的表演略显火候欠缺。这是经验积累不足的问题。

阳鸣兄自幼学艺，伤病自然不可免。他自己说在腿上还嵌着钢板，因此每次出国过安检的时候总要不厌其烦地跟人家解释安检仪为什么会响。后来听说阳鸣兄病了，一度传闻十分严重。谈论者也大多不无惋惜地说："唉，还唱什么戏啊。能保住命就不错了。"在多方的努力下，阳鸣兄的病情终于得以痊愈，但还是留下了严重的影响，他不能再唱武戏了。

李阳鸣在大觉寺

被迫放弃武戏以后，阳鸣兄开始转工老生。《文昭关》《珠帘寨》《大登殿》《四郎探母》《将相和》《红灯记》等片段或全剧都曾经上演过，还与索明芳唱过《翠屏山》。并且拜在叶蓬先生门下，成了钟秀门人。转工老生以后，他似乎比以前更忙了。也许是因为老生戏比武生戏范围更广吧，况且在当今的形势下，老生演员的登台机会也不仅仅局限于剧团演出，阳鸣兄似乎总在各地奔波。我们也很少见面了。

阳鸣兄很聪明，有一次举办个晚会，另一位老生演员演唱的是《战太平》的“游街”片段。阳鸣兄正在候场，对我说：“这段儿不错啊，又好听又火爆。”我说：“那你为什么不唱这个呢？”他略有些不好意思地笑了笑，说：“这段我不会。”我随口说：“也没什么难的，你本来就唱武生，把唱儿弄弄不就得了？”他不置可否地点了点头。

事后我有些后悔，作为圈外人，也许我把这件事看得太简单了。他肯定对自己的要求没这么低，既然要唱，哪怕就是几分钟的片段，也不是“剽学儿（读淆）”就能蒙混过关的。我本以为他就是随口说说，不到两个月以后再见面的时候，他就已经把这段学好了。无论工架还是唱腔都可圈可点。说实话我是出乎意料的。

李阳鸣《游龙戏凤》剧照（摄影：孙觉非）

阳鸣兄开了博客以后，虽然很久才会更新一点，但是看到他一点点的情绪流露也确实心有所慰。从中可以读出，京剧对他来说已经不是职业，而是支持他走下去的精神支柱。

2012年的中秋晚会，阳鸣兄表演的《月下独酌》。录像时间是在晚上，傍晚的时候他来到现场，我有其他事正好出门。我二人寒暄几句，我看他拉着箱子，行色匆匆。便催促他快去化妆室休息。没想到的是，这是我和他最后一次见面。

2013 年 6 月 21 日，我出差去呼和浩特。安顿好一切以后，躺在床上无聊地翻动手机，突然看到有人发的消息——阳鸣兄走了。我连忙给几位跟他同团的好友打电话，却都没有人接听，心里一下子凉了。终于，王好强贤弟接了电话，他说他正在医院，阳鸣已经走了。我挂了电话以后，许久没有回过神来……

出差计划是十日，所以阳鸣兄上路的时候我也没能去送一下，我特意嘱托到场的好友为我献一个花圈。并且在前一日自撰了一副挽联：

早岁扶摇，祖荫父佑，冀展鹏程，足堪家门绳武；

一朝跨鹤，友叹朋悲，惜分雁影，徒令粉墨失魂。

一晃他已经离开数年了，今日一文，聊慰当年之谊。

粉墨陶情录

京剧是一门群体艺术，一个人再能耐也不可能只靠自己唱完一出戏。自从大学时第一次粉墨登场以后，我结识了许多志同道合的朋友。虽然时光荏苒，马齿徒增，但是我们之间的情谊没有多少改变，每每见面还是一如既往的“天教分付与疏狂”。开着只有我们能听懂的玩笑，回忆“朝朝饮宴夜夜笙歌”的青葱岁月。大家身份各异、职业不同，都在为稻粱谋，成了最熟悉的“网友”。然而对京剧的热爱却不谋而合。对于我们来说，京剧不仅仅是一种爱好，也许就是一种生活方式。

御用琴师老胡

从进入票友圈到今天也不少年了，认识了很多朋友。由于工作的原因，再加上我这人的性格有时候不太能让人受得了，有些道不同不相为谋的朋友就渐渐疏于联系，有些朋友即便关系不错却各自为稻粱谋，已经许久未谋面。真正能坚持近二十年一直来往的可能只有一个了——胡越强。

现在大伙儿都叫他“老胡”，其实他跟我同岁，比我只大半年。可是不知道的人总觉得他比我小。也许是生活对他的折磨还没有刻在脸上吧。说起来我们还是同行，他也在广电总局系统工作。也跟我一样十多年没有换过地方。

演出中的老胡同志

老胡是天津人，跟《永庆升平》里的张广泰是老乡。他是琴师，据说还是家传，他父亲就精于此道。他最开始学的二胡，后来就改拉京胡了，实事求是地说，我认识的业余琴师不太多，以我的见识来看，目前我们这岁数的爱好者当中（注意是爱好者，不包括专业的、改行的）他的水平不能说是第一，但是绝对可以说跻身一流。

认识他大概是在2002年，由于他比我大半年，所以他比我大一届。当时我大三，已经成为大学生京剧爱好者中最能起哄的人员之一了。之前总听南奇先生提起他，说他手音如何如何好，可是一次也没见他参加过活动。有一天，我跟一哥们儿出去玩，他拿了一把胡琴，我问："你还拉胡琴?""不是，前些天跟胡越强借的，今天顺路还给他。"听到这个熟悉的名字，我倒有些好奇，想见见这位的仙容道貌。

等到了他的学校，人家早就在门口等着了。他们俩似乎还挺熟，聊了几句话，根本没理我，老胡拿着胡琴就走了。当时也没想到后来跟我交往时间最长的居然是他，第一印象其实没什么感觉，也不是肩生三头，背生六臂，就是感觉肤色重点。

之后两三年一时未曾会过，后来在另一个票房里遇到，也忘了是因为什么就熟了。也许是因为每次票房活动完了都得撮一顿，饭桌是一个比较容易交朋友的地方，大伙儿酒过三巡菜过五味，把盏言欢起坐喧哗。其实是一个很容易就能看出人性的机会。我们俩就是在这种环境下成为朋友的。

熟了以后就经常一块玩儿，当时我们都是单身，他住在单位宿舍，我刚买了房。有一阵子他来我家比回宿舍还勤。我住望京，他上班在八宝山，这距离都挡不住他的向往之情。他还曾经跟我说："我按月给你交房租，就住你家得了。"那阵子确实有点"焦不离孟、孟不离焦"的意思。当时也不知道哪儿来的那么股子热情，天天下了班就去票房玩。散了以后，再找地儿吃点饭，然后我家就成据点了。反正闲着也是闲着，我们俩没事还能吊个嗓子什么的。更主要的原因是——他宿舍太远，我要是送他费汽油。

曾经有人开玩笑说老胡是我的御用琴师，想想这么说也不是没有原因。从我正式走上独立票戏的道路开始，只有一次不是他给我伴奏的（陪别人演出除外）。那一次是我俩因为“艺术上的不同追求”产生了争论，我一怒之下把他“下了”。演出那天他还来看了，还前后台的跟着忙活。虽然在圈里混了这么多年，可注意力都在那两根弦上，其他的确实都不太在行，那忙帮的，还不如不帮。也就是出于这个考虑，我只好一直用他给我伴奏，省得他再闲得帮忙去。

说实话，有时候静下心来想想，我这么多年对老胡有点不够意思。主要是因为我这人吧脾气不好，尤其一到排戏的时候，好多合作者不太熟，深了浅了说什么都不合适，所以老胡就成了出气筒。什么上板不上板的全往他身上招呼，有时候也很明显能看出来他脸上挂不住了。可能是他因为说不过我，也可能是他比我有涵养，所以没跟我翻脸。

不过话说回来，我跟他也没少着急。当初他拉胡琴看谱，而且没心板，越拉越快。要是个特别冷、特别长的段子我也就忍了，我唱个《游龙戏凤》他也看谱子，气得我冲他嚷嚷：“你要敢在台上看谱子，我就敢走圆场的时候把你谱架子踢倒了！”

老胡还特别执着，执着到不管你唱什么你必须跟着我走。他曾经跟我说：“你唱《文昭关》吧？我熟。”我说：“我不会，唱《沙桥饯别》吧。”“行。”结果过门完了，他还是拉的《文昭关》，跟我一点儿都不在一块儿。我唱了一句半：“走吧，你饿了，咱吃饭去。”

他的执着还体现在聊天上。他要想跟你说一件事，不管你爱不爱听，他必须得说完了，你怎么打岔他都能圆回来。吃饭也是，他要想喝豆汁儿，你就算把他拉到烤鸭店，这豆汁儿得一直念叨到吃完。

后来没办法，我只能锻炼他。每次一块儿玩儿的时候，他就问我：“唱什么？”我说：“二黄原板。”“哪段？”“你拉着看吧。”等张嘴的时候是《马鞍山》还是《镇潭州》就看我心情了。这么夹磨他好长时间，总算给扳过来点。所以现在老胡能得心应手，我觉得也有我的功劳。有一回他跟我回老家玩，我们俩在公园的凉亭里吊嗓子，一出《朱砂痣》刚唱完“借灯光看娇娘”，就开始潇潇落雨。借着清飏零落的雨丝唱完了全剧，倒真有些山花海树坐而忘机的意思。

老胡还有个优点，懒。我曾经给了他很多录音，都是一些不太常见的段子。我跟他说：“你把这谱子扒出来，我也有用，你也熟悉熟悉，万一有人要唱，你也不至于说不会。”他把脑袋一扑棱：“没人唱这个。我才不弄呢。”结果有一天，让人瘪了。回来跟我诉苦：“那人要唱《×××》，我不会。”我乜斜他一眼：“不是没人唱么？”“我哪儿知道还有跟你一样不靠谱的人啊？”

别以为老胡脾气好总让我修理，其实他是一个特别有性格的人。只不过在大多数人面前表现的比较温良恭俭让，一旦在熟人面前那就不是他了。经常一惊一乍的。

老胡也有可爱的地方，比如请他吃饭吧。“我在×××，来吗？”“太远，不去。”“来吧？”“不去！”“来不来？”“哎呀……”“别废话！”“好吧……”这种约局的方法百试不爽。曾经有一次，他给我打电话说聚聚，我说我在天津，晚上要去看戏。他居然五点多钟从北京坐城际列车到天津找我，看完了戏再坐我车回北京。也算得神人中的一路诸侯了。

说归说，人一辈子有几个二十年啊？能交这么个朋友其实我应该感到庆幸。

亦师亦友的程滨先生

程滨先生是天津人，我们俩真的可以说是神交已久。最开始我都不知道他姓甚名谁的时候，就已经开始有过交流了。

那还是在 2001 年底，当时网络还不像现在这么普及，宿舍里还是用 201 电话卡拨号上网的年代。可喜可贺的是当时在网上已经有了“中国京剧论坛”，使我们这一帮散仙找到了志同道合的朋友。其中大多是各大学的戏曲爱好者们，例如被尊为“天人”的“北冥乘海生”，如今的某著名相声演员“大宗师”，以及创办者“红豆少主”，还有我这个“京门浪荡客”。程滨的 ID 是“反客生”。当时在论坛上没少交流，那时候论坛还是很兴盛的。当时我就觉得“反客生”谈吐不凡，修为深厚。我还曾经在论坛上向他请教过诗词写作，他跟我说：“就这一回，下不为

程滨《打侄上坟》剧照

例。”尽管这么说，还是很耐心地解答了我的问题。这是我们交流的开始。当时觉得他很有性格，但是也偶尔流露出一些玩笑。例如我曾经发过一篇《我最喜欢的京韵大鼓》的帖子。他看完以后回复道：“哎呀，你喜欢×××，完了完了，没得聊了。”一改以前一贯“庄严”的面貌。

后来论坛渐渐沉寂，这些神人们也就星散云分了。在北京的还能偶尔见个面，外地的朋友由于当时也没留什么联系方式，顶多有个邮箱，所以渐渐就失联了。但是说实话，程滨对我的影响还是不小的。例如我在公众号里发过的那些文言文的小段子，是我十几年来逐渐积累的素材。我原来给它们起了个名字叫《萍踪影语》，后来大伙儿都说像武侠小说的名字，我就改成了《一尘阁夜语》。积累到今天大概乱七八糟的得有四五千条了，可以不嫌害臊地说，除了唱戏以外，这是我所有爱好里坚持时间最长的。而这一切的起源，就是因为程滨曾经发过两个名字叫《津门菊坛逸闻》和《沽上曲苑逸闻》的帖子，文气盎然又不失风趣。时至今日我的电脑里还有存储，时不时拿出来看看。摘录两条如下：

“《长坂坡》鼓词曰：‘壮哉身死一毛轻。’某乐师每执此问人曰：‘胡为壮哉身死只值一毛七?’”——《沽上曲苑逸闻》

程滨在《镇潭州》中饰杨再兴，孙志宏饰岳飞

某日张克录音时看手机——翌日语众人，众人皆为其寻找、助其回忆，王悦入，众语云，王曰："昨日你带来否?" 崔洪大笑："王先生思吾果然与众不同。"——《津门菊坛逸闻》

我一直比较喜欢看《世说新语》一类的书籍，喜欢这种短小精悍又不失风趣的文风。见贤而思齐，于是也开始模仿他的路数，操着蹩脚的文言记录自己身边的事和做读书笔记。没想到一发而不可收拾，竟然坚持到了今天。

此后经年，一直没有见面的机会。倒是我有很多朋友与他相熟，经常会聊起他，有人跟我说他比较古怪，不太好接近，有人跟我说他能耐不小，肚囊很宽绰。后来很巧的一件事是我带过的一个实习生恰好是他任教的学校毕业的。也喜欢戏曲，于是程滨就成了我们讨论的一个话题。那孩子说："我挺佩服他的，只要是传统的东西没有他不会的。"听说他书法、诗词、吟诵、古琴全都拿得起来，并且都很有心得，比我这种纯粹玩乐的那真是强多了。后来见面之后我还跟他说过这件事，好在他的学生是我的实习生，辈分上我还没吃什么亏。

等有了博客以后，我无意中搜到了他的文章。便给他留了个言，说去天津一定拜访一下。他给我回了个手机号码，说来了联系。去了几次天津，却一直没跟他联系。从心里说我有点发怵。经常有人说我："你怎么谁都看不上？别那么狂好不好?"其实吧，我觉得这话得两说着。我承认我有的时候性格使然不太让人受得了。可是真正遇到有能耐的人，哪怕只有一点比我强（长得帅不算）我也是很佩服他的。明明你不如我，你还非逼着我说你比我好是不是有些强人所难了？当然，去国十年老尽少年心，现在我已经不是那么惹人腻味了。可遇见高人的时候我还是很谦虚的。小学毕业以后，我去我班主任家看她，站在门口半个小时没敢进去。在"仰止菊馨录"里记述对陈志清先生的过往也是如此。所以这就是一直没跟程滨联系的主要原因。没想到第一次真正的见面却是在北京。

2012 年青京赛的时候，有一天我去门口接嘉宾。正是进观众的时候，门口站满了人。我接到人以后就往回走，这时就听见人堆里有人说：“他就是那个谁吧?”我一回头，别人没看见，倒看见一个人正看着我。博客的优点在于有图片有头像。我便迅速地确定了此公就是程滨。可惜那次见面也仅仅就是这么惊鸿一瞥，进了现场就谁也找不着谁了。

直到 2014 年，邱广勇兄约我去天津票戏。同台的还有程滨和网名“痴余”的孙志宏兄。这次才算是正式的会晤。地点是在他的工作单位，言谈间发现他还真不是想象中那么不好接触。偶尔也有点老夫聊发少年狂的意思。于是便迅速地熟了。演出当天其实我是给他垫场，他唱小生，演双出，开场《壮别》，大轴《黄鹤楼》。我中间《朱砂痣》。排戏的时候他特意给我带了一件他自己的紫帔让我试试。等演出的时候头场就穿的这个，那帔确实做工不错，绣的文房四宝，看着还挺雅致。就是一点——太沉太厚了。我在台上一般都不怎么出汗，穿上这件帔头一场没什么动作感觉水衣子都湿了。当然这也不能全怪行头，第一次在天津票戏心里还是有些打鼓的。等第二场换了我自己的行头，顿时觉得通体凉爽，跟没穿似的。想想还挺对不起他，一件茬儿新的行头就算印上我的汗水了。

演完以后我征求他的意见，他说：“你在台上不能太‘名士派’了。”我知道他是说得比较委婉，不好意思直接说我“水”。程滨对戏是很讲究的，别的不说，就冲他能唱《镇潭州》的杨再兴这就不是一般我等年资的票友能胜任的。他们的“南薰社”也演了不少戏，他主演了《打侄上坟》《奇双会》《镇潭州》《荷珠配》等，据说他还唱过《拜山》的窦尔敦。2015 年我唱《打严嵩》，约邱广勇兄的严侠，邱兄说：“你怎么不约程滨?”我说：“常宝童有人了。”后来程滨知道以后，跟我说：“谁跟你说我要演常宝童了？我对严嵩很感兴趣。”我心里说：“你早说啊，我何至于为这严嵩发这么大愁，还得麻烦专业演员。”

结束了网友生涯，真正见着活的以后，话题就多了。相比于其他的票界朋友，我跟程滨交流的话题则不仅仅局限在戏曲和曲艺的范围，诗词和书法等也都在其列。当然在这两个方面我的水平也不在二五眼以上，也不在二五眼以下。通过交流我发现程滨是一个很认真的人。无论唱戏还是别的爱好，都很下过功夫。他有时说到兴头上，言语间很是严肃，不一会儿又检讨“我老是这么得罪人”。他说我写的诗大毛病没有，就是不感人，得多读诗。他说我演戏感觉对，细节不太注重。他还曾经跟我说：“我觉得人到一定岁数就应该往反方面走走，你就应该往精致了走，我就应该往差不多的方面走。”我都很深以为然。

摘录两首他写的诗大伙儿感受一下吧：

票房因雨暂停马蹄湖候同好以语之

欹枕逃朱夏，闲眠醒碧纱。一窗竹雨瘦，满臂簟纹斜。

歌咏琴房废，徘徊布伞遮。候君兰沼外，独立听蛤蟆。

最后这一句大雅大俗，颇为亮点。

一入新年背痛骨酸自成一绝

被底眠成月一钩，一生长是被寒囚。

玲珑战铠黄金甲，锁住浑身不自由。

他自己说对病的感受比唱戏还深，能把戏跟病写在一首诗里也算奇特了。

不过他还是很古怪的，比如他跟我说他最不愿意出门，尤其是来北京。可是居然来跟王汐兄唱了一次《奇双会》。没事还爱唱个京剧版的《列宁在十月》之类的。虽然见面不多，但总算摆脱了纯网友的境地，其实更应该说他是一个有情怀的人。我与他可以说谊兼师友，能有这样的志同道合的朋友应该说不虚此生。

我的同事庄京武

庄京武比我大好几岁，从认识到现在也有近二十年的交情了。

与他的交情可以追述到网络戏曲论坛兴盛的年代。虽然“中国京剧论坛”的影响力十分广泛，但是真正在网络建立的第一个相关的 BBS 则是网易社区里的“梨园曲苑”。而庄京武则是其中的中坚力量之一。

第一次见他应该是 2002 年前后在老舍茶馆，我们几个朋友坐在一起，其中一大姐说：“一会儿包子要来。”我很奇怪：“包子是谁?”一会儿他就来了，第一印象是他不太爱说话，说话的时候也总是慢条斯理的。

庄京武在《碰碑》中饰杨继业

到现在我也没想明白为什么他要起个网名叫“包子”（当然现在改了），以至于曾经有很多人把他和我弄混了。我们自己耳朵也馋，当时聚会，只要有人喊“包子”，经常是我们俩一块儿答应。

后来我得知庄京武也在央视

工作，人家的工种比我强，摄像。我挺佩服这种凭手艺吃饭的人，不像我们，上辈子不学好，这辈子当编导，除了动脑子就是动嘴，还总让人看不起。不过几经变换以后，庄京武终于光荣地加入了我们的队伍。我们还一度是同事，都在戏曲频道工作。而且他是我们一干同事当中得奖最高的——2007 年票友大赛，他以《沙桥饯别》拿了个银奖，虽然有点壮志未酬的意思吧。

客观地说，庄京武做编导比我合适，他比我稳重，考虑事情比较全面，也不轻易发表自己的真实想法。这种性格比较适合在所有合作者都很艺术的环境下生存。

虽然认识这么多年，交情也不算浅。不过我们俩总是处在争论的对立面，这是由于先天条件和艺术观造成的。从他后来改的微博名“向杨门第”就能看出来，他是杨派艺术的忠实追随者，而我则是以谭富英先生为偶像的。这似乎从基础上注定了我们一些观点的不一致。我们俩的争论无非都是在调门怎么才能合适，什么样的腔才算好听，但是因为彼此的信念都比较坚定，所以一般争论到最后的时候都没什么好听的话了。他说我“你一张嘴就跟叫街的似的”，我说他“我嗓子哑了都比你调门高”。至于曾经在坊间流传的“杨宝森能红就救了一批没嗓子的票友”也是被他逼着说出来的。请各位杨派爱好者不要往心里去，这是在特定环境下的赌气之语。

不过要说老庄没嗓子有点太屈枉他了，老庄在学习杨派的道路上真正是一步一个脚印的。追随过很多杨派名家，还曾经受到梁庆云先生的指点。再加上他天赋一条醇厚有加就是不太稳定的杨派嗓子，举凡杨派剧目皆能驾轻就熟。每次檀板弦歌之时，只要天时地利人和具备，嗓子在家，调门合适，颇有些个中三昧为我所得的意思。

老庄是个好人，毕竟比我大那么多岁，这么多年我没少埋汰他他也没怎么往心里去。要是别人这么说我，估计我早就不理他了。所以有时候反

庄京武

躬自省，我总是拿他做比较。但是有的时候他好得有点迂腐。2012年，他约我和刘学忠兄唱全本《杨家将》，我们仨都一赶二，他前令公后寇准，我前六郎后贤王，学忠兄前七郎后潘洪。准备在记者节前后演出，算我们自娱自乐，自己给自己庆祝一下。排戏的时候，老庄跟我说：“这调门咱们怎么定啊?”我一开始还没明白：“该怎么定怎么定啊，你是主演随着你。”老庄来了一句：“我怕你受不了，这不跟你商量么?”我赶紧争取个好态度：“我答应跟你唱，肯定随着你，你就别嘀咕了。等你陪着我唱的时候再说。”老庄倒没给肩膀：“我才不跟你唱呢。”

为了他“碰碑”完了以后改妆能歇一会儿，老庄还特意给了我一篇新编的词儿，说是加一场八王去调看清官册，这样他能松快点。于是我就在台上一顿胡编胡唱。据台下人说还凑合。居然还有人问我这是哪个路数。这不奇了吗?

等演完了，老庄非要揣给我一红包，说是跑了这么多回，给我点加油钱。气得我啊！我跟他说不要，他还非要给。最后我只好跟他说：“之前我没说跟你要钱吧？你这是不是太寒碜人了？换句话说，我就是真跟你要钱的话，我就值你这几百块钱啊？”死说活说他才把钱收回去。

估计这么多年老庄唱戏让别人折磨得不善，所以才一以贯之地这样对待我们。实事求是地说，现在作为一个爱好者来说想票回戏实在是太难了。老庄又不太适应有的老江湖刮纲绕脖子的套路，到最后只能吃哑巴亏。最后给他摧残得已经失去了上台的欲望，每每一跟他说：“一块儿玩会儿？”他总会不无遗憾地说：“算了，我现在已经没兴趣了。”据朋友圈显示来观察，他现在好像在潜心研究月琴艺术，偶尔还画两笔国画儿。没想到他老人家还有这耐心烦儿，平时看着虽然不是五大三粗的，可也不像干这细致活儿的人啊。

总而言之吧，虽然跟老庄一直存在争论，这么多年过来他这嘴也练得越来越够板。但是并没有影响我们的交情，毕竟都是艺术观的问题，是可以存在争论的。和老庄同台的机会还真没几次。除了前面说到的《杨家将》以外，2006 年我们曾经合作演过一回《龙凤阁》，我前边《大保国》，F 调，中间是李龙兄的《探皇陵》，E 调，后面是庄京武与马春然贤弟的《二进宫》，调门就不知道了。反正是一个比一个低。

当然也有想合作没合作成的时候，有一次出差的时候他说要唱《失空斩》，我自告奋勇给他来王平。当时就说定了，我还专门找老师给我说了说。没想到戏他唱了，王平不是我。还有一回他说他要唱《马鞍山》，想让我来钟元甫。我也答应了，结果好像是这出戏没唱。要说老庄有时候也不太够意思，让我给他配儿子的戏他唱了，等配演大一辈儿的时候，他回戏了。你说这事儿闹的。

再就是 2015 年我唱双出，前面《诸葛亮招亲》，后头《打严嵩》。老庄在中间《捉放曹》，自“杀家”到“宿店”，足足给我垫了一个多钟头，可算让我歇足了。有观众在网上评论：“他拿一出《捉放曹》垫场，这可是真爱啊。”当然，也有不懂戏的观众评论：“中间那出太长了，我睡了三觉还没完。”这我可得替老庄说句公道话，人家那阵子本来嗓子不舒服，几乎是被我绑架着唱了这一出。临演出前还跟我说：“要不你找个人替我吧?”我没同意。他这出戏还是很有心得的。那天唱得也很好，“一轮明月”真是一唱三叹，陈宫悔恨的心情也体现得淋漓尽致。估计一边唱一边在骂我，后悔答应陪我唱了。

事后老庄迂腐的劲儿又犯了，问我：“这场戏花了多少钱?我应该出多少?”我说：“不用你花钱，我都掏了。”他还觉得老大不合适的。冲这个以后得跟他唱一回《草船借箭》，我估计他鲁肃肯定能本色出演。

又一位“姜圣人”

网络上戏曲的传播近十几年来几乎是呈几何式增长的，尤其是自媒体逐渐成熟以后，交流越来越方便。作为第一批戏曲网民之一，我还是很欣慰看到这个局面的。不过说起网络戏曲资源的集大成者不能不提两个人，一个是“北冥乘海生”刘鹏，当初他用电脑连随身听录了众多的选段并建立了一个FTP供大伙儿免费下载。时至今日，许多网上挂的录音标签里都有“北冥乘海生”的字样，跟防伪标志似的。单看他那“236. net”的邮箱就知道历史有多悠久了。

刘鹏可以说是承前者，启后者就是本文要说的姜骏了。

姜骏是北大的毕业生，好像学的是化学。曾经去他的实验室找过他，总觉得他身上有一股淡淡的药水味儿。当时我们都在“水木清华”的BBS上闲聊，其实那时候大伙儿的ID都挺禁琢磨的，我的没什么意思，就是“shechuan（涉川的拼音，涉川是我的笔名。）”。像柳攀兄的是“database”，现在我也不知道什么意思。周凯的则是“dxmzhk”，他自己说是“大戏迷周凯”，没过一天就被我们叫成了“大熊猫周凯”。还有一位贤弟的更悬，“ssklx”，怎么都不明白是什么意思，后来他告诉我说是“圣手昆仑侠”，看来是评书听多了。而姜骏的ID是“CZ”，就俩字母，所以显得很高深。因此在很长时间里一直到现在，说“姜骏”不太有人知道，说“CZ”则大名鼎鼎。后来他解释了，他是常州人氏，“CZ”是常州的意思，不是南方航空。

我们的第一次见面很有意思。聊了好长时间以后，有一天，好像是个夏天，清华的京剧队应该在暑训，我去找他们玩。临行前我在BBS上发了个帖子问还有谁去，姜骏回话说他也想去。我们就约定在清华西门见面。等我到清华西门的时候，电话响了。一个频段很高的嗓音传了过来，十分出乎我的意料，以至于他第一句话说的是什么我都没听清楚。简单说明了我的位置，我突然听他说了一句："哎呀，马上就要见到'京门浪荡客'了，真有点激动。"当时给我弄懵了，我有那么大号召力么？还能让人激动？不一会儿，他推着一辆半新不旧的自行车就过来了。这倒没什么新鲜的，清华北大院里新自行车一般都活不到天亮，所以基本都是旧的。他穿着也很朴素，很符合一般理科生的精神风貌。相貌高古，有点化外高人的意思。我一般都比较相信"奇人一定有奇长相儿"，所以也没什么意外的。把他的自行车塞进我车的后备箱，我们就兴高采烈地找别人玩去了。

说到这儿还没有涉及他为什么是"启后者"。原因很简单，刘鹏毕业了，所以他的FTP就永久地关闭了。这对于广大戏曲网友来说不啻于如丧考妣的大事，很长一段时间大伙儿都在想尽各种办法打听刘鹏的FTP什么时候重张。而就在这个时候，姜骏勇敢地站了出来接过这个重担，接手了刘鹏的所有资料，继续为大家服务。况且姜骏还不满足于仅仅是现成的，他又继续发挥主观能动性，在网络上继续搜集整理。以前刘鹏的资料都是音频，他又加入了一些，并且开始搜集照片和剧本，一下子成了我们的百宝囊。时不常地给他QQ留个言，要点什么。后来我嫌太麻烦，索性拿个移动硬盘直接找他去拷贝。不过我可没有他那么勤快，这都十年过去了，有的文件夹根本就没打开过。可能这就是人的惰性，没有的时候抓心挠肝地想，等有了便弃之如敝履了。

姜骏这么多年一直是以研究者的身份出现的，我印象中只见过他两次登台。2004年的夏天，我在清华攒了一场"杨家将专场"，开场是张懿璇和尹航的《坐宫》，中间是李龙和张甫萌的《七郎托兆》，大轴是我的《洪羊洞》。孟良、焦赞是特邀的李凤福和朱德戎二位老师。当时的龙套主要是清华京剧队的同学们，可是算来算去少了一个鬼卒。正好他送上门来了，我就动员他一块儿玩玩。跟劝一贯道似的说了半天，他终于同意了。我当时就差说："你看你这长相，来这个多合适啊。"不过幸亏没说，要不然就砸了。

还有一次是胡畔小妹在清华大礼堂唱《打龙袍》，姜骏来了个陈琳，拄着拐杖，甩着云帚，就是那两步走有点别扭，跟花会似的。

这两次演出孰先孰后我是记不太清楚了，但是姜骏老板的舞台首秀肯定在其中之一。

后来因为工作见面的机会就少了，偶尔夜深人静的时候在 QQ 上还能聊两句。有一回聊起了当初一块儿玩儿的朋友们，如今多半都变成了"网友"，很多俗事缠身也很少凑到一起玩了。姜骏突然来了一句："目前看来，我们都已经是生活在传说中的人物了。"到底是博士，出口就是文章。

之后的数年姜骏在京剧研究者的"不归路"上越走越有起色。不仅追随刘曾复和吴小如二位耆宿受益良多，而且和现在的诸多研究者们也过从甚密。俨然成了新一代的领军人物。

尹航、刘鹏、姜骏、曹悠、李京参加《实话实说》录制后和主持人合影

姜骏为人有几大特色，第一，低调。不管什么时候什么活动，基本属于随班唱曲，很少像我等一样逸兴思飞，大塔旗杆一通抡。而且不管见到谁都是拱手相迎，有时候弄得我们都挺不好意思的。

第二，他很耿直。这也许是跟他理科出身，习惯了一是一二是二有关。有一次，某组织在清华举办京剧活动。按说都是互相帮助的事，清华京剧队尽地主之谊做得也很好。没想到那拨人来了以后，一百二十个不合适。正好姜骏在一边，给他一顿数落。姜骏也没说什么，等他们走了，一转身就把指路牌给撕了。事后他跟我们一说，我们都支持他这无声的反抗。不过那哥们儿也挺会挑人，要是换成我估计活动就办不成了。

还有一件事，有位“专家”总在网上显能耐，关键是自己经师不到，学艺不高，显着显着就漏兜了。以至于我们总拿他当笑话看。而姜骏则不然，好几次仗义执言，指出他的错误。最关键的一点是，他俩好像还认识。

第三，记性好。现在不管是后起之秀，还是我们这帮久经河洛之士。一说起原来的什么事，时间地点人物，起因经过结果，都得向他扫听。堪称是活历史。我一度怀疑他是不是找个小本一边参加活动，一边做笔记。将来再一个一个找我们算账。

虽然现在他跟我上班地点离得很近，每次我去超市都要路过他单位门口，但是我们也很久没有聚过了。偶尔他有大作出版，还会送我一本学习学习。若干年后，我估计也会以认识他为荣了。

箱官建筑师邱广勇

有人管邱广勇叫“邱伯伯”，不知道这个官称儿是怎么来的。其实他没多大岁数，可能显着老。在天津的票界，现在可以说是一颗冉冉升起的贼星了。

岁数比他大的都叫他小邱，我倒是习惯叫他老邱。最开始是在微博上认识的，他的 ID 叫“思想的维度”。一开始以为他是搞意识形态工作的，可是看他发的东西怎么也不像这么有理论水平的人。后来有一天，在微博上他突然问我：“有兴趣唱个《青石山》么？我们缺个吕祖。”之前并没有只言片语的交流，上来就给我布置这么重要的工作，我还真有点受宠若惊。这个活儿对我来说倒是很有吸引力，于是我就答应了，我说：“我更乐意尝试一下演关圣。”他说：“好多人惦记关圣呢。”后来我才知道，除了旁

邱广勇《审头刺汤》剧照

边的这一群以外，关平和九尾狐都没人能演，于是这戏从跟他第一次接触说到了现在也没演成。

说起来也都是机缘凑巧，跟他建立了联系以后，终于见到了景仰已久的程滨和孙志宏。原来他们是一个票房的，就是大名鼎鼎的南薰社。一次能拜会这么多同好，倒是省去了很多客套的麻烦。有这么多经年网友的烘托，我跟老邱虽然仅认识两三年，却也称得起一见如故了。我跟他们一起唱过一回《朱砂痣》，一回《除三害》的“路遇”，还赶了一个《击鼓骂曹》的旗牌，也算人生完整了一回。

从赵华兄那里我得知了老邱的一些个人情况，他是做建筑设计的，广义上来说也算艺术家。登台演出以小花脸为主，老生、小生、老旦也都来过。属于“一块砖”性质的票友，哪儿需要就搬到哪儿。而且是个热心肠，经常参加各种级别的票友演出。不过以我冷眼旁观，老邱也不是不加选择的。主要选择标准是这个角色是不是好玩，能不能也让他人生更完整一点。

顺带说一句“人生完整”这句的来由。这是肖阳兄的典故，他总有扮

邱广勇在化妆

旦角的愿望，可是全出的又怕自己唱不下来。所以经常跟我们说：“你们谁要唱那旦角活儿不多的戏我给你们来来，让我人生也完整一回。”后来我在清华唱《洪羊洞》（就是姜“圣人”来鬼卒那回），特烦肖阳来的柴郡主，那扮相真是绝了，带上个鬏鬏就是活米老鼠。他就一句词儿还是下句，要下个满堂彩来。演完了以后，台下的好友纷纷上台祝贺他人生完整了，我这主演反而没人搭理。从那儿以后，一说起某人扮演了一个自己特别想演的行当或角色（配角）就以“人生完整了”为评语。比如我经常跟别人说“你们谁唱《凤还巢》啊？我给你们来雪雁”也是这种心态，不过要是想演的角色太多的话也不好，那人生得碎成什么样啊？

扯远了，接着说老邱。他为了唱戏方便，自己置了一份箱。我上次唱《打严嵩》特烦他来的严侠。老邱够意思，主动说用他的服装还不要钱。结果也是演出没看黄历，那天赶上2015年最严重的雾霾，单双号限行了。观众少来了不少不说，可把老邱害苦了。租了个车，提前一天把箱从天津拉过来，在之前两天刚刚规定外地号牌不能上二环主路。也不知道他怎么到的大观园戏楼，估计跟鬼子进村儿似的。夜里十一点多才到，还得找个地儿住下，里外里一个子儿没挣还搭了不少。这要是一分钱不给我也太资本主义一样的万恶了？问他花了多少他也不说，最后塞给他一千块钱了事。

老邱的投入也有了回报，当天的箱官和容妆都是我在北京单请的老师，台下也有一些票界的朋友。大伙儿纷纷跟我打听服装的来历，听那意思以后老邱有买卖了。但是，悲催的是，我忘了告诉他们老邱的联系方式。

当初我曾经说过：“你跟哪个票友有仇，你就劝他置箱。”这玩意儿首先投入产出不成正比，花几万置一件蟒，租一回才合二百，什么年月才能回本啊？再说就算你为了自己唱戏方便，置的行头五分之四都是给龙套配演的，自己根本用不着。还得经常保养，脏了还不能洗，搁家里还占地方，这不养了一堆活祖宗么？可是老邱对此倒乐此不疲，专门租了一套房放行头，一进去都下不去脚。他还挺爱修理，没事儿就鼓捣鼓捣这个，鼓捣鼓捣那个，一切废物皆可利用。我姥爷给了我一根在公园往地下写字的海绵笔，转手就让我给老邱了："杆上套个纸筒，刷点色。以后唱《探阴山》就有判官笔了。"某种程度上来说，业余箱官跟捡破烂的区别也就是一个是租，一个是卖了。

这么多年一通划拉，老邱那儿隔路的行头还真不少。有一件圈金的绒绣白团龙蟒，金线灿然夺目。可惜就是尺寸太短，给小孩预备的。还有一件改良官衣，绣的十分古朴，关键是那靛色太好了。我一看见就跟他说："下回我唱《献地图》的时候就用这个了。"

那次我要唱《渡涧河》，就是《诸葛亮招亲》的一折，崔州平应该戴改良五绺。倒不是我不尊重传统，主要是那髯口太寒碜了。我跟老邱说我自己有黑三，就用这个就行了。没想到老邱说："没事，我有！"真给我带了一口黪的改良五绺，还以"尊重传统"为由坚持让我戴这个。没办法，我只能叼着一嘴麻刀就上台了。后来我才知道，这髯口是程滨兄给他的。给我用的时候应该还是"大姑娘"，从来没用过。

有了这些积淀，老邱堪称一专多能，性价比优异的票友。上台能演戏，下台能管箱。"南薰社"唱《定军山》，后台他一个人盯还得演个夏侯尚，这能耐就算不小了。

艺术家的生活总归和常人不一样，老邱不买房、不买车，也没结婚，过着快乐的单身生活。我问他为什么不买车，他说没用。结果每回来北京都得抓差。上回陈书桐他们演《会审伽利略》，老邱抓了自己一个徒弟把行头拉过来，又来找我去跟他们吃饭。从遥远的昌平一直到繁华的大望路，高峰时期，到地儿我都饿塌了秧了。我们觥筹交错，聊戏聊得唾沫横飞，他那徒弟枯坐半日，最后去车里睡觉了。这不折磨人么？跟他关系不错的其他圈的朋友们，以后你们要小心了。

老邱跟我可以算志同道合的朋友，有基本相同的艺术观，所以能迅速地混到一起也就不奇怪了。

穿元山人“信浮沉”

王继涛现在的网名叫“信浮沉”，许多网友都称他“老信”。应该说在戏剧曲艺两界都是赫赫有名。他最早的QQ昵称叫“穿元山人”，听着特别深奥，我琢磨了好长时间也没弄明白典出何方。后来我问他，他说：“我们家楼下的立交桥柱子上有个标语——‘禁止横穿，罚款五元’，每根柱子上写俩字，‘穿元’俩字离我家最近。”要说相声的惯用口语，我应该接一句：“就这个啊！”

王继涛与顾伯岳的《四郎探母》

我们是在北师大京剧社认识的。他比我小两届，据说是学生物的，跟我一个美女学妹同班。他在京剧社可以说是万金油，什么样的角色都能来。《文昭关》的东皋公、《乌盆记》的张别古，《盗仙草》的鹤童，《投军别窑》的薛平贵，《打侄上坟》的陈明升……这还没说全呢。

他还是个相声爱好者，捧逗俱佳，马春然和生智昊都是他的好搭档。我人生中第一次说相声就是王继涛给我捧哏的。当然，我说的真不怎么样。

师大京剧社是一个诞生友情和段子的地方，继涛贤弟也是一个很有演戏天赋的人。不管什么角色只要他演总给人一种很熟练、很老到的感觉。王宗伟老师不止一次地指着他说我："你看看人家，上台就自来有戏。你再看看你！老跟蹚水的似的，你怎么不学学人家？"这事儿是能学的么？

有一回活动的时候，他剃了个秃瓢就来了，跟往常那五五平分，甫志高一样的头发相比，整个人的形象大打折扣。我好奇地问他："怎么了这是？失恋了？那也不至于把自己弄得跟和尚似的啊？"他习惯说的口头禅是："并不是。——'飘柔'用完了，剃个光头省得洗。"正说着，王宗伟老师走了过来，端详了他半天，看得我们都直发毛，老头儿扔下一句话转身就走了："挺好，跟秀念似的。"我们缓了半天才纳过闷儿来："哦，这老头儿还看过《聪明的一休》？"

唱《文昭关》的那次，第二天见面，他的眼角还有油彩的痕迹。我问他："你怎么卸的妆？现在还有呢？"他瞥了我一眼："昨天晚上是拿枕头卸的。"

师大京剧社当时似乎还没有正式地算艺术团的一部分，所以几乎所有的成员都是话剧社的一分子。王继涛也是话剧团的中坚分子之一。有一回看他们排练，一个外国剧目，对于话剧我基本属于外行，所以名字也没记住。他在里面演一个佣人，还有一段模仿马的表演，虽然他长得不像马，但是演得真是深得其中三昧。等这戏演完了，他跟我们抱怨："现在这观众太不懂戏了，主演演得那么好，一点掌声都没有。我就那么一小段，给他们乐疯了。你说说这都什么艺术审美？"自己演得好要下彩来还褒贬买主，别挨骂了。

别看王继涛长得高人一头、奓人一膀，肤色也不怎么白，偶尔不刮胡子就跟包工头儿似的。其实他是个“猪八戒喝磨刀水——内锈”的人。这一点土豆大仙周凯很有发言权。有一阵子他们几乎天天在一块儿玩，玩到最后都没什么可玩儿的了。王继涛自己做道具，徒手打了一个衣柜。自己做服装，缝制话剧行头。据说还有一手好厨艺，绣花什么的也信手拈来。一个二百多斤的糙老爷们拿着针一下下往布上扎，真是一幅忍俊不禁的绝妙画面。以至于周凯曾经不无羡慕地说：“谁要是娶了王继涛真是赚了，太贤惠。”

当时对王继涛的最大印象是能吃，他吃饭不以饱为极限，是以时间为计算单位的。例如吃十五分钟可能是垫垫底儿，吃一小时也许就算饱了。后来听说他痛风了，估计很多小饭馆都长出了一口气。

毕业以后，王继涛有了一份很安逸很舒适的工作，说实话，至少我很羡慕。半年以后再见面，问他上班感觉如何。他说：“我辞职了。这种工作太舒服，把人都待废了。”身在福中不知福，你说这人多可恨？

王继涛话剧《卤煮》剧照

毕业以后的王继涛呈现多元化发展的趋势，京剧反而演得少了，而话剧、相声、评弹等则有了井喷式的升华。据说他主演的话剧《卤煮》很是风靡了一阵，很遗憾一场我也没看过。他还专门写了一篇论述卤煮来源和种类的文章，满足了很多吃货的好奇心。说起来他还是称得起“锦心绣腹怀壮志，性温良，吟妙句成佳章”的。很多艺术都是无师自通，例如评弹，他不会弹弦子（不是偏瘫），自己按着自己的想法扒拉，居然也能像模像样地唱一大段。对南方的曲艺我是根本听不懂的，不过看他的表演真的——“全是意思”。

说他锦心绣腹倒也不是过誉，他在网上发了好多文章，确实能看出来肚子里有货。最难得的是，他能把很多很文雅的东西写得很有趣味。例如他创作的一首《虞美人之大暴雨》：

那天匣子听通告，
暴雨麻利儿到。
蹬车赶紧奔华联，
瘦肉黄瓜切面备得全。
门窗紧闭三天吧，
狗屁都没下！
抬头云散太阳来，
小伙伴们和我满惊呆！

是不是很有点意思？

这玩意儿看着没什么，写起来可不容易。把东西写雅了很容易，反正大多数人也看不懂，写俗了也不难，只要把握好通俗和庸俗的尺度就行。难在深入浅出，雅俗参半，或者寓俗于雅，以雅为俗。反正这样的词儿我整不出来。再看看他在微博上发的冷笑话，确实禁琢磨，越琢磨越冷。

“老信”的威名现在可以说炙手可热，很多新认识的同好听我谈起他的时候都是一脸的诧异：“不会吧？他能认识你？”足见人气之旺——和我混得有多么零碎。那个风靡一时的“三堂会审伽利略”就是王继涛的手笔，前一阵子在北京演出，他山南海北地约了一帮人。结果一见面，全是朋友。本来嘛，圈儿就这么大，好人也不多，能凑到一块儿的谁不认识谁啊？史依弘大姐的《新龙门客栈》也是他的作品，这不成了话题剧目之一了吗？

我约他跟我再票一回戏，他毫不犹豫地否决了："我现在这身量，靠都扎不进去，还怎么唱啊？"说来也奇怪，难道演话剧对形象就没有要求么？

老信应该说是我们这一群人里在艺术实践上走得最远的人，他对艺术的执着和自身的天赋确实散发着过人魅力。这也是很多女性粉丝喜欢他的原因吧？

摄影师“慢哥”

此文提到这位，说起他的贵姓高名“苏岩”来，估计很多人第一反应是：“这谁啊？不认识啊？”但是说起他的官称儿——“慢哥”来，很多人就会恍然一大悟——“哦！原来是他啊……”这样大伙儿就都知道了吧？

在如今的戏曲摄影圈里，提起慢哥，那可是大大的有名。很多艺术家和青年演员的美好形象，都是慢哥的大作。众家哥弟有个专场什么的，总会邀请慢哥为他们留下精彩的瞬间。有些重要的、少见的演出，慢哥偶尔也会不请自到，带着大包小包的器材台前幕后地跑。除了动脑子，这也是个纯粹的体力活儿，非他那小二百斤的伟岸身材不能胜任。慢哥受过伤，最不爱走台阶。像有的剧场门口那钢琴键一样繁多的台阶，慢哥通常是大手一挥：“你们先走，别等我，我慢慢来。”

慢哥的作品，模特是窦晓璇

慢哥比我大不老少，少说得一轮再拐个小弯儿。第一次见到他是在我们摄影棚里，那天是录张云小妹和穆雨贤弟的《梅龙镇》。是张云把慢哥介绍给我的，来去匆匆，就留了个联系方式，也未及深聊。常赶集没有碰不上亲家的，之后一段时间，在一些聚会和演出时我们经常遇到。尤其是另一位摄影师“猫哥”的大力撮合之下，我们就算正式地熟了。有一阵子，我们哥儿仨一礼拜至少得聚个两三回。所以，虽然我跟慢哥的爱好相同，却是在饭桌上建立深厚的革命友谊的。

慢哥当过兵，还是海军，让我很羡慕。那年我跟我媳妇她老人家去三亚，过海的时候我发了个朋友圈。一会儿慢哥的消息就进来了，问我去哪儿了，我说正从徐闻过海。慢哥回道：“当年我也是从那儿过的海，在登陆艇的底舱里，跟闷罐似的，什么也没看见。”现在每到八一节，慢哥还总发个当年玉树临风的军装照，跟现在……要说判若两人，我觉得有点儿对不起他。慢哥在乐东当了好几年兵，据说还是部队足球队的一员，所以对体育，尤其是足球也情有独钟。

当海军的慢哥

慢哥是老北京，但不是太爱说话，大多数情况下都是我们山呼海啸，他坐在一边带着一脸慈祥的微笑边喝边听。偶尔搭一句茬儿，都是意料之外情理之中。逗得大伙儿开怀一笑。球迷的队伍是庞大的，尤其戏曲圈里好多兄弟也热衷此道，因此这也是酒桌上必不可少的话题之一。当然，这行子买卖我是一点儿都不懂。每当聊到这个的时候，我就老太太吃炒面——闷了口了，而慢哥还是那样不温不火。我一度以为慢哥是个火上房都不着急的主儿，后来有知情人说，其实慢哥是个火爆脾气。在工体拍球赛，因为对裁判结果有意见，直工直令地满场追打裁判，这都是他老人家的大手笔。可是我怎么也没法把这个事儿跟我面前这未语先笑的老大哥联系在一起。估计给自己起个“慢哥”的名字就是为了提醒自己要控制住情绪吧？跟大花脸非得说自己叫“净”是一个道理。

慢哥在拍球赛

慢哥对戏很感兴趣，他的成长经历肯定是“样板戏”开的蒙，但他还真不是一知半解，想拍好京剧剧照，跟我们这行差不多，不是光技术好就行的。有时候赶人少他也跟我们交流一下心得。哪天那场戏演得精彩，哪天那出戏实在没什么意思等等。认识他十年了，我坚信至少这段时间里他看的戏绝对比我多好几十倍，这还不算地方戏、演唱会什么的。因此对目前活跃在舞台上的各个年龄段的艺术家们，他肯定最有发言权。有时候还跟我讨论一下“你看这些人谁将来能扛这个行当的大旗”“这几位比他们师父那一代不能简单说就是退步吧？”之类的剧协应该解决的哲学问题。但是慢哥很少褒贬演员，顶多说一句“他不太好拍”就了不得了。这也许就是职业习惯，摄影师观察人的角度肯定跟我们看戏不一样。我们一般讨论的都是技术层面，唱得好不好，演得投入不投入，打得是否精彩。慢哥则讨论的是造型到不到位，化妆是不是浓淡正合适，眼神是不是恰到好处之类的。有些问题真的是不光我们，演员都意识不到的。当时慢哥还偶尔自黑一下，扮个彩婆子，超重型的杨贵妃什么的。再加上王荻跟王蒨蒨这二位表情天王的配合，真是只此一家别无分号。有一回在猫哥的影棚，他们哥俩要拍剧照，都不约而同地选了钟馗这个造型。脸是玺龙贤弟勾的，别说，慢哥扮上之后——真有相儿！就是盔头好像小了点儿，还没有那么大号的厚底儿……他好像很偏爱这个脸谱，现在的微信头像还是这个。

我跟慢哥一起看过的戏可不少，除了北京以外，我们还一块儿去过上海、天津、杭州等等。比如奚中路先生唱《战宛城》《九伐中原》《走麦城》，我们都是躬逢其盛。最有意思的一次是我们俩一块儿去杭州看罗戎征的汇报演出，不知道是什么安排理由，周五演一场，周日演一场，周六一天没事儿。虽然说杭州美景天下无双，可对我们来说有点吸引力不足。我跟慢哥在酒店有点无聊，我便起了“飞智”，出主意：“咱们去上海吧，可能周六也有戏。”上网一查，周六正好“鬼节”，王玺龙在天蟾要《钟馗嫁妹》，于是就有了一场说走就走的旅行。到天蟾正好中午，我们在“舒蔡记”饱餐了一顿生煎馒头。慢哥可能是饿了，夹过来就咬，我一句话慢出唇，生煎里的汤儿就飞出来了……那天下午也有演出，其中有高红梅的一出《鬼怨》。我见到李笑阳（官称九爷）的时候还跟他开玩笑：“你应该再派一出《探阴山》，一出《乌盆记》，把这四出都搁晚上演，就应景儿了。”那天我是纯看戏，慢哥可没少忙活，给玺龙贤弟拍了不少照片。他也没想到我们会来，对他来说成了意外的惊喜。

还有一回，南昊贤弟在国家大剧院举办纪念富连成的演出，一出《群英会·借东风·华容道》分两天演。我因为有采访任务，有幸躬逢其盛。那儿是慢哥的主场，自然少不了一番寒暄。第二天是从“打盖”开始接着往后演，开演前，慢哥很少见的眉飞色舞地跟我说："今天值了，原来定的演关羽那位回戏了。"我："那《华容道》不演了？"慢哥："有人顶啊，你都猜不出来是谁。"我安排了半天这些位，也没弄明白谁能钻这个锅。慢哥还故弄玄虚："到时候你就知道了。"我当时还挺新鲜，怎么慢哥也有这么八卦的时候？等演到那儿的时候我才知道，原来是朱强先生承乏了，确实不虚此行。

除了拍京剧以外，慢哥还经常往返非洲，拍个野生动物什么的。像马赛马拉动物大迁徙，非洲草原上的狮子、猴子什么的，真是让我羡慕。他也在过程中与当地人民结下了深厚的友谊。比如当地有一位黑人司机，经常出现在慢哥的朋友圈里。慢哥称呼他"蛋先生"，还教会了他唱"社会主义好"。还有一年他去，喝不惯非洲的酒，托运了一箱二锅头，每天吃饭的时候哥儿几个抡点儿。有一服务员，当地黑人大姑娘，看他们喝这玩意儿这么痛快挺好奇。慢哥给人家倒了一杯，没想到姑娘挺愣，一口就干了。给慢哥吓一跳，怕她喝上瘾剩下的不够了。姑娘面不改色心不跳地走了。当然，黑人嘛，改色也看不出来。一会儿再叫服务员经理就出来了，慢哥问，那闺女哪儿去了？经理连说带比画："你们给她喝什么了？直接后面卧倒了。"从那儿以后，那姑娘每回看见慢哥吃饭都特有礼貌。有时候我觉得像他这样的生活真的挺潇洒的。

最近这几年我很少看戏。慢哥妻娇女幼，又是个大孝子，在家身兼司机、采购、厨子等多种职务，逐渐跑剧场也少了。有时候微信里约一句"改天聚聚啊"，也不知道究竟改到了哪一天。有时候也出于工作需要跟他拆兑两张作品用用。后来我突然顿悟了——人家不是票友，摄影是他的职业，哪儿有占便宜没够的道理？虽然他大而化之，不跟我置气。但是从我来说总归是有一分惭愧的。

“上小楼”王玮

原来受程滨先生影响，总爱随手记一些经历到的和听到的小事儿，攒到现在也有好几千条了。作为一个特别爱显摆的人，我早就把它们发到网上去了。有一次出差的时候，临时有个事儿想不起来，就在网上搜了一下，发现有个博客转载了其中几条。我就在下边留了个言：“这几条看着眼熟。”不久博主给我回信儿说就是从我那儿搬来的，还直跟我托付。倒不是小心眼儿，本来我觉得这些记下来的事儿也不是我独创的，推而广之未必不是好事。于是就和这位叫“上小楼”的博主互加了 QQ，但是也没怎么聊天。“上小楼”是个曲牌名，可见也是此道中人。

多才多艺

自从有了微博和微信之后，比 QQ 就方便多了，我们俩的微信好像还是在某个群里无意中发现彼此都在才加上的。2014 年，我和妖精（贱内）趁着国庆去了一趟西安，发了几张与西安的朋友欢聚的照片。突然就收到了上小楼的信息，连呼不凑巧。我问他怎么了。他说他正好放假回老家，不然就见一面了。我才知道此公是西安人士。后来跟朋友们一问，原来座间多是他的故交，只有我们俩未曾谋面。于是我只好回复他“还有机会，下次再聚”。而那个时候我才知道他叫王玮，在西安也是小有名气的青年爱好者。

回到北京以后假期就过完了，也没设计什么时候再去西安。过了也就一个月吧，有一天我正挨家里趴窝呢，突然收到了王玮的信息：“我到北京了，咱们聚聚啊?”吓我一跳，差点问他：“你不是专门追北京来了吧?”我家附近有一家新疆兄弟开的饭馆，味道纯正，服务员写的菜单都是哈萨克文，给我看我都不知道我点了什么那种。我们就约在那儿见了。

进了饭店我就后悔了，人家从西安来，我请人家吃新疆菜，这不让人挑眼么？没过多大一会儿，他就来了。这庐山真面目跟我设想的很有区别，都说关西大汉，虽不至于龙精虎猛，膀大腰圆，怎么也得高人一头爹人一膀吧？这哥们儿倒真秀气，除了这肤色吧……比普洱茶里兑点老抽浅不了多少。不像西安来的，有点儿像西贡来的。

毕竟在网上聊了好多年了，因此也省去了许多客套。聊了几句我才知道，他当时在中车集团工作，来北京出差，用他自己的话说，心情很激动，终于能见到好多慕名已久的“神人”，很惭愧，他把我也算在其中。对我来说，我没觉得自己有什么可以位列“神人”的资本，要是列在“神叨”里我觉得倒是比并肩人不遑多让。虽然第一次面晤，我们很快就找到了许多共同语言，比如我们都很崇拜高盛麟先生，再比如我们也都很喜欢老唱片，那时候我还没有唱机，多蒙天津潘克明、娄淑文二位前辈错爱，赠我一张杨小楼的《夜奔》唱片，我奉若至宝，可以除了在二位老人家中曾经听过一次之外，到我家一直默默无闻。没想到王玮也精于此道，说起唱片来就侃侃而谈，与平时的讷于言语判若两人。他还有一点比我强，他能司鼓。像我这种“狗掀门帘——全仗着嘴”的人是很佩服他的。

胡越强、乔桥、我、王玮

后来我买了一个改良的电唱机，妖精在一边嗤之以鼻。我说："这玩意儿不贵。"妖精说："你以为你光买个唱机就完了?"果不其然，从那儿以后，我从网上淘了好多老唱片。气得妖精直埋怨："都是王玮把你带坏了!"他第二回来北京的时候专门给我带来一套高盛麟和言慧珠的《霸王别姬》，我自然欣喜若狂。后来不知道怎么运作的，他开始管妖精叫姐，我就成了"姐夫"。你说好好的兄弟不认，非要当小舅子，也不知道他怎么想的。这样也好，以后有人骂我的时候都是他兜着。

那阵子他断断续续在北京待了好几个月，其间没少聚会。他也跟我身边的朋友玩到了一起。正好2014年冬天，邱广勇约我去天津一块儿票一场，我挑了《除三害》的"路遇"一折，时间短，人少，基本都是唱，作为垫场很合适。但是排练比较麻烦，虽然这场戏不长，愣上台上碰也不是个事儿，可是为排练去趟天津又实在太远。正好那时候王玮在北京，我问准了他的日程，就把鼓师这个活儿派给他了，琴师自然还是胡越强，再加上乔桥贤弟演周处，去天津正好一个车，平时赶大伙儿都没事儿就能对戏。他好像还有点儿紧张，我则安慰他说："没事，反正我水平也不怎么样，你让我能从台上下来就成。"

这戏没什么身上，就有一个闪光点，周处唱完"我剥他的皮抽他的筋”之后，有一锣，然后起“小拉子”，王濬说“你我两厢看来”，俩人分别往上下场门走，一望再回来。然后王濬叫起来“壮士听了”，有一个“大锣凤点头”，王濬转个身，把扇子交到左手，掴一步甩髯口，右手一挡，唱“他姓周名处字子隐”。其实很简单，无奈我水平不行，跟家没少练，上班时候走着走着没准都来一下，同事看我跟看疯子似的。演出那天，乔桥唱完那句之后，王玮跟胡越强就跟商量好的似的，“小拉子”根本没起，他直接给我开的“凤点头”。乔桥都起范儿要走了愣没敢动，我下意识地回头瞟他一眼，脑袋都转过去了，赶紧又转回来了——在台上不能看乐队，那算骂街。就这么会儿功夫胡琴已经响了，我就直接往下唱“姓周名处”，让我担心了半个多月的一个“大”身段，就让他们俩合伙儿给我节约下去了。演完以后我倒没觉得怎么样，王玮直给我赔不是，我跟他闹着玩：“正好，本来那身段我走着就难看，你替我下剪子了。”唯一让我觉得遗憾的是本来这一场就半个小时，这下又短了好几分钟。

可惜只跟他合作了那一次，后来他出差任务结束，就没有机会了。还是2014年，他和“姜圣人”姜骏以及刘子蔚老师一块儿吃了顿饭，商量给高盛麟先生出画册的事，事后给我打了个电话让我帮个小忙。高先生是我俩共同的偶像，我自然义不容辞，唯有一点我很不满意：“你们跟刘子蔚老师吃饭也就算了，就在我家门口，你为什么不叫我？”

后来去西安跟他也聚过几次，每有闲暇，他就拉着我在西安的大街小巷找好吃的，可惜我对吃不太上心，所以哪家馆子我都没记住。有一回我录像需要一个花盆鼓，京剧院的哥们儿都不在，我还麻烦他给我借了一个。看着他开着一辆“酷熊”拉着鼓，我一脸无奈：“这鼓都快比你车大了。”

他还有个爱好我所不能及，他是评弹爱好者。为了深造还自己买了个弦子天天在家扒拉。偶尔还跟我炫耀几句“苏白”。直到网上有一个“苏州话测试”我比他高了3分以后才有所收敛。王玮是个很内秀的人，跟他的外表严重不符。我和外地爱好者的接触不多，他算是很个别的一个了。

女老生许丹

2001年的时候，我还在上大学，那年开学的前后，中央电视台举办了第一届全国京剧戏迷票友电视大赛。许丹是选手之一，而我则是台下的观众。这样算下来，我们认识了也不少年了。

第一届票友大赛的参赛者除了年高德劭的票界老前辈以外，小朋友也很多，但真正和我能算同龄人的并不多，比如有后来成为专业演员的刘铮兄、江苏省京剧院的江汁等，而唱老生的除了天津孙志宏兄以外，只有许丹一个人，当时她还在上大学。故而当她登场的时候我还挺好奇，一个姑娘家唱老生能进决赛得什么水平呢？那天我是在家里看的直播，她演唱的剧目是《乌盆记》的“老丈不必胆怕惊”。可惜出了个小失误，她唱第一句的时候声音很小，应该是话筒出了问题。在过门的时候切了个全景，观众席的人们都在交头接耳，开唱第二句就正常

许丹《乌盆记》剧照

了。等我几年以后工作了，才知道这其中的窍门在哪儿。后面她发挥得很好，也让我很佩服，首先她唱的雌音很少，其次特别松弛，尤其是“抓一把”那高腔，忽忽悠悠地就上去了。那时候我还没找着庙门呢，就仗着有膀子力气愣往上喊，这一对比高下立判。

遇高人不能交臂失之，恰好颁奖晚会是在国庆假期过了以后举行的，我有机会成了现场观众之一。等录制结束以后，获奖的选手们纷纷在合影。恰好许丹在和一位我认识的票友交谈，我就借了个光。现在想起来，这应该算搭讪。在电视上看和实际接触还是有区别的，她比我想象的要瘦小，可一说话调门比我还低，看出来这就是“有本钱”啊。性格也像男生，大大咧咧的。乱哄哄的现场也没有机会交流，就互留了联系方式。

其实我和许丹的友谊应该算从笔友开始的。二十一世纪初的时候网络正在上升阶段，但是花费则不是我们这些普通学生能毫不眨眼地负担的，故而写信还是很普遍的交流方式。时常通过文字交流一下我们各自的心得。记得有一次我问她：“你觉得我要是唱小生怎么样?”其实半有开玩笑的意思，像我这种半瓶子醋的水平，上台也就是涮一水，根本提不上有多么高的追求。没想到她回信的时候认真地给我做了个分析，从我的嗓音条件开始，洋洋洒洒一篇儿多纸。顿时让我觉得很惭愧。程滨先生对我的批评很对，我就是对自己的要求不高，没有耐心下功夫好好钻研，认真对待。从这一点上来看，许丹比我强多了。

当然，我们聊的更多的是老生。因为当时都是大学生的身份，我们那个组织成立的大会她还专门赶来看。许丹邀请我去石家庄，一起拜访她的老师王德鑫先生。王先生主工老生，对余派的吐字发音见解独到而精辟。他的夫人就是梅派名家罗蕙兰老师。能有机会得到王先生的指点我很兴奋，便约好了时间前往。当时去石家庄还没有高铁，为了图便宜我买了一张凌晨的过路车票，到石家庄见到许丹的时候已经是中午了。她约王先生在附近的公园见面，王先生早早坐在公园的长椅上等我们，旁边停着他的三轮车。王先生有些消瘦，当时是春末夏初，天气已经有点热了，他还穿着羽绒裤，可见身体不是太好，说话慢条斯理的。许丹给我们介绍了以后，王先生问我的第一句话是："你信佛吗？怎么还戴素珠啊？"问得我挺不好意思，其实那是暑假去山西社会实践的时候在北岳恒山"请"的一串工艺品，我就是觉得好看而已。这一下倒是没了拘束，王先生听说我也喜欢老生很高兴，让我唱一段听听，我诚惶诚恐地唱了一段《乌盆记》的二黄原板。王先生看了许丹一眼，笑着说："跟你一样，都爱学这段。"他老人家详细地给我讲了一遍"老丈不必胆怕惊"这句怎么唱，一个字一个字地摆开了说。可惜我领悟力太差，王先生没少重复。这一句还没弄明白呢，就快到饭点儿了。我感觉王先生也疲惫了，我们便和王先生告辞，他骑上自己的三轮车蹒跚而去。

没过几年，我跟许丹就陆续毕业了。她进了石家庄的另一所学校工作，在票界也是声名鹊起，"和平杯"什么的都榜上有名。2006 年，我接到了为罗蕙兰老师录制节目的任务。去拜访罗老师的时候，看到王先生躺在床上正休息，显得更虚弱了，便没有跟他寒暄。倒是跟罗老师笑谈："好多年前我就跟王先生学习过，可惜只学了一句。"那天晚上，罗老师请我们一行人吃了个便饭，许丹也来了。虽然北京和石家庄不算远，也有些他乡遇故知的感觉，席间自然少不了互相取笑。罗蕙兰老师觉得挺奇怪："你们俩这么熟呢？"

许丹在清唱

后来的工作中没怎么去石家庄，所以没怎么在她的地盘上惊动她。她倒是经常来北京参加节目录制，我们总能在各种晚会的现场碰到，再加上一些票界的活动，隔不了多久总能见一面。有次她临时跟我打招呼说来录制个票友的活动，我那天正好有工作任务，晚上也有事，所以掐着她录制完的点儿，过去跟她见一面。我进门的时候，她们一群人正在往外走，我俩就站在台阶上开聊了。大伙儿都着急回驻地休息，招呼她上车。我跟她说："让他们先走，我送你回去吧。"于是一车人在离去的时候都用一种很警惕的目光看着我。而我送许丹回去比他们还快，我俩坐酒店大堂里都聊了好一阵了，他们才到。进门看见我们坐在那儿，似乎马上就放心了。我心里也很纳闷："我长得像人贩子么?"

她不止一次地跟我说有机会去石家庄跟他们一块儿玩玩，我一直没答应，主要是不敢去，跟她站一块儿我怕露怯。2014 年，我去天津玩，在滨湖剧院碰上她了。她一个人正在门厅里溜达，我问她："你也专程来看戏啊?"她笑着说："不是，我在天津上学呢，正好今天听说有演出，就来看看。"毕竟都是正当年，想在工作、家庭等各种事儿之间腾出点儿时间继续自己的爱好是很"艰难"的，这也是我的很多朋友逐渐成了"传说中的人"的主要原因。而我看许丹似乎一点儿没耽误，从小喜欢京剧，到现在拿了那么多奖，听说还联合一批朋友弄了个票社，正在体会"痛并快乐着"的经历。我真应该学学人家这奉献精神。

长沙女婿马显佳

对于我们来说，京剧可能已经不仅仅是一种爱好，更应该说是一种生活方式，也可以说是影响自己人生道路的重要因素之一。比如这位叫马显佳的哥们儿。

马显佳是沈阳人，学的是马派老生，作为京剧特长生考到北师大来的。当然，不是说人家分儿低，至少是证明有这个实力。我当初要是能考下这个来，我何至于差几分没进去呢？他在找到北师大京剧社这个组织的时候，王继涛特别正式地给我们俩介绍了一下。马显佳可能没接触过像我们这样不拿自己当外人的，所以一开始跟我们还不太接近，无奈我们的污染力太强，很快我们就打成一片了。他平时还努力坚持用普通话和我们交流，可能这是师范专业的要求吧？一旦来了兴致，从尾音儿里就听出沈阳味儿来了。

马显佳《红鬃烈马》剧照

他的到来对于北师大京剧社

来说无疑是天上掉下来一个必胜客一样大的馅饼。因为师大本身就“阴盛阳衰”，京剧社又何尝能例外呢？女孩子学旦角可以说天经地义，可全是旦角怎么演出呢？幸好还有两位唱女老生的，曾经留下唱一场《洪羊洞》全台没有一个男生的趣事，都快成越剧了。好不容易王继涛、马春然这些大神叨陆续加入，偏偏一个什么都能唱，就不爱唱老生，一个只会唱花脸。一旦有演出的时候，还得满世界找主演去，时间长了学校也不乐意啊，合着我们京剧社搞了半天净给你们跑龙套啊。马显佳的到来一举扭转了京剧队的尴尬局面，因此他就“屎壳郎变蛣蟟（就是俗称‘纪鸟’，学名叫蝉）——一步登天”，根本没有过新人进场跑龙套的阶段，直接就“站中间儿”了。

马显佳在《黄金台》中饰田单

但是马显佳比较低调，在我们这群人当中总是属黄花鱼的——溜边儿。真有事儿麻烦他的时候却从来不说二话。当时的大学生票界很团结，有演出除了上台以外，只要没有重要的事儿大伙儿都会去捧场。2003 年，我们在清华攒了一场，前边是《锁麟囊》的“春秋亭”和《文昭关》，大轴儿是《龙凤阁》，我演“大保国”和“探皇陵”的杨波。什么都挺好，就是演出时间不太好，上午九点。前一天是师大京剧队的专场，马显佳唱了一出《桑园会》，罗敷是张劼演的。马显佳这戏演得真是出乎意料，平时看着挺老实一孩子啊，攮腋起来那劲儿还真挺难拿。我们虽然对登台有执念，但我们也不是肉身成圣，一般演完戏第二天都睡得跟死狗似的且不起床呢。没想到马显佳第二天一大早就精神抖擞地来了，还要给我们打下手帮忙。可惜演出地点的后台实在是太狭窄了，我只好把他们一位一位都请出去，好言安抚。谁知道没过几分钟我就得求人家去了——《龙凤阁》的龙套和前两出是公用的，都是清华大学京剧队的朋友们。大家都是爱好者，所以不能像专业院团那么要求，也达不到那样的标准。等“春秋亭”下来之后，大伙儿在后台换行头，而《大保国》的龙套得顶着场上，所以就冷场了。京剧队的胡畔小妹（这姑娘可是个好人，可惜后来听说出国就没有联系了，也不知道现在在何方高就）只好上去垫了一段《遇皇后》。大慢板倒是不短，无奈还是没填够空儿。眼瞅着还有四个字就唱完了。我把主持人叫过来，冲台下一指：“你把那哥们儿叫过来，再垫一段。”主持人就把马显佳提溜上来了，简单一说怎么回事。马显佳也没打磕巴：“我来段《借东风》。”其实我感觉他那时候还没睡醒呢，上了台可能纳过闷儿来了，有点手足无措。但是一张嘴唱，不由得人不佩服。快十分钟的一大段，一点儿不费事，咬字行腔还特讲究。以至于第二天有观众在网上评论：“清唱的那个老生多好啊，怎么不让他来杨波啊？”垫场垫出一哈行的来，你说这事儿闹的。

2005年，我在广德楼唱双出，前面《法场换子》，后面《打严嵩》。几个主要的配演都是我拿面子拽来的，剩下的龙套怎么办呢？我就想到马显佳了。事后一想我这事儿有点欠考虑，不由分说就给人家派活儿，你知道人家愿意不愿意啊？马显佳倒没想那么多，真给我找了好几个队里的同学来帮忙，他自己也没跑了，给我来《法场换子》里的家院，就是带着孩子去法场偷梁换柱那个。排练的时候马显佳特别认真，自己对着墙练怎么把大阿哥从马氏怀里拿出来再把自己手里这个塞进去。后来发现不用那么麻烦，抱着孩子一背身，比划一下，就代表把孩子换过来了。于是他就改变了用功方向，在做派上提高要求。演出的时候他还真出彩，虽然戏不多，颇有些斫轮老手的风范。美中不足的是，演马氏那位同学看他要换孩子就改了个坐姿，结果马显佳背身的时候没挡住那大阿哥，戏做得挺好，就是有点淹浸。

在京剧队的经历不仅给马显佳带来了欢乐，也带来了爱情。马显佳的夫人王君一也是我的朋友，湖南妹子，标标致致的小美人一个，她也是京剧队的资深成员，马显佳跟她应该是在对共同爱好的追求当中互相产生了好感。后来他们毕业了，大学时代的爱情往往在这个时候就要吹尾声了。马显佳唱完连弹的《甘露寺》回了沈阳，进入回民中学当老师，我去沈阳的时候还跟他在学校门口见了一面，别的没记住，就记得他们学校门口那烧麦不错。那学校是马连良先生捐建的，对他这马派票友来说应该别有一番情结。君一同学好像是比他小一届。刚开始还好，沈阳毕竟离北京还不算远，俩小时的动车就到了，再说还有唱戏这事儿勾着他呢。等君一同学一毕业回了长沙，俩人天各一方，再想见面就难了。为了俩人的幸福，马显佳放弃了沈阳的工作，到长沙和君一同学会合了，最终修成正果。当时我们听说以后，真是替王君一高兴。

去了长沙以后他来过几次北京，有一次是专门回来跟师大的同学们一起演全本的《红鬃烈马》，但都是行色匆匆，有时候我还出差，总也没碰到。2018 年我路过长沙的时候跟马显佳见了一面，老友重逢自然十分亲切。我问他："你在这边习惯么?"我始终觉得马显佳南下应该是下了很大决心的，因为他是穆斯林。在北方大家对穆斯林的风俗习惯多少都有些了解，在南方，尤其是穆斯林很少的地方，就不太方便了。他倒是很想得开："我刚到长沙的时候，听说这边有一家清真餐厅，因为去的人太少关门了……那会儿我基本不在外边吃饭，现在好多了，至少长沙有好多兰州拉面嘛。"

现在马显佳是公务员，工作也不轻松。不过他也没放弃京剧爱好，偶尔还粉墨登场。2019 年，上海举办了一个纪念杨宝森先生诞辰的演唱活动，参演嘉宾里还有他。只是我想不出他唱杨派是什么风味。偶尔网上聊几句，也无非是当年一块儿玩儿的时候那些趣事，颇有些“白头宫女说开元天宝遗事”的味道。就是长沙太远了，我俩又都是老生，想一块儿玩不太容易。我倒想约他一回，《草船借箭》太短，《盗宗卷》又太难了。关键问题是，我把他揪来，把君一同学一个人孤孤单单地扔家里，合适么？

京昆名票王汐

京剧这门爱好现在属于小众文化，大街上抓十个人能有俩感兴趣的就已经破天荒了。我对这个爱好者群体的定义就是“绝对数量不少，相对数量不多”。真要一个一个数有多少戏迷票友，估计在北京也能数出一个集团军来。但是跟喜欢其他艺术的人群一比，就少多了。我刚进入这个圈子的时候网络还处在“正在成为人们交流方式”的阶段，因此大部分朋友都是在实际接触中认识的。真是见识了好几位同龄的大能耐梗，王汐就是其中的一位。

王汐演《天官赐福》

那个时候北京的几大高校在南奇先生等前辈的指导下，京剧活动很丰富。清华大学本来就有京剧社团的传统，再加上众位英雄水平都很高，常演大戏。北大则是为数不多的“京昆”社，除了京剧还能唱昆曲。北师大有先师王宗伟先生坐镇辅导同学们打把子，《虹霓关》《盗草》什么都能演。于是有人比古给评了个“清华的轴子，北大的曲子，师大的把子”，还缺一个呢？可是哪个大学也没有孩子啊？而我们这群全是唱主，只有北理工的李京兄善操琴，于是就拿他缝了个腿儿，凑一个“理工的弓子”。王汐是北大京昆社的主力，原来喜欢老生，后来主工旦角，有时候也串个小生。他们排的《天官赐福》王汐就演个小生，戴个武生巾，穿褶子还系大带，手里拿个弓，也不知道是何方神圣，于昆曲我是不懂就不胡说了。后来李响兄唱过一次《让成都》，王汐也是来了个小生，好像是刘璋的儿子吧？反正台上没多长时间就让马超弄死了。除此以外，他还喜欢评剧、大鼓什么的，基本上我们的爱好范围都差不多。

当然，看得最多的还是他演旦角。应该是2001年的时候，清华大学京剧社为校庆准备了一场演出。开场是《赤桑镇》，第二出是《荒山泪》的“夜纺”，第三出是《霸王别姬》，第四出是《大保国》。我也有幸参加了这次演出，演了个比较重要的角色，如果没有这个角色，《别姬》就没法唱了——马童。后来这个活儿被“土豆大仙”周凯继承了。王汐被特邀来演《大保国》的李艳妃，我完事正洗脸的时候他已经上场了，我一边擦脸一边听前台“哗——”一片掌声。那时候我跟他还不熟，说实话，我真没看出来是个男生。那场《大保国》真是余音绕梁，历历在目。杨波是柳攀兄，徐彦昭是李龙兄，李良是史建军兄（后来这仨人都去美国了），连大太监都是肖阳这级别的。可以说代表了当时我们这个群体的最高水平。卸完了妆我安安静静地看完了他们多半场戏，羡慕得我啊……

过了一个月吧，第四届青京赛的获奖演员在北大跟高校有个联欢活动，央视还录像播出了。那天北大京昆社的同志们演的《打面缸》，王汐的周腊梅，徐亮兄的大老爷，王书吏是徐添兄，四个衙役全是女生。王汐跟之前演国太那劲儿完全不一样了，周腊梅是个想从良的妓女，让王汐演得不仅活泼，还颇有几分风采。不由得使我对他刮目相看。

那阵子我们这群人经常能聚会，也经常有演出。哪个学校要攒戏都是大伙儿一块儿帮忙，在起哄中寻找乐趣。王汐经常作为北大京昆社的代表

王汐的《打面缸》

参与我们的折腾。不知道是因为性格选择的行当，还是因为选择的行当影响了性格。他老是慢条斯理的，说话声音也不高，文绉绉的，不像我们那么咋呼。可是他要抖包袱的时候，那真是意料之外，情理之中，肯定响。比如肖阳是南方人，我们总嘲笑他分不清方向。他的还击就是：“你们辨认方向还得东南西北，我们只需要记住左右就行了，比你们少记俩呢，省事。”有一回吃饭的时候，大家伙儿聊起侯宝林的相声，“此药在本市各大煤铺均有销售，总店地址德胜桥上桥往东……”郭启儒先生还得捧一句：“好嘛，掉河里了！”有人问：“为什么非得往东？”我说：“早年间的德胜桥西边的拱券上有个牛头，往西拐可能会被挂住，掉不下去。”一直没说话的王汐突然发言了：“嗯，要是肖阳他肯定掉不下去。”我们都没转过弯来：“怎么呢？”“他不分东南西北……”

还有一回，2002年底我们攒了一出《四郎探母》，我演“见娘”的四郎，特烦王汐演萧太后。倒不是因为旦角太多，主要是他演这个能镇得住。“坐宫”的时候，他已经画完妆了，还没穿行头，踩着花盆底晃晃悠悠地往外走。我问他：“你找什么？”他说：“去趟卫生间。”走到卫生间门口，他不进去，左边看一眼，右边看一眼，也不知道盘算什么呢。我问他："一会儿就该你了，上个厕所你转悠什么?"他回头慢悠悠地跟我说："我在想，我进哪个门儿不至于吓着人呢?"

王汐在《奇双会》中饰李桂枝，程滨饰赵宠

上述的那些英雄们一般都比我大一两岁，跟他们一块儿玩的时候我不是最小的也是倒数几名。所以王汐比我先毕业的，好像是进了银行工作。但是他并没有因为工作放弃自己的爱好，相反，我感觉他又精进了。不仅经常演出京剧，在昆曲方面也越来越深入。他演过的昆曲好多我都不知道说的是什么，比如《西游记・认子》我还能知道他演唐僧他妈，《渔家乐・藏舟》则完全不知道是什么故事。他参加北京昆曲研习社，跟着那么多高人深造，水平肯定噌噌地涨啊。我觉得他后来对昆曲的兴趣明显是高过京剧了。但王汐人缘好，好多票社的演出中都能看到他的身影，后来北大京昆社的社庆他也回去演过。前一阵子做节目，遇到两个北大京昆社的女生唱《游园》，聊起王汐的时候她们一脸的崇拜。2014 年，我在天津唱《除三害》，听着挺大气，其实就是邱广勇他们"南薰社"的演出，我跟着凑热闹。一共四出，我的《除三害》，程滨先生和王汐的《奇双会》，还有一出《清官册》和《击鼓骂曹》。我跟王汐都是"双出"，他除了《奇双会》的李桂枝，赶了一个《清官册》的寇夫人，我完事儿以后赶了个《骂曹》的旗牌。候场的时候我跟他说："咱们合个影吧，俩北京人这么多年都没碰面，到天津撞一块儿了。"由于需要赶妆，所以没能欣赏到他的表演，真是很遗憾的一件事。坐在后台耳朵里听着王汐的唱，感觉比前些年又长进了很多。散了以后，我听见观众们在议论，都说"那旦角（那天台上就他一个旦角）真不错"。我觉得他最大的优点就是稳，这对于票友来说是很难得的。先师王宗伟先生曾经说过，在台上最难的不是动，而是不动。心里得有准儿，能稳得住。说起来容易，站台上就满不是那么回事了。每每王汐他们这水平的朋友演出，我就恨："我为什么不能跟他们那样下功夫好好归置归置呢?"

自那以后，如今又是睽违多年。跟王汐曾经三次同场演出，但在台上一直没碰过面。在我想攒演出的时候不止一次想邀请他一起玩，几经权衡我还是放弃了。技不如人就得服气，看他在台上的表现，像我这样儿的连二分钱一斤都不值。所以只好把这个愿望往后放一放，等我奋起直追之后再实现吧。前一阵子遇到欧阳启名老师，听说王汐又多了个身份，北京市昆曲研习社社长。这下麻烦了，我连奋起直追都不一定能追上了。

我的老乡乔桥

上大学的时间只有四年，一旦离开了校园就感觉时间顿时忽快忽慢了。每天都是一成不变的工作，对时间的概念越来越迟钝，但是回头一看，自己已经快老眉咔嚓眼了。年龄长了就得有点自知之明，别招人不待见，所以很长一段时间我跟高校的爱好者们基本没什么接触，直到遇到乔桥他们这些人。与乔桥同学的交往是从微博开始的，最早似乎是他转我的帖子。之后偶尔在私信里聊两句，我才知道他也是京剧爱好者。

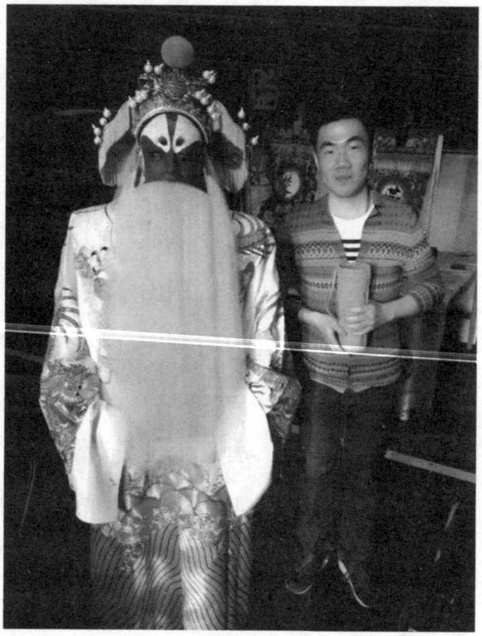

乔桥与康万生先生

乔桥唱花脸，虽然不是专业出身，却有好几位艺术家老师。比如康万生先生、姚宗儒先生，都对他很栽培，也是寄予厚望。康先生不止一次地拍着他肩膀向大伙儿介绍“这是我学生”。无论是在专业还是业余领域，唱花脸的同志们都跟香饽饽似的。老早就有句话叫“千生万旦，一净难求”。这就说明唱花脸的人才有多么稀缺了。因为占了行当的便宜，上大学的时候乔桥可是忙活了一阵。不管哪个学校的演出，只要需要花脸的时候他都跑不了，因此什么《甘露寺》的孙权，《宇宙锋》的赵高这个分量的角色都没少演。

通过乔桥的引荐，使我这个脱离校园环境多年的人结识了他们这个年龄的大学生爱好者们。他们还有一个小团体，起了个满不挨着的名字叫“浩然正气”，基本上囊括了后来跟我关系不错的，来自不同学校的小兄弟姐妹们。我曾经问过他们：“不能现在大学生中的京剧爱好者就你们这儿块料吧？”乔桥以及邵振坤等哥们儿给我的答复是：“当然不是，只不过我们更能玩到一块儿去。”想想也对，现在网络这么发达，想找到有共同爱好，还能有共同认知的朋友比我们那会儿容易多了，也不至于都攒在一块儿，能玩到一块儿去的就多亲近，自然会形成一个团体。

2014 年 7 月，他们这群人在宣武文化馆——应该叫西城区第二文化馆了——演了一场。有《游龙戏凤》《坐宫》《上天台》《珠帘寨》四出戏，看得出来他们是真下心，这个团伙儿，不对，这个团体的人差不多全上台了。乔桥演《上天台》的姚期，虽然活儿不算太重吧，中规中矩，演得很圆满。我进门的时候还巧遇了“土豆大仙”周凯，几年没见，他还是那么接地气。看着他们表演，依稀感觉台上就是当初我们自娱自乐的样子。只是多年过去，人家已经不带我们玩儿了。只好坐在台下看他们演出，时不时还品评一下。我突然蹦出了一个想法，问周凯：“你说当初那帮老人儿坐台下看咱们折腾的时候是不是也像现在咱们这样？”周凯少见地沉默了一下：“有可能吧，不过……他们可能没咱们损。”

玩笑归玩笑，后来跟他们都熟了，因此在我偶尔犯瘾要演出的时候总找他们一起热闹热闹。2015 年底，我在大观园戏楼攒了一场，前面是我和夏一凡、许肖洋二位贤弟的《诸葛亮招亲》里的“渡涧河”一折，唱的联弹。后面是我特烦赵海龙兄（就是《甄嬛传》里那个康什么海）一块儿演《打严嵩》，纯以闹着玩为主。那么问题就来了，这俩戏加一块儿也就一个

乔桥与庄京武兄在排练

半钟头多一点儿，用戏班儿的话说“不够一卖”啊。最好中间再加一出唱功戏，于是我就把庄京武兄拽来，让他过过瘾，庄兄几经推脱，最终决定演《捉放曹》，曹操自然由乔桥承乏了。说实话，他们俩真比我认真，对了好几遍，连转身落座什么的尺寸都得对上，让我觉得很惭愧。演出那天，从“杀家”到“宿店”，这哥儿俩铺平垫稳，唱得这个款式。庄兄自不必多言，除了“宿店”的时候在台上假装睡了一觉没什么可展示的以外，乔桥演得也是可圈可点。

乔桥毕业以后进了铁路局，一下子被发到房山那边山里去工作了。这么一来想凑一块儿就不太容易了，但是这样也改变不了他向往登台的热情。“浩然正气”的同学们也差不多都毕业了，但还能坚持一年凑个一两场演出。让我们这些“过来人”很是羡慕。我就跟他说过：“抓紧时间，趁年轻有功夫，赶紧玩。等你岁数大了，就没这心气儿了。”2018 年，我唱了一回《辕门斩子》，本想麻烦乔桥来个孟良，后来考虑到中间还得垫戏，就把他发出去了。乔桥跃跃欲试，准备唱一回《渭水河》，这是姚宗儒先生给他说的，主角不多，龙套不少，正好借这个机会踩踩台毯。不想也不知道是上火还是湿气太大，嗓子一直没顺过来。可是戏已经定了，他也挺着急。最后的办法就是把他这个主演换成了岳忠元兄，他忙活半天只能在后台看着，想起来也很是遗憾。估计是上次演《捉放曹》受了庄兄的影响，演完之后他和王珏（演姬昌）非要跟我分摊一下费用。按我的习惯，如果一开始说大伙儿攒局，那就各出各的。可是我拉着他们来演，我再让人家出钱，这不成逮个蛤蟆攥出尿来么？所以我坚决地拒绝了，他们还觉得挺别扭。我就安慰他们说："等你们下次演出拉着我的时候，我也白唱。"

也许是嫌唱花脸不过瘾，乔桥后来又兼工老旦，这下他上台机会更多了。我倒觉得可能不光是不过瘾，还有可能是因为化妆太麻烦。勾一个脸，最快也得四五十分钟，出汗了不能擦，只能搌。现在社会主义初级阶段了，唱花脸的地位提高了不少，至少能平起平坐地跟别的行当扎一块儿化妆。倒退到万恶的旧社会，按戏班儿的规矩，他们都得溜边儿，就算是为了避免不必要的磕碰弄脏了脸和行头，也太对不住这个行当了。再说卸妆更麻烦，光把油彩擦干净就得费半卷卫生纸。尤其是最后一出戏，我们卸完了妆都准备开怀畅饮了，人家那儿还跟脸较劲呢。说实话，乔桥扮老旦还挺慈祥的，不像这个岁数的男孩。

后来再聊就发现可了不得了，我们俩都是密云人，我俩还是老乡，老家是一个村的，同一个小学毕业。当然，我毕业那年他刚出生，等他上小学的时候我的班主任都当副校长了。说起来有点惭愧，我找到"大部队"的经历是从我上高中以后才开始的，在家乡上学的时候没有接触到太多的爱好者和老师们，再加上工作以后很少回去常住，只是2003年毕业的时候因为疫情在家待了六十多天，才跟宋贵钧老师等前辈有过一些过往。宋老师是名人，他不仅跟我爷爷很熟，好像还教过我爸爸。他曾经跟我说："有一回唱《法门寺》，你爷爷来的贾桂。老生跟旦角都一般，你爷爷演得倒是不错。"这么说来我这爱好还有点遗传基因。乔桥这一点比我有优势，他和密云的爱好者老师们都很熟悉。还拉着我去活动过两次，在家乡唱戏对我来说还真是别有一番滋味的。我曾经盘算过准备在密云唱一场。当然，这就肯定少不了他的支持了。

票花脸的马春然

刚开始接触票界的时候，在北师大京剧社很是混迹了几年，以至于和上下不差几届的同学们结下了深厚的友谊。一晃我们都能自称人到中年了，有好几位现在在票界、曲艺界都已经成为骨干力量。比如马春然同学。

马春然比我小两届，他是票花脸的。我认识他和“穿元山人”王继涛几乎是同时的，但是他找到革命组织的时间晚，还是王继涛把他拽来的。刚开始还觉得他不太善于表达，那会儿他也确实不怎么跟我们亲近，一度我还以为他因为正经学过不太看得起我们，后来我才发现，根本不是那么回事，他是跟我们不熟。敢情这也是个话痨。

马春然是沈阳人，不过口音没有我们概念中的沈阳人那么重。一般来说，在票友里唱花脸的都属于稀缺物种。所以那个时候清华大学的李龙兄特别忙，大到《二进宫》里的徐彦昭，小到《大登殿》里的魏虎，也搭着他好说话，每每有这样的活儿都得茬他的空儿。我们一块儿攒戏的时候，每每想到缺花脸就得放弃一大堆本来可以起哄的剧目。《洪羊洞》都只能从八贤王上场开始唱后半出，因为没有俩花脸可以同时上场。马春然的出现给我们带来了一丝希望，但是很快就破灭了，倒不是说他有多不好合作，主要是刚开始的时候他不会配角……所以我们只好围着他转。后来在我们不断地威逼利诱之下，再加上他也确实有瘾，逐渐地才在配角的道路上越走越远。

那年陪周研师姐演《悦来店》，马春然（中）在后台

在正乙祠的舞台上我们曾经合作过几次。第一次是在“海内外票友联谊会”的成立大会上，他唱《铡美案》，我给他配了个陈世美。第二次是我唱《搜孤》，他给我来的屠岸贾。这么算来我们俩就算扯平了，好像我还占了点便宜。要说学过跟没学过还是很有本质区别的，他一张嘴就能听出来得过高人指点，除了私下吊嗓子的时候总闹着玩似的老往评剧那边儿串以外，还真挑不出什么大毛病。

可惜，没等我们大规模地利用他，这货又混整了——出国留学，去了比利时。当时只能在 QQ 和 MSN 上聊天，他还不无自豪地跟我炫耀：“我每天要从一个城市步行到另一个城市上学。”我问他：“你天不亮就得出发吧？”他说：“其实也就二十分钟。”可不嘛，比利时全国还没有俩北京市那么大，他说的城市估计跟咱们这儿一小区也差不多吧？

马春然是学计算机的，所以回国以后很容易就在北京找到工作落下了脚。那时候他老哥儿一个，一个人吃饱了连狗都喂了，所以有一阵子我们老是摽在一起。甚至我还动过拜一盟把兄弟的念头。当时他正在租房，有一天跟我抱怨："我的热水壶坏了，水总烧不热，那温度甭说泡茶了，泡脚倒正合适。"我说："我这儿有一个闲着的，你拿走用去吧。"没两天，给我发个短信："您这壶太好了，我终于有热水喝了。"我说："省得你总泡脚。"他："不不不，这回又能泡脚又能泡茶了。"

那时候他还闹过一个笑话，秋天的时候，大闸蟹正当时，我买了一堆，还有一坛子黄酒。他那天正好来蹭饭，我们几个人一使劲连螃蟹带酒全给消灭了。没过几天，他又来了，进门就问："你那天喝完黄酒没什么副作用吧？"我很奇怪："全中国都知道吃螃蟹得喝黄酒，哪儿有什么副作用？""我那天回家看见楼下超市有卖螃蟹的，我就买了几个，又去买了瓶黄酒，喝完了浑身痒痒。"这种奇事我还是头一次听说："那天在我家吃你也没痒痒啊？"马春然也觉得奇怪。我又问他："你那黄酒哪儿买的？""稻香村。""……你喝的料酒吧？"

马春然说相声

既然他回来了，我也不能让他闲着啊。2007 年，我在湖广会馆攒了一出《龙凤阁》，我跟庄京武兄前后的杨波，《大保国》和《探皇陵》归我，《二进宫》归他。本想让马春然跟我演《大保国》，没想到这货嫌我调门跟他不合适，坚决要求跟庄兄唱《二进宫》，我也只好顺着他。演出那天，他来的倒是真早，先师王宗伟先生一看见他就问：“你怎么没理发啊?”我回头一看，好嘛，他那头发，快赶上人猿泰山了，倒是透着身体真好。

那天王宗伟先生还特意请陈树青先生来帮忙，陈先生必须得多说几句，他可是位能人。天津人，曾经傍过张世麟先生。王宗伟先生说，陈先生在天津出箱，后台就他一个人，勾脸、梳妆、勒头、穿行头带检场全是他一个人，还不耽误聊天，这得多大能耐?结果那天遇见马春然也直嘬牙花子：“你这头发……你……这叫嘛事儿呢?”手里拿着水纱就是找不着地方给他勒。没扮过戏的可能不知道，头发长了，尤其是鬓角和发际线的地方，不光是勒上头不好看的问题，还滑，很容易掭。为了管住马春然的头发，陈先生勒了两道水纱。《二进宫》能有多大身上啊?结果我在台下眼瞅着那侯帽一点一点往上串。马春然应该也感觉出来了，脖子跟落枕了似的一点儿不敢动，猴儿顶灯一样。托祖师爷的洪福，最后还真圆全着下来了。

马春然的艺术道路是多元化发展的，我没想到最开始不太爱说话的他后来也能说相声去。没毕业的时候我就没少听他和王继涛搭伴说，他捧哏，那不太高的声线塞缝儿还挺合适，那么后来他这么贫也就找到出处了。曾经他找女朋友的条件之一就是“能听着相声入睡”，不知道现在我那弟妹有没有这个瘾。对于他来说，京剧和相声是同等的爱好，唱戏多麻烦啊，不算台上，少说得十好几个人张罗着，说相声省事儿啊，最多仨人，有一身大褂能穿一辈子。所以之后他在这条路上越走万儿越响，不仅说到上海去了，还说进了相声大赛。有一回我赶早班飞机去上海，登机的时候就看见他背个双肩背跟电工似的从我边上走过去，我想喊他，嘴没赶上他腿，就这么过去了。上了飞机才发现，我俩一班。他为了演出老得飞上海，拿飞机当班车坐也是没谁了。

交情这玩意儿还真是挺奇怪的，并不以见面频率为主要参数。虽然我们都越来越忙，很难再像原来那样经常碰面，都快成网友了。但是在我窄住那几年，无论是精神上还是物质上，马春然同学充分体现了“一贵一贱交情乃现”的精神主旨。我倒希望他说相声别太累，万一把嗓子说横了以后我就真指望不上他了。

多栖艺术家刘序

韩愈他老人家曾经曰过："闻道有先后，术业有专攻。"可以说是放之四海而皆准的道理。喜欢和学习京剧也一样，大伙儿出于不同的基点对京剧产生兴趣，对这门大有深沉的艺术从各个方面开始钻研，肯定有凭你一己之力达不到的层面。尤其是同龄人之间，大家的天赋和能力各有千秋，优势互补才能进步。这么多年以来，我没少默默地从朋友身上捋叶子（戏班术语，就是偷偷学习的意思），比如刘序兄。

我正式认识刘序是在2002年我们攒《四郎探母》的时候，这一群"无头苍蝇"碰到一块儿，就剩聊天了，哪儿有正经心排戏啊？而且我们那时候学东西比较随性，都是自己喜欢什么学什么，一出戏能排出七道蔓儿来，迫切需要一个抓总的。于是组织者王鑫同志就把刘序搬来坐镇。序哥个头儿跟我差不多，可横下顶我俩，还留了一撮胡子，可能是腰不好，手里总拄一根拐杖。乍一眼一看那意思，谁都得以为他可能年过花甲了似的，其实他比我没大几岁。这扮相到现在快二十年了也没怎么变过。排戏的时候他特别认真，有的节骨眼儿和身段我走得跟扭秧歌似的，他就一遍一遍给我纠正。也就是那个时候我们迅速地建立了革命友谊。

后来一聊，他说："我之前就见过你，辅仁那回《二进宫》是你唱的吧？"他说的是当年夏天的时候，我们在定阜街老辅仁大学礼堂（就是《霸王别姬》里张国荣给日本人演出那剧场）唱了一回《二进宫》。对我来说那是很有里程碑意义的一次，因为在那之前我基本都是跟大伙儿起哄，来个配角儿什么的，那次是我第一次唱主角，也成为我“脱龙皮”（戏班术语，指不再跑龙套，地位有所上升）的标志。那天虽然戏不多，后台忙活的人可不少。演李艳妃的是韩晓飞师姐，王鑫找杨雅璐给她化妆，当时我们也没注意杨雅璐是谁，后来才知道，她姥爷是裘盛戎先生。序哥一定是跟着杨雅璐去凑热闹的，因为他们是同学。序哥说：“那回我看你满台胡溜达我就有气，等那花脸下来的时候我跟他说：‘老生要是再挤你，你就把他拱一边儿去。’”我当时就不乐意了：“有你这样的么？我不会你得教我啊，教别人治我算怎么回事啊？”序哥一翻他那大眼皮：“我知道你什么脾气啊我就教你？再说了，你都上去了，有现教的么？”

序哥说的很有道理，想我这种在演出中学会演出的水平确实需要归置。因此，我最初对上台的一些基本概念，都是他过给我的。另一方面就是他特能聊，可能跟出身有关。他家住大栅栏西边樱桃斜街，对门就是梨园公会。从小就受这方面的熏陶，再加上他在中国戏曲学院导演系上学，正经的和民间的两方面加持，这能耐就不算小了。我有好几个同事都跟他大学同班，一提起他来那真是无法用语言来定位对他的评价。

刘序在《打严嵩》中饰严嵩

我去过一次他家，序哥下榻的那个屋子不算大，除了一张床（上边还有好几个毛绒玩具）以外，塞的东西不算少。最吸引我的就是房梁上靠墙挂的一把青龙刀。我问他："这玩意儿你挂起来干吗?"序哥一副看怯勺的表情跟我说："刀杆是藤子的，刀头又沉，戳在地上时候长了刀杆就弯了。"一聊起戏班儿这点儿事儿序哥能仨钟头不喝水，我曾经问他："对门儿你进去过么?"序哥说："现在是大杂院，原来后头有个戏台，后来盖房把那戏台拆了，从台板底下起出好几口大缸来。那工人一边搬一边埋怨：'没事儿埋这么多缸干什么。'"序哥的父亲刘老先生也参与进来："我小时候一赶上梨园公会交会费的时候，我们就搬着马扎坐门口看，全是大角儿啊。梅（兰芳）先生、马（连良）先生都来过，大角儿好多都坐汽车，坐三轮，就是萧老（萧长华先生）比较特殊，多咱都走着来。"

有一阵子我跟序哥总能碰上，尤其是票房活动的时候。我们总是逮着琴师没完没了地唱，他却一会儿抄根藤子棍趟个马，一会儿来两下跷步。听他自己说，他自认对张派青衣颇有心得，这个反差实在是让我心理上有点接受不了，我总觉得大青衣那形象套在他那周仓一样的身体上不太合托。当然我对青衣戏兴趣不高，总找他给我说点老生的身段，我唱过好儿回的《游龙戏凤》最开始就是他给我说的正德帝。而且，2005 年我第一次唱《打严嵩》的时候，就是序哥来的严嵩。当我跟他提演这个戏的时候，一开始他给回了，说他腰不好，可能够呛。架不住我再三地敦请，他勉强同意了。演出那天我看出来他确实是腰不好，下了台就扶着桌子站着喘粗气，可上了台还跟没事儿人似的，搞得我心里很不是滋味。

一度我很担心那别再是他"告别舞台"的一幕，后来我发现他没那么脆弱。2011 年，他给我打电话："我跟你商量个事儿，你知道哪儿有我穿着合身儿的宫装么?"我实在无法解答他这个问题："宫装倒是不少，可是您能合身儿的还真不好找。""好找我就不找你了。""你这是酝酿什么大操作呢?""……我想练练。"一看就没说实话，这里肯定有事。没过多少日子，央视的戏迷票友大赛开始了，序哥居然参赛了，表演剧目是《胭粉计》，他来司马懿，我才明白他借宫装的根本目的。也不知道这是他自己琢磨出来的还是哪位隐世的高人给他想的主意，充分体现了他青衣花脸两行兼擅的艺术特色，大袖翩翩，满台飞舞，看得出来当年没少下私功，腰也不疼了，走两下花梆子步还真不一般。就是到最后我也没问出来，他那宫装是哪儿借的。

刘序在练功

序哥毕业以后，一度和我是同事，后来又去北京舞蹈学院教课。我那件天青的员外帔的舞台首秀就是他给穿去了，他参加舞蹈学院的一个剧目演出，借我的行头，我还去看了，到最后我也没看明白他演的是个什么人，在台上一句词没有。不过他在舞蹈学院干了件让我很佩服的事儿，他给学舞蹈的同学们直工直令地排了一出《八蜡庙》，据说演出的反响还不错。因为各自都忙，所以逐渐联系少了，也不知道他都在忙些什么，前些日子看一个电影，里面有一小花脸我怎么看怎么眼熟，几经分析，我确定是序哥出演的。

虽然联系不像以前那么多了，但是遇到一些疑难问题，我还是愿意骚扰他一下。至少在京剧爱好者这个群体里，我相信序哥绝对不会泯然众人，早晚他的价值会具体体现的。

土豆大仙周凯

与周凯的相识已经是2001年，基本和我的票友生涯同时开始。当时“咚咚锵”网站的主人孙觉非兄举办了一次网聚，地点很不靠谱，在北医三院对面的一个酒吧。那次聚会认识了很多朋友，例如豹隐澳洲多年的“珠帘寨主”，北京行政学院的李兵兄、李孟嘉兄等，当然还有本文的主角周凯。周凯当时是北理工的学生，家在大港。当时跟我一样，都是到各大学的京剧社团起哄的中坚分子。不过我跟他还是有区别的，我侧重于蹭胡琴伴奏，主要兴趣在唱。周凯侧重于蹭人多，主要兴趣在聊。一聊起来那真是言必称程长庚如何如何，就跟他赶上了似的。

这种爱凑热闹的心态基本支持了周凯学生时代的票房生活。不管哪儿有活动，不管什么活动，基本上不用通知周凯，他都早早地到场跟着添乱。不管前台后台，那穿透力极强的嗓音永远萦绕在耳边，台上唱什么基本听不见了。有一次在清华有个活动，离开场还有不到十分钟，他还没到。李京兄怅惘地看了一眼门口：“要是开演了周凯还没来，一定是出车祸了……”刚说完，周凯翩翩然信步而来。虽然他那身材吧，跟翩翩然实在没什么联系。

说到身材，清华京剧队的朋友一定深有感触。记得周凯第一次去清华京剧队凑热闹的时候，还不知道蒙民伟楼（清华大学艺术教育中心）在哪儿。在门口给我打电话，我跟一哥们儿说：“你去趟西门，把周凯接进来。”那哥们儿问我：“谁是周凯？”我说：“你就看谁跟土豆成精了似的，就是他。”“那能找着么？”“你试试吧。”没过三十分钟，周凯历史性地走进了蒙民伟楼，接他那哥们儿一进门就奔我跑过来，终于憋不住笑喷了我半脸唾沫：“……太像了。……”

没想到，从此周凯就与清华结缘。直到我们都已经离开那个留给我们美好回忆的地方，周凯还在兢兢业业地向后来的同学们普及京剧知识，十几年如一日的坚持还是挺难得的。以至于清华京剧队的“真心话大冒险”里有一道题是：“你入队的时候凯老多大岁数？”清华京剧队复建二十周年的时候，林叶青老师盛赞周凯的奉献精神。我说：“周凯一定有强烈的意愿将来把一部分骨灰埋在清华。”林叶青老师当时就表态了：“没问题，这个我可以协调。”顿时激起了我们马上把他火化的欲望。

周凯在检场

我是一步一步见证了周凯舞台生涯的成熟与发展的。最早在北师大，王宗伟老师教大家。跟我们说：“改天我给你说一出《虹霓关》。”“你应该学学《洪羊洞》。”……周凯凑过去：“王老师，您给我说个什么？”王老师瞅了他一眼，就把脸扭过去走了。后来教把子，他也跟着学。身上是真溜，腿虽然短架不住频率快，老远一看跟土行孙似的。虽然上台老轮不上他，但是能看出来他对演戏还是有很强烈的欲望的，只不过当时没有给他大放异彩的机会。终于机会来了。我陪周研师姐演《盗仙草》，缺个南极仙翁。王老师不由分说就把这个活儿派给了周凯。周研师姐扮演白蛇，我和王继涛的鹤鹿童。她去拿灵芝，翻身回来跟我俩杀过合儿，我们俩杀过去再翻回来要抢。这时候我就听我背后“咚”的一声，吓了我一跳。一回头，周凯带着脸子就上来了。后来我才知道，他不知道什么时候出场，到点儿了王老师从后面推了他一把，他毫无防备，蹦着就上去了。可惜这次登台没给他太多展现的机会，念了三句词就吹尾声了。

周凯《拾玉镯》剧照

有一次我想捧捧他，我说我攒一场，你在中间来个《荷珠配》。他答应了。我说你好好背背词，他满不在乎地说没事。等对词的时候，刘志偕家本来是着了大火，他一张嘴：“自从你和小姐离了家以后，咱们家就发了大水了……”最后这出戏也没唱。

后来我唱《洪羊洞》，约请周凯检场。虽然有点埋没他，但是这个活儿吧有能耐的不愿意干，没能耐的干不了，只能他屈尊了。等孟良焦赞自刎以后，他上来摆好桌子，捡起孟良丢在地上的斧子，随手挽了个刀花，没想到台下彩声四起。从有京剧那天开始，检场能检出好来的也没几个人吧？

再后来清华排《拾玉镯》，周凯扮演刘媒婆，没想到一炮而红。从此奠定了他登台的基调，并一发而不可收拾。如今俨然已经是清华京剧队编外权威之一了。

周凯比我小一届，所以在我刚工作那年他大四，都是成天闲着没什么事的时候。有大概两年多的时间我们经常在一起，于是也发生了一些趣事。

例如我长智齿，疼得躺在床上起不来。周凯给我做伴儿，没事放音乐听。放什么不好，我这儿心烦意乱的，他在一边放《太极韵》。气得我问他："你是想超度了我么？"

周凯爱吃辣的，每每吃涮肉的时候自己就得造一碗辣椒油，还得感叹现在的辣椒都变异了，没辣味。久而久之，大伙儿聚会的时候就特别照顾他，有一回，遇上那辣椒特别辣，谁都吃不了，全夹给他了。周凯一向以吃辣的自负，也不好意思说他也受不了，默默地全吃了，一脑袋一脖子的汗啊……

周凯有很多奇怪的爱好，吃辣就不说了。买一盘《梅兰芳唱腔选》为了听萧长华也是他干的。没事在家的时候还跟老头儿老太太一块儿扭秧歌，反正站队里也看不出岁数小。还特别爱看《加菲猫》，我问他："按说像你这脾气，不应该爱看这个啊？"他特别正经地跟我说："我觉得加菲猫跟我挺像的。"……

损了周凯不少，还有很多更损的没说，说起来就没头儿了。

说点正经的。一个人能对京剧爱到蒙受如此调侃还不离不弃默默坚持的地步，实在值得人佩服（还是不太正经）。也许跟我们不一样，周凯是把京剧作为生活的支柱，已经融化为他身体，不对，生命，也不对，精神的一部分。也许在他看来，能不能唱戏、能不能成为名票并不重要，只要在他生活中每天都有跟京剧沾边的事儿他就很知足了。如果我们这一群人老去的时候，能在票界称贤称圣的人里，绝对应该有周凯一席之地。

这么多年以来，周凯一直默默地忍受我们一帮人对他的赞美。为票友团体的团结做出了巨大的贡献。因为每次有他在的时候，大伙儿就不会互相攻击伤了交情。这种博大的胸怀确实不是每个人都能做到的。

跋

虽然没少干舞文弄墨、附庸风雅的事，但是自己的作品真的能结集出版，我也没想到这么快。

2016 年元旦刚过，看到有很多跟京剧艺术相关的微信公众号纷纷在宣传京剧艺术，我也一时兴起就注册了一个，名字叫“一尘阁夜语”。写的都是这么多年来我个人的所见所闻，一些杂感，其中很多文章都是记叙我与艺术家和同好的过往。没想到一经发出还受到了一定的好评，可能大家对我这种记叙风格还比较喜欢吧。而对我最大的鼓励则来源于被我选中写成文章的先生和朋友们，他们给我的反馈大多都是“没想到还会有人写我”“原来我在别人眼里是这样啊”等等。承蒙各位抬爱，不以我的唐突和调笑为意，令我不胜惶恐。

尽管我总是在文中对京剧艺术的现状颇多微词，但是从内心深处来说，我和其他人一样对它怀着深厚的感情。也曾经言谈动作处处不离京剧，连我和拙荆谈论减肥的时候都是“不能再胖了，要不然就穿不了箭衣了”这类的言辞。尽管随着年龄的增长，似乎对京剧的喜爱有点“过劲儿”了。但毫无疑问，京剧已经是我生活和精神的一部分。那些老前辈对我的影响是潜移默化的，也正是因为京剧，我认识了好多志同道合的朋友，找到了现在的工作。因此，把我和京剧、和他们的过往记述下来，让更多的朋友们了解他们，我觉得也是一件很有意思的事情。

开始写这些文章的时候，还收到了一些网友善意的批评，说我有“炫耀”之嫌，我很感谢他们的直言不讳。由于工作的关系，与一般爱好者相比，我确实是“近水楼台先得月”。从“非典”的时候毕业，到今年“新冠”，十七年的大部分时间我的工作都和京剧有关。利用工作之便，在专业京剧演员的圈子里，我接触了上至王琴生、宋宝罗、何玉蓉等长寿老者，下至如今还在中专、本科就读的学生，林林总总说有近千人可能也不算是大话。一般来说，了解一位京剧演员大都是通过舞台表演，而那只是他们光鲜美丽的一个侧面。在生活中，他们也是过着普通人的生活，也得经历喜怒哀乐。往往这个时候，他们才更真实、更可爱。尤其是其中的一些老者，用京剧界的俗语来说，当初都是“吃过见过”的人，但是随着岁月的流逝，曾经的光环早已褪去，他们的生活透着一种无法表达的落寞，令人感慨。还有与我同龄的演员们，在如今的社会大环境下，他们面临着各种不足为外人道的困惑，却还在坚持自己的梦想，实实在在地传承着国粹，确实令人钦佩。

至于票界，只能慨叹余生也晚，又暗藏侥幸。慨叹的是群雄并立、异彩纷呈的日子我没赶上。侥幸的是在我刚刚踏入这个圈子的时候，那些有故事的老前辈还都精神矍铄。尽管烈士暮年，当年风采已经飘散太多，但是从他们的待人接物、一举一动中，仿佛就能追摹到京剧鼎盛时期的繁华以及那个时代人们的精神面貌。而和我一起成长的这一代票友，则大多是基于互联网时代便捷的联络方式，因为志趣相投走到一起，成为莫逆之交的。虽然沟通方式有了革命性的变化，但是精神层面的契合，使我们即便已经沦落成“网友”，仍可以无话不谈。

这本集子中提到八十一位，都是给我留下特殊感受的。但是我记叙这些老前辈和同龄好友并不是为了“见证历史”。我只是希望更多的爱好者，甚至普通人能了解老艺术家舞台之外的样子，老票友卓然不群的风骨，现在的青年演员如何生活，青年爱好者是如何陶醉其中的。毕竟这也是社会多彩的一面，也是曾经和正在活生生地发生在我们周围的人和事。其实很多不理解和不接受都是来源于不接触，也许当这本书的读者们，尤其是非京剧爱好者们看了之后，会觉得这个圈子很好玩，进而产生兴趣。那么恭喜你，你面前将出现一片新的天地。

从写第一篇南奇先生开始，已经过去近五年的时间，有些老前辈在我文章写成的时候还健在，可是到今天，这本书付梓的时候，他们已经仙去了。比如我的恩师王宗伟先生、班世超先生、吴钰璋先生、孙国良先生、李浩天先生。在写下这些文章的时候，他们和我的过往恍如昨日，历历在目，对于我来说也是一次美好的回味过程。无奈天人相隔，只好把他们归入“梨园溯往录”之中，这个篇目里都是我曾经接触过的，已经过世的老艺术家们。说实话，我真的不愿意这个篇目的文章越来越多。而校对过程中，谭元寿先生仙逝。他四个月前给我题的词好像墨迹还未干。

除了这个篇目以外，其余四个篇目正好是一句话：“前贤慕影，仰止菊馨；怡薰同沐，粉墨陶情。”用这四句话对应四个不同的群体，可以说基本概括了我对票戏和与各位文中人交往的心态和宗旨。《扶灯望羽集》这个书名我倒是早就拟好了的，所谓“扶灯”指的是这些文章全是我在夜深人静的时候写的，“望羽”则是从“宫商角徵羽”中挑出一个“羽”来指代京剧。好不容易抓个机会出了本书，请大家原谅我的酸文假醋。

我并不是一个勤奋的人，如果没有公众号的督促，我也不会写这些文章。遗憾的是，因为精力有限，还要养家糊口，越来更新越慢。在此也向我公众号的2343位粉丝道个歉，是你们的大力支持，让我有动力写下去，是你们的无私打赏，解决了我一年的水电费负担。

随着工作的变动，我的工作内容离戏曲圈越来越远，逐渐成了真正的“旁观者”。也许不久的将来，在这个文集之外，我还会继续写一些，当然，也终有一天，它们都会成为“白头宫女在，闲坐说玄宗”式的怀古文章。能记叙当下的风华，就是未来的历史。

感谢中国文史出版社程凤老师不以我驽钝，对我的文章大加青目，促成本书出版。

感谢为这本书付出辛勤劳动的排版、校对、设计等各位老师能忍受我的各种突发奇想和斤斤计较。

感谢路增远先生为我题写书名。

感谢陶麟先生、朱铁芳先生、慢哥、孙觉非兄、卢雯大姐、王驰兄、秦钟贤弟、李妮小妹、沐薰小妹以及张静、的灰、王红等未谋面的朋友提供照片。

感谢各位文中的老师和朋友，对我写成文章的肯定和支持。

感谢崔伟先生、孙元喜先生拨冗为我作序。

感谢谭元寿先生、陈志清先生、陶麟先生为我题词。

感谢白燕升先生、王馗先生、张永和先生的热情推荐。

感谢郭富爽、李洪玲二位老师的大力资助。

感谢我夫人大力支持。

欢迎大家对我这本处女作批评指正，不吝赐教。

包玥于北京牡丹园

2020 年 10 月 18 日灯下